時期南北方文學的相互影響及融合等問題，更有待進一步掌握全面的材料並作合理分析。要完成這些任務，不但要對文學作品進行深入的研究，還需對當時的歷史和哲學，以及各種文化部門有較多的了解。顯然，這一工作是很艱巨的。

陳慶元同志對中古文學有研究，正是這樣。他研究中古文學，首先從南齊傑出詩人謝朓着手。一方面他對謝朓的生平和作品進行了細緻深入的研究，對謝朓的經歷、作品繫年及詩歌的藝術特色作了詳盡的考訂和剖析。爲了理解謝朓當年的創作環境，他還親自赴安徽宣城進行實地考察。因此在他一系列論文中，能夠全面、準確地掌握豐富的資料，得出令人信服的結論。尤其可貴的是，他在進行這些微觀研究的同時，並没有忽視宏觀的探討，特別是他密切地注意着謝朓的歷史作用和地位，注意開發謝朓對唐人的影響。這樣，他對謝朓的研究就並非孤立地研究某一個具體的作家，而是把這位詩風應變的傑出代表和當時整個文學發展的趨勢，以及其在整個文學史上的位置緊密地結合起。顯然，這樣的研究既是從謝朓生活的經歷研究他的思想發，又是聯繫其他作家，探討他在文學史上的作用。這種研究方自然是符合辯證法的。

陳慶元同志的研究並不是到此爲止，而是由謝朓而廣及沈約、、江淹、鍾嶸等人的研究。顯然，他的研究正是集中在“永明”的身上。大家知道，沈約和王融本與謝朓同是“永明體”的創，江淹雖與“永明體”作家並非一個流派，但他的年齡與沈約相且他的“才盡”正在“永明”前後，可以説是一個重要參照系嶸是由齊入梁的批評家，與謝朓、劉繪等人都有較深的交重突破口的選擇是卓有見地的。因爲南北朝詩歌發展到“永

中古文學論稿續編

陳慶元 著

上海古籍出版社

圖書在版編目(CIP)數據

中古文學論稿續編 / 陳慶元著. —上海：上海古
籍出版社，2020.5
ISBN 978-7-5325-9629-4

Ⅰ.①中… Ⅱ.①陳… Ⅲ.①中國文學—古典文學研
究—文集 Ⅳ.①I206.2-53

中國版本圖書館 CIP 數據核字(2020)第 074874 號

中古文學論稿續編
陳慶元 著
上海古籍出版社出版發行
（上海瑞金二路 272 號 郵政編碼 200020）
（1）網址：www.guji.com.cn
（2）E-mail：guji1@guji.com.cn
（3）易文網網址：www.ewen.co
上海顓輝印刷廠印刷
開本 890×1240 1/32 印張 11.375 插頁 2 字數 255,000
2020 年 5 月第 1 版 2020 年 5 月第 1 次印刷
ISBN 978-7-5325-9629-4
Ⅰ·3491 定價：48.00 元
如有質量問題,請與承印公司聯繫

《中古文學論稿》序

在我國文學史上,中古文學占有的地位頗重。因爲正是□
文學纔真正走上自覺的道路;也正是這一時代的文學爲唐□
的繁榮奠定了良好的基礎。可是長期以來,人們對這個時□
學往往懷有這種或那種偏見,以致重視不夠,這種情況到□
有所改變。但是到目前爲止,我們的研究還很不夠,亟□
深入。

中古文學的研究正像文學史上其他階段的研究□
一個應該如何着手的問題。關于這個問題,當前學□
着不同看法,有人比較強調宏觀的探討;有人則比□
究。其實這兩種方法應該是相輔相成,並行不悖□
探討如果不以微觀研究爲基礎,就會流於空疏,□
陷於謬誤;同樣的,微觀的研究如果離開了宏觀□
失諸瑣碎而少所創獲。具體到中古文學研究□
研究工作似乎都很需要,缺一不可。例如:□
作品繫年;一些作品的作者及其真僞都有待□
於中古文學史上一系列重大問題,如當時□
人的傳統,又如何影響後人;中古文學的□

明”時代，的確是一個重要的轉折點。當時人對詩歌的看法發生重大的變化，以致像鍾嶸説的那樣竟有人“笑曹（植）劉（楨）爲古拙，謂鮑照羲皇上人，謝朓古今獨步”。那種意見縱使並非一致的看法，也未必正確，卻也反映了當時人的自豪感和“若無新變，不能代雄”（《南齊書・文學傳論》）的信念。從具體的藝術技巧來説，“永明體”不但一變“元嘉體”的古樸凝滯之氣，轉向流暢和清麗，更重要的是“四聲説”的提倡和沈約關於“宮羽相變，低昂互節；若前有浮聲，則後須切響”等等的提出都爲近體詩的誕生和唐詩的繁榮興盛準備了充分的條件。還有一點值得注意的是北朝文學的興起正在相當於永明年間的魏孝文帝時代，當時北方文人，對“永明作家”也是十分注意的。《南齊書・王融傳》載：當時北魏使者房景高、宋弁曾向王融求觀《三月三日曲水詩序》。更重要的是後來北朝著名文人邢邵和魏收對沈約、任昉的仰慕尤爲大家所熟知。因此，“永明”作家們對北朝文學所起的促進作用，也很值得研究。這些還祇是略舉幾例，已充分説明了“永明”文學在中古文學史以及整個文學史上的重要地位，這也證明陳慶元同志對中古文學的明鋭眼光和識見。

　　陳慶元同志治學一貫篤實勤奮，受業於段熙仲先生門下，以優異的成績獲碩士學位。近年來執教於福建師範大學，結合着教學工作，他對中古文學進行了深入不懈的研究，除了致力於“永明”作家群的研究外，還在建安文學、北朝文學以及文學批評史等重要領域，提出了許多富於獨創性的見解，爲同行所推服。我和陳慶元同志初交是一九八二年在南京師範大學，初次見面，就爲他的文學和史學功底之深厚及才識之高而心折。後來他到福州，亦曾有幾次會面暢談，並通信討論一些學術問題，使我受益匪淺。近幾年來，我因工作紛繁,較少會面的機會,但他發表的不少論文,我都争取先讀爲快。現在,他把近年來的論文聚集起來,名之曰《中古文學論稿》,囑我爲序。我覺得作爲一個老朋友、老同行,應該是責無旁貸的。在握管之際,回憶往事,爲陳慶元同志所取得的成就而高興;但想起段熙仲先生仙逝已久,不覺臨文泫然。

一九九一年九月曹道衡謹序於
北京中國社會科學院文學所

附記:

因有曹道衡先生《中古文學論稿序》在前,故此《續編》不再請師友作序,今移曹先生《中古文學論稿序》作爲本書之序,以紀念段熙仲先生、曹道衡先生和沈玉成先生。陳慶元謹識。

目　錄

漢魏六朝賦論綱

　　賦是一種介於詩與文之間的文體。説它偏向於詩，是因爲它多有韻脚。早期的賦，語言形式或接近於《詩經》，或採用楚騷的形式；南北朝後期的短賦，也常常夾雜詩化的句式。説它偏向于文，是因爲它没有詩那樣具有整齊的句式，除律賦外没有嚴格的聲律要求。漢大賦出現後，賦體有更多的散句，到了宋代文賦的出現，更趨於散文化，所以當代學者在編選中國古代散文時，賦往往被歸入其中。其實，賦作爲中國古代的文體，它是獨立的，有其特殊性，它雖然有時具有詩的聲情韻致，但不是詩；它的形式表面看像散文，但畢竟不是散文。

　　漢代人有時也將辭賦連稱，甚至把辭也當作賦，例如班固稱屈原的作品爲“屈原賦”，從廣義上説《離騷》等楚辭是賦，也未嘗不可。但從文體分類學的角度看，楚辭和漢賦有明顯的區別，辭是辭，賦是賦，是兩種不同的文體①。

　　劉勰《文心雕龍·詮賦》云：“賦者，鋪也；鋪采摛文，體物寫志也。”又云：“於是荀況《禮》《智》，宋玉《風》《釣》，爰錫名號，與詩畫

---

　　① 參看費振剛：《辭與賦》，《文史知識》，1984 年 12 期。

境,六義附庸,蔚成大國。述客主以首引,極聲貌以窮文。斯蓋別詩之原始,命賦之厥初也。"①劉勰的這些話值得注意者有二：一是論述賦體的特徵,即賦要講究鋪叙、講究文采,動用諸如誇飾、想象等手段(極聲貌)來描繪外物,以達到表現情志的目的;賦的形式之一是設爲主、客以引出叙寫的内容。二是賦脱離詩、騷而成爲一種特立的文體,始于宋玉、荀况;宋玉的《風賦》《釣賦》,荀况的《禮賦》《智賦》等,是賦史上最初的嘗試。

《文心雕龍·詮賦》又云:"秦世不文,頗有雜賦。漢初詞人,順流而作,陸賈扣其端,賈誼振其緒。"②漢初第一個順應秦世賦發展而作賦的是陸賈。據《漢書·藝文志·詩賦略》,陸賈有賦三篇,且爲一類之首。據《文心雕龍·才略》,"漢室陸賈,首案奇采,賦孟春而選典誥"。陸賈似作過一篇《孟春賦》。陸賈諸賦今已亡佚。陸賈賦當接近楚辭③,或爲騷體賦。繼陸賈之後的是賈誼。賈誼賦都是騷體賦,代表作爲《弔屈原賦》和《鵩鳥賦》。騷體賦作爲漢初的主要體式,形式上接近楚辭,不僅多用"兮"字以舒緩音節,而且文采綺麗華美。騷體賦還繼承了楚騷便於抒發個人情感,特別是憂愁、悲哀情感的特點,或抒發賢人失志之悲,或抒發宫廷女子失寵之怨,或寄寓失偶的哀緒。賢人失志之悲的作品,除了賈誼的二賦外,還有董仲舒的《士不遇賦》和《悲士不遇賦》。宫怨賦,大賦代表作家司馬相如創其首,《長門賦》(又作《陳皇后長門賦》)是賦史上的名篇,漢武帝劉徹的《李夫人賦》則用騷體賦的形式表達作者對逝者的刻骨深情。

① 劉勰撰,范文瀾注:《文心雕龍注》卷二,人民文學出版社,1958年,第134頁。
② 劉勰撰,范文瀾注:《文心雕龍注》卷二,人民文學出版社,1958年,第134頁。
③ 曹道衡:《漢魏六朝辭賦》,上海古籍出版社,1989年,第33頁。

　　宮廷化的大賦，是漢賦的代表體式。司馬相如説過："賦家之心，苞括宇宙，總覽人物。"（《西京雜記》卷二）在他看來，賦家的思想，要能容蓄恢宏的時空，古往今來，宇宙天地；賦家之筆，要觸及天下形形色色的人物。漢大賦代表作家的作品所反映的，是中華民族進入文明社會之後，空前統一、空前繁榮的漢代社會的政治生活、物質生活和精神生活的全貌。漢大賦的産生，除了漢代廣闊的政治、經濟和思想文化背景的原因外，還與帝王的提倡分不開。文、景時期，諸侯王如吳王劉濞、梁孝王劉武、淮南王劉安等都好文術，養文士，在他們周圍聚集着一批辭賦家。武帝、宣帝愛文，枚乘、司馬相如受到武帝的禮遇和賞愛。成帝時，則是揚雄賦創作的興盛時期，班固《兩都賦序》説，武、宣之世司馬遷、虞丘壽王、東方朔、枚皋、王褒、劉向等文學侍從"朝夕論思，日月獻納"，不斷有賦作獻給皇家，倪寬、孔臧、董仲舒、劉德、蕭望之等"公卿大臣"，也時時間作，唯恐落後，到了成帝之世，所奏獻的賦多達一千多篇，數量可觀①。

　　漢大賦以巨麗爲美，體制宏大，並以疊床架屋特有的結構形式，鋪叙、誇飾、想象的手段，以顯示其摹寫對象的巨大、宏偉、侈麗。那種恢宏的氣魄，是後世所難企及的。但篇幅巨大，上下左右、東西南北進行鋪陳，後來摹擬多了，未免有呆板之憾。再説，同類事物排比、羅列過多，有時也過於繁瑣。聯邊字的接連使用，也使美感受到影響。

　　漢人對大賦的批評，都帶有不同程度的功利主義傾向，最有代表性的是班固。班固《〈兩都賦〉序》云："或以抒下情而通諷諭，或

───────────

　　①　班固：《〈兩都賦〉序》（蕭統編，李善注：《文選》卷一，中華書局影清胡克家刻本，1977 年，第 21 頁）。

以宣上德而盡忠孝,雍容揄揚,著於後嗣,抑亦雅頌之亞也。"①在班固看來,漢賦具有諷諫與頌美的雙重功用,而這種功用,則是繼承《詩經》美刺的傳統而來的。班固在另一個場合又説:"大儒孫卿及楚臣屈原,離讒憂國、皆作賦以諷,咸有惻隱古詩之義。其後宋玉、唐勒,漢興枚乘、司馬相如,下及揚子雲,競爲侈麗閎衍之詞,没其風諭之義。"②後人遂誤以爲班固看重賦的諷諫作用而輕視其頌美,我們衹要看一看《兩都賦序》最終歸結於頌美東都,就可以知道他對頌美是如何的重視,而上面引的一段話則是緊接着"賢人失志之賦"之後説的,作者認爲枚乘、司馬相如、揚雄之賦諷諭作用被侈麗閎衍之詞所掩。班固看到漢賦頌美與諷諫兩個方面,而後世對漢大賦的認識多衹注意到它的諷諫程度的深淺,並且有意無意將諷諫與頌美對立起來,則是片面的。

　　枚乘《七發》的出現,標志着漢大賦的正式形成。《七發》共八個段落,第一段引言,"述客主以首引",虚擬"楚太子"和"吳客"兩個人物,七段分叙七事,最後以吳客的"要言妙道"使太子出一身冷汗,霍然病已作結,曲終奏雅,目的在於諷諫。此篇體制比較宏大,"極聲貌以窮文",尤以觀濤一段驚人魂魄,劉勰《文心雕龍·雜文》云:"枚乘摛豔,首製《七發》,腴辭雲搆,夸麗風駭。"③又云:"枚氏首唱,信獨拔而偉麗。"④

　　漢大賦的代表作家是西漢的司馬相如、揚雄和東漢的班固、張衡。司馬相如的《子虚·上林賦》長達三千五百餘字,是漢大賦的

---

　　① 班固:《〈兩都賦〉序》(蕭統編,李善注:《文選》卷一,中華書局影清胡克家刻本,1977年,第21—22頁)。

　　② 班固:《漢書》卷三十《藝文志》,中華書局,1962年,第1756頁。

　　③ 劉勰撰,范文瀾注:《文心雕龍注》卷三,人民文學出版社,1958年,第254頁。

　　④ 劉勰撰,范文瀾注:《文心雕龍注》卷三,人民文學出版社,1958年,第255頁。

代表作。明王世貞《藝苑卮言》卷二云："《子虛》、《上林》，材極富，辭極麗，而運筆極古雅，精神極流動，意極高，所以不可及也。"①魯迅《漢文學史綱要》第十篇也説，司馬相如賦"自擄妙才，廣博閎麗，卓絕漢代"②。揚雄有《甘泉》《河東》《羽獵》《長楊》四賦，諷諫委婉，詞多藴藉。《文心雕龍·詮賦》云："子雲《甘泉》，構深瑋之風。"③又《才略》云："子雲屬意，辭義最深，觀其涯度幽遠，搜選詭麗，而竭才以鑽思，故能理贍而辭堅矣。"④班固大賦的代表作是《兩都賦》，此賦讚頌國家統一、穩定和繁榮，梁代蕭統編《文選》將其置於卷首，足見後人對它的重視。張衡擬班固《兩都》作《二京賦》，以諷世風日下，賦的描寫對象由宮廷擴大到都城，還把注意力轉向一般市民的社會文化生活。

在漢賦的王國中，還有相當數量的作品不屬於大賦的範疇，而體現出另一種品格——體物寫志。早在梁孝王門下，枚乘等就寫過柳、鶴、文鹿、酒、月、屏風、几的所謂"時豪七賦"。這七賦都是體物賦。漢代體物賦成熟的標志，是王褒的《洞簫賦》。此賦以娛悦耳目爲目的而創作，作品不大有讚頌或諷諫的説教味道，而有較多自由發揮的藝術空間，故《文心雕龍·詮賦》指出此賦"窮變於聲貌"⑤。繼《洞簫賦》之後，東漢傅毅的《舞賦》、馬融的《長笛賦》都是摹狀舞蹈音樂的名篇。王延壽《魯靈光殿賦》，描寫刻畫建築，成功再現魯靈光殿這座藝術殿堂，《文心雕龍·才略》説王延壽"瓌穎

①　羅仲鼎：《藝苑卮言校注》，齊魯書社，1992年，第91頁。
②　魯迅：《魯迅全集》第十卷，人民文學出版社，1973年，第579頁。
③　劉勰撰，范文瀾注：《文心雕龍注》卷二，人民文學出版社，1958年，第135頁。
④　劉勰撰，范文瀾注：《文心雕龍注》卷十，人民文學出版社，1958年，第699頁。
⑤　劉勰撰，范文瀾注：《文心雕龍注》卷二，人民文學出版社，1958年，第135頁。

獨標”，“善圖物寫貌”①。

　　《文選》於“對問”（録宋玉《對楚王問》）外別立“設論”一類，將東方朔《答客難》、揚雄《解嘲》、班固《答賓戲》歸入此類。“對問”、“設論”雖無賦名，實爲賦體的旁衍，近人都將它們視爲賦來加以研究。設論表志，是這類作品的特點。崔駰《達旨》、張衡《應問》、蔡邕《釋誨》，也屬此類。漢人的寫志賦，除設論一體，還有述行賦和明志賦。最初作述行賦的是西漢末年的劉歆，他有《遂初賦》，繼之而作的有班彪的《北征賦》、班昭的《東征賦》和蔡邕的《述行賦》。設論體賦，雖然仍襲用客、主舊形式，但已由叙事爲主轉化爲議論爲主；述行之賦，則將筆觸延伸到作者沿途所見的種種景物；而明道述志賦更側重於抒情。明道述志賦，前有馮衍的《顯志賦》和班固的《幽通賦》，後有張衡的《思玄賦》和蔡邕的《玄表賦》。《顯志》《幽通》《思玄》均爲騷體，大抵繼承漢初賢人失志之悲賦的傳統，但此類賦又不全是騷體，張衡的《歸田賦》和晉代陸機的《遂志賦》、潘岳的《閒居賦》都不是騷體。《幽通》《思玄》鋪衍得相當長，典故也多，而《歸田賦》則很簡短，它完全擺脫故事傳説的糾纏，衹用簡潔生動的語言寫景，穿插一些抒情寫志的句子，讀後餘味不盡。它對魏晉南北朝抒情言志短賦的發展有直接影響。在張衡去世後三十多年，趙壹寫了一篇批判性很強的抒情言志的短賦《刺世疾邪賦》。

　　建安曹魏賦有兩個特點，一是篇幅短小，二是情感化。寫過《刺世疾邪賦》的趙壹，還有一篇《窮鳥賦》，也是體物言志賦，議論過多，少文采。建安時期的禰衡，其《鸚鵡賦》與《窮鳥賦》題材相近，而以托物抒情見長，文采斐然，曹魏中後期阮籍的《獼猴賦》、

_____

① 劉勰撰，范文瀾注：《文心雕龍注》卷十，人民文學出版社，1958年，第699頁。

《鳩賦》也是抒情短賦。建安七子中，王粲賦成就最高，曹丕《典論·論文》云：“王粲長於辭賦。”[①]又《與吳質書》云：“仲宣獨自善於辭賦。”[②]《登樓賦》是王粲的代表作，李元度《賦學正鵠》評云：“因登樓而四望，因四望而觸動其憂時、感事、去國、懷鄉之思。”是一篇景情融合爲一的傑出短賦。東漢末年，戰亂頻發，建安以來出現了一批征戰賦及反映軍事力量的校獵賦，前者如陳琳的《武軍賦》，曹丕、曹植兄弟分別作的《臨渦賦》，阮瑀的《紀征賦》，楊修的《出征賦》，繁欽的《征天山賦》；後者如陳琳的《武獵賦》、王粲的《羽獵賦》、應瑒的《西狩賦》。建安時期還出現了以神女和婦女爲題材的抒情短賦。以神女爲題材最著名的是曹植的《洛神賦》，作者精心描繪、刻畫了洛神的體態、外貌、氣質、服飾和行動，來無影，去無蹤，神光乍離乍合，引人遐想。美麗、温情脉脉、善解人意的洛神，是作者精神上的寄托。婦女題材之賦，則有曹丕、王粲、丁廙妻分別作的《寡婦賦》和曹丕、曹植分別作的《出婦賦》。曹魏中後期的重要賦家有阮籍、嵇康和向秀。阮籍的《東平賦》和《亢父賦》抒發其憤世嫉俗的情感；嵇康的《琴賦》是繼《洞簫賦》《長笛賦》之後鋪寫音樂的名篇；向秀的《思舊賦》很短，由聞笛而追懷故友，淒惻悲愴，一往情深，有很強的感染力。

　　兩晉賦以多樣化爲其主要特點，這一時期大賦的創作也取得了新成就。兩晉賦的題材空前廣泛，涉及自然界以及社會生活的很多方面。陸機的《文賦》用賦體進行説理和議論，專門探討作文利害之所由，結構嚴密，條理清晰，文字優美，通篇差不多都是麗句偶語，形式特別華美。《文賦》專門談文，而傅咸的《畫像賦》則論的

---

①　蕭統編、李善注：《文選》卷五十二，中華書局影清胡克家刻本，1977 年，第 720 頁。
②　蕭統編、李善注：《文選》卷四十二，中華書局影清胡克家刻本，1977 年，第 591 頁。

是繪畫,王羲之的《用筆賦》論的是書法。兩晉人對人生和生命有更多的思考。從整部《陸機集》看,其賦的情調以悲爲主。《大暮賦》寫出人們對生命的眷戀和對死亡的惶恐之情;《嘆逝賦》則把人生的短暫同宇宙的無窮聯繫起來,宇宙的無窮更反襯出人生的短暫。因此倍感悲哀和恐懼。潘岳的《秋興賦》云:"臨川感流以嘆逝。"①由時節的盛衰,聯想到生命的流逝,充滿悲情。潘岳善寫哀悼,《哀永逝文》(也是賦體的旁衍)、《懷舊賦》都是這方面的作品。《文心雕龍·才略》云:"左思奇才,業深覃思,盡銳於《三都》,拔萃于《詠史》。"②《三都賦》是兩晉第一大賦,問世時豪貴競相傳寫,洛陽爲之紙貴。張華稱此賦爲"班、張之流"③,"此《二京》可三"④,從重視篇章結構的安排及語言的錘煉看,其文學成就確足以同班固、張衡的大賦媲美。東晉初,庾闡又創作了一篇京都大賦——《揚都賦》。兩晉時期,還出現了不少以江海、山嶽爲描寫對象的賦作,著名的有木華的《海賦》、郭璞的《江賦》和孫綽的《游天台山賦》。東晉大詩人陶淵明以描寫田園著名,其《歸去來兮辭》,據《宋書》實亦賦作,描寫歸田後的閒情,作品中的景致和作者的心境一樣悠閒。陶淵明還有一篇奇特的《閒情賦》,描寫對情愛的追求,想象大膽,出人意料;其間期盼情人到來的心理刻畫十分細膩。

　　南朝賦的主要特點是駢偶化。南齊永明年間聲律論出現後,賦家也和多數詩人一樣,在創作中有意識地注意到聲律美。南(北)朝是古賦向駢賦的過渡時期。南朝還有一些體制宏大的賦作

　　① 蕭統編、李善注:《文選》卷十三,中華書局影清胡克家刻本,1977 年,第 192 頁。
　　② 范文瀾:《文心雕龍注》卷十,人民文學出版社,1958 年,第 700 頁。
　　③ 房玄齡:《晉書》卷九十二《左思傳》,中華書局,1974 年,第 2377 頁。
　　④ 余嘉錫:《世説新語箋疏》上卷下《文學》,中華書局,1984 年,第 247 頁。

出現,例如謝靈運的《撰征賦》《山居賦》和沈約的《郊居賦》。《山居賦》叙盤桓山水之趣,爲前人所不及,賦中所表現出來的一種"飲吸無窮空時於自我,網羅山川大地於門戶"的美學原則①,對後代山水詩、畫有無窮的啓示。而最能代表南朝賦的還是那些抒情短篇。謝惠連的《雪賦》和謝莊的《月賦》都是咏物名篇,前者巧構形似之言,曲寫毫芥,曠達朗健;後者遺貌取神,情景融合,抒發淒苦之情。鮑照也是這一時期的重要賦家,其《登大雷岸與妹書》實爲賦體的旁衍,《蕪城賦》《舞鶴賦》都是有名的駢賦。李元度《賦學正鵠》評《蕪城賦》云:"何義門云:前半言昔日之盛,後半言今日之衰,全在兩兩相形之處,生出感慨,屬對精工,意趣亦覺深摯。姚姬傳云:驅邁蒼茫之氣,驚心動魄之詞,皆賦家絶境也。今按:賦之雄奇,獨步千秋。"②在南朝賦家中,江淹作品最多,駢賦成就也最高。他的《恨賦》《別賦》很可能作於被貶黜浦城期間③。張溥《江醴陵集題辭》認爲"《恨》《別》二賦,音制一變";"縱橫駢偶,不受羈靮。"④駢詞儷句,絡繹不絶,而且多使用四字句和六字句。駢偶句式又追求工麗,以求形式上的圓美。南朝中後期,還出現了不少以麗人、思婦爲描寫對象的俳賦,江淹有《水上神女賦》和《麗色賦》,沈約有《麗人賦》,蕭綱有關女性的賦有六七篇之多,而蕭繹的《採蓮賦》和《蕩婦秋思賦》聲情並茂,更爲歷代傳誦的名篇。齊梁以後的賦家,由於時局的變故或自身的際遇,間或也寫作一些有關時事的作品,例如沈約的《憫國賦》、蕭綱的《圍城賦》、沈炯的《歸魂賦》。《歸魂

---

① 宗白華:《美學散步》,上海人民出版社,1981年,第86頁。
② 李元度:《賦學正鵠》,清石渠山房刻本。
③ 陳慶元:《福建文學發展史》,福建教育出版社,1996年,第27頁。
④ 殷孟倫:《漢魏六朝百三家集題辭注》,人民文學出版社,1963年,第218頁。

賦》是梁陳之際少見的長賦。此賦通過作者曲折的經歷,反映梁陳之際一段複雜的歷史,風格較樸質自然,與南朝大多數駢賦用典求精、對偶求工、文詞求麗不同。

北朝賦的發展可分爲兩個階段。十六國和北魏前期爲第一階段,此階段賦很不發達,有限的一些創作主要集中在前、後秦和河西走廊涼州一帶。北魏後期爲第二階段,賦比較發達。第二階段,北方賦家較有名的有李諧、元順、盧元明、李騫、陽固等,但成就不突出,而由南入北的庾信、顏之推則成爲這一時期北方最重要的賦家。庾信入北前,他的賦風與蕭綱、蕭繹較接近,許槤評他的《春賦》云:"六朝小賦,每以五七言相雜成文,其品致疏越,自然遠俗。初唐四子,頗效此法。"又云:"秀句如繡,顧盼生姿。"①庾信入北後所作《三月三日馬射賦》頗具清剛之氣,試比較《春賦》中近乎游戲的馬射描寫,可以明顯看出作者賦風的轉變。庾信入北之後所作的體物賦有《竹杖賦》《邛竹杖賦》和《枯樹賦》。《竹杖賦》寫得哀憤,語言激切,愁詞直露,頗有陽剛之氣;《邛竹杖賦》含蓄,哀婉低徊,則具陰柔之美。《枯樹賦》,倪璠題解云:"庾子山鄉關之思所爲作也。"②賦托體於枯樹,因枯樹而抒寫鄉關之情。庾信入北後還作有《小園賦》和《傷心賦》。《小園賦》是寫景寄情賦,倪璠題解:"《小園賦》者,傷其屈體魏、周,願爲隱居而不可得也。其文既異潘岳之《閒居》,亦非仲長之《樂志》,以鄉關之思,發爲哀怨之辭者也。"③《傷心賦》全篇抒發傷心之情,倪璠題解云:"雖傷弱子,亦悼

---

① 許槤評選,黎經浩箋注:《六朝文絜箋注》卷一,上海古籍出版社,1962年,第38—39頁。

② 庾信撰,倪璠注,許逸民點校:《庾子山集注》卷一,中華書局,1980年,第46頁。

③ "樂志",疑當作"述志"。見《庾子山集注》卷一,中華書局,1980年,第33頁。

亡國也。"①《哀江南賦》是庾信最具代表性的賦作，倪璠題解云："哀梁亡也。本傳：'信雖位望通顯，常作鄉關之思，乃作《哀江南賦》以致其意'。宋玉《招魂》曰：'魂兮歸來哀江南。'宋玉，戰國時楚人。梁武帝都建鄴，元帝都江陵，二都本戰國楚地，故云。"②此賦以鴻篇巨製的形式，展現出一幅中國六世紀四十年代末到五十年代中長江中下游喪亂的廣闊歷史畫面，敘事時間長，人物多，場面更迭頻繁，堪稱詩史，全賦精於用事，講求聲律對偶，並且寫得很有氣勢。顏之推也是由南入北的賦家，《觀我生賦》記敘他三爲亡國之人並出仕北國的艱辛經歷及愧悔，也是寫時事並自悲身世，悱惻哀麗，後人常將此賦與《哀江南賦》並提，而文氣稍不及《哀江南賦》。

---

①　庾信撰，倪璠注，許逸民點校：《庾子山集注》卷一，中華書局，1980 年，第 55 頁。
②　庾信撰，倪璠注，許逸民點校：《庾子山集注》卷二，中華書局，1980 年，第 94 頁。

三 曹 詩 散 論

一、總論

　　晝攜壯士破堅陣，夜接詞人賦華屋。

　　這是唐初詩人張說《鄴中引》中的兩句詩，概括、形象地再現了曹操白天率軍破敵，夜晚接引詞人賦詩的場面。宋代文學家蘇軾在他的散文名篇《赤壁賦》中也寫道：

　　　　"月明星稀，烏鵲南飛"，此非曹孟德之詩乎……方其破荆州，下江陵，順流而東也，舳艫千里，旌旗蔽空，釃酒臨江，橫槊賦詩……

"月明星稀"二句，見曹操《短歌行》。《短歌行》不是寫在赤壁之戰時（後來《三國演義》有一章寫"宴長江曹操賦詩"可能受蘇軾這篇散文影響），而究蘇軾的本意，曹操當然是一位既能橫槊破陣，又能釃酒賦詩的一代梟雄和詩人。集政治家、詩人、軍事家於一身，是曹操這個歷史人物的最大特點。詩人曹丕、曹植在武功方面當然没有他們的父親曹操那樣壯偉。但是，在他們還是孩童的時候，曹操有意識地培養、鍛煉他們適應戰爭環境的能力，每有征戰常帶着他們相隨。曹丕八歲能騎射，十歲時他的兄長曹昂、從兄安民被張繡所殺，曹丕因善騎而脫險。曹植年紀更小一些，但也耳濡目染曹操的治軍用兵之術，至明帝太和年間，他還發願西卻蜀漢，東平孫吳，即便身首異處，也在所不辭。

東漢末年，黃巾起義（184）、董卓之亂（189）相繼發生，漢王朝岌岌可危，群雄紛爭，戰亂不斷，社會遭到空前的破壞，同時，傳統的儒家思想也受到嚴重的衝擊。在這樣的歷史背景下，曹操崛起於中原，並憑借他的雄才大略和深厚的文化素養，成了一代傑出的政治家和詩人，動亂和戰爭爲曹操成爲政治家、軍事家提供了歷史舞臺；動亂和戰亂，以及個人特殊的經歷，也鑄成了以"三曹"爲代表的建安詩壇慷慨悲涼的時代風格。

"三曹"和其他建安詩人，他們的詩歌一方面反映了社會動亂、戰爭造成了極大的破壞和給人民帶來了空前的災難；一方面又表現了自身積極建功立業的理想和抱負，所以許多建安文學研究工作者常常引用劉勰《文心雕龍·明詩》中一段話來支撐自己的觀點：

> 暨建安之初，五言騰踊：文帝、陳思，縱轡以騁節；王、徐、應、劉，望路而爭驅；並憐風月，狎池苑，述恩榮，叙酣宴，慷慨以任氣，磊落以使才；造懷指事，不求纖密之巧；驅辭逐貌，唯取昭晰之能，此其所同也。[1]

---

[1]　劉勰撰、范文瀾注：《文心雕龍注》卷二，人民文學出版社，1962 年，第 65—66 頁。

慷慨任氣，磊落使才，的確很可概括"三曹"和其他人反映的社會動亂和戰亂，以及表現的建功立業的思想。反映社會動亂和戰亂、表現建功立業這樣一些內容，也確實是"三曹"和其他建安詩人作品內容的主流。但是，劉勰又提到"憐風月，狎池苑，述恩榮，敘酣宴"這樣一些文學活動以及作品所描述的一些內容，也就是說"三曹"和其他建安詩人的作品，除了反映社會動亂和戰爭，表現建功立業的內容之外，還有一部分是抒發個人情懷和游宴之作。建安五年（200），官渡之戰後，曹操逐漸統一北方，北方的社會生活逐漸安定，加上曹操任用文士策略的成功，使得在戰亂尚未完全平息的情況下游宴賦詩成爲可能。曹操是中國歷史上第一位創作歌詩讓人在宴會上演唱的詩人，這些作品既有統一中國的宏大志氣，有的還有濃厚的娛樂成分。建安十六年（211），曹丕爲五官中郎將，丞相副，聚集在他和曹植身邊的一大批文人，游宴西園，賦詩唱和，形成鄴下文人集團，曹丕也當然地成爲新一代的文人領袖。曹丕即位之後，曹丕和曹植的身份都發生了很大的變化，一個成了皇帝，一個成了被皇帝猜忌傾軋的臣子。曹丕自然可以過着悠游逍遥的生活，他除了關心對蜀、吳的用兵，還可以作些纏綿的男女戀情詩。曹植的日子顯然就不好過了，他建功立業的遠大抱負在曹丕的壓制下被碾得粉碎，不僅如此，他還得時時提防曹丕、曹叡父子對他的加害，於是，他就借助詩歌這種文學形式來嗟嘆憂生的內容。總之，"三曹"詩歌的內容是相當豐富多樣的。

　　東漢末年，出現了數量並不太少的文人五言詩，後經梁昭明太子加以取捨，將其中的十九首編入《文選》，並取名"古詩十九首"。《古詩十九首》的出現，標志着中國古代五言抒情詩的成熟。而建安時期，則是五言騰踔的時代，曹操、曹丕、曹植五言詩都作得很好，尤其是曹植，五言詩更是建安之傑。《古詩十九首》都没有具體的詩題，曹操的詩歌全部是樂府詩，而曹丕、曹植兄弟的五言詩大部分都有具體的詩題。"三曹"對《古詩十九首》的發展，更重要的是表現在他們抒情詩的個性化方面。宋敖陶孫評曹操、曹植詩説："魏武如幽燕老將，氣韻沉雄。曹子建如三河少年，風流自賞。"（《敖器之詩話》）①他未及評曹丕詩，我們是否可以這樣説：魏文如樓頭思婦，華麗幽怨。有人曾認爲，曹操是改造文章的師祖，依我們看，他也是改造樂府詩的師祖，《蒿里》和《薤露》原本都是挽歌的曲子，曹操卻無絲毫的顧忌，用它來寫時事，寫戰争。在他的帶動下，曹丕和曹植也不示弱，他們甚至還自創樂府新題進行創作。兩漢樂府詩多出民間之手（郊廟歌辭、房中樂之類例外），有些則經過文人加工。曹操、曹丕、曹植對漢樂府民歌的養分都加以充分地吸收，使他們成爲兩漢以來文人樂府詩成就最高的幾位詩人。他們《詩經》的修養也很好，他們所創作出的一系列名篇，是《詩經》以來四言詩的又一個高峰。他們並不僅僅滿足於五言、四言的成就，尤其是曹丕，他對詩歌語言形式方面作了很多有益的嘗試，他還寫過一些六言、七言和雜言詩。從曹操詩的古樸雄渾，到曹丕的便娟婉約，到曹植的辭采華茂，我們看到了建安詩人的藝術追求。曹操、曹丕、曹植詩歌氣象和藝術追求不同，固有各自禀賦和經歷不同的原因，但從整個建安詩發展流變來看，其對藝術的追求則是一種進步。

　　建安與天寶、開元，是中國詩史上兩個最爲重要的發展時期，歷來爲研究詩史的專家、學者所津津樂道。建安文學繁榮的原因

──────────

　　①　又見魏慶之：《詩人玉屑》卷二"臞翁詩評"，古典文學出版社，1958 年，第 18 頁。

比較複雜,我們不準備詳論,但正如開元、天寶不可能沒有李白、杜甫一樣,建安詩壇假如沒有"三曹"將是不可思議的,或者説也就不成其建安詩壇了。詩歌史有時就是這樣不可思議,當一個時期缺少那麼幾個、甚至一兩個最重要的詩人,它就要減卻、甚至失去它的光輝。詩歌史稱李白、杜甫爲雙子星座,我們是否可以説曹操、曹丕、曹植是建安以至魏晉文學的並峙三峰。文學史上三個詩人或文學家並稱的,除了"三曹",還有西晉的"三張"(張載、張協、張亢),南朝宋齊的"三謝"(謝靈運、謝惠連、謝朓),南朝梁的"三何"(何遜、何思澄、何子朗),宋代的"三蘇"(蘇洵、蘇轍、蘇軾),明代的"三袁"(袁宗道、袁宏道、袁中道),清代的寧都"三魏"(魏祥、魏禧、魏禮)等,以上數組詩人或文學家,在文學史上能三位都成爲坐標峰巒式的人物恐不多見。

二、曹操

曹操(155—220)的父親曹嵩,本姓夏侯,爲中常侍曹騰的養子。曹嵩雖然官至太尉,但他的出身一直遭人詬病,曹操當然也受到牽連,甚至被人罵成"贅閹遺醜"。曹操這樣的出身,一方面使他在年輕的時候就有機會步入仕途,接觸社會;另一方面又激勵他練武習文,掌握一些實際的本領,以應對社會。

時勢造英雄,光和末(184),黄巾起事,在征討潁川黄巾和爲濟南相、東郡太守的過程中,進一步鍛煉了曹操治軍和處理政事的本領。中平六年(189),靈帝卒,董卓入洛陽,立獻帝。曹操變異姓名,潛至陳留,散家財募兵,異軍突起,並在軍閥混戰中不斷壯大自己的力量:建安元年(196),迎獻帝建都洛陽,"挾天子以令諸侯",

號令天下，作爲政治家，曹操日益成熟。建安十三年（208），爲丞相；十八年，封魏公；二十一年（216），進爵魏王；二十五年（220）正月卒。

曹操詩歌的創作，可能始於任濟南相之時或更早些。《對酒》《渡關山》等詩表達了他早期的政治理想：天地間以人爲貴，和平安定的社會環境，重禮法賞罰，生産應有積蓄以防自然災害，尊老愛幼的社會風尚等。雖然有些理想化，但可以看出他的理性精神。史傳上説曹操"御軍三十年，手不捨書，晝則講武策，夜則思經傳，登高必賦，及造新詩，被之管弦，皆成樂章"[①]，現存的二十多首詩，大多是在董卓之亂後寫的。《薤露行》《蒿里行》，跨度長達數年，堪稱漢末大動亂和討董實録或"詩史"。"白骨露於野，千里無雞鳴"，讀後令人寸寸腸斷。此後，曹操在平高幹、征烏桓中寫下了《苦寒行》和《步出夏門行》。戰爭是那樣殘酷無情，征戰的條件是那樣的艱苦險惡，風雪失路，溪谷受饑，主帥稍有動搖，將功虧一簣；而一次次征討的勝利，則增強了曹操的信心，熔鑄了他包融日月的寬廣胸懷："日月之行，若出其中。星漢燦爛，若出其裏。"像"老驥伏櫪，志在千里"，則早已成爲激勵古往今來志士仁人的警句和格言。赤壁之戰失利，對曹操無疑是一個很大的打擊，但作爲一個冷静的政治家，他並没有被嚇倒，也没有退卻。用於宴會歌唱的《短歌行》説："周公吐哺，天下歸心。"三國鼎立的局面雖然已經形成，但得賢才者必能得天下，曹操仍然很有信心。

亂世不僅把曹操造就成爲一代英雄，也造就曹操成爲有獨特個性和風格的詩人。"設使國家無有孤，不知當幾人稱帝，幾人稱

①　李昉：《太平御覽》卷九十三，中華書局影印本，1960年，第445頁。

王"①,他在《讓縣自明本志令》一文中出語驚人,但説的卻是大實話。建安時期曹操的地位很特殊,在整個國家的政治生活中,地位又很重要。在他的詩文中,他常常把自己比成周公,或者是稱霸於諸侯的齊桓公。建安二十年(215),曹操以六十高齡西征張魯,《秋胡行》(晨上散關山)雖然有濃厚的游仙成分,表露心情比較複雜,但篇末仍然透露出曹操詩特有的"霸氣"。鍾嶸評曹操詩説:"曹公古直,甚有悲涼之句。""古直",一方面是説,曹操的詩比較接近漢樂府詩和《古詩》,較爲古樸,不事雕繪;另一方面則是對漸趨華麗、注重文采的曹丕、曹植而言,同爲建安詩人,曹操的詩風和曹丕、曹植明顯不同。

　　陳琳章表書記作得很好,曹操説可以治他的頭風病,史家所記也許稍有誇大,但曹操看重文士、重用文士當是事實。建安文學的繁榮發展,原因是多方面的,但與曹操大力提倡是分不開的。曹丕、曹植兄弟從小跟隨曹操征戰,而曹操從來沒有忘記對他們文才的培養,曹丕、曹植從小就誦讀大量詩文,並能寫文章。曹操有時還舉行家族性的文學活動,鍛煉後輩的創作能力。鄴城銅雀臺初成,他率群從子侄而至,命每人作一篇《銅雀臺賦》。曹操是建安文學的領袖,建安文學的成就,曹丕、曹植的文學成就,都與他的大力提倡分不開的。

三、曹丕

　　曹丕(187—226),曹操次子。曹丕五歲開始學習射箭,六歲學

---

①　司馬光:《資治通鑒》卷六十六,中華書局,1956年,第2101頁。

騎馬，八歲能作文章。稍長，誦詩論，博貫經傳諸子百家和《史記》《漢書》諸書。曹丕對他的騎射、擊劍相當自負，每談及，便喜形於色。他說："靶子有常所，即使每發必中，也非至妙。妙的是馳平原，要狡獸，截輕禽，使弓不虛彎，所中必洞。"①他還曾與某一善劍法的將軍過招，以蔗爲杖，曹丕三中其臂，一截其顙，座中皆驚。他屢次隨曹操征戰，征張繡一役，可以説是死裡逃生。建安十五年（210）曹丕爲五官中郎將，丞相副，當時文人雲集鄴下，多爲曹丕、曹植屬官。曹丕世子之尊，王粲、劉楨、陳琳、阮瑀、徐幹、應瑒、應璩、楊修、吳質、邯鄲淳常追隨左右，"公子愛敬客，終夜不知疲。清夜游西園，飛蓋相追隨"（曹植《公宴》），游宴之盛，在中國文學史上成爲美談。不僅如此，每當酒酣耳熱之際，曹丕常命文士賦詠，遂開中國文學史上唱和之風。自然，曹丕也以新一代文壇領袖的身份活躍於建安中後期。建安二十二年（217），曹丕被立爲魏國太子。二十五年（220）正月曹操卒，同年十月漢獻帝禪位於曹丕，曹丕即皇帝位。

　　曹丕早年描寫戰爭的詩篇如《黎陽縣作》，雖然有親身經歷，但也能描寫僕夫戍卒衝風冒雨的艱辛，也能描狀曹軍的軍威氣勢，或許由於在戰爭中所擔當的角色、所負的責任不同，當然還有個人的稟賦氣質的原因，他的這類詩比起曹操來，終覺悲涼深沉、雄渾壯偉略有不足。曹操有如幽燕老將，而曹丕詩有更多的文士氣，他在詩歌史上留芳的不是《黎陽作》《至廣陵馬上作》一類的征戰詩，而是《燕歌行》《善哉行》（有美一人）等便娟婉約之作。曹丕詩描寫思婦的離愁別緒，纏綿深婉，細膩入微；而寫男子對美女的追求，則大

① 李昉：《太平御覽》卷九十三，中華書局影印本，1960年，第447頁。

膽執著，一往情深。

對時間和生命的理解，曹丕似也有別於曹操，"對酒當歌，人生幾何？譬如朝露，去日苦多"，隨着時間和生命的流逝，曹操説："不戚年往，憂世不治。"①他所擔憂的是在有生之年，不一定能看到太平，看到大一統的局面。這是政治家對時間和生命的理解。建安十二年（212），阮瑀病故，曹丕作《寡婦詩》和《寡婦賦》以哀悼。建安二十（215），曹丕與文友游孟津，想起阮瑀已經長逝，不覺有"節同時異，物是人非"之嘆。建安二十二年（217），曹丕的好友徐幹、陳琳、劉楨都因疾疫而去世，次年，他提及此事，悲傷萬分，想起昔日與這些朋友連輿接席、酌觴奏樂、賦詩作文的情景，一時難於自持。建安二十五年（220），曹操卒，曹丕作《短歌行》，哀其孤煢，並説："人亦有言，憂令人老。嗟我白髮，生一何早。"②這時曹丕祇有三十三四歲便嗟嘆白髮早生如此。這是文士對時間和生命的理解。中國古典詩歌，主要是文士的詩歌而不是政治家或軍事家的詩歌，所以曹丕詩歌的文士氣、生命意識，無疑對後世的詩歌産生了深遠的影響。

曹丕的詩，既有"鄙直"的一面，又有漸趨華麗的一面。"鄙直"，指的是對漢樂府民歌的學習和繼承，一些詩歌表現爲較明顯地具有漢樂府詩歌的風概；"華麗"指的是對詞采的講究，章法的精心安排，乃至詩題的設計。曹操現存詩全部是樂府詩，曹丕則樂府、雜題詩各半。建安樂府詩大多都能入樂歌唱，而雜題詩則不入樂，也不歌唱，純爲吟誦之作。樂府詩的歌辭，漢代稱歌詩，而雜題詩則爲我們今天所稱的詩歌。建安時期不一定入樂的詩歌大量出

① 郭茂倩：《樂府詩集》卷三十六，中華書局，1979 年，第 527 頁。
② 郭茂倩：《樂府詩集》卷三十，中華書局，1979 年，第 448 頁。

現,使詩歌創作的途徑較從前似乎來得便捷。講到曹丕的詩歌,我們不能不提到他的兩首七言《燕歌行》,這是現存最早的文人七言詩·或許因爲七言詩在唐代以後也和五言詩同樣成爲中國古代詩歌的主要形式的緣故,所以文學史家常常要提到曹丕的《燕歌行》。其實,曹丕對詩歌形式的嘗試,除了四言、五言、七言,還有六言和雜言。《黎陽作》四首,其中四言二首,五言一首,六言也有一首,一題用三種形式寫出數首詩,在建安甚至稍後一個時期都並不多見,似是作者有意識的摸索或探討。《大牆上蒿行》雜用三、四、五、六、七言。特別是《大牆上蒿行》這樣的長篇,不僅直接影響了鮑照,而且還被後人視爲歌行之祖。

四、曹植

曹植(192—232),是曹丕的同母弟。曹植的生平和創作,以曹操去世爲界,可以劃分爲前後兩個時期,即建安時期和黃初、太和時期。

(一) 建安時期

曹植出生在董卓之亂後的第三年,按照他自己的話説,就是生於戰亂,長於軍旅之中。他自幼跟隨曹操南征北戰,往南一直到赤壁,往東臨東海,往西望玉門,往北出玄塞,經歷相當豐富,《白馬篇》中"游俠兒"從軍邊塞或是曹植理想化的自我形象。一直到明帝太和年間,他還一再請纓,希望讓他帶一隊人馬,突刃觸鋒,前去擒孫權、殺諸葛亮,以期名垂青史。曹植自幼也有很好的文學修養,十餘歲便能詩、論及辭賦十萬言,也喜歡小説。他還寫得一手好文章,曹操讀後,有些懷疑不是出自曹植之手。曹植説,言出爲論,下筆成章,願當面一試,何必請人代筆?剛好鄴城銅雀臺落成,曹操率群從、子侄登臺,讓每人當場都作一篇賦,曹植援筆立成,而且寫得最好,曹操甚爲奇異,從此對他特別寵愛。

黃河流域政治局面穩定之後,鄴城成了曹丕、曹植兄弟以及文士游宴的樂園。曹植以貴公子的身份,過着美遨游的生活,鬥雞走馬,馳射豐宴,在一日復一日的悠游生活中,曹植逐漸暴露"任性而行,不自雕勵,飲酒不節"的弱點①。相對來説,曹丕比曹植老成,他年長的身份又得到年老碩德大臣的認可,在爭嗣的過程中,缺乏心術的曹植終於敗下陣來,曹丕被立爲太子。儘管如此,有着曹操的保護,曹丕、曹植間的關係尚無惡化的大跡象,曹植還是依舊參與太子舉辦的游宴活動,並以比較愉快的心情來寫作《鬥雞》《公宴》《侍太子坐》等一類作品。

贈友之作在曹植早期的詩歌中佔有較大比重。《送應氏》描繪了經過董卓之亂洛陽的殘破,二十多年已經過去,洛陽仍然荒涼不堪。曹植詩較少直接描寫戰亂以及戰亂給社會帶來的災難,與他出生的時間較晚有關。曹植的文友,王粲、徐幹、丁儀、丁翼,都是一些有積極進取精神的文士,他們有時不免有不得志之嘆,或許曹植體會出他們的心志,或許他們曾直接求過曹植。曹植本就沒有機會直接參與政事,或者根本就沒有什麼權力("惜哉無輕舟"②),他一直爲未能幫上朋友什麼忙而感到遺憾,衹能希望朋友們採取"中和"的態度,等待機會。從中我們可以看出曹植對待朋友的誠摯情誼。

(二) 黄初、太和時期

如果説北方基本統一之後,曹植是在"美遨游"中度過他青年

---

① 　陳壽:《三國志》卷十九《魏書·陳思王植傳》,中華書局,1959 年,第 557 頁。
② 　沈德潛:《古詩源》卷五《魏詩·曹植》,中華書局,1963 年,第 123 頁。

時光的話，那麼，自曹操去世之後，他的後半生則是在憂生中艱難捱過的。曹操一死，曹丕繼任爲曹王，立刻翦除曹植的羽翼，誅殺丁儀兄弟並丁家男口。曹植的寓言詩《野田黃雀行》對自己的無權無勢、不能救朋友於危難之際感到懊喪，這時他纔感到曹丕布下的"羅網"是何等的凶殘可怕。建安十九年（214），曹植被封爲臨淄侯，但一直住在鄴城，曹丕殺了丁儀等後，下令諸侯全部就國，前往封地，曹植當然也在其中。黃初二年（220），監國謁者奏曹植"醉酒悖慢，劫脅使者"①，曹丕想治他的罪，幸賴卞太后保護。曹丕貶他爲安鄉侯，又改封鄄城侯，三年，封鄄城王，四年徙封雍丘王。曹植與任城王曹彰、白馬王曹彪一起入京師朝會，曹彰暴死，曹植在返國途中作《贈白馬王彪》，憂傷慷慨，沉鬱頓挫，淋漓悲壯。詩共分七章，章章緊密銜接，給人一氣呵成之感，具有很高的藝術價值。

明帝太和元年（227），曹植徙封浚儀。二年還雍丘，曹植懷抱遠大，才能過人，而無所施用，上《求自試表》，慷慨陳詞，以爲"雖身分蜀境，首懸吳闕，猶生之年"②。三年，又徙東阿。自文帝即位，曹植所封之地都非常貧瘠，以至他常常過着衣食困窘的生活。東阿地較爲沃饒，曹植的物質生活得到某些改善，但是他的政治地位和處境沒得到好轉，明帝仍然對他存有戒心，加以猜忌。曹植在《求通親親表》《陳審舉書》中一再陳述加固"本根"、提防他姓趁虛而入的觀點，而在《雜詩》（轉蓬離本根）、《吁嗟篇》等則再三嗟嘆自己有類轉蓬離開株荄之痛，但是曹植的詩也和他的散文一樣，沒有忘記對建金石之功，流永世之業的追求，《雜詩》（僕夫早嚴駕）仍然

① 陳壽：《三國志》卷十九《魏書·陳思王植傳》，中華書局，1959年，第561頁。
② 蕭統編，李善注：《文選》卷三十七，中華書局影清胡克家刻本，1977年，第519頁。

具有其早期詩歌高亢進取的精神，勁爽的氣骨。

曹植終於在鬱鬱寡歡中結束了他年僅四十一歲的生命。公正地說，比起曹丕卒時僅四十歲，曹植也不算壽短，但他從早期的備受曹操寵愛、自由無拘束的生活，急劇轉變到後期的不斷受猜忌、遭讒言，被排擠傾軋，甚至險些遭受曹丕的毒手，往往使後人爲之掬一把同情淚。但是，也正因爲他後期的遭遇，加上他過人的文才，一篇篇憂生慷慨的作品纔能這樣感染一代又一代的讀者。比起曹操和曹丕，他傳世的作品要多得多，他的四言詩寫得很出色，但五言更爲突出，所以鍾嶸稱他爲"建安之傑"。曹植的詩，除了具備建安的時代特色之外，他抒發個人的際遇，特別是憂生的嗟嘆更帶有個人色彩，更有其個性。曹操詩的古樸悲涼，一變而爲曹丕的便娟婉約，再變而爲曹植的詞采華茂，文人抒情詩的意味越來越重，對藝術的追求也越來越力求完美。建安詩歌，經過曹操、曹丕、曹植的努力（當然還有"七子"和蔡琰等），在中國詩歌史上展示了一次大的飛躍、大的輝煌，一千多年來一直讓人們贊嘆不已。

張協洛陽二賦初探

——《洛禊賦》與《登北芒山賦》

　　張協洛陽二賦,指的是《洛禊賦》和《登北芒山賦》這兩篇描寫洛陽的賦作。張協是被鍾嶸《詩品》列爲十家上品者之一,由於張協的作品流傳較少等原因,對張協的研究幾乎是一片空白,他的賦更沒有人問津。本文論述張協這兩篇賦産生的背景,文化的或歷史的意蘊,指出這兩篇賦,一作於前期,一作於後期,由於社會環境起了很大的變化,格調和風格上也有較大差異。最後指出,同樣一個詩人、賦家,在他們不同時期的諸多作品中格調和風格存在差異,這種文學現象,在文學史是不難見到的。

　　張協,字景陽,安平觀津(今河北武邑)人,生年不詳,大約活到晉懷帝永嘉(308—313)中。張協是西晉一位很有活力的詩人,他的詩今存不多,但在六朝卻被鍾嶸列入《詩品》的上品。從漢到梁初列入上品的祇有 10 家,晉祇有 4 個詩人享有此殊榮,張協以外的另 3 人是:陸機、潘岳和左思。陸機等 3 人近百年來研究的論著發表不少,或由於傳世作品較少等緣故,對張協的研究探討顯得太少了。蕭統《文選》除了選録張協的 10 首《雜詩》、一首《咏史詩》外,還選了他的《七命》1 篇。《七命》受漢枚乘《七發》的影響,是

"七體"中的重要文章。據嚴可均《全晉文》，張協還有賦若干篇，但多爲殘篇，其中比較成篇的有《洛禊賦》《登北芒山賦》《玄武館賦》和《安石榴賦》，而前二篇都與洛陽有關，一篇寫的是水，一篇寫的是山。

張協賦前人也不曾論述過，本文擬就《洛禊賦》與《登北芒山賦》這兩篇與洛陽有關的賦作一些初步的探討，以就正於方家。這兩篇賦選家一般都不入選，讀者未必熟悉，況且文不甚長，故加以全錄。

一、洛禊賦

　　夫何三春之令月，嘉天氣之氤氳。和風穆以布暢兮，百卉曄而敷芬。川流清泠以汪濊，原隰蔥翠以龍鱗，游魚瀺灂於渌波，玄鳥鼓翼於高雲。美節慶之動物，悅群生之樂欣。顧新服之初成兮，將禊除於水濱。於是縉紳先生，嘯儔命友，攜朋接黨，冠童八九，主希孔、墨，賓慕顏、柳，臨涯咏吟，濯足盥手，乃至都人士女，弈弈祁祁，車駕岬嶭，充溢中逵，粉葩翕習，緣阿被湄，振袖生風，接衽成幃。若夫權戚之家，豪侈之族，采騎齊鑣，華輪方轂，青蓋雲浮，參差相屬，集乎長洲之浦，曜乎洛川之曲。遂乃停輿蕙渚，稅駕蘭田。朱幔虹舒，翠幕蜺連，羅樽列爵，周以長筵。於是布椒醑，薦柔嘉，祈休吉，蠲百痾，漱清源以滌穢兮，攬綠藻之纖柯，浮素卵以蔽水，灑玄醪於中河。清哇發於素齒，□□□□□□。水禽爲之駭踴，陽侯爲之動波。①

---

　　① 嚴可均輯：《全上古三代秦漢三國六朝文·全晉文》卷八十五，中華書局，1958年，第1951頁。

　　三月三日上巳修禊的風俗，其來已十分遙遠。《韓詩·鄭風·溱洧》："溱與洧，方渙渙兮，渙渙，盛貌也，謂三月桃花水下之時，至盛也。惟士與女，方秉蕳兮。秉，執也。蕳，蘭也。當此盛流之時，衆士衆女方執蘭拂除邪惡。鄭國之俗，三月上巳之辰，此雨水之上，招魂續魄，拂除不祥，故詩人願與悦者俱往觀之。"如果《韓詩》的詮解可信的話，那麼上巳於水祓除邪去惡的記載就可以追溯到《詩經》了①。溱水和洧水，雖然不屬於黃河水系，但就其地域而言，都在今河南境内，離洛水並不太遠，即所謂"昔三代之居皆河洛之間"②，或許當年的洛水一帶也有修禊的習俗。

　　西漢都長安，《後漢書·禮儀志》有若干條於灞水修禊洗濯的記載。東漢都洛陽，於洛水修禊的記載，《太平御覽》卷三十録有二條，一爲《續漢志》：

　　　　上巳大會賓從，於薄落津。

"落"，當作"洛"；"落津"，即"洛津"，也即洛水。另一條爲《後漢書》：

　　　　梁商上巳日會賓客於洛水，酒酣，繼以《薤露》，坐者聞之，皆爲掩泣，曰："此所謂哀樂失時，非其所也。殃將及乎？"商至秋果薨。

《太平御覽》卷五五二、《北堂書鈔》卷九二、《初學記》卷一四引均作

---

①　李昉：《太平御覽》卷三十"時序部"一五，中華書局影印本，1960年，第143頁。
②　班固：《漢書》卷二十五上《郊祀志》上，中華書局，1962年，第1205頁。

司馬彪《續漢書》，檢范曄《後漢書》，無此文，作《續漢書》是。《太平御覽》卷五五二等，"酒酣"作"倡樂畢極"。上巳，本是修禊祓除的日子，但不知不覺，卻又衍變成爲一個官民同游樂的節日，從《鄭風·溱洧》到《續漢書》所記的"倡樂畢極"，都可以證明這一點。東漢杜篤《祓禊賦》也是寫洛水的："王侯公主，暨乎富商，用事伊雒，帷幔玄黃。於是旨酒佳肴，方丈盈前，浮棗絳水，酹酒釀川。若乃窈窕淑女，美媵豔妹……若乃隱逸未用，鴻生俊儒，冠高冕，曳長裾，坐沙渚，談詩書，詠伊呂，歌唐虞。"①當然，上巳這一天是一個快樂的日子，唱的歌也應是快樂或令人高興的曲子，決不允許像梁商那樣唱挽歌《薤露》之類讓人敗興（因此，後人也就附會出他壽命不永的説法來）。所有這一切都是張協這篇《洛禊賦》寫作的歷史基礎。

到了西晉，洛水修禊似比前代有過之而無不及。大約是經過了數十年的戰亂和動亂之後，人們都希望能過各自平靜安穩的日子，同時，社會上層追求安逸和享樂的情緒也有所增強，上巳作爲暮春的一個民間節日，更是一個遨游、逸樂的上好日子。《夏仲御別傳》②説，有個叫夏仲御的讀書人，初到洛陽，到三月三日這一天，"洛中公王以下，莫不方軌連軫，並南浮橋邊禊，男則朱服耀路，女則錦綺粲爛"，夏仲御卻穩坐船中曝藥，熟視若無睹，"穩坐不搖"。夏仲御異於常人的舉止，反而引起權貴賈充的好奇，想方設法要打聽個究竟。就是説，到上巳這一天，參與游樂，是非常正常的，游離於逸樂的人群，反而就有點怪了。在這樣的背景下，成公

① 歐陽詢：《藝文類聚》卷四"歲時"中，上海古籍出版社，1999年，第69頁。
② 李昉：《太平御覽》卷三十"時序部"一五引，中華書局影印本，1960年，第143頁。

綏和張協各自的《洛禊賦》、褚爽和夏侯湛各自的《禊賦》、阮瞻的《上巳賦》等有關洛水修禊賦作就產生了。

張協的這篇賦是一篇愉情之賦，好像與前人沒有什麼太大的不同，但是他所寫的"臨涯詠吟，濯足盥手"似當加以注意。杜篤所寫，是"詠伊呂，歌唐虞"，似乎祇是詠歌前人的作品或者吟些曲子之類，不太有參與修禊的文士們創作的內容。"臨涯詠吟"，張協也沒有具體說，文士們寫了哪些詩文，但我們可以從其他人的作品中逮到例證，與張協同時代的潘尼就寫過一首《三日洛水作》的詩，其中說："方駕結龍旂，廊廟多豪俊。"①能寫詩的當然不止潘尼一人。三月三日在洛水修禊寫詩，不一定在洛水，在其他地方修禊也同樣寫詩，例如張華有《三月三日後園會詩》《上巳篇》，王濟有《平吳後三月三日華林園詩》，阮脩有《上巳會詩》，等等。張協（還有成公綏）的《洛禊賦》似也應看作是三月三日在洛水修禊所賦詠的一篇作品。到了東晉之後，三月三日臨流賦詩成了文士們一個傳統，王羲之著名的《蘭亭集序》就是爲當時與會者所創作的數十首詩所作的一篇序言，此外，收入《文選》的顏延之、王融各自的《三月三日曲水詩序》也是在這種情況下產生的，王羲之、顏延之、王融《詩序》之外，寫過同類詩序的還有孫綽和梁簡文帝蕭綱等等。對於流傳下來的上巳詩、曲水詩、修禊詩和其他同類作品，在整個兩晉南北朝的文壇中，可以說是蔚爲大宗。單篇的賦作，有梁蕭子範《家園三日賦》、由南入北的庾信所作的《三月三日華林園馬射賦》等等。當然兩晉的修禊賦，不一定始於張協，但張協的《洛禊賦》對兩晉南北朝的三月三日修禊

---

① 歐陽詢：《藝文類聚》卷四"歲時中·三月三日"，上海古籍出版社，1999年，第64頁。

詩賦毫無疑問有一定的影響。

《文選》把文體分成三十七類（或説三十八、三十九類），賦排在第一類。賦又分成十五小類，遺憾的是沒有"時序"一類。唐初編的類書如《初學記》《藝文類聚》都有"時序"類，宋初編的《文苑英華》是繼《文選》之後的一部大型文學總集，"賦類"中也有"時序"這一小類。《初學記》和《藝文類聚》收了較多的修禊賦，而在《文苑英華》的"時序賦"中卻一篇也沒有，這也許反映了唐初至宋初人們對"三月三日"修禊觀念的某些轉變。近年來賦學的研究已經逐步深入，其中對京都、畋獵、宮殿、紀行、游覽，乃至情、志、哀傷等類都有比較多的研究，或由於《文選》賦不列"時序"類、《文苑英華》所選時序賦成績又不太突出，人們有所疏忽。其實，像張協《洛禊賦》等有關時序賦，常常涉及中國古代風俗民情的不少問題，深入加以研究，是一件十分有意思的事。

二、登北芒山賦

陟巒丘之巍嵬，升逶迤之修岅，迥余車于峻嶺，聊送目於四遠，靈嶽鬱以造天，連岡巖於蹇産，伊、洛混而東流，帝居赫以崇顯。山川汩其常弓，萬物化而代轉。何天地之難窮，悼人生之危淺，嘆白日之西頹兮，哀世路之多蹇。於是徘徊絕嶺，踟躇步趾，前瞻南山，卻關大伾，東眺虎牢，西睨熊耳，邪互天際，旁及萬里，莽眩眼以芒昧，諒群形之難紀。臨千仞而俯看，似游身于雲霓。撫長風以延佇，想凌天而舉翮。瞻冠蓋之悠悠，睹商旅之接枙。爾乃地勢窊隆，丘墟陂陁，墳壟峞疊，棋布星羅，松林摻映以攢列，玄木搜寥而振柯。壯漢氏之所營，望五陵之嵬峨。喪亂起而啓壤，僮豎登而作歌。①

北芒山，一作北邙山，或簡稱芒山、邙山。《説文》曰："邙，洛陽北土，上邑也。"楊佺期《洛陽城記》曰："北山連嶺，修亘四百餘里，實古今東洛九原之地也。"②邙山，在今洛陽城北，古今"九原之地"，即歷代墳地，據載，伊尹、蘇秦、張儀、扁鵲、田横、劉寬、楊修、孔融、吳後主、蜀後主、嵇康、阮籍等都有冢在此③。北芒山，是漢魏洛陽名山，不僅地勢雄偉，爲洛陽北邊屏障，而且在這座山還生發不少故事。東漢梁鴻，有感於帝王宮殿建築的豪奢，給民衆帶來極大的、連年不斷的苦難，作《五噫歌》以諷："陟彼北芒兮，噫！顧覽帝京兮，噫！宮室崔嵬兮，噫！人之劬勞兮，噫！遼遼未央兮，噫！"④又據《後漢書·五行志》載，靈帝時流傳着這樣一首童謡："侯非侯，王非王，千乘萬騎上北芒。"⑤到了中平六年(189)董卓之亂起，獻帝爲中常侍段珪等所執，公卿百官隨其後到北芒山阿乃得還，這就是非侯非王上北芒了。董卓下令焚燒洛陽，並縱容手下軍人挖掘東漢帝陵，洛陽殘破，慘不忍睹。二十餘年之後，董卓亂後纔出生的年輕詩人曹植來到洛陽，登北芒山俯瞰，但見一片淒涼，寫下了他那首著名的《送應氏》(二首其一)，其中有云："步登北邙阪，遥望洛陽山。洛陽何寂寞，宮室盡燒焚。垣牆皆頓擗，荆棘上

---

① 歐陽詢：《藝文類聚》卷七"山部上·北邙山"，上海古籍出版社，1999年，第137頁。又見嚴可均輯：《全上古三代秦漢三國六朝文·全晉文》卷八十五，中華書局，1958年，第1951—1952頁。

② 李昉：《太平御覽》卷四一"地部"六引，中華書局，1960年影印本，第199頁。

③ 樂史：《太平寰宇記》卷三"河南道三·西京一"，中華書局影印本，2000年，第30頁。

④ 蕭繹撰，許逸民校箋：《金樓子校箋》卷四，中華書局，2011年，第752頁。

⑤ 范曄：《後漢書》卷十三《五行志一》，中華書局，1965年，第3284頁。

參天。不見舊耆老，但睹新少年。"①曹丕建立曹魏政權，仍以洛陽
爲都，曹丕曾於盛夏前往北芒山打獵，從行者多有中暑，鮑勛切諫，
卻由此引來殺身之禍。明帝登位之後，這位熱衷於興建宮室的皇
帝，覺得北芒山擋住了他在宮廷樓閣上遙望孟津河的視野，突然大
發奇想，有意想削平這座高大無比的大山，幸有廷尉辛毗進諫，以
爲損費人功，民不堪役，明帝乃作罷。北芒山的崔嵬雄奇，以及它
所經歷的種種歷史事件，都在詩賦家張協心中打下很深的印記，激
發起他創作這篇《登北芒山賦》的熱情。

從這篇現存於《藝文類聚》的《登北芒山賦》的末尾看，很可能
是殘篇，不過，這似乎不太妨礙我們對賦作的理解。《晉書》本傳
説："于時天下已亂，所在寇盜，協遂棄絶人事，屏居草澤，守道不
競，以屬詠自娛。"②賦除了對北芒山山勢的描寫之外，並由北芒山
聯想到與它相關的歷史，抒寫了亂世間人生不保，世路多艱的悲痛
情感，遂有舉翮飄然出世的悠悠然之想。從全文的情調看，賦當作
於永康元年(300)八王之亂後、屏居草澤之時。整篇賦的情調比較
低沉，色調較爲陰晦。

張協的創作，以"八王之亂"的永康元年爲界，大約可以分爲前
後兩個時期。《洛禊賦》的寫作具體時間雖然不詳，但從所寫的和
風布暢，百卉敷芳，士女雜遝，華輪競轂，以及被禊的愉悦心情看，
賦作於前期當無疑——"八王之亂"後，人們的生命常常朝不保夕，
即使有心情，洛水之涘恐怕也沒有那種讓人從容平静修禊的良好
環境了。

① 沈德潛:《古詩源》卷五《魏詩》,中華書局,1977年,第103頁。
② 房玄齡:《晉書》卷五十五,中華書局,1974年,第1519頁。

　　本文論述張協的洛陽二賦，恰好一篇作於前期，一篇作於後期。學界在論述某詩人詩風時，常常采用分期的辦法，有些詩人經歷比較豐富，不同的時期創作出來的作品，無論是内容，還是格調、風格，往往也會存在不同程度的差異，但在賦學的研究方面，似較少看到采用這種方法，其中的原因可能比較複雜，依本人淺見，主要有兩個方面，一是賦學的研究程度相對於詩學，深度可能會來得淺一點；二是對某一個賦家來説，賦作的總數量總是有限，像唐代律賦家王棨之賦數量多得足以編就一部賦集的畢竟不是太多①。當然，不是所有的詩人他們的創作都有必要進行分期，賦家也一樣。張協的賦也是不多的，當然也不一定有必要對它們進行分期，但我們要指出的是，在張協不多的賦作中，前後期的作品在格調、風格上存在着明顯的差異，這在他的洛陽二賦——《洛禊賦》和《登北芒山賦》中表現得十分明顯，前者顯得秀媚明朗，有一種清秀之美，後者則凝重陰晦，接近於沉鬱之美。在筆者看來，一個作家或詩人所有的作品祇有一種格調，一種風格，這種現象不能説没有，但是在大多數的情況下，一個作家或詩人他的作品可能有一個起主導性的格調、風格，但從總體的作品看，由於寫作的環境前後不太相同，所描寫和表現的對象不同，格調、風格也是可能不同的，賦家也不能例外，這是我們研究張協《洛禊賦》和《登北芒山賦》的一點心得，不知專家和讀者們以爲然否？

---

①　王棨賦集名《麟角集》，編入《四庫全書》集部别集類。

謝靈運《述祖德詩》發微

——兼及晉宋之際陳郡陽夏謝氏子弟的境遇

一、前言

　　"晉自社廟南遷,禄去王室,朝權國命,遞歸台輔。君道雖存,主威久謝。"[①]東晉王朝的建立,一開始已經存在明顯的弱點。晉元熙二年(420),晉恭帝禪位於劉裕,長達104年的東晉王朝從此結束了它的歷史。晉恭帝司馬德文(386—421)在簽署禪讓詔書時説:"桓玄之時,天命已改,重爲劉公所延,將二十載。"[②]"桓玄之時",晉安帝元興二年(403)十二月,桓玄篡位,故恭帝有"天命已改"之嘆。劉裕、劉毅等舉兵討桓玄,玄被殺,義熙元年(405),劉毅到江陵,破桓謙、桓振,江陵平,天子反正。從安帝反正至永熙元年劉裕即帝位,又延續了十五六年。然而這十五六年中,朝權隨即又落於劉裕等人之手,晉帝名存實亡。晉恭帝禪讓的不過是徒有虛名的晉朝帝位而已,不然,他何以能這樣輕易地把江山拱手相讓?早在義熙中期,劉裕便開始翦除異己,首當其衝的是劉毅;隨後,又

---

① 沈約:《宋書》卷三《武帝紀》下,中華書局,1974年,第60頁。
② 沈約:《宋書》卷二《武帝紀》中,中華書局,1974年,第46頁。

逐漸誅夷司馬氏宗戚。因此，我們把晉宋之際的上限定在晉安帝元興二年。這一年，謝靈運十九歲，剛剛步入青年時期不久。

劉裕登基之後，致力於整頓朝綱，疾甚之時，不忘提醒少帝身邊有危險的政敵存在。果然不出其所料，輔佐大臣先廢殺廬陵王義真（407—424），旋即又廢少帝，將其幽於吳，並追殺之。文帝即位之後，誅徐羨之（364—426）、傅亮（274—426），討殺謝晦。元嘉十年（433），殺謝靈運，靈運時年四十九。十三年（436），被宋武帝劉裕視爲潛在敵手、堪稱“萬里長城”的戰將檀道濟（？—436）被誅，從此，劉宋王朝進入相對平穩的時期，文帝分封同姓子弟，以鞏固其根本。因此，我們把晉宋之際的下限定在檀道濟被殺的元嘉十三年。從晉安帝元興二年至元嘉十三年，共計三十四年。這三十多年間，社會處在一個由動亂，到晉宋易代，到輔佐大臣廢少帝立文帝、文帝翦除輔佐大臣、調整統治階層關係的時期，我們稱它爲晉宋之際。當然上下限的劃定，祇是一個大體的界定，並不是一個很嚴格的定義。如果我們這樣的表述大抵不誤的話，謝靈運步入青年之後，直到他的生命結束，就一直生活在晉宋之際這樣一個動蕩的世變時代。

二、《述祖德詩》作年

謝靈運“少好學，博覽群書，文章之美，江左莫逮”①。宋少帝時，靈運出爲永嘉太守，在郡一周，掛冠退居始寧，這一時期，謝靈運的山水詩已經成熟，“每一詩至都邑，貴賤莫不競寫，宿昔之間，

---

①　沈約：《宋書》卷六十七《謝靈運傳》，中華書局，1974年，第1743頁。

士庶皆遍,遠近欽慕,名動京師"①,聲名之重如此。沈約以爲宋世詩歌顏、謝騰聲,"靈運之興會標舉,延年之體裁明密,並方軌前秀,垂範後昆"②,謝靈運之詩,往前可以與曹植(192—232)、陸機(261—303)等"前秀"比肩,往後可以作爲後人作詩的楷模。這些論述,涉及謝靈運詩地位和影響問題,而不是具體作品的討論。梁初鍾嶸(約468—約518)《詩品》把漢代以來一百二十多位詩人分爲上、中、下三品,謝靈運名列"上品":

> 其源出於陳思,雜有景陽之體,故尚巧似,而逸蕩過之,頗以繁富爲累。嶸謂若人興多才高,寓目輒書,內無乏思,外無遺物,其繁富,宜哉!然名章迴句,處處間起;麗典新聲,絡繹奔會。譬猶青松之拔灌木,白玉之映塵沙,未足貶其高潔也。③

同書"中品"還有兩處評論謝運詩,一條是"宋光祿大夫顏延之":

> 湯惠休曰:"謝詩如芙蓉出水,顏詩如錯采鏤金。"④

"宋法曹參軍謝惠連"條又云:

> 《謝氏家錄》云:"康樂每對惠連,輒得佳語。後在永嘉西

---

① 沈約:《宋書》卷六十七《謝靈運傳》,中華書局,1974年,第1754頁。
② 沈約:《宋書》卷六十七《謝靈運傳》,中華書局,1974年,第1778—1779頁。
③ 鍾嶸撰,陳延傑注:《詩品注》上,人民文學出版社,1961年,第29頁。
④ 鍾嶸撰,陳延傑注:《詩品注》中,人民文學出版社,1961年,第43頁。

堂,思詩竟日不就。寤寐間忽見惠連,即成'池塘生春草'。故
嘗云:'此語有神助,非我語也。'"①

"芙蓉出水",形容謝靈運詩清麗,後一條則説謝詩出於自然。這兩
則詩評討論的都是謝靈運的山水詩。謝靈運的詩以山水詩著稱,
流芳文學史册,這是不容置疑的。被《文選》選入"游覽"、"行旅"兩
類都是山水詩,此外,"雜詩"類中的《田南樹園激流植援》《石門新
營所在四面高山廻谿石瀨茂林修竹》等,也是山水詩。至於《九日
從宋公戲馬臺送孔令》("公讌"類)《登臨海嶠與從弟謝惠連》、《酬
從弟惠連》("贈答"類)《南樓中望所遲客》("雜詩"類)等,就整首詩
而言,不能算是山水詩,但偶有寫景之句,常被論者稱引,在研究山
水詩時,不能不加以注意。但是,《文選》所收錄的謝靈運詩,也有
一些與山水完全無關的詩,如列於"雜擬"類的《擬魏太子鄴中集》
八首,以及本文要討論的列於"述德"類的《述祖德詩》二首。

　　《文選》詩分爲二十三小類,"述德",列於"補亡"之後,爲第二
類。不能説,列於最後幾類的"雜歌"、"雜詩"、"雜擬"就不重要,但
是第一類"補亡",是補《詩經》亡佚之詩;第二類"述德",是叙品德
及德政;第三類"勸勵",是勸誡勉勵之詩;第四類"獻詩",是獻給國
君的詩。前四類或事關經典,或有關德政教化、倫理綱常,都有關
詩教,題材重大,昭明太子將它們列於詩類的前幾小類②。而"述
德"類,則僅錄謝靈運詩二首。《文選》詩類各小類之下,李善(初唐

----

① 鍾嶸撰,陳延傑注:《詩品注》中,人民文學出版社,1961年,第46頁。
② 蕭統編《文選》賦類,也分爲若干小類,第一小類"京都",有宣示國家權威之意;
第二小類"郊祀",是國家重大的祭典活動;第三小類"耕藉",有關民生;第四小類"畋
獵",騎射獵狩,訓練體魄勇力,與操練軍隊,護衛國家安全有關。賦類中的前數小類,題
材亦頗重大。

時人,生卒年不詳)有的加注,有的沒有加注。沒有加注的,如"詠史"、"詠懷"、"哀傷"、"贈答"等,不加注而義已自明,如加注反而蛇足。一些小類如果不加注,讀者不一定能明瞭其義,"祖餞",李善注:"崔寔《四民月令》曰:'祖,道神也。黄帝之子,好遠游,死道路,故祀以爲道神,以求道路之福。'"①還有一種情況,就是小類之下李善之注,祇引用所選詩之《序》,讀其《序》,也就可以明瞭此類詩之義了②,謝靈運的《述祖德詩》屬於這種情況。善注引謝靈運《述祖德詩序》曰:

> 太元中,王父龕定淮南,負荷世業,尊主隆人。逮賢相徂謝,君子道消,拂衣蕃嶽,考卜東山。事同樂生之時,志期范蠡之舉。③

李善注引文,常常是節引,而非全引。這段文字比較簡略,疑亦非《序》的全文。不過,如果讀過《述祖德詩》正文之後再回過頭審視《序》文,可以發現善注所引已經把作詩的本意交代清楚了。從《序》文我們可以知道,詩重點寫的是"王父",即謝靈運之祖謝玄(343—388);次及"賢相",即謝靈運之從曾祖謝安(320—385)。所寫之事和功有兩件,一是謝玄"龕定淮南",二是謝安"徂謝"之後,謝玄卜居東山。至於述祖之德,一是"負荷世業,尊主隆人",二是"事同樂生之時,志期范蠡之舉"。"樂生",戰國燕昭王時上將樂毅

---

　　① 蕭統編,李善注:《文選》卷二十,中華書局影清胡克家刻本,1977年,第292頁。
　　② 蕭統編,李善注:《文選》卷二十一應璩《百一詩一首》,李善注引張方賢《楚國先賢傳》及李充《翰林論》,"百一"的詮釋仍然不是很清晰。
　　③ 蕭統編,李善注:《文選》卷十九,中華書局影清胡克家刻本,1977年,第273頁。

（生卒年不詳），下齊七十餘城。惠王繼位，中齊反間計，以他將代樂毅，毅奔趙；"范蠡"（生卒年不詳），春秋越國大夫，助勾踐（？—前465）滅吳，功成後泛舟五湖。謝玄卜居東山，其事類似於樂毅和范蠡。僅從《序》文，我們已經可以看出，《述祖德詩》，不僅述祖之德，而且述祖之功；德是由功而來，無功何來德？

《述祖德詩》二首如下：

> 達人貴自我，高情屬天雲。兼抱濟物性，而不纓垢氛。段生蕃魏國，展季救魯人。弦高犒晉師，仲連卻秦軍。臨組乍不緤，對珪寧肯分。惠物辭所賞，勵志故絕人。苕苕歷千載，遙遙播清塵。清塵竟誰嗣，明哲時經綸。委講綴道論，改服康世屯。屯難既云康，尊主隆斯民。
>
> 中原昔喪亂，喪亂豈解已。崩騰永嘉末，逼迫太元始。河外無反正，江介有慼竘。萬邦咸震懾，橫流賴君子。拯溺由道情，龕暴資神理。秦趙欣來蘇，燕魏遲文軌賢相謝世運，遠圖因事止。高揖七州外，拂衣五湖裏。隨山疏濬潭，傍巖葺杇梓。遺情捨塵物，貞觀丘壑美。①

首先，我們要討論的是這兩首詩的作年。今人顧紹伯先生將此詩繫于景平元年（423）："秋末，靈運回到故鄉會稽始寧縣，開始第一次隱居生活，與隱士王弘之（365—427）、孔淳之（371—430）等相游止。《述祖德詩》二首、《會吟行》等詩及《與盧陵王義真箋》蓋

---

①　蕭統編，李善注：《文選》卷十九，中華書局影清胡克家刻本，1977年，第273—274頁。

作於是年冬。"①謝靈運回到始寧墅之後所撰寫的最重要作品是
《山居賦》，顧先生將《山居賦》繫於元嘉二年(425)②，並認爲此賦
動手於上一年，完成於本年③。本人贊同《述祖德詩》與《山居賦》
都作於自永嘉歸始寧之後的觀點。《述祖德詩》有"遺情捨塵物，貞
觀丘壑美"之句，李雁先生引《山居賦》"研精静慮，貞觀厥美"爲證，
以爲詩、賦"作期亦應與之相去不遠"④，我們還可以舉出一條材料
支撑其論證：

> 余祖車騎建大功淮、肥，江左得免橫流之禍。後及太博既
> 薨，遠圖已輟，於是便求解駕東歸，以避君側之亂。廢興隱顯，
> 當是賢達之心，故選神麗之所，以申高棲之意。經始山川，實
> 基於此。⑤

車騎，即謝玄。玄卒，追贈車騎將軍。"建大功淮、肥，江左得免橫
流之禍"，即《序》"龕定淮南"，詩"萬邦咸震懾，橫流賴君子"之意；
"太博既薨，遠圖已輟，於是便求解駕東歸"，即《序》"賢相徂謝，君
子道消，拂衣蕃嶽，考卜東山"，詩"賢相謝世運，遠圖因事止。高揖
七州外，拂衣五湖裏"之意；"賢達之心，故選神麗之所，以申高棲之

　①　謝靈運撰、顧紹柏校注：《謝靈運生平事跡及作品繫年》，《謝靈運集校注》附録二，里仁書局，2004年，第584頁。
　②　謝靈運撰、顧紹柏校注：《謝靈運生平事跡及作品繫年》，《謝靈運集校注》附録二，里仁書局，2004年，第591頁。
　③　楊勇：《謝靈運年譜》將《山居賦》繫於景平二年，亦即元嘉元年(424)。參陳祖美編校：《謝靈運年譜彙編》，廣西師範大學出版社，2001年，第86頁。
　④　李雁：《謝靈運研究》，人民文學出版社，2005年，第161頁。
　⑤　謝靈運：《山居賦》自注，《宋書》卷六十七《謝靈運傳》，中華書局，1974年，第1756頁。

意",即詩"達人貴自我,高情屬天雲。兼抱濟物性,而不纓垢氛"之意。"經始山川,實基於此",即詩"隨山疏濬潭,傍巖蓺枌梓。遺情捨塵物,貞觀丘壑美"之意。精神實質,完全契合。因此,《述祖德詩》寫於《山居賦》創作前後,或創作的過程之中,應當是沒有問題的,所以我們繫此詩於元嘉元年至二年(424—425)間。

三、掛冠回始寧的矛盾心境

謝靈運述謝玄之德,歸結到謝玄的卜居東山,謝靈運頗爲欣羨。那麼,謝靈運的掛冠回始寧,和謝玄的卜居東山,究竟是相同還是不相同?

泚水之戰,作爲前敵的指揮官,謝玄大敗苻堅(338—385),龕暴靖亂,秦、趙、燕、魏,北方各個政權都伏伏帖帖,一時江左免受侵擾,功莫大焉。祇是因爲太博謝安既薨,朝廷鬥爭激烈,謝玄平定北方的"遠圖"不能不因此而止,爲了"避君側之亂",謝玄急流勇退,"遺情捨塵物,貞觀丘壑美"。謝靈運對謝玄卜居東山贊美有加,一是認爲謝玄能看清當時形勢,全身而退。二是謝靈運雖然對謝玄遠大抱負未能實現感到遺憾,但畢竟"建大功淮、肥",是功成而退。值得注意的是,《述祖德詩》及其《序》,引述了樂毅、范蠡、段干木(戰國初期,生卒年不詳)、展季(前720—前621)、弦高(春秋時期,生卒年不詳)、魯仲連(約前300—前250前後)六位"貴自我"的"達人",盡管他們的身份、經歷、建功的方式不太一樣,然而他們在爲國建功立業這一點上是相同的,他們都"兼抱濟物性,而不纓垢氛",也都是"臨組乍不緤,對珪寧肯分。惠物辭所賞,勵志故絕人"一流的人物(樂毅情況略有不同)。這些人物迄謝靈運之

世已經有千載之遙,但是他們的清名遠播至今。謝靈運認爲可以
繼其清名的是謝玄:"清塵竟誰嗣,明哲時經綸。"也祇有謝玄纔稱
得上"屯難既云康,尊主隆斯民。"清人吳淇曰:"'祖德',是表玄德,
非頌玄功也。玄功詳《晉史》,無容贅。靈運恐後人因功而忘其德,
故作此詩。"①當然,要全面瞭解謝玄之功,當讀諸家《晉史》,但是
如我們上文所說,謝玄一生最大的功績是淝水之戰破苻堅,表玄德
離不開表玄功,謝玄是建立功勳之後方纔卜居東山的。

　　謝靈運歸始寧墅,修營舊業,過起"肥遁"生活②。謝靈運爲什
麼要回始寧,爲什麼要過起"肥遁"的生活? 要回答這個問題,恐怕
得從他入宋之後的仕歷和經歷説起,試看《宋書》本傳的載述:

　　　　高祖受命,降公爵爲侯,食邑五百户。起爲散騎常侍,轉
　　太子左衛率。靈運爲性褊激,多愆禮度,朝廷唯以文義處之,
　　不以應實相許。自謂才能宜參權要,既不見知,常懷憤憤。廬
　　陵王義真少好文籍,與靈運情款異常。少帝即位。權在大臣,
　　靈運構扇異同,非毁執政,司徒徐羨之等患之,出爲永嘉太守。
　　郡有名山水,靈運素所愛好,出守既不得志,遂肆意游遨,遍歷
　　諸縣,動踰旬朔,民間聽訟,不復關懷。所至輒爲詩詠,以致其
　　意焉。在郡一周,稱疾去職。③

入宋之後,謝靈運按例從公降爲侯,改朝換代,也無話可説。而謝

---

　　① 謝靈運撰、黃節注,《謝康樂詩注》引,人民文學出版社,1958年,第55頁。
　　② 謝靈運《與廬陵王義真箋》:"會稽既豐山水,是以江左嘉遁,並多居之。但季世
慕榮,幽棲者寡,或復才爲時求,弗獲從志。"(沈約:《宋書》卷九十三《王弘之傳》,中華
書局,1974年,第2282頁)
　　③ 沈約:《宋書》卷六十七《謝靈運傳》,中華書局,1974年,第1753—1754頁。

靈運性“褊激，多愆禮度”，武帝如何加以重用？衹是以“文義”見容而已。既不受重用，自視很高的謝靈運更加難受，“常懷憤憤”。還在武帝在世之時，武帝次子廬陵王劉義真與謝靈運“周旋異常”、“暱狎過甚”，以至劉義真“云其得志之日，以靈運、延之爲宰相”①。少帝即位之後，謝靈運似比武帝在世之時更甚，發展到“構扇異同，非毀執政”。大臣徐羨之等謀廢立，依次則爲廬陵王義真，“以義真輕訬，不任主社稷”②，故欲先除之。爲了除掉義真，徐羨之等擔心謝靈運不報或者鬧事，於是，將靈運出爲永嘉太守。到了永嘉，謝靈運鬱抑不得志，遂肆意游遨，不理政事。一年之後，謝靈運回始寧。謝玄是功成名就之後回到始寧的，謝靈運回始寧，傍山帶江，謝玄的舊業幽居之美依舊，而他的歸來，是出守“不得志”而歸，是“稱疾”而歸，既無功名可言，亦無德政可稱，和謝玄有着天淵之別。

　　謝靈運從永嘉回到始寧，雖然既無功勳可言，也沒有德政可稱，但不等於他沒有功勳和德政的理想。有學者説：“靈運住在故鄉始寧，他過的是一種實實在在的隱居生活，沒有任何跡象表明他是身在江湖，心存魏闕，所以接交者不是達士，就是高僧。總的説來。他對這種不受管束的生活是頗感滿意的。”③《山居賦》和《述祖德詩》作於謝靈運回到始寧之後的一兩年後，諸家沒有太大的分歧。那麼，《述祖德詩》和上文所引的《山居賦》那條注所描述的謝玄的建功立業與德政，無疑是謝靈運的理想，也即努力和追求的目標。謝靈運的確是回山水舊居了，也可能一時往來者多是達士和

───────────

　　①　沈約：《宋書》卷六十一《武三王傳》，中華書局，1974 年，第 1635—1636 頁。
　　②　沈約：《宋書》卷六十一《武三王傳》，中華書局，1974 年，第 1636 頁。
　　③　顧紹柏：《謝靈運集校注·前言》(謝靈運撰、顧紹柏校注：《謝靈運集校注》里仁書局，2004 年)。

高僧,但是他對這樣的生活真的會很滿意嗎? 既然有不朽功業的追求,有"高情屬天雲"的嚮往,佳山佳水祇能滿足耳目感觀之娛,得到一時的快意,卻不能消解祖功、祖德對謝靈運內心深處的影響。

謝靈運始終是矛盾的。一方面,他過着自認爲是嘉遯的生活,一方面又在山居時仰慕乃祖謝玄的功德;反之,在仰慕謝玄功德之時,他又不時申言"高棲之意",流連於山水,以求其賞心悅目:"遺情捨塵物,貞觀丘壑美。"謝靈運回到始寧次年春,即景平二年(424)二月,廬陵王劉義真被廢爲庶人,遷新安郡,不久被殺。如果我們上文關於《述祖德詩》和《山居賦》寫作時間判斷不誤的話,劉義真被殺在前,詩與賦的寫作在稍後,也就是説寫在劉義真屍骨未寒之時。求生的本能與欲望,又讓謝靈運不得不正視現實,何況劉義真生前有過以謝靈運爲相這樣的許諾,僅憑藉這一許諾,就足以引來謝靈運的殺身之禍。謝靈運不能不心存憂懼,或者如他自己所説的有"憂生之嗟"[1],他甚至希冀"猜害者"以忍害之心待之:

> 好生之篤,以我而觀。懼命之盡,吝景之歡。分一往之仁心,拔萬族之險難。招驚魂於殆化,收危形於將闌。漾水性於江流,吸雲物於天端。覿騰翰之顏頡,視皷鰓之往還。馳騁者儻能狂愈,猜害者或可理攀。[2]

---

① 謝靈運《擬魏太子鄴中集·平原侯植·序》:"公子不及世事,但美遨游,然頗有憂生之嗟。"(蕭統編,李善注:《文選》卷三十,中華書局影清胡克家刻本,1977 年,第 273—274 頁)。又按:顧紹柏繫此詩於元嘉三至五年(426—428),詳《謝靈運生平事跡及作品繫年》(《謝靈運集校注》,附錄二,第 584 頁)。又按:即便所繫不誤,入宋之後,特別是少帝之後,謝靈運一直生活在"憂生"之中,是没有疑問的。

② 謝靈運:《山居賦》(沈約:《宋書》卷六十七《謝靈運傳》,中華書局,1974 年,第 1770 頁)。

其自注略云：“齊景懼命，是好生事也。能放生者，但有一往之仁心，便可拔萬族之險難。水性雲物，各尋其生。《老子》云，馳騁田獵，令人心發狂。猜害者恒以忍害爲心，見放生之理，或可得悟也。”①“猜害者”能不能悟放生之理，得放生處且放生，這衹是一廂情願而已。“陵名山而屢憩，過巖室而披情。雖未階於至道，且緬絕於世纓”②，遺落世情，不作冠冕之想，悠游山水，免受猜害，或者是保全生命的良方。

四、詩題爲何不作“述祖功”，而作“述祖德”

上文我們引吳淇之評，以爲《述祖德詩》第一首是表玄之德，而非表玄之功，而劉坦之評第二首則曰：“此篇言自劉聰、石勒作釁於永嘉之末，至苻堅侵迫於太元之始，中原喪亂，無時解息，且河外既没于秦，而江淮之地又日摧陷。于時中外莫不震懼，所賴吾祖大破秦兵於淝上，得免横流之禍，其後司、豫、兗、青諸州漸次削平，拯溺戡暴，使近者悦，遠者慕，其功大矣！”③則以爲第二首以表功爲主。從作品闡釋的角度看，最好的方式應當是，一組詩有若干首，既要有分別的闡釋，又應有綜合的歸納。劉、吳二家，對二詩的闡釋都無可厚非。但是如果將二詩作一整體觀照，則如我們上文所説，表謝玄之德離不開表謝玄之功。那麽，此二詩是不是表功、表德並重？回答是否定的。如果二者並重，那麽詩題就不是“述祖德”，而

---

① 謝靈運：《山居賦注》(沈約：《宋書》卷六十七《謝靈運傳》，中華書局，1974年，第1770頁。

② 謝靈運：《山居賦》(沈約：《宋書》卷六十七《謝靈運傳》，中華書局，1974年，第1765頁。

③ 謝靈運撰，黃節注，《謝康樂詩注》引，人民文學出版社，1958年，第56頁。

是"述祖功德"了。在筆者看來，雖然表玄之德離不開表玄之功，然而，表功衹是其表，表德才是其質，故詩題特拈出一"德"字。

問題是，中國古代士人的傳統觀念，是太上立德，其次立功。謝靈運爲什麽不將詩題定爲"述祖功"，或者是"述祖功德"，而作"述祖德"呢？吳淇説"靈運恐後人因功而忘其德"，其實，後人如果未能忘記謝玄之功，肯定也就不會忘記其德，吳氏所説，無非衹是強調此詩的題旨而已，尚未涉及此詩更深層次的問題和詩人的良苦用意。

龕暴拯溺，秦趙燕魏萬邦震慴，江左因此免遭橫流之禍，謝玄這樣的功勳有誰可以比擬？謝靈運自然很清楚，當代可以比擬謝玄的衹有劉裕。元興元年（402）桓玄纂逆，衆推劉裕爲盟主，平定之。義熙六年（410），劉裕率衆攻剋南燕，獲其主慕容超。義熙七年，劉裕至番禺平盧循。義熙十二年（416），北伐。次年三、四月間，劉裕入洛陽；八月，至潼關，秦兵大敗，晉師剋長安，生擒後秦主姚泓（388—417）；九月，"先收其彝器、渾儀、土圭之屬，獻於京師；其餘珍寶珠玉，以班師賜將帥。執送姚泓，斬于建康市"①。劉裕北伐，謝靈運曾以黃門侍郎的身份奉使彭城，慰勞劉裕，作長篇大賦《撰征賦》贊頌之，中云：

> 拔淵謨於潛機，騁神鋒於雲旆。驅斥澤而風靡，慶坑穀而鳥竄。中華免夫左衽，江表此爲緩帶。既剋黜於肥六，又作鎮於彭沛。晏皇塗於國内，震天威於河外。掃東齊而已寧，指西崤而將泰。值秉鈞而代謝，實大業之興廢。②

---

① 沈約：《宋書》卷二《武帝紀》中，中華書局，1974 年，第 42 頁。
② 沈約：《宋書》卷六十七《謝靈運傳》，中華書局，1974 年，第 1752 頁。

謝靈運作此賦時，劉裕軍次彭城。此時雖然尚未進發洛陽，長安更尚未攻剋，但是謝靈運認爲這是一次非常重大的，"回乾運軸，內匡寰表，外清遐甽"①軍事行動，其意義關係到"中華免夫左衽，江表此焉緩帶"。這樣的認識和贊頌，何減於《述祖德詩》頌美謝玄的功績！史家對宋武帝劉裕義熙間之功一向非常肯定。沈約曰："高祖地非桓、文，衆無一旅，曾不浹旬，夷凶翦暴，祀晉配天，不失舊物，誅內清外，功格區宇。"②呂思勉（1884—1957）曰："案宋武之興，實能攘斥夷狄；即以君臣之義論，'布衣匹夫，匡復社稷'，司馬休之表語。其功亦爲前古所未有。孔子之稱齊桓也，曰：'微管仲，吾其披髮左衽矣'，宋武當之，蓋無愧焉。"③入宋之前，劉裕不是沒有功，而是功績甚偉。謝玄淝水之戰破前秦，劉裕兩次北伐，都發生在東晉，如果單純以破前秦與剋南燕獲慕容超、下長安洛陽擒姚泓相比，謝玄之功，還不一定比得上劉裕，這或許是謝靈運述祖詩有意避開直接突出"功"字的一個表層原因。

太上立德，其次立功，其實功與德之間並沒有一道鴻溝。謝玄有功又有德，因功而立德，由德而見其功，而《述祖德詩》則意在突出其"德"。爲什麼要突出其德，是不是出於寫作技巧的考慮？當然不是。關鍵、或者要害在於劉裕雖有其功，而其德不足。沈約論述道：

> 帝王受命，自非以功靜亂，以德濟民，則其道莫由也。自三代以來，醇風稍薄，成功濟務，尊出權道，雖復負扆南面，比號軒、犧，莫不自謝王風，率由霸德。高祖崛起布衣，非藉民

---

① 沈約：《宋書》卷六十七《謝靈運傳》，中華書局，1974 年，第 1744 頁。
② 沈約：《宋書》卷三《武帝紀》下，中華書局，1974 年，第 61 頁。
③ 呂思勉：《兩晉南北朝史》上冊，上海古籍出版社，1983 年，第 312 頁。

譽，義無曹公英傑之響，又闕晉氏輔魏之基，一旦驅烏合，不崇
朝而制國命，功雖有餘，而德未足也。①

沈約出生在宋文帝元嘉十八年（441），也就是劉宋的中期。他出生
時，距宋武帝劉裕卒不到二十年，距謝靈運卒不到十年，宋齊易代
時，他已將近四十歲，並且出仕了十多年，其《宋書》撰成於齊永明
年間②。沈約認爲，帝王受命，無非功、德兼濟。宋武帝劉裕，既無
曹操的英傑，又沒有司馬氏輔佐曹魏的根基，崛起於布衣，缺乏民
譽，靠的是烏合之衆，很快便代晉爲宋，“功雖有餘，而德未足也”。
沈約的看法，可能代表當時一大部分人的看法，也當是謝靈運的看
法。也許，性褊激的謝靈運，還可能認爲劉裕本無德可言。

謝靈運述祖德，抓住一個“德”字立意，謝玄“尊主隆人”、“尊主
隆斯民”，劉裕有沒有？沒有。劉裕不僅不“尊主”，而且取代晉帝
做了新朝的君主；劉裕也不“隆人”、或“隆斯民”，爲了做君主，在晉
時還殺害盟友劉毅及謝混（？—412）等等。謝玄是功成不受賞，是
功成拂衣五湖間，劉裕是一有功就受賞，由宋公而宋王，又由宋王
而受禪讓。總之，謝玄是“貴自我”的“達人”，他的“高情”足以“屬
天雲”；其情懷既有濟世之志，其冠纓則又不染塵世的“垢氛”，這就
是謝玄之“德”！

晉世，受到謝家豪侈之風的習染，謝靈運“車服鮮麗，衣裳器
物，多改舊制”③，這些對正在崛起的劉裕的利益來説，無關宏旨，

---

① 沈約：《宋書》卷四十五《王鎮惡檀韶向靖劉懷慎劉粹傳論》，中華書局，1974
年，第 1385 頁。
② 沈約生平事跡，詳陳慶元：《沈約事跡詩文繫年》，《沈約集校箋》，浙江古籍出
版社，1995 年，第 543—588 頁。
③ 沈約：《宋書》卷六十七《謝靈運傳》，中華書局，1974 年，第 1743 頁。

毫無損害;何況,謝靈運文章美名,江左獨絕,彭城慰勞劉裕,所作
《撰征賦》亦甚得劉裕之心。勞軍之後,或許就是這篇《撰征賦》的
緣故,"仍除宋國黃門侍郎,遷相國從事中郎,世子左衛率"①,其進
入了劉裕的集團之內。謝靈運此番職官的轉換,不太引起論者的
注意,其實,這是劉裕有意將謝靈運拉攏到自己麾下之舉,無奈謝
靈運其性褊激,動輒殺害門生,遭到免其官的處分。殺害門生,祇
是刑事之罪,本質上並不妨礙劉裕的崛起。

　　改朝換代之際,崛起者或新朝的統治者,除了依靠武力之外,
也十分需要當朝或舊朝的一些很有社會地位及影響力的士人的支
持。劉裕將謝靈運收入麾下,也不無此用意。劉裕即位後,無奈謝
靈運還是不太識"抬舉",多愆禮度。新的朝代剛剛建立,這時的劉
裕,還不想背上一個殺害名士和前朝名臣之後的惡名,對謝靈運祇
是以"文義處之,不以應實相許"②。而偏偏謝靈運是一個功名心
很重的世家弟子,謝玄的功名對他來說是一種無上榮耀,也是一種
沉重的心理壓力,"自謂才能宜參權要,既不見知,常懷憤憤"③。
一個以其褊激,多愆禮度,不給實權,不加重用;一個自恃門第才
能,以爲宜參權要,不給就憤憤不平。武帝劉裕及其後嗣者,便與
謝靈運結下不可解的深刻矛盾。少帝即位,靈運以至發展到"構扇
異同,非毀執政"④的地步。經過了漢魏、魏晉的革替,晉宋之際的
士大夫株守一朝一姓的君臣觀念已經淡薄,他們更多關心的是替

　　①　沈約:《宋書》卷六十七《謝靈運傳》,中華書局,1974 年,第 1753 頁。
　　②　沈約:《宋書》卷六十七《謝靈運傳》,中華書局,1974 年,第 1753 頁。
　　③　沈約:《宋書》卷六十七《謝靈運傳》,中華書局,1974 年,第 1753 頁。
　　④　沈約:《宋書》卷六十七《謝靈運傳》,中華書局,1974 年,第 1753 頁。"異同",
即"同異"。《宋書》卷七十三《顏延之傳》:"廬陵王義真頗好辭義,待接甚厚,徐羨之等疑
延之爲同異,意甚不悦。"(中華書局,1974 年,第 1892 頁)指對輔佐大臣立少帝有不同
意見。時謝靈運與顏延之屬意於義真。

革之後自己的利益。假如劉宋能容忍謝靈運褊激的個性並滿足他參與權要的要求，謝靈運大概也不至於走到朝廷對立面。文帝時，會稽太守孟顗（生卒年不詳）告謝靈運有“異志”，“結黨羣聚”，靈運馳詣闕上表：“未聞俎豆之學，欲爲逆節之罪；山棲之士，而構陵上之釁。”①孟顗雖有構陷之嫌，謝靈運對劉氏不滿不服卻是事實，至少孟顗是抓住靈運此前“構扇異同”而作其文章。明代張溥（1602—1641）曰：“宋公受命，客兒稱臣。夫謝氏在晉，世居公爵，淩忽一代，無其等匹。何知下伾徒步，乃作天子，客兒比肩等夷，低頭執版，形跡外就，中情實乖。”②謝靈運雖然回到始寧，表面上寄情山水，但是他的内心始終與劉氏乖離。謝靈運作《述祖德詩》，特別拈出一個“德”字來作文章，並由德引出“尊主”的話題。謝靈運說謝玄有德，謝玄“尊主”，就等於說劉裕無德，且不尊晉主。尊晉主是一個敏感的話題，這樣的話題也衹有自恃門第，且生性褊激高傲的謝靈運纔有膽量去碰它！如果我們沒有理解錯，這當也是謝靈運所“憤憤”不平、從而“構扇”、“非毀”的一項内容。

　　孟顗狀告靈運，文帝以之爲臨川内史。臨川任内，又發生了率部衆反叛的事件，可能文帝也覺得此事可疑，本當處斬，欲僅免其官，結果卻遭致彭城王劉義康的堅決反對，文帝將靈運降死一等，徙廣州。不意途中有數人欲劫持靈運，並供出謝靈運如何給錢讓他們置弓箭刀盾，這樣一來，謝靈運就不能不死。謝靈運之死頗令後人扼腕嘆息，《宋書》和《南史》本傳載其過程特別詳細，因爲特別詳細，反而使讀者生疑，或者這兩部書的作者本來也不太相信其

　　① 沈約：《宋書》卷六十七《謝靈運傳》，中華書局，1974 年，第 1776 頁。
　　② 張溥撰，殷孟倫注：《漢魏六朝百三家集題辭注·謝康樂集題辭》，人民文學出版社，1960 年，第 169 頁。

事，而當時史料又是如此，故詳載之以存疑，亦未可知。元嘉十三年（436），文帝殺大將檀道濟，下詔列其罪三條，第一條："元嘉以來，猜阻滋結，不義不昵之心，附下罔上之事，固已暴之民聽，彰於遐邇。"第三條："潛散金貨，招誘剽猾，逋逃必至，實繁彌廣，日夜伺隙，希冀非望。"第一條祇是泛泛而談，第三條方纔涉及某些"實質"内容。所以這兩條實際就是一條。另一條則與謝靈運有關："謝靈運志凶辭醜，不臣顯著，納受邪説，每相容隱。"①就是説檀道濟每每容忍、隱瞞謝靈運志凶不臣的醜辭邪説，因此你檀道濟也有不臣之心，其罪當死。檀道濟祇是容忍隱瞞醜辭邪説，罪已至死，而製造醜辭邪説，心存凶志不臣的謝靈運更不能不死。據此，我們判斷，謝靈運的真正死因，不是發配廣州，半路殺出五七個村氓民夫，而是文帝宣判檀道濟死刑的這幾句話，核心是"志凶辭醜"，"不臣"，"邪説"這八個字。"志凶"、"不臣"，謝靈運不以宋易晉爲然，心目中不以宋武、宋文爲帝，仍然自認爲是晉朝的臣民，有顛覆朝廷之志。而其"不臣"、"凶志"的手段，不是暴力，也不是招猾撫叛，而是"辭醜"與"邪説"一類的言論著作以至詩賦文章②。

《隋書·經籍志》著錄《謝靈運集》十九卷、謝靈運《賦集》九十二卷，《詩集》有五十卷本和一百卷本。今天我們見到謝靈運詩文集，恐怕十分之一都不到。被文帝視爲"辭醜"與"邪説"詩文，可能流傳過程中大多早已亡佚。上文我們論述過，去古不遠的沈約，論

---

① 沈約：《宋書》卷四十三《檀道濟傳》，中華書局，1974 年，第 1344 頁。
② 李雁先生認爲："靈運與檀道濟之間的關係非同尋常由'每相容隱'之句即可見一斑矣，而所謂'納受邪説'中的'邪説'恐怕不排除《勸伐河北書》裡的某些觀點。"（《謝靈運研究》，人民文學出版社，2005 年，第 161 頁）。按：《勸伐河北書》作於元嘉五年（428），靈運東歸前上書文帝。上書的内容是不是很妥當，可以討論，但是既然是上書，謝靈運也未必有膽量公然張揚其"邪説"。東行之前上書之舉，無非再次向文帝表明自己才高，宜參權要而已。

宋武帝劉裕，以爲"功雖有餘，而德未足"；而謝靈運早在劉裕過世
不久述頌其祖謝玄之時，便已拈出一個"德"字大做文章，藉謝玄之
德來貶抑諷刺劉裕，而這種貶抑諷刺則無情地涉及朝代的更替時
所採取的各種不德的手段，以及君臣倫理之關係，無疑是置劉宋最
高統治者於尷尬的境地。謝靈運的用意，當時許多人一定心中有
數，少帝劉義符、文帝劉義隆一定看得比其他人更加清楚。這樣，
《述祖德詩》也就屬於文帝所説的"辭醜"與"邪説"之類的作品，謝
靈運也就因爲包括《述祖德詩》在内的這類作品得罪了文帝；包括
《述祖德詩》在内的這類"辭醜"與"邪説"的作品，最終招致了謝靈
運毁滅。

五、晉宋之際陳郡陽夏謝氏子弟的境遇

上文我們引張溥的《謝康樂集題辭》，説謝氏在晉地位之高，劉
裕地位之低，一旦劉裕作了天子，謝靈運"低頭執版"，難於接受，於
是難免有乖離之心。我們不妨進一步説，謝靈運乖離武帝、文帝之
心，是産生在其自以爲宜參政要的幻想破滅之後。魏晉易代，一些
人憤懣、不合作，甚至産生强烈的抵觸情緒。晉宋易代，已經和魏
晉易代明顯不同，士大夫考慮更多的是自身的權勢地位和利益。
史書上説："（劉）毅與公俱舉大義，興復晉室……毅既有雄才大志，
厚自矜許，朝士素望者多歸之。與尚書僕射謝混、丹陽尹郗僧施並
深相結。"[1]"朝士素望者"，就是京城有名望的士大夫，謝混就是其
中一個。謝混，太博謝安之孫、輔國將軍謝琰（？—400）之子；謝琰

---

① 沈約：《宋書》卷二《武帝紀》中，中華書局，1974 年，第 28 頁。

在淝水之戰，曾與謝玄陷破苻堅。謝混頗有識鑒，品評諸子優長劣短，甚爲精到。其深結劉毅，恐怕未必是爲了興復晉室，也許有更深遠的利益考慮。劉裕將劉毅視爲頭號對手，故早在義熙八年（412），劉裕先收謝混入獄，賜死，後誅殺劉毅及其黨。義熙十二年（416），宋臺初建，謝靈運奉使彭城慰勞劉裕，作《撰征賦》。時孔靖（347—422）南歸，劉裕送之戲馬臺，謝靈運作《九日從宋公戲馬臺集送孔令詩》，中有云："良辰感聖心，雲旗興暮節。"[1]對劉裕的稱頌頗超過常理[2]。出於身家的利益，其時謝靈運並不太以劉裕出身的卑微爲意，亦尚未見與劉裕有乖離之心。

　　公正地說，劉裕父子對陳郡陽夏謝氏子弟並無惡意，相反，他們倒很需要得到門華高貴的謝氏的支持，但又很不喜歡謝靈運式的褊激和在禮度等方面的搗亂；他們既需要謝氏的支援，但又害怕謝氏的勢力過大。謝裒（282—346）有七子，依次爲：尚、奕、據、安、萬、鐵、石。謝玄爲奕子。據子朗、朗子重、重長子絢，次子瞻、三子晦。謝晦"涉獵文義，朗贍多通。高祖深加愛尚，羣僚莫及。從征關、洛，内外要任悉委之"[3]。入宋，以佐命之功，封武昌縣公，入值宿衛。武帝不豫，與徐羨之、傅亮、檀道濟侍醫藥，少帝即位，與徐、傅共輔朝政。然而，武帝疾甚，誡少帝曰："謝晦數從征伐，頗

---

①　蕭統編，李善注：《文選》卷二十，中華書局影清胡克家刻本，1977年，第288頁。

②　對劉裕的稱頌頗超過常理的還有謝瞻，其《九日從宋公戲馬臺集送孔令詩》："聖心眷嘉節，揚鑾庆行宫。"（蕭統編，李善注：《文選》卷二十，中華書局影清胡克家刻本，1977年，第287頁。）"聖心"，顧紹柏注引《文選》李翰周注以爲即"天子之心"；又引方回，《文選顏鮑謝詩評》卷一："宋臺既建，坐受九錫，則裕爲君，而晉安帝已非君矣，故二謝皆以'聖'稱宋公。"又引何焯、梁章鉅說以爲二謝詩稱劉裕爲"聖"，不免出格。又引唐李善注："孫卿子曰：'積善德而聖心備焉。'"以爲善注"不把'聖'當作對皇帝的尊稱"。（顧紹柏：《謝靈運集校注》，里仁書局，2004年，第36頁）。然善注"行宫"曰："《東觀漢紀》曰：'濟陽有武帝行過宫'。"則又爲帝君故實也。

③　沈約：《宋書》卷四十四《謝晦傳》，中華書局，1974年，第1348頁。

識機變,若有同異,必此人也。"①則已埋下往後文帝伐殺謝晦的伏筆。少帝時,謝晦夥同徐羨之、傅亮廢廬陵王義真,旋又殺之,又廢少帝,旋又派人弑於金昌亭。照道理説,謝晦所作所爲都是爲文帝劉義隆(407—453)就帝位掃除障礙。但是連續殺弑義真及少帝之舉,於君臣名分,頗爲難通;就文帝而言,他也不想背一個踏着義真與少帝屍骨登基的惡名②,加上徐、傅與謝的力量過於強大,如果他們再聯絡檀道濟,再來一次謀廢立,並非一件太難的事。元嘉三年(426),謝晦時爲荆州刺史,文帝先在京城動手,誅殺徐羨之、傅亮以及晦子世休,又收晦弟暠,暠子世平,兄子紹等。文帝率六師親征,謝晦舉兵反抗,與弟遯、兄絢子世基等被殺。謝晦從佐命走向反叛,兄弟子侄受到株連,謝重子孫被殺、被收者多人。

謝晦三兄謝瞻,劉裕北伐時也寫過贊頌劉裕的《九日從宋公戲馬臺集送孔令詩》。前此一年,即義熙十一年(415),謝瞻出守安城,作《於安城答謝靈運》:"歲寒霜雪嚴,過半路逾峻。量己畏友朋,勇退不敢進。"前二句李善注:"言位高而愈懼。"謝晦從彭城還都迎家,謝瞻看到謝晦家"賓客輻輳,門巷填咽","勢傾朝野",以爲此非福而爲將禍,"乃退籬隔門庭,曰:'吾不忍見此'。""還彭城,言於高祖曰:'臣本素士,父、祖位不過二千石,弟年始三十,志用凡近,榮冠臺府,位任顯密,福過災生,其應無遠。特乞降黜,以保衰門。'前後屢陳。高祖以瞻爲吴興郡,又自陳請,乃爲豫章太守"③。謝瞻所爲,一是有言在先,與謝晦劃清門限,以免日後晦敗而受牽

---

① 沈約:《宋書》卷三《武帝紀》下,中華書局,1974年,第59頁。

② 沈約:《宋書》卷四十三《傅亮傳》:"太祖將下,引見亮,哭慟甚,哀動左右。既而問義真及少帝薨廢本末,悲號嗚咽,侍側者莫能仰視。亮流汗沾背,不能答。"(中華書局,1974年,第1337頁)

③ 沈約:《宋書·謝瞻傳》,中華書局,1974年,第1557—1558頁。

連;二是自我降黜,不張不揚,免受猜忌①。總之,是爲了保護自己及家門。

"有言在先"免受日後之災的還有謝晦的從叔謝澹,澹祖安,父瑤。"澹從弟混與劉毅昵,澹常以爲憂,漸疏混,每謂弟璞、從子瞻曰:'益壽此性,終當破家。'混尋見誅,朝廷以澹先言,故不及禍。"②少帝時,謝晦將爲荆州,"色自矜,澹問晦年,答曰三十五。澹笑曰:'昔荀中郎年二十九爲北府都督。卿比之已爲老矣。'晦色甚愧"③。謝澹的告誡,並未能使謝晦醒悟。當然,到出爲荆州刺史之時,謝晦已經欲罷不能,没有退路了。

陳郡陽夏謝氏的地望聲華,劉裕、劉義隆父子也不能不加以關注。文帝時謝弘微與王華(375—427)、王曇首(394—430)、殷景仁(390—440)、劉湛(? —440)等號"五臣"。謝弘微,曾祖萬,祖韶,父思,"家素貧儉",十歲過繼給叔父謝峻。謝混與族子靈運、瞻、曜、弘微等作"烏衣之游",混於靈運等都有誡屬之言,唯獨褒美弘微:"微子基微尚,無勃由慕藺,勿輕一簣少,進往將千仞。"微子,即弘微。弘微"所繼豐泰,唯受書數千卷,國史數人而已,遺財禄秩,一不關豫"。其"性嚴正,舉止必循禮度","居身清約,器服不華"④。謝弘微的品性,與謝靈運的褊激、奢華、愆禮度,甚至求湖爲田,正好形成對照(且不説謝靈運的非毀執政、構扇異同等明顯與當局對立的行爲),文帝用弘微而不可能用靈運,亦明矣;文帝以文義待靈運,似也没有太大的虧待他。

---

①　謝瞻由吴興郡自請爲豫章郡,即自我降黜。詳周一良《魏晋南北朝史劄記》"謝瞻辭吴興郡條"(中華書局,1985 年,第 170 頁)。
②　李延壽:《南史》卷十九《謝澹傳》,中華書局,1975 年,第 528 頁。
③　李延壽:《南史》卷十九《謝澹傳》,中華書局,1975 年,第 527 頁。
④　沈約:《宋書》卷五十八《謝弘微傳》,中華書局,1974 年,第 1590—1592 頁。

晉安帝隆安間,孫恩(? —402)亂起,謝安之子謝琰(? —400)
死於亂中,遜、沖(鐵子)被殺。沖子方明載母妹由會稽奔東陽,輾
轉還都。謝方明,即謝靈運甚爲賞愛的謝惠連之父,武帝稱方明爲
"名家駒"。武帝登基之後,先後爲侍中、丹陽尹、會稽太守。會稽
與吳郡、吳興並稱三吳,稱名郡,地位不低。而方明"性尤愛惜,未
嘗有所是非,承代前人,不易其政"①,亦享其天年。沈約論方明、
弘微等並稱曰:

> 立人之要,先質後文。士君子當以體正爲基,蹈義爲本。
> 然後飾以藝能,文以禮樂,苟或難備,不若文不足而質有餘也。
> 是以小心翼翼,可祇事於上帝,嗇夫喋喋,終不離於虎圈。江
> 夷、謝方明、謝弘微、王惠、王球,學義之美,未足以成名,而貞
> 心雅體,廷臣所罕及。《詩》云"溫溫恭人,惟德之基",信矣。②

謝方明和謝弘微,文名雖然不盛,謝方明的文學趣味也不如謝靈運
(如並不看好其子謝惠連的詩),但他們立身事主,都小心翼翼,貞
心雅體,故能立足於朝廷。沈約雖然沒有提到謝靈運之名,但謝靈
運立人之要以文不以質,已入虎圈而仍然不能自省,這是他和其族
人謝方明、謝弘微所不同之處,也是他一生的悲哀之處。

琅邪之王與陳郡之謝,東晉南朝並稱"王謝"。東晉時期,"王
謝"之間存在這樣或那樣的矛盾,主要是權力之爭,總的説來,在執
掌朝政的能力方面,王當稍勝於謝。"王謝"的矛盾持續到晉宋之

---

① 沈約:《宋書》卷五十三《謝方明傳》,中華書局,1974 年,第 1524 頁。
② 沈約:《宋書》卷五十三《張茂度庾登之謝方明江夷傳論》,中華書局,1974 年,
第 1526 頁。

際。劉裕登基之前，謝靈運兩次"坐事免"，第一次是劉毅敗後，劉裕版靈運爲太尉參軍、入爲秘書丞之時，原因不詳。第二次是謝靈運已經進入劉裕相國府，爲從事中郎，轉太子左衛率。應當説，入了相國府並爲宋國太子屬官，是接近劉裕的第一步，也是升遷參與政要的好機會。《宋書》本傳没有説明原因，《南史》本傳曰"坐輒殺門生"[①]。原來，謝靈運的力人桂興淫其嬖妾，靈運殺之，投入江。此事御史中丞未加以彈擧，而尚書僕射並領選的王弘卻加彈奏："罔顧憲軌，恣殺自由，此而勿治，典刑將替。請以見事免靈運所居官，上臺削爵土，收付大理治罪。"[②]削爵免官，收付大理治罪，似欲置謝靈運於死地而後快。王弘還説，御史中丞推辭説不知此事，則是尸昧已甚，因此也應免官。元嘉三年（426），謝靈運爲秘書丞，尋遷侍中，有更多的機會接近帝君，參與政事，而"文帝唯以文義見接，每侍上宴，談賞而已。王曇首、王華、殷景仁等，名位素不踰之，並見任遇，意既不平，多稱疾不朝直"。王曇首和王華，都在文帝"五臣"之列，曇首還是王弘之弟。謝靈運瞧不起二王的名位，自視未免過高。但是，二王更爲文帝所親近任重，則是事實，因此也就不排除二王在文帝面前説些離間話的可能。元嘉三年這一年文帝誅殺平定徐羨之、傅亮、謝晦，"曇首及華之力也"。"晦平後，上欲封曇首等，會讌集，擧酒勸之，因拊御牀曰：'此坐非卿兄弟，無復今日。'"[③]靈運憤憤不平，可謂是既選錯時機又看錯對象。王弘、王曇首、王華執政，老謀深算，不用説軟弱的文士謝靈運不是他們的對手，就連手握重兵的謝晦也逃脱不出他們的算計。

---

① 李延壽：《南史》十九《謝靈運傳》，中華書局，1975 年，第 538 頁。
② 沈約：《宋書》卷四十二《王弘傳》，中華書局，1974 年，第 1312—1313 頁。
③ 沈約：《宋書》卷六十三《王曇首傳》，中華書局，1974 年，第 1679 頁。

　　陳郡陽夏謝氏的研究者，對謝氏家族往往都有一個整體的把握，這是十分必要的。但是，遠的不説，如果從謝衷算起到晉宋之際，傳到方明、澹等，已經第四代，到靈運、晦、弘微、惠連等，已經第五代了，如我們上文所分析，謝方明、謝澹、謝靈運、謝晦、謝弘微的性格，各自的好尚、處世方式，都存在不小的差異。他們之間的關係，也很微妙，少帝時，謝晦與徐羨之、傅亮謀廢廬陵王義真，可能出於謝靈運與義真密切的關係，怕其礙事，故將其放爲永嘉。即便親兄弟之間，謝瞻與謝晦也大不一樣，早在宋國初建，謝瞻看到謝晦門前若市，與其劃清門限還不算，還在劉裕面前説了一堆不願看其敗的話，有意無意中，已經早早地將謝晦出賣，授人以柄，給人以口舌①。實際上，晉宋之際，謝家弟子不僅不以一君一朝爲念，有時出於自身利益的考量，也會置家族，甚至兄弟於不顧。

　　謝靈運《述祖德詩》二首，既述其祖謝玄之功，又述其德，重點在述德。晉宋之間，士人已經不太以一姓一君爲念，謝靈運一生汲汲於功業，汲汲於參政要，無奈無論在義熙間還是在入宋之初都未能實現。晉宋之際，桓玄稱帝，劉裕、劉毅等舉兵征討，平桓玄後晉帝復元，劉裕旋殺劉毅及其黨羽，謝靈運曾任劉毅記室參軍和衛軍從事中郎；少帝時，謝靈運出爲永嘉太守時還致書廬陵王義真，而義真旋即被廢殺，謝靈運不能不感到世路的險難，心懷憂懼，故在稱頌謝玄之德時，藉其卜居東山，自己回到始寧之機，抒發遺落世事、保全生命之想。謝靈運既不受重用，故轉而對新朝不滿。劉裕起於貧寒，入宋前平桓玄、平後燕，又入關中擒姚泓，南下廣州追討

————————

① 劉裕疾甚，他對劉義符分析了檀道濟、徐羨之、傅亮、謝晦四人的情況，認爲最有異心的是謝晦，可見在這之前他已經在提防着謝晦，或者朝廷內外已經有些對謝晦不利的議論。詳《宋書》卷三《武帝紀》下。

盧循，奇功屢建而屢受封賞，最後發展到受禪讓而自爲宋朝國君，謝靈運認爲劉裕比起史上那些功成不受賞的高人達士，比起謝玄的尊主隆民和功成而退，有何德可言？謝靈運死後三年，文帝下詔誅檀道濟，連帶抖落出謝靈運的"罪狀"，即謝靈運時常用其"醜辭"、"邪説"來招搖惑衆、非毀當局，顯露其"凶志"和"不臣"之心。史稱文帝劉義隆"博涉經史"①，即帝位後亦賞愛謝靈運文義，文帝也許比我們更懂得《述祖德詩》稱頌謝玄的用意。舊主新君，易代都是一個敏感的話題。謝靈運流放廣州，半路殺出幾個村氓，這衹是謝靈運表面上的死因而已。謝靈運真正的死因，是他用"邪説"、"醜辭"來臧否諷刺時世人物，以至帝君；是他用"邪説"、"醜辭"來非毀朝廷執政，構扇異同，甚至褊激誇大，今天一點，明天一點，今年一點，明年一點（《述祖德詩》亦在其中），讓文帝實在忍無可忍。每當易代之際，或者激烈的世變當頭，一些文人往往不是死在戰場的刀槍之下，而是死在自己不能不表達内心深刻痛苦的那桿筆下，縱觀歷史，謝靈運不過是其中一位罷了。

①　沈約：《宋書》卷五《文帝紀》，中華書局，1974 年，第 71 頁。

論顏謝、沈謝齊梁間地位的得失升降

　　顏延之、謝靈運是劉宋時期的兩大詩人,沈約、謝朓是南齊永明新體詩的代表詩人,他們的詩在當時和身後都產生了很大的影響。但是,他們在齊梁間各個階段的地位並非一成不變。齊梁間顏謝、沈謝地位的升降得失約略分爲四個階段:南齊永明中至梁天監中(沈約去世前)爲第一階段;梁天監中後期爲第二階段;梁普通至中大通中(昭明太子去世前)爲第三階段;梁中大通中以後爲第四階段。研究顏謝、沈謝齊梁間地位微妙的變化,不僅有助於了解這一時期文論家的文學思想,而且有助於觀照齊梁間詩體的嬗變和詩歌發展的情況。

一

　　謝靈運(385—433),"少好學,博覽群書,文章之美,江左莫逮",東晉末文名已盛,入宋,詩名更是大震,"每有一詩至都邑,貴賤莫不競寫,宿昔之間,士庶皆遍,遠近欽慕,名動京師"①。顏延

---

① 沈約:《宋書》卷六十七《謝靈運傳》,中華書局,1974 年,第 1743、1754 頁。

之(384—456)，史稱"好讀書，無所不覽，文章之美，冠絕當時"；"延之與陳郡謝靈運俱以詞彩齊名，自潘岳、陸機之後，文士莫及也，江左稱顏、謝"①。

顏延之過世時，沈約(441—513)已經 16 歲。南齊永明六年，沈約撰成《宋書》，其《謝靈運傳論》首揭聲律理論。沈約詩文兼善，從永明中至去世，一直是當時的文壇領袖，故史稱"一代詞宗"②。謝脁(464—499)，"少好學，有美名，文章清麗"③，長於五言詩，永明中與沈約、王融提倡聲律説。

顏延之、謝靈運在南齊仍有很高的地位。《宋書·謝靈運傳論》云："爰逮宋氏，顏、謝騰聲。靈運之興會標舉，延年之體裁明密，並方軌前秀，垂範後昆。"④沈約認爲顏謝往前可以與歷代著名詩人曹植、王粲、潘岳、陸機比並，在齊代和後世，都足以令詩人所學仿。顏延之詩甚爲繁密，於時化之，"近任昉、王元長等，詞不貴奇，競須新事，爾來作者，寖以成俗"⑤。《文心雕龍·明詩篇》雖然沒有直接提到謝靈運的名字，但寫道"宋初文詠，體有因革，莊老告退，而山水方滋；儷采百字之偶，爭價一句之奇，情必極貌以寫物，辭必窮力而追新：此近世之所競也"⑥。講的是謝靈運開創山水詩派，句子尚儷偶，字辭求新奇，謝靈運之後，大家爭相仿效。所謂"近世"，指的是謝靈運去世至《文心雕龍》成書的齊末這一時期。

① 沈約：《宋書》卷七十三《顏延之傳》，中華書局，1974 年，第 1891、1904 頁。
② 姚思廉：《梁書》卷十四《任昉傳》，中華書局，1973 年，第 253 頁。
③ 蕭子顯：《南齊書》卷四十七《謝脁傳》，中華書局，1972 年，第 825 頁。
④ 沈約：《宋書》卷六十七《謝靈運傳》，中華書局，1974 年，第 1778—1779 頁。
⑤ 鍾嶸《詩品序》(鍾嶸撰，陳延傑注：《詩品注》，人民文學出版社，1961 年，第 4 頁)。
⑥ 劉勰撰，范文瀾注：《文心雕龍注》卷二《明詩篇》，人民文學出版社，1958 年，第 67 頁。

沈約、謝朓之詩都受到謝靈運的影響。沈約《鍾山詩應西陽王教》《游金華山》《登玄暢樓》《新安江水至清淺深見底貽京邑游好》《早發定山》等，都是模山範水之作。謝朓則是繼謝靈運之後的又一傑出山水詩人，五言詩清麗，得力於謝靈運清水芙蓉之作，此外，其詩的語匯、句法、章法結構及某些表現手法對謝靈運也有所承襲①。史傳上還記載武陵昭王蕭曄、王籍、伏挺詩學謝靈運②。

　　入齊後，顏謝的影響仍然相當大，但是，隨着聲律論和永明新體詩的興起，顏謝在永明中至天監初的地位已受到嚴峻的挑戰③，江左以來"文士莫及"的至高地位開始動搖。永明中，沈約在《宋書・謝靈運傳論》中首先提出聲律論，他認爲，這一理論自屈原以來一直未被揭示，"張、蔡、曹、王，曾無先覺，潘、陸、顏、謝，去之彌遠"④。顏謝不懂聲律，"妙達此旨，始可言文"⑤，顏謝如生活在永明之世，也沒有資格言文。顏謝有很大的缺陷。反過來說，有資格言文的是沈約本人，以及他的朋友謝朓、王融等。

　　謝朓的詩最能代表永明詩人的成績，沈約曾說："二百年來無此詩也。"（《南齊書・謝朓傳》）⑥當時社會也流傳着"謝朓今古獨步"的評價⑦。從阮籍、嵇康去世，到謝朓出生，正好二百年；從潘

---

　　①　詳拙文《論謝朓對謝靈運詩的繼承和發展》，《中古文學論稿》，天津人民出版社，1992年。

　　②　王籍、伏挺雖爲入梁詩人，但王生於齊建元二年（480，據蕭繹《法寶聯璧》推算），伏生於永明二年（484），齊時已有詩名。

　　③　據《南齊書》卷三十五《高祖十二王傳》，武陵昭王曄詩學謝靈運，高祖云："康樂放蕩，作體不辨首尾，安仁、士衡深可宗尚，顏延之抑其次也。"（中華書局，1972年，第625頁）這是入齊以後顏謝，特別是謝的嚴厲批評。

　　④　沈約：《宋書》卷六十七《謝靈運傳》，中華書局，1974年，第1779頁。

　　⑤　沈約：《宋書》卷六十七《謝靈運傳》，中華書局，1974年，第1779頁。

　　⑥　蕭子顯：《南齊書》卷四十七《謝朓傳》，中華書局，1972年，第826頁。

　　⑦　鍾嶸：《詩品序》（鍾嶸撰，陳延傑注：《詩品注》，人民文學出版社，1961年，第3頁）。

岳、陸機去世，到謝朓去世，約略二百年；從永嘉之亂、司馬睿在南
方建立東晉政權到謝朓去世，則近二百年。"二百年來無此詩"，至
少是説江左以來無此詩。如果説顔謝"自潘岳、陸機之後，文士莫
及"在永明中還是事實的話，隨着永明末謝朓的崛起，顔謝至高的
地位就該讓位給謝朓了，在沈約看來，自潘陸（或嵇阮）之後，謝朓
詩文士（包括顔謝）莫逮。謝朓去世後，沈約作《傷謝朓》以追懷，有
云："吏部信才傑，文鋒振奇響。調與金石諧，思逐風雲上。"①調諧
金石，説的是謝朓詩諧合聲律理論，音韻鏗鏘；思逐風雲，則説謝跳
詩想象力豐富新奇，能啓示讀者産生聯想。調諧金石，思逐風雲，
確也是謝朓詩的長處，爲顔謝所不及。《宋書・謝靈運傳論》論西
晉至宋初文體，分爲三期三變，從該文内容看，永明聲律論的提出，
則又是新的一期一變，即沈謝永明新體大變顔謝元嘉古體之風。
沈謝作爲新體詩的領袖出現在永明詩壇，從此，元嘉以來顔謝至高
地位第一次受到摇撼。

　　劉勰《文心雕龍》論劉宋以後的作家，祇用"王袁聯宗以龍章，
顔謝重葉以鳳采，何范張沈之徒，亦不可勝也"數句加以籠統概括
（《時序篇》）。然其《通變篇》論述歷代文風嬗變則云：

　　　黃唐淳而質，虞夏質而辨，商周麗而雅，楚漢侈而豔，魏晉
　　淺而綺，宋初訛而新。從質及訛，彌近彌澹。何則？競今疏
　　古，風末氣衰也。今才穎之士，刻意學文，多略漢篇，師範宋
　　集，雖古今備閱，然近附而遠疏矣。②

---

　　①　沈德潛：《古詩源》卷十二《齊詩・梁詩》，中華書局，1977 年，第 297 頁。
　　②　劉勰撰、范文瀾注：《文心雕龍注》卷六《通變篇》，人民文學出版社，1958 年，第
520 頁。

"宋初訛而新"，當然包括顏謝在內，而主要指謝。沈約評顏謝，以爲可以"方軌前秀，垂範後昆"，劉勰則以爲顏謝前不可與漢魏諸賢比並，後難爲今士之楷模。他認爲，今世的文風弄到"訛"、"新"、"衰"以及"奇"、"巧"、"詭"（《定勢篇》）、"採濫忽真"（《情采篇》）的地步，顏謝等宋代詩人有着不可推諉的責任。平心而論，劉勰對劉宋初年的詩歌還是較爲肯定的，例如說其時"莊老告退，山水方滋"等。而包括沈謝在內的當世文士的文風，批評就更爲尖銳了。《文心雕龍》爲了扭轉當世文風的某些不正，例如爲文而造情等，用意是好的，論述也有不少精彩之處，但對當世文學貶抑太過，祇見其弊而輕視其成績未免偏頗。顏謝之宋集尚且不可學，遑論沈謝了！所以，從南齊永明中至沈約去世的天監中，沈謝方軌甚至超過顏謝的地位雖然逐漸在確立中，但未取得文壇上的一致認可。

二

《詩品》登錄最後一位詩人爲沈約。沈約於天監十二年（513）過世，《詩品》成書年代最早在此年。鍾嶸過世於天監十七年（518）[①]。鍾嶸的《詩品》對顏謝、沈謝都有較詳細的品評。

南齊永明中至梁初，顏謝的地位較宋時齊初有所下降，而完成於天監中後期的《詩品》，顏謝（特別是謝）又上升了。《詩品序》認爲顏謝與曹植、劉楨、王粲、陸機、潘岳、張協諸人一樣，都可稱得上"五言之冠冕，文詞之命世"；相反，沈謝無此殊榮。鍾嶸論"五言之警策"，有"靈運《鄴中》""謝客山泉"[②]"顏延入洛"諸例，而未及沈

---

① 此據段熙仲師《鍾嶸與〈詩品〉考年及其他》，《文學評論叢刊》第 3 輯，1979 年。
② 謝客，或以爲謝瞻，或以爲謝朓，今暫從衆説，指謝靈運。

謝。與沈約《宋書》顏謝並稱略不同，《詩品》以爲"謝客爲元嘉之雄，顏延年爲輔"，有主次之分。品第顏謝時，謝在上品，顏在中品，有高下之分。評謝云："才高詞盛，富豔難蹤，固已含跨劉郭，淩轢潘左。"在鍾嶸眼中，魏晉以來最突出的詩人祇有曹植、陸機和謝靈運三人，謝靈運的地位不可謂不高。相對而言，顏延之就沒有那樣榮幸了。鍾嶸對顏的批評，主要集中在用事方面，或云"尤爲繁密"，或以爲"喜用古事"，彌見拘束。此外，鍾嶸對顏詩還是相當肯定的："動無虛散，一句一字，皆致意焉……是經綸文雅才。"①雅，是《詩品》批評的常用術語，被鍾嶸肯定或贊賞的稱爲"雅才"、"淵雅"、"閒雅"、"清雅"、"雅致"、"雅宗"；反之，則爲"傷淵雅"、"傷清雅"②。顏雖不及謝，但作爲元嘉的次席詩人與劉楨、王粲、潘岳、張協比肩，可他的地位還是相當高的。

　　對於沈謝，在鍾嶸看來，他們的地位就比較低了。首先，在《序》中沒有任何肯定贊許的話，有的祇是尖銳的批評：

　　　　千百年中，而不聞宮商之辨，四聲之論……王元長創其首，謝朓、沈約揚其波。三賢或貴公子孫，幼有文辯。於是士流景慕，務爲精密，襞積細微，專相陵架。故使文多拘忌，傷其真美。③

　　　　次有輕薄之徒，笑曹劉爲古拙，謂鮑照羲皇上人，謝朓今

①　鍾嶸撰，陳延傑注：《詩品注》中，人民文學出版社，1961年，第43頁。
②　詳鍾嶸：《詩品》中品"晉中散嵇康"、"宋參軍鮑照"、"梁太常任昉"，及下品"魏白馬王彪文學徐幹"、"宋光祿謝莊"、"齊黃門謝超宗……"、"齊雍州刺史張欣泰梁中書郎范縝"諸條。
③　鍾嶸：《詩品序》(鍾嶸撰，陳延傑注：《詩品注》，人民文學出版社，1961年，第4—5頁)。

古獨步。而師鮑照，終不及"日中市朝滿"，學謝朓，劣得"黄鳥
度青枝"，徒自棄於高明，無涉於文流矣。①

沈約認爲聲律論是他們的獨得之秘，"妙達此旨，始可言文"，沈謝
較顏謝等前輩的高明之處在此，而受鍾嶸批評得最尖銳的也正在
此。鍾嶸云："平上去入，則余病不能。"四聲，不是所有詩人都分辨
得清，未必被詩壇接受；"蜂腰鶴膝，閭里已具"，連市井都懂的東
西，還有什麽創新可言？ 既然聲律論不能被廣泛接受，站不住脚，
那麽沈謝的地位也就值得懷疑。再説，沈謝的詩也不怎麽好，不值
得學。劉勰説，宋集不可學，鍾嶸祇説鮑照不可學，而在他看來，最
不可學的則是齊梁間的謝朓、沈約和王融。學謝朓，是"徒自棄於
高明，無涉於文流"，更不用説學成績在謝之下的沈王！ 鍾嶸對時
人謂"謝朓今古獨步"甚爲蔑視，實際上，"今古獨步"無非是"二百
年來無此詩"的另一種説法而已。鍾嶸認爲説"謝朓今古獨步"的
那些人是"輕薄之徒"，那麽説"二百年來無此詩"的沈約又是什
麽呢？

　　其次，在中品具體品評沈謝時，鍾嶸也有較多的保留。鍾嶸認
爲沈約當初獨步永明有點偶然性，"於時謝朓未遒，江淹才盡，范雲
名級故微"，機遇促成了沈約文壇領袖的地位。中品品齊梁詩人，
計有謝朓、江淹、范雲、丘遲、任昉和沈約，共六人。在六人中，鍾嶸
認爲江淹的成就高於沈約諸人②。鍾嶸説沈約"憲章鮑明遠"。而
鮑照也是鍾嶸評價偏低的一位詩人，《詩品》云："貴尚巧似，不避危

---

　　①　鍾嶸：《詩品序》(鍾嶸撰，陳延傑注：《詩品注》，人民文學出版社，1961 年，第
3 頁)。
　　②　詳拙文《鍾嶸當代詩歌批評》，《中州學刊》1990 年第 1 期。

仄，頗傷清雅之調。故言險俗者，多以附照。"在《詩品》中，"俗"是與"雅"相對的一個概念，鍾嶸品詩重雅輕俗。依附鮑照，則爲險俗者，沈約憲章明遠，"見重閭里，誦詠成音"，當也在險俗者之列。鍾嶸又云："約所著既多，今剪除淫雜，收其精要。"就是説，沈約好詩有一些，總體看，是多而雜。鍾嶸對謝朓的評價高一點，但"末篇多躓"、"才弱"的批評，語氣也是很重的。

《詩品》品漢魏以來五言詩 122 家，而齊梁的現當代詩人約占三分之一，較於劉勰有意迴避劉宋以來作家的做法，表現出批評家應有的膽識。但是，評價現當代詩人確有其困難的地方，批評家對現時的環境和人事不能不有所考慮。梁武帝蕭衍也是竟陵八友之一，他既不懂四聲，也不用四聲。齊梁之際，蕭衍詩名也不如沈謝。在諸種情況制約下，《詩品》若充分肯定沈約在齊梁間文壇的領袖地位，若給予沈謝以很高的評價；將置武帝於何地？

在鍾嶸完成《詩品》前後，蕭子顯撰寫《南齊書·文學傳論》。據《梁書·蕭子顯傳》，子顯著《鴻序賦》，得到尚書令沈約的賞識，又"採衆家《後漢》，考正同異，爲一家之書。又啓撰《齊史》，書成，表奏之，詔付秘閣"[1]。沈約爲尚書令在天監六年至九年（507—510），有學者考訂，蕭子顯撰《南齊書》的時間在天監六年至十八年之間[2]。天監六年，蕭子顯祗有二十一歲，史學家和文學家不同，文學家二十來歲就可以寫出優秀的傳世之作，而史學家需要更多的積累。如果《梁書·蕭子顯傳》是按時間順序來載述史實的話，子顯在撰《南齊書》之前，先已完成一部《後漢》異同的書，假設每部

---

① 姚思廉：《梁書》卷三十五，中華書局，1973 年，第 511 頁。
② 詹秀惠：《蕭子顯及其文學批評》第二章、附錄《蕭子顯年譜》，臺北文史哲出版社，1994 年。

書都得花兩三年的時間,《南齊書》完成最早當在沈約去世的天監十二年左右。這樣看來,《南齊書·文學傳論》的完成時間當與《詩品》相近。

沈約《宋書·謝靈運傳論》、裴子野《雕蟲論》、鍾嶸《詩品》都是顏謝並稱,都把顏謝當成劉宋一代的代表詩人,《南齊書·文學傳論》雖然也是顏謝並稱,但顏謝之後又多了(惠)休鮑(照)一對詩人:"顏謝並起,乃各擅奇,休鮑後出,咸亦標世。"①在蕭子顯眼中,顏謝仍是代表詩人,祇不過,他們的"擅奇"多局限於劉宋前期,至於後期,則是休鮑"標世"的時代。

蕭子顯把當今的文章約略分爲三體:

　　"一則啓心閒繹,托辭華曠,雖存巧綺,終致迂回。"此體源於謝靈運。

　　"次則緝事比類,非對不發,博物可嘉,職成拘制。"此體源於晉傅玄和應璩。當今學者多認爲顏延之和謝莊也屬於此體。

　　"次則發唱驚挺,操調險急,雕藻淫豔,傾炫心魂。"此體源於鮑照(惠休)。②

對於三體,子顯都有所肯定,也有所批評。近有學者認爲子顯於三體較傾向鮑,對顏謝的批評比較激烈③,聯繫上文提及的顏謝擅

---

　　① 蕭子顯:《南齊書》卷五十二,中華書局,1972年,第908頁。
　　② 蕭子顯:《南齊書》卷五十二,中華書局,1972年,第908頁。
　　③ 丁福林:《〈南齊書·文學傳論〉對文壇三派的評價》,《遼寧大學學報》1996年第3期。

奇,休鮑標世之説,蕭子顯對鮑照的確相當重視,至少,鮑照也足以
同顏謝抗衡,子顯這一看法,既與前人異趣,也與《詩品》有很大不
同。蕭子顯對顏的批評與鍾嶸大體相同,而對謝的批評則迥異。
鍾嶸雖然也指出謝的不足:"尚巧似,而逸蕩過之。頗以繁蕪爲
累。"但他又回護説,謝詩的逸蕩、繁蕪,是由於學多才博,思如泉
涌,外界事物無不可入詩所致,與其説是"逸蕩"、"繁蕪",不如説是
"繁富"! 而繁富對於一個詩人和他的作品來説並沒有什麽不好。
"逸蕩"、"繁蕪"是時論,"繁富"纔是鍾嶸自己的見解。即使謝詩雜
有一點"灌木"、"塵沙",但他的名章迥句、麗典新聲,"譬猶青松之
拔灌木,白玉之映塵沙,未足貶其高潔也"。與鍾嶸的態度相反,蕭
子顯對謝及謝體的批評就沒有那樣客氣、那樣婉轉了,他在稱贊謝
體"啓心閑繹,托辭華曠"後接着説:

> 雖存巧綺,終致迂回。宜登公宴,本非准的。而疏慢闡
> 緩,膏肓之病,典正可採,酷不入情。

蕭子顯的批評,一曰"迂回",即齊高帝(子顯之祖)所説的"康樂放
蕩,作體不辨首尾"(《南齊書・高祖十二王傳》)。二是"疏慢闡
緩",《文選・馬融〈長笛賦〉》:"安翔駘蕩,從容闡緩。"闡緩原指樂
聲的和緩徐舒,疏慢闡緩,形容作品的冗長不簡練,如果僅僅是作
品冗長不簡練,恐怕還不至於病入膏肓。這裏的"闡緩"襲用沈約
《與陸厥書》語:"若以文章之音韻,同弦管之聲曲,則美惡妍蚩,不
得頓相乖反。譬由子野操曲,安得忽有闡緩失調之聲。""闡緩"與
"失調"連用,當指聲律不協,作品冗長;聲律不協,則爲膏肓之病,
難於救藥。三是雖典正卻不入情。鍾嶸品詩,極重視典雅,許謝以

"麗典",評價很高。蕭子顯認爲,謝詩典則典矣,但不能表現真情實感,矯情或者節情,雖典何益?"膏肓之病"、"酷不入情",下語極重,直截了當,子顯之前,謝靈運及謝體何嘗遭到這樣激烈的批評!

三體之外,蕭子顯又説:

> 若夫委自天機,參之史傳,應思悱來,勿先構聚。言尚易了,文憎過意,吐石含金,滋潤婉切。雜以風謡,輕唇利吻,不雅不俗,獨中胸懷。

有學者認爲,蕭子顯《南齊書·文學傳論》所論實際上是"四體","委自天機"云云爲"理想詩體"①。"理想詩體"的提出,在我看來,是基於對以沈謝爲代表的新體詩方興未艾的認識。理想詩體,兼有三體之優,而克服三體之弊。這種詩體,出於自然,少雕繢,無鑿跡;雖然也用史傳事典,但不至於"職成拘制"、"崎嶇牽引",仍不失清采;文尚簡易,與沈約的"三易"説相通,無冗長拖沓、文過其意之弊;具有聲律之美,金石溫潤,摒棄"疏慢闡緩"之病;採民間風謡入詩,便於吟詠,能收到"傾炫心魂"的效果;不一味講雅,但也不過於俚俗,以能獨抒胸懷之情爲佳。沈謝新體,當然不可能每一篇都達到這樣的標準,但從總體上看,則基本與此吻合。如果我們這樣分析大體不誤的話,在蕭子顯的心目中沈謝的地位無疑高於顏謝(還有休鮑)。

南齊永明間聲律論的發明,新體詩的出現,在實踐過程中,可能有這樣或那樣的不足,鍾嶸誇大了這種不足,進而否定聲律在詩

---

① 詹秀惠:《蕭子顯及其文學批評》第四章,臺北文史哲出版社,1994 年。

歌創作中的運用，從而認爲沈謝不及顏謝、沈謝不可學。蕭子顯正好與鍾嶸針鋒相對，認爲顏謝詩雖有長處，但欠缺之處也很多，而衹有以沈謝爲代表的新體詩纔能發揚顏謝（還有休鮑）的長處，而克服其短處，以沈謝爲代表的新體詩纔是當今詩歌發展的方向。"若無新變，不能代雄"，如果衹一味強調學顏謝，如果不去研究新體詩，發現它的長處，如果無視沈謝已經產生的巨大影響，就無異於倒退。

三

第三階段，我們將著重討論昭明太子蕭統對顏謝、沈謝的評價，以見這兩對詩人在這一階段地位的升降得失情況。

昭明太子蕭統（501—531），幼年起就開始接受傳統教育。七歲時尚書令沈約始行太子少傅，一直到去世時的天監十二年，這一年蕭統十三歲。蕭統文學活動開始很早，在沈約行太子少傅期間，他已寫下《大言詩》和《細言詩》。梁武帝蕭衍很注意培養蕭統的文才，沈約卒後，又選派各年齡段的十學士進入東宮，"武帝敕錫與秘書郎張纘使入宮……又敕陸倕、張率、謝舉、王規、王筠、劉孝綽、到洽、張緬爲學士，十人盡一時之選"（《南史·王錫傳》）[1]。太子官屬，除上述諸人，先後還有陸襄、殷芸、劉勰、明山賓等文士。

普通元年（519），蕭統十九歲，已經成年。據劉孝綽《昭明太子集序》，昭明文集編於"梁二十一載"，即普通三年（522）。《文選》所錄最後一位作者陸倕卒於普通七年（526），可知《文選》編成於此年

---

① 李延壽：《南史》卷二十三，中華書局，1975年，第640—641頁。

之後、蕭統去世的中大通三年(531)之前。蕭統的著作多已散佚，流傳至今的《文選》是我們研究蕭統文學思想最重要的依據。

蕭統没有直接論述顏謝、沈謝的文字傳世，我們祇能從《文選》登録顏謝、沈謝詩的情況作些分析。《文選》登録齊梁間詩人 9 家，詩 77 篇，其中沈約 13 篇，謝朓 21 篇，兩家合計 34 篇，占總數的 44％，客觀説，不算少了。在蕭統的心目中，沈謝在齊梁間的地位是相當高的。但是，在 77 篇中，江淹就獨佔 32 篇(包括《雜體詩三十首》)，即便不説江淹地位比沈謝高，至少説明江與沈謝在齊梁間都是非常重要的詩人。再看看顏謝，《文選》登録顏延之詩 17 篇，謝靈運 40 篇。沈比顏約少百分之二十，小謝比大謝約少百分之五十。一比較，可以發現，蕭統對顏謝比對沈謝來得重視。

永明新體詩最基本的特色，一是講聲律，二是體制比較短小。近人王闓運依據這兩個特點，在他的《八代詩選》中"五言"之外別立"齊已後新體詩"一類。《文選》謝朓詩 21 篇，被王闓運確定新體的祇有《新亭渚別范零陵詩》《同謝諮議銅雀臺》《鼓吹曲‧入朝曲》及《和徐都曹》4 篇，佔百分之十九；沈約 13 篇，新體祇有《別范安成詩》《冬節後至丞相第詣車中》及《詠湖中雁》3 篇，佔百分之二十三。沈謝新體共 7 篇，祇佔入選齊梁詩 77 篇的百分之九。而入選諸作中，像謝朓的《始出尚書省》《和伏武昌登孫權故城》《和王著作八公山》，沈約的《鍾山詩應西陽王教》《應詔樂游苑餞呂僧珍詩》等，都比較古奧，篇幅也長些，更加接近元嘉顏謝古體的風格。總的看來，蕭統對沈謝還是喜愛的，對新體也不排斥，但也應該説，在接納聲律理論方面並不積極①。至於如

---

① 詳拙文《蕭統與聲律説》,《中州學刊》1996 年第 3 期。

何評價顏謝、沈謝的地位，蕭統似較偏向顏謝，而大體游移於元嘉古體和永明新體之間。

從流傳下來的《答湘東王求文集及〈詩苑英華〉書》《〈陶淵明集〉序》《〈文選〉序》等文看，蕭統的文學觀不守舊、有創新，但不激進，對各種文學問題的看法比較平穩，這或許與他的"寬和容衆"的性格有關①。在東宮官屬中，有過聲律理論領袖人物沈約、天監中之後新體詩名家王筠以及劉孝綽，也有著名的經學家明山賓、著名的文學批評家劉勰，蕭統受到的熏陶是多方面的。當然，我們也不應忘記另一個極爲重要的人物——蕭統的父親梁武帝蕭衍對他的影響。蕭衍對待永明新體詩態度比較折衷，他不懂四聲、不提倡聲律，但也沒有明顯反對的態度。對謝朓詩他極爲欣賞，以至説："不讀謝詩三日，覺口臭。"(《談藪》，《太平廣記》卷一九八引)②梁武帝又好作或喜歡他人作二三十韻、甚至五十韻的長詩③。蕭統也善作長詩，"每游宴祖道，賦詩至十數韻。或命作劇韻賦之，皆屬思便成，無所點易"④。蕭統編《文選》也是在蕭衍直接關心和影響下編成的⑤。蕭統的文學思想和蕭衍比較接近，蕭統對顏謝、沈謝的看法，可能也是蕭衍的看法。

天監中後期，鍾嶸針對聲律論提出尖鋭批評，以爲沈謝新體不可學，並大力提倡元嘉古體。蕭子顯則認爲，劉宋於顏謝之外，尚有休鮑，顏謝二體之外，還有鮑體，三體都不完美，都需要變革，因

① 姚思廉：《梁書》卷二《昭明太子傳》，中華書局，1973年，第167頁。
② 李昉：《太平廣記》卷三百九十八，中華書局，1961年，第1483頁。
③ 詳《梁書》中的《到洽傳》《羊侃傳》《褚翔傳》《到沆傳》《謝徵傳》，以及《南史·蕭綸傳》等。
④ 姚思廉：《梁書》卷二《昭明太子傳》，中華書局，1973年，第166頁。
⑤ 詳拙文《蕭統文學論》，《藝文述林》第1輯，上海文藝出版社，1996年。

此，衹有沈謝的新變體纔是理想的詩體，纔是詩歌發展的出路。普
通之後，蕭統已經逐漸成熟，成爲文壇領袖。他的著論，例如"夫文
典則累野，麗則傷浮，能麗而不浮，典而不野，文質彬彬，有君子之
致"之類①，大抵立論平穩。《文選》所選顏謝、沈謝詩以及所反映
出來的對待元嘉古體與永明新體的態度，比較折衷，似有調和鍾
嶸、蕭子顯兩派意見的用意。

四

　　蕭統卒於中大通三年(531)，時三十一歲。這一年，他的三弟、
後爲梁簡文帝的蕭綱已經二十九歲，七弟、後爲梁元帝的蕭繹已經
二十四歲。他們和蕭統一樣，孩童時就能寫詩作文，有着很好的天
賦。普通、大通間，蕭綱、蕭繹陸續步入成年，並且嶄露文學才華。
　　昭明太子卒後，被立爲太子的蕭綱毫無愧色地認爲，當今文壇
他自己是領袖，其次是蕭繹，其《與湘東王書》云："文章未墜，必有
英絶，領袖之者，非弟而誰？每欲論之，無可與語，思吾子建，一共
商榷。"②蕭綱把蕭繹比作曹植，自己當然是太子曹丕了，說蕭繹是
領袖英絶，實際上自己更是領袖英絶。該文又云：

　　　　比見京師文體，懦鈍殊常，競學浮疏，爭爲闡緩。玄冬修
　　夜，思所不得，既殊比興，正背《風》《騷》。若夫六典三禮，所施
　　則有地；吉凶嘉賓，用之則有所。未聞吟詠情性，反擬《內則》

---

　　①　蕭統：《答湘東王求文集及〈詩苑英華〉書》(嚴可均輯：《全上古三代秦漢三國
六朝文・全梁文》卷二十，中華書局，1958年，第3064頁)。
　　②　姚思廉：《梁書》卷四十九《文學庾肩吾傳》，中華書局，1973年，第691頁。

之篇；操筆寫志，更摹《酒誥》之作；遲遲春日，翻學《歸藏》；湛湛江水，遂同《大傳》。

　　吾既拙於爲文，不敢輕有掎摭。但以當世之作，歷方古之才人，遠則揚馬曹王，近則潘陸顏謝，而觀其遺辭用心，了不相似。若以今文爲是，則古文爲非；若昔賢可稱，則今體宜棄。俱爲盍各，則未之敢許。又時有效謝康樂、裴鴻臚文者，亦頗有惑焉。何者？謝客吐言天拔，出於自然，時有不拘，是其糟粕；裴氏乃是良史之才，了無篇什之美。是爲學謝則不屆其精，但得其冗長；師裴則蔑絕其所長，惟得其所短。謝故巧不可階，裴亦質不宜慕……

　　至如近世謝朓、沈約之詩，任昉、陸倕之筆，斯實文章之冠冕，述作之楷模……

沈約卒後，鍾嶸著《詩品》反對聲律論，蕭子顯則有所回護，兩派對峙，普通至中大通間，蕭統又加以調和，從天監中後期至中大通中，聲律論和新變體的發展並非一帆風順。蕭綱長期在藩鎮，京鎮的文學氛圍對他影響不大，梁武帝和蕭統調和折衷的思想也不能對他起太大的束縛作用。沈約謝世時蕭綱已經 11 歲，從 7 歲起他就有詩癖，當時風靡的新變體一定給他留下深刻的印象。他回到京城後，感覺和外藩很不一樣，怎麼還有一大幫人詩學謝靈運、文師裴子野呢？《與湘東王書》第一段雖然沒有直接提到謝靈運，但"浮疏"、"闡緩"，實則是蕭子顯批評謝靈運體時所説的"疏慢闡緩"，誠如上文所分析，是批評謝詩冗長不精練、聲律不協。蕭綱認爲，詩應用來抒寫情志，其功用與典籍不同，如果詩寫得像《內則》《酒誥》《歸藏》《大傳》那樣，就不成爲詩了。這是對蕭子顯批評謝體所

説的"典正可採,酖不入情"的發揮。蕭綱沒有提到顏延之,大抵鍾
嶸、蕭子顯在評價顏時意見基本一致,到了大通、中大通間顏體的
影響力已經不那麼大了。

蕭綱並不認爲謝靈運詩不可學,而是認爲謝詩精華與糟粕並
存,學謝詩應學其"吐言天拔,出於自然"的優點,摒棄浮疏冗長之
弊。在此,蕭綱提出一個理論問題,即一代有一代的文學,一代有
一代的代表作家,漢的揚雄、司馬遷,魏的曹植、王粲,晉的潘岳、陸
機,宋的顏延之、謝靈運,"觀其遣辭用心,了不相似",他們之所以
取得可觀的成就,主要的不在於因襲前人而在於獨創。"若以今文
爲是,則古文爲非;若昔賢可稱,則今體宜棄。"表面看,這兩句話並
沒有側重,實際上,肯定今文以否定古文的不一定有其人,而稱贊
昔賢以否定今體的大有人在,並且相當有勢力。大力稱贊謝靈運,
極力主張學謝以至到了盲目的地步,其用意恐怕不僅僅是爲了抬
高謝的地位,而是爲了維護元嘉古體從而否定永明新體——講究
聲律情性、體制比較短小的新變體,貶低新體的代表詩人沈約和謝
朓的地位。

《梁書·文學·庾肩吾傳》介紹蕭綱這封書信的背景:"齊永明
中,文士王融、謝朓、沈約文章始用四聲,以爲新變,至是轉拘聲韻,
彌尚麗靡,復踰於往時。"①就是説,蕭綱被立爲太子之後,以運用
四聲爲標幟的新變體詩有了長足的發展。沈約卒後,新變體的發
展雖然沒有中止過,但曾有過不少懷疑甚至反對的意見。到了蕭
綱寫這封信時,情況有了很大的轉變,新辨體的地位不僅超過天監
中以來的任何時候,也超過了詩體初起的時期。而要進一步推進

---

① 　姚思廉:《梁書》卷四十九《文學·庾肩吾傳》,中華書局,1973 年,第 690 頁。

新變體的發展，提高新體詩的地位，重要的是確立沈謝不可動搖的
地位："至如近世謝朓、沈約之詩……斯實文章之冠冕，述作之楷
模。""冠冕"，是說沈謝地位之高；"楷模"，是說沈謝新體詩成績之
傑出，學新變體應從沈謝入手。從劉勰主張近世之詩文不宜學，到
鍾嶸不贊成學沈謝所引起的爭論，至此告一段落。終梁一代，新體
詩和沈謝的地位不再動搖。

　　蕭繹在新體詩方面的觀點，基本與蕭綱相同。《八代詩選》録
蕭綱詩 83 篇，新體就有 76 篇，佔百分之九十以上。録蕭繹詩 33
篇，全部都是新體。蕭繹今存評沈謝的議論僅有兩條，值得注意的
是，《詩品》"五言之冠冕"的名單有顏謝而無沈謝，蕭綱許沈約以"冠
冕"，當有感而發，而蕭繹這兩條也都是針對鍾嶸《詩品》而發的：

　　　　詩多而能者沈約，少而能者謝朓、何遜。①

這一條針對"嶸謂：約所著既多，今剪除淫雜，收其精要，允爲中品
之第矣"②。鍾嶸説沈詩多而淫雜；蕭繹説：不對，沈是多而能。

　　　　至於謝玄暉，始見貧小，然而天才命世，過足以補尤。
（《金樓子·立言篇》）③

這一條針對"善自發詩端，而末篇多躓。此意鋭而才弱也"④。鍾

---

① 姚思廉：《梁書》卷四十九，《文學·何遜傳》，中華書局，1973 年，第 693 頁。
② 鍾嶸撰，陳延傑注：《詩品注》中，人民文學出版社，1961 年，第 53 頁。
③ 蕭繹撰，許逸民校箋：《金樓子校箋》，中華書局，2011 年，第 966 頁。
④ 鍾嶸撰，陳延傑注：《詩品注》中，人民文學出版社，1961 年，第 48 頁。

嶸説謝朓才弱,因而末篇多躓;蕭繹説:不對,謝是天才命世,天才足以彌補其不足。二蕭的評論並非偶然的巧合,而是蕭統去世後文壇對沈謝重要地位的權威認定。

顏謝與沈謝的地位之爭,事關聲律理論,是元嘉古體與永明新體之争。從永明中沈約撰《宋書》説顏謝足以"方軌前秀,垂範後昆"①,到天監中後期鍾嶸、蕭子顯對顏提出尖鋭的批評,直至中大通中蕭綱指出大謝詩的聲韻、情性、篇章多方面的不足,顏謝的地位下降了;然而,五十年間顏謝的地位也並非始終處在下降的狀況。從永明間沈謝倡導新體詩、崛起於詩壇,到中大通中之後被蕭綱確立爲文章冠冕、述作楷模,沈謝的地位上升了;然而,沈謝的地位也並非始終處在直線上升的狀況。顏謝、沈謝地位的得失升降,實則是元嘉古體與永明新體的得失升降,五十年間,整個過程是曲折的。衹有到中大通中之後沈謝冠冕、楷模地位的被確立,永明新體超越元嘉古體的地位纔被正式確立。從此,中國的詩歌也纔比較順暢地沿着新體的方向發展,並且最終在唐初完成了向近體詩過渡的歷史使命。

---

① 　沈約:《宋書》卷六十七《謝靈運傳論》,中華書局,1974 年,第 1779 頁。

形似與神似　朗健與悲愴

——謝惠連《雪賦》與謝莊《月賦》對賞

　　謝惠連(397—433)謝靈運族弟,年十歲,深得靈運知賞。嘗預
靈運山澤之游,作連句詩"題刻樹側"(《水經注·浙江水》)元嘉七
年(430)二十四歲時始爲司徒彭城王義康法曹參軍,三年後卒。
《宋書·謝方明附子惠連傳》:"義康治東府城,城塹中得古塚,爲之
改葬,使惠連爲祭文,留信待成,其文甚美。又爲《雪賦》,亦以高麗
見奇。"①
　　《雪賦》是南朝物色短賦的名篇之一,最早見於《文選》。賦假
托西漢梁孝王在菟園賞雪,召鄒陽、枚乘、司馬相如居其左右,或吟
詠古人之作,或摹寫眼前之狀。作者假口于司馬相如寫雪之其始、
其狀、其積素、其紛繚繁鶩,其中寫雪之狀及積素云:

　　　其爲狀也,散漫交錯,氛氳蕭索。藹藹浮浮,瀌瀌奕奕。
　　聯翩飛灑,徘徊委積。始緣甍而冒棟,終開簾而入隙。初便娟
　　於墀廡,末縈盈于帷席。既因方而爲珪,亦遇圓而成璧。眄隰

---

① 沈約:《宋書》卷五十三,中華書局,1974年,第1525頁。

則萬頃同縞，瞻山則千巖俱白。於是臺如重璧，遠似連璐，庭列瑤階，林挺瓊樹。皓鶴奪鮮，白鵬失素。紈袖慚冶，玉顏掩嫭。

　　若迺積素未虧，白日朝鮮，爛兮若燭龍，銜耀照崑山。爾其流滴垂冰，緣霤承隅，粲兮若馮夷，剖蚌列明珠。①

觀察非常細緻，體物逼真，形容和譬喻都很新鮮。《文心雕龍·物色》云："自近代以來，文貴形似，窺情風景之上，鑽貌草木之中。吟詠所發，志惟深遠，體物爲妙，功在密附。故巧言切狀，如印之印泥，不加雕削，而曲寫毫芥。故能瞻言而見貌，即字而知時也。"②《雪賦》的寫景，正體現了宋初文學的這種風貌。元代祝堯編《古賦辨體》卷六評此賦云："此賦中間極精麗，後人詠雪皆脫胎焉，蓋琢句練字，抽畫細膩，自是晉宋間所長。"③

　　謝莊的《月賦》與惠連的《雪賦》爲姐妹篇。謝莊（421—466），字希逸，靈運、惠連的族侄。七歲便能屬文，元嘉末，官太子中庶子。孝武帝時曾任吏部尚書、都官尚書，遷右衛將軍，加給事中。明帝即位，加金章紫綬，轉中書令，"所著文章四百餘首，行於世"（《宋書·謝莊傳》）④。文帝時，與袁淑同作《赤鸚鵡賦》，淑見而嘆曰："江東無我，卿當獨秀。我若無卿，亦一時之傑也。"⑤大明中，作《舞馬賦》，其文載於本傳之中。

---

　　①　蕭統編，李善注：《文選》卷十三，中華書局影清胡克家刻本，1977年，第594—595頁。
　　②　劉勰撰，范文瀾注：《文心雕龍注》，人民文學出版社，1958年，第694頁。
　　③　祝堯編：《古賦辨體》卷六，文淵閣《四庫全書》本。下同此版本。
　　④　沈約：《宋書》卷八十五，中華書局，1974年，第2177頁。
　　⑤　沈約：《宋書》卷八十五，中華書局，1974年，第2167—2168頁。

　　《月賦》在寫法上有摹襲《雪賦》之處，作品假托陳王命王仲宣抽毫進牘開篇，接着假仲宣之口説些有關月的典故，然後鋪叙"氣霽地表"與"涼夜自淒"兩種情況，最後也以歌作結。比較《雪賦》，《雪賦》情調曠達明朗，而《月賦》感傷悲涼。《月賦》一開篇便云："陳王初喪應、劉，端憂多暇。"①曹丕《與吳質書》云："徐、陳、應、劉，一時俱逝。"②賦雖是假托之辭，然以應（瑒）、劉（楨）而兼及徐（幹）、陳（琳），言一時友朋俱逝。"多暇"二字，則言不復有往日"行則連輿，止則接席，何曾須臾相失，每至觴酌流行，絲竹並奏，酒酣耳熱，仰而賦詩"（《與吳質書》）之樂矣③，寫得無可奈何，格外淒苦，開篇已奠定一篇基調。與《雪賦》"置旨酒，命賓友"有意識的賞雪不同，本篇則寫出游觀月。"悄焉疚懷，不怡中夜"，"臨濬壑而怨遥，登崇岫而傷遠"，出游是爲了"怨遥"，"傷遠"，抒發内心的"疚懷"、"不怡"。所以，下文仲宣的鋪叙描繪便祇能在此種濃重感傷的氛圍中展開。

　　作品寫"氣霽"時之月云：

　　　　若夫氣霽地表，雲斂天末，洞庭始波，木葉微脱。菊散芳於山椒，鴈流哀於江瀨。升清質之悠悠，降澄輝之藹藹。列宿掩縟，長河韜映。柔祇雪凝，圓靈水鏡。連觀霜縞，周除冰净。

許槤評曰："數語無一字説月，卻無一字非月。清空澈骨，穆然可

　　① 蕭統編，李善注：《文選》卷十三，中華書局影清胡克家刻本，1977年，第598—602頁。
　　② 蕭統編，李善注：《文選》卷四十二，中華書局影清胡克家刻本，1977年，第591頁。
　　③ 蕭統編，李善注：《文選》卷四十二，中華書局影清胡克家刻本，1977年，第591頁。

懷。"①《雪賦》寫雪，巧構形似之言，曲盡毫芥，雖不乏名句，但所寫
祇在雪的"貌"上。謝莊此賦，則遺貌而寫神，在神似上下工夫，更
顯得意趣灑然。此一節，作者以木葉脱、雁流哀爲下一節"涼夜自
淒"、陳王的淒苦感受鋪墊：

> 若乃涼夜自淒，風箄成韻。親懿莫從，羈孤遞進。聆皋禽
> 之夕聞，聽朔管之秋引。於是絃桐練響，音容選和。徘徊《房
> 露》，惆悵《陽阿》。聲林虚籟，淪池滅波。情紆軫其何托，愬皓
> 月而長歌。

這一節由景而情，越寫越見陳王的寂寞、孤獨、神傷。"親懿莫從"
兩句，回應篇首"初喪應、劉"，"愬皓月"則緊扣賦題。許槤評云：
"筆能赴情，自情生於文，正不必苦鏤，而沖淡之味，耐人咀嚼。"（同
上引）《月賦》與《雪賦》相比，除一重體物的神似，一重形似外，《月
賦》的抒情味道也較《雪賦》濃，寫景與抒情的融合也較勝。
　　《雪賦》結尾有"鄒陽"的《積雪之歌》和《白雪之歌》，還有"枚
乘"的"亂"辭。《白雪之歌》後四句云："怨年歲之易暮，傷後會之無
因，君寧見階上之白雪，豈鮮耀於陽春！"不僅回應篇首的"歲將
暮"，也抒發了歲月易逝，友朋相聚不易之慨。而"亂"辭則重在説
理："白羽雖白，質以輕兮。白玉雖白，空守貞兮。未若兹雪，因時
興滅……素因遇立，汙隨染成。縱心皓然，何慮何營！"委順自然，
頗見老莊式的達觀。無論是歌還是"亂"辭，與正文的體物，似都未
達到水乳交融的境界。《月賦》則不同，"歌曰"是緊緊承接"想皓月

---

①　許槤評選，黎經浩箋注：《六朝文絜箋注》卷一，上海古籍出版社，1962年，第7頁。

而長歌"，也同爲"仲宣"所作："美人邁兮音塵闕，隔千里兮共明月。臨風嘆兮將焉歇？川路長兮不可越。"又曰："月既没兮露欲晞，歲方晏兮無與歸。佳期可以還，微霜沾人衣。"故祝堯編《古賦辨體》卷六評云："篇末之歌猶有詩人所賦之情。"許槤評云："以二歌總結全局，與‘怨遥’、‘傷遠’相應，深情婉致，有味外味。"①

　　文學作品往往擺脱不了時代風尚的影響，宋初莊、老雖已告退，山水詩開始滋長，但謝靈運的作品仍未能完全挣脱玄言玄理的羈絆，其山水詩如此，其《山居賦》也如此，謝惠連生活在那個時代，《雪賦》在兩首歌之後，再加上一小段闡發玄理的"亂"辭也並非不正常。謝莊的《月賦》作年一時不好考訂，曹道衡先生認爲至遲當在宋孝武帝初年②，假定作於元嘉末，則此時距謝靈運和謝惠連謝世已有二十年，其時的文風已開始由"多爲經史"向"吟咏情性"轉變（詳裴子野《雕蟲論》③）。我們看活動年代與謝莊比較接近的鮑照詩，就可以知道元嘉末至大明中的詩風和謝靈運、謝惠連時代有很大的不同，《月賦》的注重抒情也是時代風尚的反映。劉宋初年，陳郡陽夏謝氏在朝野仍有相當影響，一則其時去東晉不遠，謝安、謝玄威名衆人仍記憶猶新；再則一個新政權剛剛建立、不能没有王、謝等高門大族的支持，加上謝惠連其時年紀尚輕，多少有點"少年不知愁滋味"的味道，不甚遵從禮法，"輕薄"（《宋書‧謝方明附謝惠連傳》④），不太以仕途爲意，所以其《雪賦》顯得曠達朗健。謝

---

① 許槤評選，黎經浩箋注：《六朝文絜箋注》卷一，上海古籍出版社，1962 年，第7 頁。
② 曹道衡：《中古文學史論文集續編》，臺灣文津出版社，1994 年，第 158—159 頁。
③ 嚴可均輯：《全上古三代秦漢三國六朝文‧全梁文》卷五十三，中華書局，1958年，第 3262 頁。
④ 沈約：《宋書》卷五十三，中華書局，1974 年，第 1525 頁。

莊活動的主要年代已到了元嘉後期及孝武帝時期了。劉宋的政局
起伏變化很大,謝氏家族也屢屢遭受創害,先是謝晦捲入宗室鬥
爭,與子世休、弟嚼、嚼子世平,兄子世基、紹等被殺,晦作《悲人道》
云:"悲人道兮,悲人道之實難。哀人道之多險,傷人道之寡安。"①
臨終又作詩云:"既涉太行險,斯路信難陟。"②接着,是以爲才能宜
參政要的謝靈運被殺。元嘉二十二年(445),謝綜參與范曄等謀立
彭城王義康等,被殺;弟約亦坐死。孝建元年(554)謝莊在《與江夏
王義恭牋》中自稱"家素貧弊",雖不免誇大,但晉宋之際謝家顯赫
的影子確已不可再現。牋又云:"家世無年,亡高祖四十,曾祖三十
二,亡祖四十七,下官新歲便三十五,加以疾患如此,當復幾時見聖
世。"又云:"實因羸疾,常恐奄忽,故少來無意於人間。"③謝莊的仕
途還比較順暢,但他的執著追求並不在於官場,而在於生命,所以,
在一篇《月賦》中始終籠罩着悲愴的氣氛,感傷的情調。同爲謝氏
家族的成員,謝莊賦可以寫與謝惠連相近的題材,哪怕結構、手法
都對《雪賦》有所承襲,但作於元嘉末年的《月賦》再也不可能有《雪
賦》的曠達朗健之氣了。

　　從《雪賦》到《月賦》,反映出劉宋時期物色賦由"曲寫毫芥"的
體物,到結合抒情來體物的賦風的轉變。但是《月賦》在南朝的駢
賦中還沒有達到完美的境地,例如"擅扶光於東沼,嗣若英於西冥"
一小節則尚嫌著跡。最能代表南朝駢賦成就的,則要等到劉宋後
期江淹所作的《恨賦》和《別賦》的問世,但《雪賦》,特別是《月賦》在
駢賦演進過程中仍功不可沒。

---

①　沈約:《宋書》卷四十四,中華書局,1974 年,第 1359 頁。
②　沈約:《宋書》卷四十四,中華書局,1974 年,第 1361 頁。
③　沈約:《宋書》卷八十五,中華書局,1974 年,第 2171—2172 頁。

大明泰始詩論

　　南朝從劉宋元嘉到梁初沈約謝世，約九十年。詩歌從古奧又未免有些蹇礙的元嘉古體，嬗變爲清暢流利、講究聲律的永明體，中間還有一個大明、泰始時期。本文對大明、泰始時期的文學作了時間的界定，對這一時期詩風嬗變的整個進程作了深細的探討，分析了顏延之、鮑照、謝莊、（前期）江淹等人在這一時期分別所起的作用，認爲大明、泰始時期的詩歌是從元嘉古體發展到永明新體的中間重要環節。文學史的研究，重視這類中間環節的研究，是很必要的。

　　南朝宋文帝元嘉時期和齊武帝永明時期，是中國古代詩歌發展史上的兩個重要時期。前一時期，謝靈運的清麗巧似，顏延之的情喻淵深，並方軌前秀，垂範後昆；後一個時期，沈約、謝朓、王融等創造了體制較爲短小、講究聲律、易於誦讀的新體詩，在詩歌史上有着相當重要的地位。但是從元嘉到永明，中間還有約三十年的時間，這就是齊、梁文學家和文學批評家通常所説的大明、泰始時期。

　　宋文帝劉義隆於元嘉三十年（453）謝世，至宋亡還有二十七年，中間經過六帝，經營較久的祇有孝武帝十一年和明帝七年。而孝武帝大明（457—464）、明帝泰始（465—471）則是繼文帝元嘉之後兩個時間相對較長的年號。文學史上常常以年號來標示某一時期的文學。以年號標示某一時期的文學，其起迄的時間又往往與年號不盡相同，建安文學和永明文學的情況都是這樣。從文風、特別是詩風嬗變的角度來審視大明、泰始文學，當指的是文帝劉義隆謝世至宋亡，甚至到齊初建元，即齊武帝登基的永明之前約三十年的文學。

　　鍾嶸《詩品》曾兩次將大明、泰始連稱以指代元嘉之後一個時期的文學（其中一次引用其從祖鍾憲語）。在鍾嶸前後，用"大明以來"，或休（湯惠休）、鮑（照）並稱來論述元嘉之後約三十年文學的，至少有蕭惠基、王僧虔、蕭子顯、裴子野數人。可見，齊、梁間文史家對這一期的文學是相當重視的。可惜在此之後，便少有文學史家將大明、泰始連稱作爲一個文學史時期來作整體的、深入的探究（單個作家或詩人的研究則時有涉及大明、泰始）。認真思考起來，原因較多。首先或是因爲齊、梁的文史家對大明、泰始文學批評的多，褒揚的少。其次是大明、泰始文學在宋、齊間特色不夠鮮明，表面上看成績也並不十分突出，似乎前不及元嘉，後不及永明。三是受宋嚴羽的影響。嚴羽在他的《滄浪詩話》中，論及"元嘉體"時，把鮑照和謝靈運、顏延之一起歸入此體，從大處着眼，有其可取之處，但又未免有些簡單化。《滄浪詩話》是中國古代一部成績巨大的詩話，後人受它的影響自不可免。四是具體操作的困難。三十年左右的時間，不算太長，南朝中前期的作家，有的既在元嘉已經成名，又活躍於大明、泰始，例如鮑照、謝莊；有的則活到永明以後，然而在劉宋後期已有文名，例如謝超宗、丘靈鞠、謝朓、江淹，齊、梁文評家去宋不遠，較容易辨析這些作家作品的年代，而對於後代的文學史家，特別是對今天的研究者來說，就比較困難了。更何況齊、梁文評家能看到的作品肯定比我們要多得多，像《詩品》下"宋御史蘇寶生、宋中書令史陵修之、宋典祠令任曇緒、宋越騎戴法興"條，蘇、陵、任、戴四人的作品已全部亡佚；至於頗受到王儉稱道的謝朓，其詩也是一篇無存。這無疑給我們今天的研究帶來很大的難度。

　　大明、泰始時期文學大約三十年，時間不算太長，但如果和正始文學（從齊王芳正始年間至魏亡不足三十年）、永明文學（從齊武帝永明間至沈約卒約三十年）相比，也不見得短。隨着南朝文學研究的逐漸深細，特別是近年一些相關年譜的問世[1]和《南北朝文學編年史》的出版[2]，爲大明、泰始文學的研究提供了不少便利。本文要研究的就是這一時期詩風的嬗變以及這一時期詩歌在南朝文學史上的貢獻和地位。

一

　　沈約《宋書·顏延之傳》云："延之與陳郡謝靈運俱以詞彩齊名，自潘岳、陸機之後，文士莫及也，江左稱顏謝焉。"[3]同書《謝靈運傳論》亦云："爰逮宋氏，顏、謝騰聲。靈運之興會標舉，延年之體裁明密，並方軌前秀，垂範後昆。"[4]齊、梁文學家往往也將顏謝聯稱[5]，

────────

① 詳見劉躍進、范子燁編：《六朝作家年譜輯要》，黑龍江教育出版社，1999年。
② 曹道衡、劉躍進：《南北朝文學編年史》，人民文學出版社，2000年。
③ 沈約：《宋書》，中華書局，1974年，第1904頁。
④ 沈約：《宋書》，中華書局，1974年，第1778—1779頁。
⑤ 劉勰《文心雕龍·時序》："顏謝重葉以鳳采。"（劉勰撰，范文瀾注：《文心雕龍注》卷九，人民文學出版社，1958年，第675頁）顏、謝既指兩個家族，亦含有顏延之、謝靈運在內。鍾嶸《詩品序》："謝客爲元嘉之雄，顏延年爲輔。"（鍾嶸撰，陳延傑注：《詩品注》，人民文學出版社，1961年，第4—5頁）。于顏、謝雖有軒輊，但仍將他們並稱爲元嘉中"五言之冠冕"。

把他們當作劉宋時期、至少是元嘉時期的代表作家和詩人,從大處看,自然是很有道理的。謝靈運卒於元嘉十年(433),此時距宋亡還有四十七年。"宋初文詠,體有因革,莊老告退,而山水方滋"(《文心雕龍·明詩》)①,儘管謝靈運在身後對劉宋文壇仍然産生很大的影響,但在元嘉後和大明、泰始時期發揮具體作用的則祇能是顏延之或鮑照、湯惠休以及宋孝武帝劉駿等人了。

顏延之比謝靈運年長一歲,卻比謝多活了二十三四年,卒于宋孝武帝孝建三年(456)。顏延之不少重要作品,都作于謝靈運過世之後的二十餘年中②。鍾嶸評顏、謝詩,都用了"尚巧似"三字,顏、謝詩"尚巧似"的共同特點,也正是宋初詩體因革的特點。然而鍾嶸又指出顏不同于謝四端:"體裁綺密,情喻淵深",一也;"喜用古事",二也;"經綸文雅才",三也;"錯采鏤金",四也。③ 在鍾嶸看來,顏延之在大明、泰始文壇影響最爲巨大的,首先是"經綸文雅才",這是正面的影響;其次是"喜用古事",這是負面的影響。

先説"經綸文雅才",《詩品》下"齊黃門謝超宗、齊潯陽太守丘靈鞠、齊給事中郎劉祥、齊司徒長史檀超、齊正員郎鍾憲、齊諸暨令顏測、齊秀才顧則心"條云:

　　　　檀、謝七君,並祖襲顏延。欣欣不倦,得士大夫之雅致乎!

　　① 劉勰撰,范文瀾注:《文心雕龍注》卷二,人民文學出版社,1958年,第67頁。
　　② 據繆鉞《顏延之年譜》,可考的有:《應詔宴曲水作》*、《三月三日曲水詩序》*、《五君詠》*、《拜永嘉太守辭東宮表》、《釋何衡陽達性論》、《重釋何衡陽達性論》、《庭誥》、《夏夜呈從兄散騎車長沙》*、《宋文皇帝元皇后哀策文》*、《赭白馬賦》*、《皇太子釋奠會作》*、《爲皇太子侍宴餞衡陽南平二王應詔》*、《宋郊祀歌》二首、《拜陵廟作》*、《車駕幸京口侍游蒜山作》*、《車駕幸京口三月三日侍游曲阿後湖作》*、《贈謚袁淑詔》、《賜恤袁淑遺孤詔》、《謝子峻封建城侯表》、《贈王太常》*等,見《讀史存稿》(北京三聯書店,1963年,第127—160頁)。後有 * 者爲《文選》所登錄。
　　③ 鍾嶸撰,陳延傑注:《詩品注》中,人民文學出版社,1961年,第43頁。

余從祖正員常云："大明、泰始中，鮑、休美文，殊已動俗。"唯此諸人，傳顏、陸體。用固執不移。顏諸暨最荷家聲。①

謝超宗爲靈運孫，鍾憲爲鍾嶸從祖，顏測則爲顏延之子。這條評論雖然反映了鍾嶸重雅輕俗的文學觀，但又説當時活躍於大明、泰始中和齊初的一大批詩人對顏延之"經綸文雅才"詩風的接受和承繼。齊高帝建元初，武陵王蕭曄與諸王共作短句詩，詩學謝靈運體，高帝蕭道成認爲學詩當從潘岳、陸機以及顏延之入手。蕭道成入齊之前就寫過民歌體的《群鶴詠》一類的作品，在大明、泰始中他可能也偏愛過鮑、休的俗體詩。但是，早年曾在雞籠山從雷次宗學習儒家經典的蕭道成，受到雅正詩人顏延之的影響也是很有可能的。

其次，是"喜用古事"而"彌見拘束"。鍾嶸論詩，主張詩應當遠離故實，少用事，他認爲，古今許多名句，都非出自經、史，特別是那些吟詠性情、寫景之類的作品更是如此。鍾嶸在《詩品序》中對大明、泰始以來喜用古事而有傷詩歌真美的詩風提出尖鋭的批評：

顏延、謝莊，尤爲繁密，于時化之。故大明、泰始中，文章殆同書鈔。近任昉、王元長等，詞不貴奇，競須新事，爾來作者，浸以成俗。遂乃句無虛語，語無虛字，拘攣補衲，蠹文已甚。②

謝莊（421—466），顏延之比他大三十八歲，顏去世的孝建三年

---

① 鍾嶸撰，陳延傑注：《詩品注》下，人民文學出版社，1961年，第68頁。
② 鍾嶸《詩品序》（鍾嶸撰，陳延傑注：《詩品注》，人民文學出版社，1961年，第4頁）。

(456)，謝三十六歲。謝莊今存詩不多，從今存詩很難看出他用事繁密的傾向。《文選》卷五十七載有他作於大明六年的《宋孝武宣貴妃誄》一篇，其用事的繁密，並不亞于顏延之的《宋文皇帝元皇后哀策文》和《三月三日曲水詩序》。繁密的用事，爲大明、泰始詩壇的一種風尚，或由顏延之倡其首，謝莊揚其波，影響所及，直至齊代和梁初。孝建三年，顏延之寫了一首《贈王太常》詩，王太常即王僧達，僧達作《答顏延年》以謝。僧達詩云：

> 長卿冠華陽，仲連擅海陰。珪璋既文府，精理亦道心。君子聳高駕，塵軌實爲林。崇情符遠迹，清氣溢素襟。結游略年義，篤顧棄浮沉。寒榮共偃曝，春醖時獻斟。聿來歲時暄，輕雲出東岑。麥壠多秀色，楊園流好音。歡此乘日暇，忽忘逝景侵。幽衷何用慰，翰墨久謠吟。棲鳳難爲條，淑覜非所臨。誦以永周旋，匪以代兼金。①

王僧達小顏延之四十歲，故云"結游略年義"。詩幾乎句句用事，故沈德潛評云："亦著意追琢。答顏詩與顏體相似。"②有趣的是，顏贈王還有"庭昏見野陰，山明望松雪"③這樣即目所見而無補假的比較自然的句子，而王學顏，則變本加厲，彌見拘束，有乖秀逸。蕭統編《文選》並錄二詩於同卷，不知是否有意讓讀者體會顏對王的影響、王對顏的仿效，以見謝靈運謝世之後顏延之在詩壇所起的作用。

---

① 蕭統編，李善注：《文選》卷二十六，中華書局影清胡克家刻本，1977年，第369頁。
② 沈德潛：《古詩源》卷十二，中華書局，1963年，第268頁。
③ 蕭統編，李善注：《文選》卷二十六，中華書局影清胡克家刻本，1977年，第367頁。

二

宋明帝泰始二年（466），鮑照因臨海王子頊應晉安王子勛舉兵失敗，被亂軍所殺，年五十餘，多數學者認爲鮑照約生於晉安帝義熙十年（414）[①]。鮑照比顏、謝約小三十來歲。鮑照《擬行路難》其十八云："余當二十弱冠辰。"後人據此推斷《擬行路難》中部分作品作於二十歲左右，即元嘉十年（433）左右[②]。鮑照集中詩歌作年可考的當以此篇爲最早，也就是説鮑照開始文學創作的時間恰好是在謝靈運被殺前後。當京師貴賤莫不競寫謝靈運新詩的時候，當顏延之作《北使洛》《還至梁城作》的時候，鮑照還在少年甚至孩童時代。嚴格説，鮑與顏、謝在劉宋時期是既有關聯但又有區別的兩代人。鮑照從小耳濡目染，受顏、謝的熏陶是難免的。元嘉十六年（439），鮑照步入仕途，爲臨川王劉義慶侍郎，赴江州寫了一組廬山詩，其結構、造語、寫景、抒情，都頗刻意學謝。《登廬山》詩云：

懸裝亂水區，薄旅次山楹。千巖盛阻積，萬壑勢迴縈。龍
從高昔貌，紛亂襲前名。洞澗窺地脉，聳樹隱天經。松磴上迷
密，云竇下縱橫。陰冰實夏結，炎樹信冬榮。嘈囋晨鵾思，叫
嘯夜猿清。深崖伏化跡，窮岫閟長靈。乘此樂山性，重以遠游

　　① 丁福林《鮑照年譜簡編》則認爲鮑照生於義熙十二年（416），見《六朝作家年譜輯要》（黑龍江教育出版社，1999年，第345頁）。
　　② 本文鮑照生平事蹟及作品的繫年，無特別注明者，均見鮑照撰、錢仲聯集注：《鮑參軍集注》（上海古籍出版社，1980年）和曹道衡：《鮑照幾篇詩文的寫作時間》（《中古文學論集》，中華書局，1986年）。

情。方躋羽人途,永與烟霧并。①

起二句交代題,中十四句寫景,結四句引出玄情,這正是謝靈運山水詩的標準結構:"開頭提出出游,中間描寫景色,結尾涉及玄言或抒情發感喟。"②全詩二十句,未免有"板實"之憾(詳方東樹《昭昧詹言》卷六)③。"陰冰實夏結",即謝"冬夏共霜雪"(《登廬山絕頂望諸嶠》)④;"方躋羽人途",學謝"羽人絕仿佛"(《入華子崗是麻源第三谷》)⑤。王闓運評這組廬山詩云:"數首非不刻意學康樂,然但務琢句,不善追神。"(錢仲聯《鮑參軍集注》卷五引)⑥的確,鮑照剛步入詩壇不久,其山水行旅詩多受謝靈運影響,樂府之外的五言詩尚未確立自己的風格,尚難見到獨特的個性。作於元嘉十七年(440)的《發後渚》,較廬山諸詩有生氣,詩人于蕭條的景物中注入行旅悽愴悲緒,詩句也較爲流暢,但詩中仍難免有刻意雕鑿之處。《發後渚》作于從江州返京途中,也是鮑集中較有名的作品,中有句云:"華志分馳年,韶顏慘驚節",《鮑參軍集注》卷五[補注]:"華志,猶《庾中郎別詩》所云'藻志',皆明遠自造之詞。"⑦日僧遍照金剛《文鏡秘府論》地卷"十體"中有"雕藻"一體,云:"雕藻體者,謂以凡事理而雕藻之,成於妍麗,如絲彩之錯綜,金鐵之砥煉是。"遍照金

---

① 鮑照撰,錢仲聯集注:《鮑參軍集注》,上海古籍出版社,1980 年,第 262 頁。
② 周勛初:《謝靈運山水文學的創作經驗》,《魏晉南北朝文學論集》,江蘇古籍出版社,1999 年,第 89 頁。
③ 方東樹撰,汪紹楹校點:《昭昧詹言》,人民文學出版社,1961 年,第 170 頁。
④ 謝靈運撰,黃節注:《謝康樂詩注》,人民文學出版社,1958 年,第 90 頁。
⑤ 謝靈運撰,黃節注:《謝康樂詩注》,人民文學出版社,1958 年,第 92 頁。
⑥ 鮑照撰,錢仲聯集注:《鮑參軍集注》,上海古籍出版社,1980 年,第 272 頁。
⑦ 鮑照撰,錢仲聯集注:《鮑參軍集注》,上海古籍出版社,1980 年,第 320—321 頁。

剛所舉二例,一即鮑照此二句(唯"分"作"怯")①。所謂"雕藻體",
實即湯惠休評顏詩所説的"錯彩鏤金"之體。作爲元嘉中成長起來
的詩人,鮑照早期的五言詩不能没有那個時代留下來的印記:"貴
尚巧似"(《詩品》中"宋參軍鮑照"條),講究俳偶和雕藻。可以拿來
與早期廬山詩相對照的是大明六年(462)前往荆州途中所作的《登
翻車峴》《從臨海王上荆初發渚》《登黄鶴磯》《岐陽守風》(《鮑參軍
集注》卷五[增補]以爲"岐陽"乃"陽岐"誤倒)一組詩。《登黄鶴
磯》云:

> 木落江渡寒,雁還風送秋。臨流斷商弦,瞰川悲棹謳。適
> 郢無東轅,還夏有西浮。
> 三崖隱丹磴,九派引滄流。淚行感湘别,弄珠懷漢游。豈
> 伊藥餌泰,得奪旅人憂。②

此詩起二句寫時令之景,次二句叙登臨之情,"適郢"六句,正寫途
中登磯所望及情懷,結二句言行旅之憂。沈德潛和方東樹都很欣
賞此詩的發端,沈云:"出語蒼勁,發端有力。"(《古詩源》卷十二)③
方云:起二句"清絶千古。"方東樹又評《岐陽守風》云:"直書即目,
興象華妙,清警開小謝。"(《昭昧詹言》卷六)④恐怕不僅僅因爲該
詩的上句爲謝朓"玉繩低建章"(《暫使下都夜發新林至京邑贈西府
同僚》)所承襲,也與首句一起即蒼勁有力有關,因爲自鍾嶸之後,

---

① [日]遍照金剛:《文鏡秘府論》,人民文學出版社,1975年,第51—52頁。
② 鮑照撰,錢仲聯集注:《鮑參軍集注》,上海古籍出版社,1980年,第273頁。
③ 沈德潛:《古詩源》卷十一,中華書局,1963年,第257頁。
④ 方東樹撰,汪紹楹校點:《昭昧詹言》,人民文學出版社,1961年,第176—
177頁。

謝朓一向都被目爲善於發端的詩人。從《登黄鶴磯》這組詩看,鮑
照後期山水行旅詩已經不再採用元嘉時期叙事——寫景——抒情
三段式的結構。而較多採用一入手就直接寫景的手法,已經比較
接近於永明新體詩。另一方面,元嘉時期的寫景,無論顔、謝還是
鮑照本人,都無一不是尚巧似,而從鮑照後期五言詩來看,他似乎
更加注意興象的營造,换句話説,就是從他的某些描寫物象或景物
的詩句中,讀者仿佛可以感覺到詩人的情感在那兒流淌。方東樹
不僅説《岐陽守風》一詩興象華妙開小謝,而且説《登黄鶴磯》"起句
興象"。從"貴尚巧似"到"興象華妙"的演化過程,實際上也是從雕
鑿、不夠自然,逐步演進到琢而後工的過程。我們這裏所説的"逐
步",是説鮑照和永明間謝朓等人的詩在這方面還存在一定的距
離。再説,《登黄鶴磯》全詩共十二句,《岐陽守風》也是十二句,《登
翻車峴》十四句,《從臨海王上荆初發新渚》十八句,而詩人元嘉間
所作的三首廬山詩,最短的一首二十句,長的二十六句。由於作品
繫年的困難,我們很難對鮑照元嘉和大明、泰始兩個時期全部五言
詩的句子作出精確的統計,但從作年比較確定的這兩組詩看,鮑照
大明、泰始的五言詩的篇幅有趨短的傾向。篇幅的長短,不過是表
象而已,而透過表象,似乎反映出鮑照對克服稍嫌冗長拖沓詩風所
作的努力,大明、泰始中鮑照的五言詩顯然比元嘉時期要來得精煉
些了。

　　鍾憲曾云:"大明、泰始中,鮑、休美文,殊已動俗。"[1]顔延之過
世之後,大明、泰始中以他爲代表的雅正詩體受到衝擊,而鮑照、湯
惠休等的"美文"則風靡文壇,以至達到驚世駭俗的地步。相比之

---

　　①　鍾嶸撰,陳延傑注:《詩品注》下,人民文學出版社,1961年,第68頁。

下,鍾憲等人雖然於雅正詩體"固執不移",但似乎已没有太大的聲威了。所謂"美文",一般指的是那些側豔綺麗之作或委巷歌謠。這些作品既有五言詩①,又有樂府詩。鮑集中有兩首與湯惠休相贈答之詩,一爲《秋日示休上人》、一爲《答休上人》,二詩當作于荆州之時②,也即大明時期的作品。下面請看湯惠休與鮑照贈答的兩首詩:

> 玕枝兮金英,緑葉兮紫莖。不入君玉杯,低彩還自榮。想君不相豔,酒上視塵生。當令芳意重,無使盛年傾。
>
> ——湯惠休《贈鮑侍郎》

> 酒出野田稻,菊生高岡草。味貌亦何奇,能令君傾倒。玉椀徒生羞,爲君慨此秋。金蓋覆牙柈,何爲心獨愁?
>
> ——鮑照《答休上人》③

上文提到的顏延之與王僧達的贈答詩,無非是表達一些士大夫的生活内容和情趣,諸如道德文章、語默出處、流連光景之類。而休、鮑贈答,則完全抛開傳統,講些玉杯金碗、芳意秋愁的豔語俗話。顏、王詩用大量的事典、刻意的藻飾以見其淵雅,休、鮑則用側豔的意象、纏綿的話語以求動俗。

鮑照的樂府詩繫年似比其他五言詩來得困難。有關時事的樂

① 劉師培云:"(鮑照)五言詩多淫豔。"五言詩,可能指兼樂府中的五言詩。見《中國中古文學史講義》,人民文學出版社,1959年,第90頁。
② 鮑照撰,黄節補注:《鮑參軍詩注》卷三《秋日示休上人》[補注]引陳胤倩云:"豈亦效休上人耶? 東西望楚城,意明遠與休同客荆州時作也。"(中華書局香港分局,1972年,第92頁)
③ 鮑照撰,錢仲聯集注:《鮑參軍集注》,上海古籍出版社,1980年,第290頁。

府，例如《中興歌》，作年尚有數説①，至於那些"賤子"之歌，或感身世，或悲路難，大多更難於判定。鮑集中寫豔情而不一定有寄托的樂府，有《採桑》《吳歌》《採菱歌》《代白紵歌辭》《代白紵曲》《代夜坐吟》《代春日行》數題二十來首。鮑照開始寫側豔的樂府詩，恐怕不會晚於元嘉、建武之際。面對出身寒微而詩名卻日盛的鮑照，顔延之未免有些不平，"故立休、鮑之論"②，以爲鮑照不外和委巷詩人湯惠休的地位差不多而已，有意加以貶低。顔延之萬萬没有想到，在他的身後，鮑、休的美文竟發展到驚世駭俗的地步。大體可以斷定作于後期客居荆州的，有《吳歌》三首、《採菱曲》七首等③。

　　江左以來，文人雅好江南通俗民歌，文人仿製者，有《團扇》《桃葉》之類。謝惠連"工爲綺麗歌謠"，被鍾嶸稱爲"風人第一"④；不過，元嘉時期仍以雅樂正聲爲主流。孝武帝劉駿（430—464）即位之後，社會文化風尚起了很大的變化。《文心雕龍·時序》："自宋武愛文，文帝彬雅，秉文之德；孝武愛才，英采雲構。"⑤武帝、文帝的文化建設，或重"弘振國學"⑥，或功在"立儒學館"⑦，較爲重視儒學和史學，故元嘉詩風崇尚經史。而孝武"好文章"，自己也創作《督護歌》一類的俗歌俗辭，在他的倡導下，"天下悉以文采相尚，莫以專經爲業"⑧。宋末至梁初，王僧虔、蕭惠基、裴子野等人都認爲

---

　　①　曹道衡《鮑照幾篇詩文的寫作時間》認爲作于宋孝武帝孝建時，可能性較大，見《中古文學史論集》，中華書局，1986年，第399頁。
　　②　鍾嶸撰，陳延傑注：《詩品注》下，人民文學出版社，1961年，第66頁。
　　③　《吳歌》中出現夏口、樊、荆一類的地名；《採菱歌》有"蕭弄澄湘北，菱歌清漢南"之句，"湘北"、"漢南"，亦荆、樊一帶。
　　④　鍾嶸撰，陳延傑注：《詩品注》中，人民文學出版社，1961年，第46頁。
　　⑤　劉勰撰，范文瀾注：《文心雕龍注》卷九，人民文學出版社，1958年，第675頁。
　　⑥　沈約：《宋書》卷三《武帝紀》下，中華書局，1974年，第58頁。
　　⑦　李延壽：《南史》卷二《宋文帝紀》，中華書局，1975年，第45頁。
　　⑧　李延壽：《南史》卷二十二《王儉傳》，中華書局，1975年，第595頁。

孝武帝大明年間是文化風尚由雅向俗轉變的關節點。蕭惠基云：
"自宋大明以來，聲伎所尚，多鄭衛淫俗，雅樂正聲，鮮有好者。"①
裴子野《雕蟲論》進一步指出："宋初迄於元嘉，多爲經史，大明之
代，實好斯文。高才逸韻，頗謝前哲，流波相尚，滋有篤焉。自是閭
閻少年，貴游總角，罔不擯落六藝，吟詠情性。"②根據裴子野"雅
鄭"的理論，"擯落六藝"的"吟詠情性"之作，當然屬於"鄭"也即
"俗"的範疇。鮑照早歲就酷愛樂府民歌，用樂府寫下大量抒發懷
抱的詩篇。孝建中，鮑照爲中書舍人，孝武"好爲文章，自謂物莫能
及。照悟其旨，爲文多鄙言累句"③。鮑照是個聰明人，既然可以
以"鄙言累句"來遷就孝武，那就更可以創作一些側艷俗歌來迎合
孝武好俗的文化心理，何況這對熟悉樂府民歌的他來説並不是一
件很困難的事。

　　而恰恰就在文化風尚由雅向俗轉變的大明時期，鮑照隨臨海
王子頊來到荆州。而荆、郢、樊、鄧之間，則是產生《西曲》之地。元
嘉末，隋王劉誕爲雍州刺史，造《襄陽樂》；南平王劉鑠爲豫州，造
《壽陽樂》。《襄陽樂》云："朝發襄陽城，暮至大堤宿。大堤諸女兒，
花艷驚郎目。"④較之長江下游地區的《吳歌》，其淫艷似一點都不
遜色。本來就酷愛民歌的鮑照來到荆州一帶，受到"其聲節送和與
吳歌亦異"的別一種聲曲的感染⑤，很可能會激發他仿效和創作的
衝動。

　　鮑照雖然不一定就是大明、泰始時期俗樂俗辭的宣導者，但是

①　蕭子顯：《南齊書》卷四十六《蕭惠基傳》，中華書局，1972年，第811頁。
②　杜佑：《通典》卷十六，中華書局，1988年，第389頁。
③　沈約：《宋書》卷五十一《劉義慶附鮑照傳》，中華書局，1974年，第1480頁。
④　郭茂倩：《樂府詩集》卷四十八，中華書局，1979年，第703頁。
⑤　郭茂倩：《樂府詩集》卷四十七引《古今樂録》，中華書局，1979年，第689頁。

他的創作和因此產生的影響,卻極大地推動了文人詩歌朝着通俗化的方向發展,並且使它成爲大明、泰始中詩歌的一種主要形態。鮑照的作用是不容置疑的。

三

　　除了顏延之、鮑照以及王僧達、謝莊、湯惠休、劉駿、劉鑠之外,活躍於大明、泰始時期的劉宋詩人,重要和比較重要的還有羊璿之(? —459)、袁淑(408—453)、張永(410—475)、何偃(413—458)、劉義恭(413—465)、戴法興(414—465)、王微(415—453)、劉宏(434—458)、蘇寶生(? —458)、吳邁遠(? —474)等。袁淑與王微,以及已提到的王僧達,都列入《詩品》中品。蕭子顯將袁淑與謝莊並提:"謝莊、袁淑又以才藻係之,朝廷之士及閭閻衣冠,莫不仰其風流,競爲詩賦之事。"①可見大明、泰始中袁淑與謝莊一樣有着一定的影響力和號召力。袁氏今存作品不多,不詳論。

　　卒于齊、梁,而在大明、泰始中已有相當成績的詩人,有齊高帝蕭道成(427—482)、道猷上人、檀超(? —480)、謝超宗(? —483)、孔逭(? —494)、張融(444—497)、卞彬、謝朓(441—506)、沈約(441—513)和江淹(444—505)等。研究文學史,通常根據作家和詩人的卒年而將他們劃歸於某一朝代,當然是很有道理的,但南朝朝代更迭頻繁、週期又短,不少人經歷兩個、甚至三個朝代,像謝朓、沈約、江淹等都歷仕宋、齊、梁三代。沈約和江淹都是在他們二

---

① 　裴子野:《雕蟲論》引(杜佑:《通典》卷十六,中華書局,1988年,第390頁)。

十歲左右就開始創作生涯的①,就是說,他們在大明時期已經有作品問世。如果人們僅僅把沈約、江淹當作梁代或齊梁作家、詩人而忽視對其宋末作品的研究,那麼,對沈約、江淹的研究肯定是不完全的,對大明、泰始時期文學的研究肯定也是不完全的。

沈約、江淹都在大明間開始文學創作,而江淹成名則比沈約早。據《詩品》中,沈約成名在永明中,而稍早齊武帝就曾經問過王儉,當今誰五言詩作得好,王儉回答說:"謝朓得父(指謝莊)膏腴;江淹有意。"②今存江淹的作品絕大部分作於永明之前,尤其宋末。沈約宋末所作的詩歌,現存的不多,故本文祇討論江淹。

大明、泰始中的江淹,他既不像檀超、謝超宗等七君祖襲顏延之,在詩中用大量事典,弄得作品有類書鈔;也不受鮑、休美文的影響,花很多精力去寫俗豔之詩。鍾嶸說江淹詩體總雜,善於摹擬,固然對江淹的詩較缺乏個性有不太滿意的一面,但也有肯定他融匯各家,吸取眾長的一面。通過摹仿和學習,江淹試圖找出一條適合自己的創作路子,儘管他摸索的成績不一定非常巨大,但他的詩用了較多楚騷的意象,也較有深意,仍然形成有別于其他詩人的特色。

隋唐文人,往往將江淹與鮑照並稱,甚至有"江鮑體"之名③。江、鮑並稱,原因之一是他們文學創作的年代比較接近。江淹開始創作,在鮑照去世前兩三年,與謝靈運去世時鮑照開始寫作相仿。

---

① 沈約生平及作品繫年,詳本書《沈約事蹟詩文繫年》。江淹及作品繫年,詳曹道衡《江淹作品寫作年代》,見《漢魏六朝文學論文集》(廣西師範大學出版社,1999年)。

② 蕭子顯:《南齊書》卷四十三《謝瀹傳》,中華書局,1972年,第764頁。

③ 王通:《文中子‧事君篇》:"鮑照、江淹,古之狷者也。"楊炯:《王勃集序》:"繼之於顏、謝,申之以江、鮑。"遍照金剛《文鏡秘府論‧集論》:"峯琅玗于江、鮑之樹。"杜甫《贈畢四曜》:"流傳江、鮑體。"白居易《與元九書》:"江、鮑之流,又狹於此。"

二是他們的詩風有相近之處，王通說鮑照、江淹"文急以怨"（《文中子·事君篇》）①，"急"、"怨"，雖有貶損的含義，但如果對照杜甫《蘇端薛復筵簡薛華醉歌》所云："何劉沈謝力未工，才兼鮑照愁絶倒。"②"急"則與"力"義近，或即鍾嶸《詩品》評鮑照的所謂"驅邁"、"骨節"，指江與鮑同樣具有比較強健的筆力和氣勢；"怨"則與"愁"義同，指江、鮑作品内容多以愁怨見長。大明、泰始中，江受鮑的影響還是有跡可尋的。

江淹畢竟比鮑照晚出生三十來年，我們來看他那首作於泰始六年（470）的《從冠軍行建平王登廬山香爐峰》詩：

　　廣成愛神鼎，淮南好丹經。此山具鸞鶴，往來盡仙靈。瑶草正翕赩，玉樹信葱青，絳氣下縈薄，白雲上杳冥。中坐睨蜿虹，俛伏視流星。不尋遐怪極，則知耳目驚。日落長沙渚，曾陰萬里生。藉蘭素多意，臨風默含情。方學松柏隱，羞逐市井名。幸承光誦末，伏思托後旌。③

此詩與鮑照《登廬山》題材相類，鮑學謝靈運未免微傷雕琢且稍有板滯之憾，而此篇則較爲自然流動。鮑照早期詩作的寫景還沒有完全脱離"尚巧似"，而此詩"絳氣"一聯，"亦極體物之奇"④。不僅如此，江淹此詩雖體物卻又不局於物，"日落長沙渚，曾陰萬里生"，

①　王通：《文中子中説》卷第三《事君篇》，《續古逸叢書》之十六。
②　仇兆鰲：《杜詩詳注》，中華書局，1979年，第294頁。
③　蕭統編，李善注：《文選》卷二十二，中華書局影清胡克家刻本，1977年，第318—319頁。
④　何焯：《義門讀書記》卷四十六《文選·詩》，中華書局，1987年，第899頁。

由廬山而及長沙，由眼前而及萬里，"興會超妙"①。這樣寫景，和元嘉時期的重巧似相去已較遠，而和稍後永明則較近。類似的句子，還有"平原忽超遠，參差見南湘"（《侍始安王石頭》）；"歲彩合雲光，平原秋色來"（《步桐臺》）②；"楚關帶秦隴，荆雲冠吴煙"（《秋至懷歸》）等。視野開闊，目通萬里，鮑照大明、泰始中諸作，例如前引《登黃鶴磯》也不見得有此種寫法。傳説江淹早年筆成五采，看他《從冠軍行建平王登廬山香爐峰》和赴荆州諸作，以及元徽間赴建安諸詩③，意象都比較鮮明，比起鮑照山水行旅詩陰晦的色調，江淹詩也就顯得比較明麗了。葉燮用"韶嫵"（《原詩·内篇》上）④二字概括江淹詩，恐怕多少也是基於這種認識。

四

繼大明、泰始之後，是永明新體詩的出現。什麽是永明新體詩？《南齊書·陸厥傳》云："文皆用宫商，以平上去入爲四聲，以此制韻，不可增减，世呼爲'永明體'。"⑤蕭子顯的定義强調了永明體的核心——聲律，無疑是很有見地的，但是，這樣概括似還不能完整地反映永明新體詩的全貌。依筆者淺見，永明體是一種講究四聲，體制比較短小，文字比較自然清麗的文人抒情詩體。如果我們

---

①　王士禎：《帶經堂詩話》卷三"佇興類"，人民文學出版社，1963年，第68頁。

②　"平原秋色來"，還爲岑參《與高適薛據同登慈恩寺浮圖》"秋色從西來，蒼然滿關中"上句所本。

③　江淹建安諸詩的討論，詳拙文《以五色之筆繪碧水丹山——江淹入閩之作考論》，《中古文學論稿》，天津人民出版社，1992年。

④　葉燮：《原詩》，人民文學出版社，1979年，第4頁。

⑤　蕭子顯：《南齊書》卷五十二，中華書局，1972年，第898頁。

這樣描述大抵不錯的話,那麽自然會發現蕭子顯《南齊書·文學傳論》心目中那種理想文體是非常接近於永明體的:

> 若夫委自天機,參之史傳,應思悱來,勿先構聚。言尚易了,文憎過意,吐石含金,滋潤婉切。雜以風謡,輕脣利吻,不雅不俗,獨中胸懷。①

在蕭子顯看來,不是每一個人都可以成爲詩人,祇有那些有一定先天秉賦、且有史傳知識者,纔能成爲詩人。作詩應該有感而發,讓情思自然流出,而不應預先構建,爲作詩而作詩。這是一般原則。蕭子顯還認爲,好詩應語言簡潔明瞭,易識易讀,不應冗長拖沓,雕飾過分。詩還應講究聲律,石溫玉潤。文人作詩,還應吸取民歌民謡的長處,以做流暢圓轉。詩既不能過於典雅,也不能過於鄙俗,關鍵是能抒發胸懷。所有這些,幾乎都涉及永明新體的特點。

在《南齊書·文學傳論》中,蕭子顯理想文體的提出,是在論述當代流行的三種文體之後所做的一個小結。理想文體,吸收"三體"之長,揚棄各體之短。如果我們關於理想的文體是非常接近永明體的推斷大致不誤的話,那麽,在蕭子顯看來,永明體的形成是離不開"三體"的,也就是説,永明體是在吸收"三體"之長,揚棄"三體"之短的過程中再加上自己的創造而成就的。蕭子顯所論"今之文章""略有三體"是:"一則啓心閑繹,托辭華曠,雖存巧綺,終致迂回",此體源出於謝靈運。"次則緝事比類,非對不發,博物可嘉,職成拘制",傅咸、應璩近似此體。"次則發唱驚挺、操調險急,雕藻淫

---

① 蕭子顯:《南齊書》卷五十二,中華書局,1972年,第908—909頁。

豔，傾炫心魂"①，此體以鮑照爲代表。

　　謝靈運才高詞盛，富豔難蹤，他不僅是中國第一個全力寫山水詩的詩人，而且開創了中國山水詩派。謝靈運的山水詩對永明詩人謝朓等產生了直接的影響，因爲本文主要論述的是大明、泰始詩壇的狀況及其詩風的嬗變，所以關於大小謝山水詩的承轉關係，這裏就不再加以討論②。

　　一、三兩體的代表詩人分別是謝靈運和鮑照，他們都是劉宋時期的詩人，對蕭子顯來說都是較爲晚近的詩人，而爲什麼第二體偏偏看中時代較早的魏晉詩人傅咸和應璩呢？我們知道，蕭子顯論詩十分講究"新變"，謝靈運一體是江左以來的新變之體，鮑照一體是元嘉以來的新變之體，故被特地拈出。"緝事比類"一體，並非江左、元嘉以來新變體，故不從近代推出代表人物，而上溯到魏晉。如果根據鍾嶸所説，"大明、泰始中，文章殆同書鈔"，其根源在顏延之、謝莊，那麼，大體上可以認定顏延之和謝莊在近世是此體的代表人物，至少是與此體近似的代表人物。本來文學觀念不太相同的鍾嶸和蕭子顯，卻在反對過分用事這一點上看法很相近，都批評得相當激烈。不過，顏延之、謝莊繁密的用事在當時能產生"化之"的效應，恐怕不能僅僅從負面的影響來考慮這一問題。在詩歌發展過程中強調用事，哪怕有時強調得過了一點，是不是僅有百弊而無一利？從曹丕組織編寫類書開始，中國古代詩歌便走上自覺用事的時代③。顏延之等用事繁密應該是中國古代詩歌用事發展的

---

①　蕭子顯：《南齊書》卷五十二，中華書局，1972 年，第 908 頁。
②　參見拙文《從"池塘生春草"中來——論謝朓對謝靈運的繼承和發展》，《中古文學論稿》，天津人民出版社，1992 年。
③　鍾嶸撰，陳延傑注：《詩品注》中"魏侍中應璩"條："祖述魏文，善用古事，指事殷勤，雅意深篤。"（人民文學出版社，1961 年，第 35 頁）亦可反證曹丕雅好古事古語。

一個階段,也即南朝元嘉詩歌向永明衍變過程中的一個階段。顏
延之詩用事繁密而且精深,增強了詩歌的密度和深度,故能與謝靈
運各自"擅奇"(《南齊書·文學傳論》)一時。齊、梁文學家都很重
視詩文的用事,《文心雕龍》就特設《事類》一篇加以總結,劉勰云:
"綜學在博,取事貴約。"①顏延之"綜學"不可謂不博,而問題卻出
在未能在"約"上下功夫,所以不免有"拘攣補衲"②或"職成拘制"、
有失"清采"(《南齊書·文學傳論》)之弊。永明體代表詩人沈約認
爲文章當從"三易",沈約等人並不像鍾嶸那樣猛烈指責詩歌的用
事,而提出"用事不使人覺,若胸臆語"③的主張,加上易識字,易誦
讀,這實際上就是蕭子顯所説的"言尚易了"。當然,沈約等人也不
是學而不博的市井詩人,沈約、謝朓、蕭衍等永明詩人也都善於積
累事典。史傳上曾記載沈約和謝朓同問崔慰祖地理事十餘條④,
蕭衍與沈約争記栗事⑤,蕭衍策問劉孝標錦被事⑥,都説明他們學
問也並非不博,"在參之史傳"方面,本領還是有的,問題衹在於事
典是在什麽時候用和怎麽用而已。鍾嶸、蕭子顯能看到顏延之用
事繁密使詩歌失於流暢的不足,沈約等人當然也可以看到這一弱
點。用事由繁密趨於簡潔,鍾嶸、蕭子顯的貢獻是在理論方面加以
闡發,而沈約等人的貢獻則是在實踐上進行探討,這無疑都是很大
的進步。不過,人們在看到這一進步的同時,不應忘記顏延之及其

　　① 劉勰撰,范文瀾注:《文心雕龍注》卷八,人民文學出版社,1958年,第616頁。
　　② 鍾嶸:《詩品序》(鍾嶸撰,陳延傑注:《詩品注》,人民文學出版社,1961年,第
4頁)。
　　③ 顏之推撰,王利器集解:《顏氏家訓集解》卷九《文章》引邢子才語,中華書局,
1980年,第253頁。
　　④ 蕭子顯:《南齊書》卷五十二《文學崔慰祖傳》,中華書局,1972年,第901頁。
　　⑤ 姚思廉:《梁書》卷十三《沈約傳》,中華書局,1973年,第243頁。
　　⑥ 李延壽:《南史》卷四十九《劉孝標傳》,中華書局,1975年,第1219—1220頁。

他大明、泰始詩人在用事方面做過的努力。

《詩品》將謝莊與顏延之並稱，其實，作爲大明、泰始詩人的謝莊，對永明詩壇的重要影響可能是在聲律方面。《詩品序》引王融的話説；"宮商與二儀俱生，自古詞人不知之……唯見范曄、謝莊，頗識之耳。"①王融擬撰《知音論》，對前人有關聲律的認識肯定精心研究過。儘管我們今天找不到謝莊論述聲律的有關材料，但是比起范曄，他的活動年代與王融更加接近②，可以肯定，謝莊對聲律的認識對王融撰寫《知音論》有更爲直接的影響和啓發。假如鍾嶸所説，王融是聲律論的首創者有其根據的話③，那麼，謝莊對永明聲律説的形成作用就更大了。

鮑照是元嘉詩壇向永明詩壇過渡的一位至關重要的詩人。照蕭子顯"若無新變，不能代雄"④的理論來分析，鮑照的俗體詩是江左以繼謝靈運之後的又一次"新變"，鮑照也是繼謝靈運之後一位雄踞詩壇的人物。蕭子顯還把鮑照、湯惠休與顏延之、謝靈運並提："顏、謝並起"，"休、鮑後出，咸亦標世。"⑤明確指出大明、泰始中突出於詩壇的是休、鮑。"標世"，不僅可以解釋爲高出於世，而且還有作爲一代表識之義。孫綽《游天台山賦》："赤城霞起而建標。"李善注："建標，立物以爲之表識也。"⑥蕭子顯對流行的三種

---

① 鍾嶸：《詩品序》（鍾嶸撰，陳延傑注：《詩品注》，人民文學出版社，1961年，第5頁）。

② 謝莊去世的次年，即公元467年王融出生。詳陳慶元《王融年譜》，見《六朝年譜輯要》（黑龍江教育出版社，1999年）。

③ 鍾嶸撰：《詩品序》云："王元長創其首，謝朓、沈約揚其波。"（鍾嶸撰，陳延傑注：《詩品注》，人民文學出版社，1961年，第4—5頁）。

④ 蕭子顯：《南齊書》卷五十二《文學傳論》，中華書局，1972年，第908頁。

⑤ 蕭子顯：《南齊書》卷五十二《文學傳論》，中華書局，1972年，第908頁。

⑥ 蕭統編，李善注：《文選》卷十一《游天台山賦》，中華書局，影清胡克家刻本，1977年，第164頁。

詩體各有褒貶,他評鮑照一體説:"發唱驚挺,操調險急,雕藻淫豔,傾炫心魂。"通常認爲這是批評的話,無疑是對的。但是,"傾炫心魂"——炫人眼目,勾人魂魄,讀者的接受和反映也是一種評價,社會效應似也不容忽視。蕭子顯在論及理想詩體時,以爲要做到"輕唇利吻,不雅不俗,獨中胸懷",有一個不可缺少的前提就是"雜以風謠",而鮑照正是從元嘉到永明之間詩學風謠最成功的代表。鍾嶸論詩,重雅輕俗,他説沈約"見重閭里,誦詠成音",多少有些瞧不起的樣子,究其原因,就是沈約詩"憲章鮑明遠也",正因爲如此,所以"不閑于經綸,而長於輕怨"①。其實,不僅是沈約,永明其他詩人,如謝朓、王融、虞炎等都有一些輕怨之作,他們也不同程度受到鮑照俗體詩的啓示影響。至於藝術技巧方面,除了上文已經提到的語言流利,篇章趨於簡短,發端和興象的講究外,這裏還要補充説一説"雕藻"的問題。鮑照詩的雕藻,刻畫得最精工的可能是作於孝建、大明中的《玩月城西門廨中》,這首詩影響所及,不僅僅限於南齊永明,整個齊、梁詩壇詠物詩或多或少都可以看到它的影子,以至白居易《與元九書》還把其中的"歸花先委露,別葉早辭風"二句看作宋、齊、梁風花詩的代表。而像鮑照的"乳燕逐草蟲,巢蜂拾花蕚"(《採桑》),更爲謝朓"青蛉草際飛,游蜂花上食"(《贈王主簿》)直接承襲。

南朝宋初至梁初沈約謝世,其間約九十年。由元嘉體到永明體,詩歌從古奧卻又未免有些塞礙的古體過渡到清暢流利、講究聲律的新體,假如中間没有大明、泰始,假如中間没有顏延之、鮑照、謝莊和(早期)江淹等一大批詩人的探索和努力,那麼,南朝中後期

---

① 鍾嶸撰,陳延傑注:《詩品注》中,人民文學出版社,1961年,第52—53頁。

詩歌的進程,將不一定就是我們今天看到的這個樣子。從一種詩體演變成另一種詩體,從一種文學現象演化爲另一種文學現象,常常要經過一個準備階段,或者經過一個中間環節,深入精細地研究這種準備階段或者這類中間環節文學的嬗變,對文學史的深入研究來說是很有必要,而且是很有意思的。

一代辭宗

——齊梁之際文壇領袖沈約

　　史稱沈約爲"一代辭宗"，爲齊梁之際文壇領袖。以下我們分詩文創作、文學思想和在文壇上所起的作用作些簡要的分析。

　　沈約今存詩二百四十餘首，現在所能見到的，大多出於《文選》《玉臺新咏》《文苑英華》和《樂府詩集》，以及唐人的幾種類書，亡佚不少。就現存的詩歌看，他的詩還是或多或少接觸到一些社會問題的。《從齊武帝琅琊城講武應詔》反映永明中南齊積極準備北伐；《應詔樂游苑餞呂僧珍》《正陽堂宴勞凱旋》熱情讚頌天監初的北伐及其旋師。從齊武帝去世到東昏侯被殺，南齊社會相當混亂，沈約的詩雖然沒有直接描寫廢立及相關鬥爭的殘酷，但隱約有所反映。《新安江水至清淺深見底貽京邑游好》以"滄浪有時濁"隱喻所處爲濁世，以"隔嚻滓"喻"去京師嚻塵之地以往東陽"①。《八咏·解佩去朝市》寫世事突變云："天道有盈缺，寒暑遞炎涼。"②沈

---

　　① 蕭統編，李善注：《文選》卷二十七，中華書局影清胡克家刻本，1977 年，第386 頁。
　　② 沈約撰，陳慶元校箋：《沈約集校箋》卷十，浙江古籍出版社，1995 年，第445 頁。

約的好友王融、謝朓、劉渢等都先後死於非命，他非常沉痛，在《懷舊詩·傷王融》中用"途艱"二字形容世路的艱險，在《傷謝朓》中用"何冤"二字對世道進行控訴。永明十年，豫章王蕭嶷薨後，一時丞相第前車馬冷落，這年冬至沈約有感而作《冬節後至丞相第詣世子車中作》，云："高車塵未滅，珠履故餘聲。賓階綠錢滿，客位紫苔生。"①感嘆世態炎涼，嘲諷那幫趨炎附勢的小人。

沈約的詩，有一部分是有關道釋的，寫仙道的詩多於寫佛教的，且前者也優於後者。被何焯稱爲"壓卷"之作的《游沈道士館》是這類詩的代表，此詩首節云："秦皇御宇宙，漢帝恢武功。歡娛人事盡，情性猶未充。銳意三山上，托慕九霄中。既表祈年觀，復立望仙宮。寧爲心好道？直由意無窮！"②在詩人看來，秦皇漢武大建宮觀，銳意三山，托慕九霄，是建立在無窮私欲之上，所以他們不是真正的"好道"。詩作於明帝薨東昏侯即位之初，或有其用意。次節叙自己能知"止足"，隨處淹留，徜徉山水，自得其樂，游沈館亦在其內。第三節設想求仙得道之趣，不爲外物所累，故能超然物外，這就是得道。自己的求道得道，和秦皇漢武的求仙訪道根本不同，和其他最高統治者（如明帝、東昏）表面上講道術實際上私欲無窮也根本不同。寫得比較深刻。《游金華山》《赤松澗》等，則有類于郭璞的《游仙詩》白雲青岩的道家天地，比起塵世來要潔净得多了。

沈約篤於友情，被謝朓稱爲"知己"。《餞謝文學》《酬謝宣城

---

① 蕭統編，李善注：《文選》卷三十，中華書局影清胡克家刻本，1977 年，第433 頁。
② 蕭統編，李善注：《文選》卷二十二，中華書局影清胡克家刻本，1977 年，第320 頁。

朓《行園》等都是直接寫他們之間友情的。沈約抒寫情誼的詩往往也比較真摯。建武三年,友人范岫將出爲安成內史,其時,沈、范都五十六、七歲了,沈約寫了《別范安成》贈別。"及爾同衰暮,非復別離時。勿言一樽酒,明日難重持。"①衰暮之人,來日無多,是再也經不起別離了;言外之意,一別也可能變爲永訣。別小看這區區杯酒,今夜一別,明日想在一起斟酌可就難了。杯酒分量極輕,而友情卻極重。清人吳淇評此詩云:"看他一篇文字,祇覰定'別離時'三字,真是看着日影説話,往前寫,直寫到'少年日',何其太長,往後寫,祇寫到'明日'止,何其太短。一短一長,祇逼此眼前離別一刻,真老年人手筆也。"②

《別范安成》寫送別朋友,而《懷舊詩九首》則是追悼亡友。王融被下獄賜死時年僅二十七,《傷王融》云:"途艱行易跌,命舛志難逢。坼風落迅羽,流恨滿青松。"③對王融壯志未酬而冤死深感痛惜。沈約長王融二十六歲,王下世時沈已五十多歲。但全詩無絲毫以長者自居的口吻,有的祇是對友人的一片惋惜的沉痛之情。《傷謝朓》對謝的冤死也深爲痛惜,《傷王融》主要是惜王之志在亂世中難酬,而《傷謝朓》則側重於惜其詩才。謝朓是永明聲律説的倡導者之一,同時還是忠實的實踐者。沈約曾高度評價謝詩,以爲"二百年來無此詩",此詩亦云:"吏部信才傑,文鋒振奇響。調與金石諧,思逐風雲上。"④九首懷舊詩,哀傷是其主調,而各詩又根據

---

①　蕭統編,李善注:《文選》卷二十,中華書局影清胡克家刻本,1977年,第295頁。

②　吳淇:《六朝選詩定論》卷十六,《四庫全書存目叢書補編》第11冊,齊魯書社,2001年,第357頁。

③　陳慶元:《沈約集校箋》卷十,浙江古籍出版社,1995年,第412頁。

④　陳慶元:《沈約集校箋》卷十,浙江古籍出版社,1995年,第413頁。

友人的不同經歷而寫出各自的特點。各詩首句的最後二字，詩人都頗費斟酌，很能概括友人的特點或個性，傷王融用"奇調"，傷謝朓用"才傑"，傷庾杲之用"時譽"，傷李珪之用"貞節"，傷胡諧之用"風範"。九首詩雖不一定是一時所作，但列於"懷舊"這樣的總題下則顯得頗具特色。

沈約的閨情詩，如《夜夜曲》《古意》《效古》，寫思婦怨情，能準確入微地表現思婦複雜的情感。《悼亡》是對亡妻的追悼。直率沉摯，悲切蒼涼，是潘岳之後又一首較優秀的悼亡詩。

山水游覽詩，登載于《文選》的有《鍾山詩應西陽王教》《宿東園》《游沈道士館》《早發定山》《新安江水至清淺深見底貽京邑游好》等。《鍾山詩應西陽王教》一詩作於大明四年前後，沈約祇有二十歲左右，是現存沈約詩可以考訂作年最早的一篇，其時距謝靈運去世不到三十年，鮑照尚在世，而江淹未成年。此詩雖然尋覓不到大謝集子中那樣的秀麗之句，但從整體上看較謝靈運詩流暢可誦。較之鮑照同類作品來，似也少了一些鑿跡斧痕。沈約大明、泰始中所作的詩肯定不止這一篇。沈約《鍾山詩應西陽王教》一類的詩（還有鮑照詩），可以看作是大謝去世之後到永明間小謝的山水詩出現的一個過渡階段。沈約永明以後寫作的山水游覽詩，成就遜于小謝，也少有膾炙人口的秀句；但多能結合一時一地的個人情感而作。作年難以考訂的《石塘瀨聽猿》祇有六句（前人疑有缺文）。一般説來猿聲淒厲，游宦行旅者聞之往往倍增哀愁。而沈約卻寫道："既歡東嶺唱，復佇西巖答。"[1]詩人在心境很平靜的時候反而欣賞起山間水際猿聲的此起彼伏，在他聽來，像是對歌似的，東嶺

----

① 陳慶元：《沈約集校箋》卷十，浙江古籍出版社，1995 年，第 436 頁。

唱罷西嶺隨即應答。這一審美的情趣，在沈約之前未見有詩人揭示，在沈約之後，也少有人寫及。

　　詠物詩在沈約的集子中有一定數量，其中有一部分是與小謝和王融等一起作的。詠物詩，或有寄托，或無寄托，或原有寄托而幽隱難明。古代詩歌的傳統重視比興，比較看重有寄托的詠物詩，而或多或少忽視沒有寄托卻有美學欣賞價值的那些作品。《詠湖中雁》一詩，體物入微，被蕭統登録于《文選》。此詩的精妙處，在於詩人用輕靈之筆，寫了湖中許許多多雁，湖面、湖空，參參差差，錯錯落落，唼、牽、斂、帶、浮、動、泛、逐、懸、亂、起、刷、搖、漾、舉、還，各種各樣的動作，諸多的神態，五花八門，令人眼花繚亂，譚元春云："'群浮'，'單泛'，'懸飛'，'亂起'，盡湖雁多寡、上下、遲疾、斜整之狀，可作一湖雁圖。"①何焯認爲，古代"詠物之祖"②，一是漢樂府的《長歌行》（青青園中葵），一即沈約此詩。早于沈約的文人詠物詩有的是，而獨推此詩爲祖，足見其藝術成就高出前人和時人之處，不能因爲它沒有寄托而加以輕視。

　　《八詠》八首是一組形式上很特別的詩，寫于東陽太守任上，抒發了出守東陽的複雜情感。《登臺望秋月》用一系列動詞寫出月光流動，照耀各種建築，各種動植物和各類人物，説自己離開京城到東陽，就像蔡文姬、王昭君被擄掠或者被迫遠嫁匈奴一樣可憐，都是身不由己。《晨征聽曉鴻》云："聞（一作孤）雁夜南飛，客淚夜沾衣。春鴻思暮反，客子方未歸。歲去歡娛盡，年來容貌非。攬衽形雖是，撫臆事多違。"③由聽鴻而感嘆自己的孤單，沒有歡樂，世事

---

①　鍾惺、譚元春編：《古詩歸》卷十三，湖北人民出版社，1985 年，第 62 頁。
②　何焯：《義門讀書記》卷四十七，中華書局，1987，第 935 頁。
③　徐陵編，穆克宏點校：《玉臺新詠箋注》卷九，中華書局，1985 年，第 444 頁。

多與願違。《被褐守山東》結云:"秩滿歸白雲,淹留事芝髓。"①東
陽任滿後將隱居問道。組詩在形式上很特別,一是把八首詩的詩
題連綴在一起,就是一首完整的五律詩了;二是句式參差錯落,穿
插運用了不少虛字,名曰詩,有些句子卻像賦。《藝文類聚》所録七
首(除《解佩去朝市》)都歸入賦類,在筆者看來,將《八詠》歸入詩似
更恰當。它對後世雜言詩和七言詩發展的影響似更大些。

　　沈約的樂府詩多達九十多首,其中燕射(郊廟)歌辭三十一曲。
沈約的歌辭作于天監初。沈約去世後十來年,即普通中蕭子雲上
《請改郊廟樂辭啓》,建議廢棄沈約所撰而另改製,梁武帝也同意。
蕭子雲和梁武帝對沈撰歌辭不滿,不外兩個原因。一是"大梁革
服,偃武脩文,制禮作樂,義高三正;而約撰歌辭,惟浸稱聖德之美,
了不序皇朝制作事。"②也就是説,沈約稱頌了梁的武功,例如《大
壯舞歌》所云"我皇鬱起,龍躍漢津,言屆牧野,電激雷震。闕鞏之
甲,彭、濮之人。或貔或武,漂杵浮輪"之類③,而未及歌頌禮樂文
教,與梁"偃武修文"的政策不符。如果説,普通中梁已經進入相對
和平安穩的時期,梁初沈約所製稱頌武功的那些歌辭確實已經"過
時"的話,那麼梁武帝所批評的就純粹是遣詞造語的問題,其《敕蕭
子雲撰定郊廟樂辭》云:"郊廟歌辭,應須典誥大語,不得雜用子史
文章淺言,而沈約所撰,亦多舛謬。"④我們姑且不去討論梁武帝為
什麼不是在天監初、而是到了普通中纔對沈辭提出批評的問題,而
從另一個角度來思考這一批評。沈約的歌辭不甚遵從《五經》和儒

① 徐陵編,穆克宏點校:《玉臺新詠箋注》卷九,中華書局,1985年,第448頁。
② 姚思廉:《梁書》卷三十五,中華書局,1973年,第514—515頁。
③ 魏徵、令狐德棻:《隋書》卷十三,中華書局,1973年,第301頁。
④ 姚思廉:《梁書》卷三十五,中華書局,1973年,第514頁。

家典籍,而"雜用子史文章淺言",説明沈約試圖對這類佶屈聱牙的歌辭作些哪怕不是太大的改革,使之稍稍流暢而有稍濃的文學色彩。《輇雅》中的"庖丁游刃,葛廬驗聲"①。前句出《莊子》,後句出《管子》,也是郊廟歌辭所不允許的。沈約的嘗試,從文學的角度看,應當是有益的。沈約集子中另有屬於"鼓吹鐃歌"的《芳樹》《臨高臺》二題。前者古詞云:"妒人之子愁殺人,君有他心,樂不可禁。"②而沈約等永明詩人所作"但言時暮,衆芳歇而已",③後者古詞云:"臨高臺,下見清水中有黃鵠飛翻,關弓射之,令我主萬年。"而沈約等所作"但言臨望傷情而已"④,都賦舊題以新的内容。形式上,沈約的樂府,除了五言,還有三言、四言、七言和雜言。七言和雜言現存十七首,是齊、梁之際詩人中較多的。

沈約的詩數量多,題材廣泛,形式多樣並有所創新,在齊梁之際没有其他詩人足以同他相比擬。鍾嶸《詩品》稱他的詩"長於清怨",的確,沈約能結合自己的身世經歷,抒發清愁哀怨,對亂世文友們的不幸遭遇深表同情和惋惜,對世態炎涼小人醜態予以婉諷,對假好道而實則是爲了滿足一己私欲的帝王則加以揭露。沈約的詩無疑有一定的社會内容,但是,在殘酷的社會生活面前,他常常是欲言又止,半吞半吐。後人評價他的詩時總覺得缺少點什麽,其實,那就是缺少明顯的特色。正因爲缺少明顯的特色,所以,古代三言數語評點式的詩話就往往很難給以中肯而客觀的評價。

沈約的文章,現存一百九十篇左右,以爲帝王寫的詔、敕、令、

<hr>

① 姚思廉、令狐德棻:《隋書》卷十三,中華書局,1973年,第296頁。
② 郭茂倩:《樂府詩集》卷十六引《樂府題解》,中華書局,1979年,第230頁。
③ 郭茂倩:《樂府詩集》卷十六引《樂府題解》,中華書局,1979年,第230頁。
④ 郭茂倩:《樂府詩集》卷十六引《樂府題解》,中華書局,1979年,第231頁。

章以及自己和代他人所作的上表、啓爲多，此外是一些有關佛教佛
典的文章及其他應用文字。《梁書》本傳説，謝朓善爲詩，任昉工于
文章，沈約兼而有之。沈約的文章雖然不能超過任，但在當時自是
一大家。《文選》登載沈約的文章四篇，即《奏彈王源》《宋書謝靈運
傳論》《宋書恩倖傳論》《齊故安陸昭王碑》，少於任昉（十七篇），而
多於江淹（三篇）、王融（三篇）、謝朓（二篇）。所登錄的四篇，都是
綜緝辭采，錯比文華，較有文學性的文章，其中以《宋書》上的兩篇
傳論最有名。《謝靈運傳論》專論歷代文學，並提出聲律説的理論。
《恩倖傳論》對"鼠憑社貴，狐藉虎威"的恩倖小人作了歷史的分析，
文章有相當的深度。應用文中需要特别提及的是《與徐勉書》，這
封書信寫于晚年，作者向友人徐勉述自己已經年老，欲上表乞歸，
其描寫老態相當生動。錢鍾書以爲"古人形容老態，鮮如約之親
切者"①。

　　沈約賦今存十篇，有的還有殘缺。《麗人賦》可能作於早年。
許槤評云："曼聲柔調，顧盼有情。自是六朝之儁。"②《郊居賦》作
于晚年，《梁書》本傳全文載錄，在梁代是一篇較有名的大賦，"傷余
情之頹暮，罹憂患其相溢。悲異軫而同歸，歡殊方而並失。時復托
情魚鳥，歸閒蓬蓽。旁闕吴娃，前無趙瑟。以斯終老，於焉消
日"③。寫頹暮之年將終老於郊皋的志趣。沈約賦是古賦轉變爲
律賦的一個中間環節，李調元《賦話》卷一云："永明、天監之際，吴
均、沈約諸人，音節諧和，屬對密切，而古意漸遠。""古變爲律，兆于

　　① 錢鍾書：《管錐編》第 4 册，中華書局，1991 年，第 1405 頁。
　　② 許槤評選，黎經浩箋注：《六朝文絜箋注》卷一，上海古籍出版社，1962 年，第
24 頁。
　　③ 姚思廉：《梁書》卷十三，中華書局，1974 年，第 242 頁。

吳均、沈約諸人。"李調元舉沈約《郊居賦》"來風南軒之下,負雪北堂之垂",簡文帝《晚春賦》"水篩空而照底,風入樹而香枝",以爲"煉字新雋,是永明以後風氣,去魏晉已遠"。又舉沈約《桐賦》,以爲"琢句愈秀,結字愈新,而去古愈遠","即古變爲律之漸矣"。①《修竹彈甘蕉文》是一篇寓言。很有文學色彩,對後世小品文的發展不無影響。

　　沈約雖然没有寫過系統的文學理論專著,從他的一些零散的論述看,他的文學思想相當豐富,並有不少有益的見解。例如,關於文學藝術與人類並興始的觀點,即"歌詠所興,宜自生民始也"②。又如,以歷史的眼光對以往的文學進行分期。宋永嘉太守檀道鸞的《續晉陽秋》將漢至宋的文學分爲漢至建安、正始至西晉、江左、宋義熙數期。沈約《謝靈運傳論》則將先秦分爲虞夏以前、周和戰國諸期,彌補檀氏的不足。他又將漢分爲相如(西漢)、二班(東漢)和建安三期,也比檀氏細密。沈約的分期,特別注意每一時期的特點,突出一個"變"字。自漢至魏,三個時期,"文體三變"。自西晉至宋初,也是三期三變:西晉"律異班賈,體變曹王",一變;東晉"玄風獨扇",二變;宋初,"仲文始革孫、許之風、叔源大變太元之氣",三變。③鍾嶸《詩品》對詩史的分期基本上没有脱此窠臼。劉勰《文心雕龍》中的《時序篇》將歷代文學分爲十代九變,《通變篇》則分爲六朝五變,也不無受到沈約的啓發。

　　還有,把漢語的四聲自覺地運用到詩歌創作,並從理論上加以總結提出聲律説。《南齊書·文學陸厥傳》:"吳興沈約、陳郡謝朓、

---

① 李調元:《賦話》卷一,《叢書集成初編》本。
② 沈約:《宋書》卷六十七,中華書局,1974 年,第 1778 頁。
③ 沈約:《宋書》卷六十七,中華書局,1974 年,第 1778 頁。

琅邪王融以氣類相推轂，汝南周顒善識聲韻。約等文皆用宮商。以平上去入爲四聲，以此制韻，不可增減，世呼爲永明體。"①聲律說的提出爲不晚於永明六年，因爲這一年《宋書》已經完成。《謝靈運傳論》云："宮羽相變，低昂舛節。若前有浮聲，則後須切響。"②沈約認爲，這是他的自得之秘。他還撰有《四聲譜》，今佚。清人紀昀撰有《沈氏四聲考》對《四聲譜》進行考證，指出："《廣韻》本《唐韻》，《唐韻》本《切韻》，《切韻》本《四聲》。"③《四聲譜》有着相當重要的地位。沈約的詩，也努力實現自己的聲律理論。明許學夷《詩源辯體》指出："休文五言平韻者，上句第五字多用仄，即休文八病中所忌'上尾'之説也。此變律之漸。"並拈出《詠風》"入鏡先飄粉，翻衫染弄香"等句，"皆入律"。④

　　此外，對創作，沈約還提出一些實質性的見解。《顏氏家訓·文章》載道："沈隱侯曰：'文章當從三易，易見事，一也；易識字，二也；易讀誦，三也。'"⑤三易説的核心是易見事。沈約這一文學思想永明中或更早就形成了。他在《謝靈運傳論》中連舉曹植"函京"之作等四例，並稱賞其"直舉胸情，非傍詩史"⑥就是證明。鍾嶸《詩品》"觀古今勝語，多非補假，皆由直尋"，無疑本于沈約此論。沈約的文友王融、任昉競用新事，用事過多，以至文辭不夠暢達，沈約"直舉"、"易見事"説的提出，似有針對性。沈約曾獎掖過吳均，但對吳均某些不夠流暢的詩也曾加以批評。均有詩曰："秋風瀧白

①　蕭子顯：《南齊書》卷五十二，1972年，第898頁。
②　沈約：《宋書》卷六十七，中華書局，1974年，第1779頁。
③　紀昀：《沈氏四聲考》，《叢書集成新編》（臺灣新文豐出版社）本。
④　許學夷：《詩源辯體》卷八，人民文學出版社，1987年，第122頁。
⑤　顏之推撰，王利器集解：《顏氏家訓集解》卷九《文章》引邢子才語，中華書局，1980年，第253頁。
⑥　沈約：《宋書》卷六十七，中華書局，1974年，第1779頁。

水,雁足印黄沙。"沈隱侯約評之曰:"印黄沙語太險。"[1]"語太險",
就是不自然,讀誦起來蹇礙不順口。沈約還十分推崇小謝的"好詩
圓美流轉如彈丸"[2]的主張,也就是説,好詩要寫得有氣勢,讀起來
還要圓潤流暢,不能拗口。永明聲律説初起,未爲人們所悉,難免
産生拘忌的現象,因此也招來一些反對的意見。在沈約看來,假如
祇一味重視浮聲、切響,而不注意詩的自然流暢,弄得人家都讀不
懂或讀不下去,那麽,聲律説可能就要先敗。

　　作爲齊、梁之際文壇上的領袖,沈約還積極推動當時文學的發
展。永明八友中,任昉的文比沈約的好,起草文書不加點竄,而爲
沈約所推挹;謝朓的詩以清麗稱,沈約常云:"二百年來無此詩
也。"[3]陸倕小沈約二十九歲,沈約曾在任昉面前稱贊他和張率是
南金,並稱"卿可與定交"[4]。沈約不僅敬重永明文友,肯定他們的
成就,爲他們宣傳鼓吹,對"八友"之外的文學家和詩人也極力給以
獎掖、延譽。劉勰撰《文心雕龍》,未爲時流所稱,沈約讀後大重之,
已是大家所熟悉的例子。齊梁之際受其獎掖、延譽的年輕文學家
和詩人,有張率、何思澄、王籍、王筠、劉孝綽、蕭子顯等十餘人,其
中以撰《南齊書》的蕭子顯和他年齡相差最大,將近五十歲。這種
不遺餘力獎勵後進的精神在南朝文士中並不多見。在受沈約獎掖
的後進文士中,有些人的詩並不屬於沈約一個流派,如清拔有古氣
的吳均;有些人詩文不重詞采,不尚駢偶,不講聲律,如被蕭綱譏爲
"了無篇什之美"的《宋略》一書的作者裴子野[5]。没有門户之見,

---

①　馮惟訥:《古詩紀》卷一五〇,文淵閣《四庫全書》本。
②　李延壽:《南史》卷二十二《王筠傳》,中華書局,1975年,第609頁。
③　蕭子顯:《南齊書》卷四十七《謝朓傳》,中華書局,1972年,第826頁。
④　姚思廉:《梁書》卷三十三《張率傳》,中華書局,1973年,第475頁。
⑤　姚思廉:《梁書》卷四十九,中華書局,1974年,第691頁。

對一個批評家,特別是文壇領袖來説,實在太重要了。聲律説初起,首先遭到衹有二十來歲的陸厥的反對。沈約的《與陸厥書》既一面堅持自己的學術觀點,反復闡説,同時又心平氣静没有一點架子,具有長者之風。齊梁之際,不同流派不同學術觀點能夠進行批評和論争,文壇領袖沈約所持的態度和所起的作用,無疑是非常重要的。

對沈約的評價,梁簡文帝蕭綱《與湘東王書》云:"近世謝朓、沈約之詩,任昉、陸倕之筆,斯實文章之冠冕,述作之楷模。"①北魏濟陰王暉業亦云:"江左文人,宋有顏延之、謝靈運,梁有沈約、任昉。"②這兩則是沈約去世後不久的評價。五代劉昫云:"永明辭宗,先讓功于沈、謝。"③也有人對沈約提出嚴厲批評的,儘管不少批評是有道理的,但沈約作爲一代辭宗和齊梁之際的文壇領袖,其地位是客觀存在,不必懷疑的。

---

①　姚思廉:《梁書》卷四十九,中華書局,1974 年,第 691 頁。
②　魏收:《魏書》卷八十五,中華書局,1974 年,第 1876 頁。
③　劉昫:《舊唐書》卷一六六,中華書局,1975 年,第 4360 頁。

沈約事跡詩文繫年

沈約,字休文。

　　詳《梁書》本傳(下簡稱《本傳》。下凡引該書,簡稱某紀、某傳)、《南史》本傳(下簡稱《南傳》)。

吳興武康人。

　　《宋書·自序》(下簡稱《自序》):"戎字威卿,仕州爲從事,説降劇賊尹良,漢光武嘉其功,封爲海昏縣侯,辭不受。因避地徙居會稽烏程縣之餘不鄉,遂世家焉。順帝永建元年,分會稽爲吳郡,復爲吳郡人。靈帝初平五年,分烏程、餘杭爲永安縣,吳孫皓寶鼎二年,分吳郡爲吳興郡,復爲郡人,雖邦邑屢改,而築室不遷。晉武帝平吳後,太康二年,改永安爲武康縣,史臣七世祖延始居縣東鄉之博陸里餘烏邨。"

高祖警,通《左氏春秋》,無意仕進。

　　《自序》:"警字世明,惇篤有行業,學通《左氏春秋》。家世富殖,財産累千金,仕郡主簿,後將軍謝安命爲參軍,甚相敬重。警内足於財,爲東南豪士,無仕進意,謝病歸。"

曾祖穆夫,亦通《左氏春秋》,爲晉孫恩餘姚令。

　　《自序》:"穆夫字彦和,少好學,亦通《左氏春秋》。王恭命爲前軍主簿……隆安三年，恩於會稽作亂，自稱征東將軍，三吳皆響應。穆夫時在會稽，恩以爲前部參軍、振武將軍、餘姚令。”

祖林子，宋封漢壽縣伯。

《自序》：“林子字敬士……高祖踐阼，以佐命功，封漢壽縣伯，食邑六百戶……永初三年，薨，時年四十六……所著詩、賦、贊、三言、箴、祭文、樂府、表、牋、書記、白事、啓事、論、老子一百二十一首。”

父璞，宋淮南太守。

《自序》：“璞字道真，林子少子也……遷宣威將軍、盱眙太守。時王師北伐，彭、汴無虞……徵還，淮南太守，賞賜豐厚，日夕謙見……及世祖將至都，方有讒說以璞奉迎之晚，橫罹世難，時年三十八。所著賦、頌、贊、祭文、誄、七、弔、四五言詩、牋、表，皆遇亂零失，今所餘詩筆雜文凡二十首。”

宋文帝元嘉十八年辛巳(441)一歲

《本傳》、《南傳》並載：梁天監“十二年，卒官，時年七十三”。逆推，知生於是年。

劉瓛八歲（據《南齊書·劉瓛傳》）。

陸慧曉八歲（據《南齊書·陸慧曉傳》）。

范岫二歲（據《范岫傳》）。

庾杲之生（據《南齊書·庾杲之傳》）。

謝朏生（據《謝朏傳》）。

元嘉十九年壬午(442)二歲

元嘉二十年癸未(443)三歲

胡諧之生（據《南齊書·胡諧之傳》）。

元嘉二十一年甲申(444)四歲

江淹生（據《江淹傳》）。

元嘉二十二年乙酉(445)五歲

范曄被殺(據《宋書·范曄傳》)。

元嘉二十三年丙戌(446)六歲

何胤生(據《處士何點附弟胤傳》)。

元嘉二十四年丁亥(447)七歲

孔稚珪生(據《南齊書·孔稚珪傳》)。

元嘉二十五年戊子(448)八歲

蕭琛生於是年前後①。

元嘉二十六年己丑(449)九歲

元嘉二十七年庚寅(450)十歲

元嘉二十八年辛卯(451)十一歲

范雲生(據《范雲傳》)。

元嘉二十九年壬辰(452)十二歲

王儉生(據《南齊書·王儉傳》)。

釋慧約生(據《續高僧傳》卷六《梁國師草堂寺智者釋慧約傳》)。

元嘉三十年癸巳(453)十三歲

父璞被殺。《自序》:"元凶弑立,璞乃號泣……日夜憂嘆,以至動疾。會二凶逼令送老弱還都,璞性篤孝,尋聞尊老應幽執,輒哽咽不自勝,疾遂增篤,不堪遠迎,世祖義軍至界首,方得致身……有讒説以璞奉迎之晚,橫罹世難,時年三十八。"

"約幼潛竄,會赦免。"(《本傳》)

乞米宗黨。《本傳》:"少時孤貧,丐于宗黨,得米數百斛,爲宗

---

① 蕭琛卒年,《梁書·武帝紀》中記其卒於中大通三年(531),同書《蕭琛傳》云,時年五十二。按:蕭琛卒時應爲七十餘,約生於元嘉二十五年(448)前後。詳《王融年譜》(陳慶元著:《中古文學論稿》,天津人民出版社,1992年)。

人所侮,覆米而去。"好學不倦,能屬文。《自序》:"年十三而孤,少
頗好學,雖棄日無功,而伏膺不改。"《本傳》:"流寓孤貧,篤志好學,
晝夜不倦。母恐其以勞生疾,常遣減油滅火。而晝之所讀,夜輒誦
之,遂博通羣籍,能屬文。"約少好學,當早於是年,孤貧之後,變本
加厲。

宋孝武帝孝建元年甲午(454)十四歲

孝建二年乙未(455)十五歲

孝建三年丙申(456)十六歲

陶弘景生。《南史·隱逸陶弘景傳》:"以宋孝建三年景申歲夏
至日生……大同二年卒,時年八十一。"《建康實錄》同。而《梁書·
處士陶弘景傳》則云:"大同二年,卒,時年八十五。"如從《梁書》,則
弘景生於元嘉二十九年。按:蕭綱《華陽陶先生墓志銘》(《藝文類
聚》卷三十七)、蕭綸《隱居貞白先生陶君碑》(《文苑英華》卷八七
三)並云"春秋八十一",《梁書》恐誤。

顏延之卒(據《宋書·顏延年傳》)。

宋孝武帝大明元年丁酉(457)十七歲

大明二年戊戌(458)十八歲

劉繪生(據《南齊書·劉繪傳》)。

蕭長懋生(據《南齊書·文惠太子傳》)。

大明三年己亥(459)十九歲

大明四年庚子(460)二十歲

有撰《晉書》之意。《自序》:"常以晉氏一代,竟無全書,年二十
許,便有撰述之意。"

作《麗人賦》。賦云:"有客弱冠未仕,締交戚里,馳騖王室,遨
游許、史。"蓋自況。

作《鍾山詩應西陽王教》。《文選》李善注："孝武封皇子子尚爲西陽王。"《宋書·孝武十四王傳》："孝建三年，年六歲，封西陽王，食邑二千户……（大明）五年，改封豫章王。"

蕭子良生（據《南齊書·武十七王傳》）。

任昉生（據《任昉傳》）。

大明五年辛丑（461）二十一歲

大明六年壬寅（462）二十二歲

大明七年癸卯（463）二十三歲

大明八年甲辰（464）二十四歲

蕭衍生（據《武帝紀上》）。

謝朓生（據《南齊書·謝朓傳》）。

崔慰祖生（據《南齊書·崔慰祖傳》）。

宋前廢帝永光元年乙巳、景和元年乙巳

宋明帝泰始元年乙巳（465）二十五歲

泰始二年丙午（466）二十六歲

"起家奉朝請"（《本傳》），約在是年或稍前。

鍾嶸約生於是年①。

劉勰約生於是年②。

徐勉生（據《徐勉傳》）。

王僧孺生（據《王僧孺傳》）。

柳惲生（據《柳惲傳》）。

---

① 參段熙仲《鍾嶸與〈詩品〉考年及其他》，《文學評論叢刊》第 3 輯，中國社會科學出版社，1979 年。

② 楊明照：《文心雕龍校注拾遺·前言》："大約出生於劉宋泰始二、三年（公元四六六——四六七年）間。"（上海古籍出版社，1982 年）

　　鮑照爲亂兵所殺。《宋書·宗室劉義慶傳附鮑照傳》:"子頊敗,爲亂兵所殺。"子頊敗在本年。

泰始三年丁未(467)二十七歲

　　爲蔡興宗安(平)西外兵參軍,兼記室。《本傳》:"濟陽蔡興宗聞其才而善之;興宗爲郢州刺史,引爲安西外兵參軍,兼記室。"

　　蔡興宗稱其爲"人倫師表"。《本傳》:"興宗嘗謂其諸子曰:'沈記室人倫師表,宜善事之。'"

　　敕許撰《晉史》。《自序》:"泰始初,征西將軍蔡興宗爲啓明帝,有敕賜許(撰《晉史》)。"③據《宋書·明帝紀》,蔡興宗泰始三年三月爲安(當作"平")西將軍,郢州刺史。九月"平西將軍,郢州刺史蔡興宗進號安西將軍。"

　　與范雲結友。《范雲傳》:"父抗,爲郢府參軍,雲隨父在府,時吳興沈約、新野庾杲之與抗同府,見而友之。"

　　王融生(據《南齊書·王融傳》)。

泰始四年戊申(468)二十八歲

　　在蔡興宗郢州府。

　　釋法雲生(據《續高僧傳》卷五《梁揚都光宅寺沙門釋法雲傳》)。

泰始五年己酉(469)二十九歲

　　先在蔡興宗府。據《宋書·明帝紀》,泰始五年六月"壬申,以安西將軍、郢州刺史蔡興宗爲鎮東將軍。癸酉,以左衛將軍沈攸之爲郢州刺史"。又據同書《蔡興宗傳》,興宗"遷鎮東將軍、會稽太守"。沈約《與徐勉書》云:"崎嶇薄宦,事非爲己,望得小禄,傍此東歸。"①似也離開郢州東還。至於是否尚在興宗府中任職,史無明文。

────────

　①　姚思廉:《梁書》卷十三《沈約傳》,中華書局,1973 年,第 235 頁。

吴均生（據《文學吳均傳》）。

裴子野生（據《裴子野傳》）。

泰始六年庚戌（470）三十歲

陸倕生（據《陸倕傳》）。

泰始七年辛亥（471）三十一歲

宋明帝泰豫元年壬子（472）三十二歲

爲蔡興宗征西記室參軍，帶厥西令（據《本傳》蔡興宗爲荆州刺史，約任此職）。據《宋書·蔡興宗傳》，該年四月明帝崩，"以興宗爲使持節、都督荆湘雍益梁寧南北秦八州諸軍事、征西將軍、開府儀同三司、荆州刺史"。

"興宗卒，始爲安西晉安（按："安"當作"熙"。《宋書·文九王傳》，泰始六年，劉燮襲爵爲晉熙王。）王法曹參軍，轉外兵，並兼記室"（《本傳》）。興宗卒在該年八月。

陸厥生（據《南齊書·文學陸厥傳》）。

宋後廢帝元徽元年癸丑（473）三十三歲

在郢州。《宋書·後廢帝傳》：元徽元年，"以晉熙王燮爲郢州刺史"。

元徽二年甲寅（474）三十四歲

在郢州。《宋書·文九王傳》：元徽二年，進燮安西將軍。

元徽三年乙卯（475）三十五歲

張率生（據《張率傳》）。

在郢州，作《長栖禪精舍銘》。其序云："在郢州，永（當爲"元"之誤）徽三年歲次某時。"

元徽四年丙辰（476）三十六歲

"入爲尚書度支郎"（《本傳》），疑在本年或稍後。暫繫於此。

元徽五年丁巳

宋順帝昇明元年丁巳(477)三十七歲

劉之遴生(據《劉之遴傳》)。

昇明二年戊午(478)三十八歲

昇明三年、齊高帝建元元年己未(479)三十九歲

"齊初爲征虜記室,帶襄陽令,所奉之王,齊文惠太子也"(《本傳》)。《南齊書・文惠太子傳》:"昇明三年,太祖將受禪,世祖已還京師,以襄陽兵馬重鎮,不欲處他族,出太子爲持節、都督雍梁二州郢州之竟陵司州之隨郡軍事、左中郎將、寧蠻校尉、雍州刺史。建元元年,封南郡王,邑二千户……進號征虜將軍。"疑約隨蕭長懋至襄陽在蕭道成改元稱帝之前。

於赴襄陽塗中作《憫塗賦》。賦云:"情依舊越,身經故楚。"

與辛宣仲論文章。《太平御覽》卷五七六引《襄沔記》:"辛居士名宣仲,隴西人。大明末,寓居襄陽縣西六里,多植松竹,栖遲其下,靜嘿不交塵俗。林中起一草廬,容膝而已……齊文惠臨州,吳興沈約奉教聘引,並不降志。約乃共論文章,宣仲輒言莊、老,既各言其志,不能相屈。"作《爲柳世隆讓封公表》。《南齊書・柳世隆傳》:"太祖踐祚,進號爲公。"《爲柳世隆上銅表》附繫於此。

建元二年庚申(480)四十歲

作《爲南郡王讓中軍表》。《南齊書・文惠太子傳》:"(建元)二年,徵爲侍中、中軍將軍,置府,鎮石頭。"

王籍生。《法寶聯璧・序》"中大通六年(五三四)年五十五。"

建元三年辛酉(481)四十一歲

作《爲柳兗州上舊宮表》。《南齊書・柳世隆傳》:"(建元)三年,出爲使持節、督南兗兗徐青冀五州軍事、安北將軍、南兗州

刺史。"

劉顯生(據《劉顯傳》)。

王筠生(據《王筠傳》)。

劉孝綽生(據《劉孝綽》傳)。

建元四年壬戌(482)四十二歲

爲東宮步兵校尉,管書記,特被太子親遇。《本傳》:"太子入居東宮,爲步兵校尉,管書記,直永壽省,校四部圖書。時東宮多士,約特被親遇,每直入見,影斜方出。當時王侯到宮,或不得進,約每以爲言。太子曰:'吾生平嬾起,是卿所悉,得卿談論然後忘寢。卿欲我夙興,可恒早入。'"據《南齊書‧武帝紀》,蕭長懋立爲皇太子,在本年六月甲申。

被敕撰國史。《自序》:"建元四年(撰《晉史》)未終,又被敕撰國史。"

作《齊竟陵王題佛光文》。文云:"以皇齊之四年日子,敬製釋迦像一軀。"

作《和左丞庾杲之移病》。庾杲之爲左丞在爲王儉衛軍長史(永明元年)前。暫繫於此。

齊武帝永明元年癸亥(483)四十三歲

"遷太子家令"(《本傳》)疑在本年。

《晉史》被盜。《自序》:"永明初,遇盜失第五帙。"暫繫於此。

作《爲竟陵王發講疏》。《疏》云:"以永明元年二月八日,置講席於上邸,集名僧於帝畿。"

作《爲褚炫讓吏部尚書表》。《南齊書‧褚炫傳》:"永明元年,爲吏部尚書。"

作《和王衛軍解講》。據《南齊書‧王儉傳》,永明元年爲衛軍將軍,暫繫於此。

永明二年甲子(484)四十四歲

"永明二年,又忝兼著作郎,撰次起居注"(《本傳》)。

作《到著作省表》。

與任昉讀陶弘景諸賦,爲之心伏。《華陽陶隱居内傳》卷上:"其賦云云具集中。沈約、任昉讀之,嘆曰:'如清秋觀海,第見澶漫,寧測其深。'其心伏如此。"①按:注引《本起録》云"時年二十九"當在本年。

永明三年乙丑(485)四十五歲

作《侍皇太子釋奠宴》《爲南郡王侍皇太子二首》。《南齊書·武帝紀》:"(永明三年)冬十月壬戌,詔曰:'皇太子長懋講畢,當釋奠,王公以下可悉往觀。'"

永明四年丙寅(486)四十六歲

"遷中書郎"(《本傳》)。説詳下。

作《比丘尼僧敬法師碑》。《比丘尼傳》卷三《崇聖寺僧敬尼傳》:"永明四年二月三日卒,葬於鍾山之陽。弟子造碑,中書侍郎吳興沈約製其文焉。"據此,約本年已遷中書郎。

作《繡像贊》。贊序云:"維齊永明四年,歲次丙寅,秋八月己未朔二日庚申。"

《南齊皇太子解講疏》疑作於本年。疏云:"皇太子以建元四年四月十五日集大乘望僧於玄圃園。"按:《南齊書·武帝紀》,建元四年三月,太祖崩,太子即位,是爲武帝。六月,立皇太子長懋。四月,國中無太子。建元疑爲"永明"之誤。

---

①　賈嵩:《華陽陶隱居内傳》卷上,《續修四庫全書》第 1294 册,上海古籍出版社,2002 年,第 207 頁。

永明五年丁卯(487)四十七歲

“遷中書郎,本邑中正,司徒右長史,黃門侍郎”(《本傳》)。遷中書郎已詳上年。據《南齊書·武十七王傳》,子良正位司徒在本年。

與謝朓等稱“竟陵八友”。《武帝紀上》:“竟陵王子良開西邸,招文學,高祖與沈約、謝朓、王融、蕭琛、范雲、任昉、陸倕等並游焉,號曰‘八友’。”《本傳》亦云:“時竟陵王亦招士,約與蘭陵蕭琛、琅邪王融、陳郡謝朓、南鄉范雲、樂安任昉等皆游焉。當時號爲得人。”

參與編纂《四部要略》。《南齊書·武十七王傳》:“(子良)移居雞籠山邸,集學士抄《五經》、百家,依《皇覽》例爲《四部要略》千卷。”據上引及《本傳》,沈約游竟陵王門,當在學士之列。

獨步西邸。鍾嶸《詩品》中:“永明相王愛文,王元長等皆宗附之。約於時謝朓未遒,江淹才盡,范雲名級故微,故約稱獨步。”

被敕撰《宋書》(據《自序》)。

秉承武帝意,《宋書》於孝武、明帝諸鄙瀆事多省除。《南齊書·王智深傳》:“沈約撰《宋書》,擬立《袁粲傳》,以審世祖。世祖曰:‘袁粲自是宋家忠臣。’約又多載孝武、明帝諸鄙瀆事,上遣左右謂約曰:‘孝武事跡不容頓爾。我昔經事宋明帝,卿可思諱惡之義。’於是多所省除。”

《奉和竟陵王抄書》《奉和竟陵王郡縣名》《奉和竟陵王藥名》《和陸慧曉百姓名》諸詩疑作於此年或稍後,暫繫於此。

作《爲安陸王謝荊州章》。《南齊書·武十七王傳》:安陸王子敬“(永明五年)徙都督荊湘梁雍南北秦六州軍事、平西將軍、荊州刺史,持節如故。”

作《爲晉安王謝南兗州章》。《南齊書·武十七王傳》：晉安王子懋"（永明五年）爲監南兗兗徐青冀五州軍事、後將軍、南兗州刺史，持節如故"。

劉杳生（據《劉杳傳》）。

永明六年戊辰（488）四十八歲

官中書郎。《南齊書·高逸沈驎士傳》："永明六年，吏部郎沈淵、中書郎沈約又表薦驎士義行。"可證。

"兼尚書左丞"（《本傳》）。說詳下。

《宋書》畢功。《自序》："五年春，又被敕撰《宋書》。六年二月畢功，表上之。"

《晉史》初具規模。《自序》："（泰始初）有敕賜許（撰《晉史》），自此迄今，年逾二十，所撰之書，凡一百二十卷。條流雖舉，而采掇未周。"

與謝朓等創"永明體"。《南齊書·文學陸厥傳》："永明末，盛爲文章。吳興沈約、陳郡謝朓、琅邪王融以氣類相推轂。汝南周顒善識聲韻。約等文皆用宮商，以平上去入爲四聲，以此制韻，不可增減，世呼爲'永明體'。"《宋書·謝靈運傳論》已揭示聲律理論，"永明體"的創立當不遲於本年。

深推任昉文。《任昉傳》："昉雅善屬文，尤長載筆，才思無窮，當世王公表奏，莫不請焉。昉起草即成，不加點竄。沈約一代詞宗，深所推挹。"暫繫於此。

盛贊謝朓詩。《南齊書·謝朓傳》："朓善草隸，長五言詩，沈約常云：'二百年來無此詩也。'"暫繫於此。

作《薦沈驎士義行表》《答沈驎士書》。

作《上〈宋書〉表》。

作《南齊僕射王奐柭園寺刹下石記》。記云："齊之永明六年六月三日，蓋木運將啓之令辰，上帝步天之嘉日，乃抗崇表於蒼雲，植重扃於玄壤。"

作《從齊武帝琅邪城講武應詔》。《南齊書·武帝紀》："（永明六年）秋九月壬寅，車駕幸琅邪城講武，習水步軍。"

作《答陸厥書》。陸厥《與沈約書》引用《宋書·謝靈運傳論》"自靈均以來，此秘未睹"等語，知該書作於《宋書》完成之後不久。疑沈書作於本年。陸厥書中稱沈約爲沈尚書，疑沈兼尚書左丞在本年。

永明七年己巳（489）四十九歲

作《齊太尉文憲王公墓志銘》。據《南齊書·王儉傳》，儉薨於本年。

作《齊臨川王行狀》。據《南齊書·臨川王映傳》，映薨於本年。

作《瑞石像銘》。銘云："維永明七年某月云云。"

作《高松賦》。《蕭子恪傳》："年十二，和從兄司徒竟陵王《高松賦》，衛軍王儉見而奇之。"又據該傳，子恪年十二在本年。子良、子恪賦今佚。奉和之賦今存者除沈約，尚有王儉、謝朓。

《擬風賦》《桐賦》亦前後而作，附繫於此。

王儉薨（據《南齊書·王儉傳》）。

劉瓛卒（據《南齊書·劉瓛傳》）。

永明八年庚午（490）五十歲

官給事黃門侍郎，兼御史中丞、吳興中正。《本傳》："俄兼尚書左丞，尋爲御史中丞，轉車騎長史。"《文選·奏彈王源》李善注引吳均《齊春秋》："永明八年，沈約爲中丞。"《奏彈王源》自云"給事黃門侍郎、兼御史中丞、吳興邑中正臣沈約。"

作《奏彈王源》。

作《奏彈孔稚珪違制啓假事》。奏彈文稱孔稚珪爲"廷尉、會稽邑中正"。據《南齊書·孔稚珪傳》："永明七年，轉驍騎將軍，復領左丞。遷黃門郎，左丞如故。轉太子中庶子、廷尉。"稚珪爲廷尉當在七、八年間。據該傳，九年稚珪也做了御史中丞。暫繫於此。

爲御史中丞作的奏彈文：《奏彈祕書郎蕭遙昌》《奏彈太子中舍人王僧祐》《奏彈奉朝請王希聃違假》《奏彈御史孔橐題省壁悖慢事》爲前後所作，暫繫於此。

《修竹彈甘蕉文》雖爲寓言，亦當作於中丞之時，附繫於此。

作《奉和竟陵王經劉瓛墓》。據《南齊書·劉瓛傳》，瓛卒於永明七年。《謝宣城詩集》有蕭子良《登山望雷居士精舍同沈左衛（當作右率）過劉先生墓下作》，其序云："益深宿草之嘆。"柳惲《奉和竟陵王經劉瓛墓下》云："壟草時易宿。"知瓛逝已朞年。謝朓有《奉和竟陵王同沈右率過劉先生墓》，知本年沈約已官右率。按：《本傳》和《南傳》都無官右率的記載，然《南齊書》之《豫章王嶷傳》《杜京産傳》都有永明十年約爲右率之載。

約奉竟陵王教、或奉和、或答謝的文與詩很多，大抵作於永明中後期，作年一時難於確考的有：《謝齊竟陵王教撰〈高士傳〉啓》《謝竟陵王示〈永明樂〉歌啓》《謝齊竟陵王賚母赫國雲氣黃綾裙襦啓》《謝司徒賜北蘇啓》《謝齊竟陵王示華嚴瓔珞啓》《與范述曾論竟陵王賦書》《竟陵王解講疏》《永明樂》《和竟陵王游仙詩》等。附繫於此。

作《侍游方山應詔》。據《南齊書·徐孝嗣傳》，武帝幸方山在本年。

作《同詠樂器·箎》。同詠者謝朓、王融。此詩《古文苑》卷九列於《沈右率座賦三物爲詠》題下。

《同詠座上所見一物·詠竹火籠》。同詠者王融、虞炎、柳惲、謝朓。暫繫於此。

《詠竹檳郎盤》。謝朓同詠。暫繫於此。

又與謝朓、江秀才革、王丞融、王蘭陵僧孺、謝洗馬昊、劉中書繪作《聯句·阻雪》。沈約官職爲右率。《古詩紀》題作《阻雪聯句遙和》。朓詩云："九逵密如綉，何異遠別離。"朓雖爲隨王幕僚，然九年王始之荆州親府州事，時朓未外任，故得於與約等唱和。

永明九年辛未(491)五十一歲

見劉之遴而異之。《劉之遴傳》："之遴八歲能屬文，十五歲茂才對策，沈約、任昉見而異之。"

作《齊司空柳世隆行狀》。據《南齊書·柳世隆傳》，世隆卒於本年，年五十。

作《餞謝文學》。謝朓爲隨王文學，於本年隨王赴荆州。據《謝宣城詩集》卷四，作詩餞別者有沈右率約、虞別駕炎、范通直雲、王中書融、蕭記室琛和劉中書繪。謝朓有《和別沈右率諸君》。

作《傷庾杲之》。據《南齊書·庾杲之傳》，杲之卒於本年，年五十一。

作《傷王諶》。據《南齊書·王諶傳》，諶卒於本年，年六十九。

《三月三日率爾成章》疑作於本年。暫繫於此。

永明十年壬申(492)五十二歲

官右率(詳下)。

以范述曾方汲黯。《范述曾傳》："竟陵王深相器重，號爲'周舍'。時太子左衛率沈約亦以述曾方汲黯。""左衛"疑爲"右衛"之誤。暫繫於此。

贊嘆裴子野《宋略》。《南史·裴松之附裴子野傳》："子野曾祖松之，宋元嘉中受詔續修何承天《宋史》，未成而卒，子野常欲繼成先業。及齊永明末，沈約所撰《宋書》稱'松之已後無聞焉'。子野更撰爲《宋略》二十卷，其叙事評論多善，而云'戮淮南太守沈璞，以其不從義師故也。'約懼，徒跣謝之，請兩釋焉。嘆其述作曰：'吾弗逮也。'"暫繫於此。

稱賞謝舉詩。《謝舉傳》："舉年十四，嘗贈沈約五言詩，爲約稱賞。"據《南齊書·謝瀹傳》《南史·謝舉傳》推算，當在是年。

表薦杜京産。《南齊書·高逸杜京産傳》："永明十年，稚珪及光禄大夫陸澄、祠部尚書虞悰、太子右率沈約、司徒右長史張融表薦京産。"

作《答樂藹書》。據《南齊書·豫章文獻王傳》。嶷薨於本年，樂藹致書右率沈約請撰碑文。

作《芳樹》《臨高臺》。此二詩列於《謝宣城詩集》卷二《同沈右率諸公賦鼓吹曲名先成爲次》總題下，同賦諸公除沈右率約，還有范通直雲、隨王文學謝朓、王尹丞融、劉中書繪。朓詩云："千里常思歸，登高瞻綺翼。"又云："誰知倦游者，嗟此故鄉憶。"知時朓已隨子隆赴荆州。諸詩爲遥和。

作《冬節後至丞相第詣世子車中》。據《南齊書·豫章文獻王傳》，嶷薨於本年（四月），世子子廉永明十一年卒。詩當作於本年冬至。

永明十一年癸酉(493)五十三歲

"轉車騎長史"(本傳)。

作《齊武帝謚議》。據《南齊書·武帝紀》，武帝蕭賾於本年七月崩,年五十四。

作《傷胡諧之》。據《南齊書·胡諧之傳》,諧之卒於本年,年五十一。

作《傷王融》。《南齊書·王融傳》:"鬱林深忿疾融,即位十餘日,收下廷尉獄……詔於獄賜死。時年二十七。"據同書《鬱林王紀》,武帝崩,太孫昭業即位。

《與約法師書》作於永明末。附繫於此。

齊鬱林王隆昌元年甲戌(494)五十四歲

與任昉、范雲駕造劉孝綽。《南史·劉緬附孫孝綽傳》:"父繪,齊時掌詔誥,孝綽時年十四(《劉孝綽傳》作"年十四五"),繪常使代草之。父黨沈約、任昉、范雲等聞其名,命駕造焉。"孝綽大同五年(439)卒,本年年十四。造孝綽當在出守東陽之前。"隆昌元年,除吏部郎,出爲寧朔將軍、東陽太守"(《本傳》)。

爲鬱林王作《勸農訪民所疾苦詔》。據《南齊書·鬱林王紀》本年正月辛亥車駕祠南郊,下此詔。又據《文苑英華》卷四六二爲沈約作。

《赦書》疑作於本年。暫繫於此。

携釋慧約赴東陽。《續高僧傳》卷六《梁國師草堂寺智者釋慧約傳》:"釋慧約,字德素,姓婁,東陽烏場人……少傅沈約隆昌中外任,携與同行。"①

於赴東陽途中作《早發定山》《新安江水至清淺深見底貽京邑游好》。定山、新安江爲赴東陽必經之處。

登玄暢樓,作《八詠》。萬曆《金華府志》卷三十:"《八詠》詩,舊

---

① 《續修四庫全書》第 1281 册,上海古籍出版社,2002 年,第 562—563 頁。

南齊隆昌元年太守沈約所作,留題於玄暢樓壁間,時號絶唱。"①玄
暢樓宋至道間改名八詠樓。

作《登玄暢樓》。

王融卒(見前)。

齊海陵王延興元年甲戌(494)五十四歲

七月,鬱林王蕭昭業被殺,海陵王蕭昭文即位。

齊明帝建武元年甲戌(494)五十四歲

十月,蕭鸞廢海陵王,即位。

"明帝即位,進號輔國將軍"(《本傳》)。

作《賀齊明帝登阼啓》。《南齊書·明帝紀》:"建武元年冬十月
癸亥,即皇帝位。"

作《齊故安陸昭王碑文》。據碑文,永明九年卒,年三十七。
《南齊書·宗室安陸昭王傳》,建武元年,贈安陸王。

建武二年乙亥(495)五十五歲

官東陽太守。

贈謝朓五言詩。謝朓《酬德賦》:"建武二年,予將南牧,見贈五
言。"按:詩今佚。

作《贈劉南郡季連》。《文館詞林》卷一五八注:"東陽郡時。"
《劉季連傳》:"建武中,又出爲平西蕭遥欣長史、南郡太守。"詩云:
"山邦務寡,陝輔任隆。"山邦,謂己;陝輔,喻劉。詩約作於二、三年
間,暫繫於此。

沈約在東陽任上所作文與詩,時間一時不能確考的還有:《祭
故徐崔文教》《贈留真人祖父教》《與陶弘景書》《游金華山》《留真人

---

① 《四庫全書存目叢書·史部》第177冊,齊魯書社,1996年,第184頁。

東山還》《赤松澗》《泛永康江》《贈沈録事江水曹二大使》,附繫
於此。

建武三年丙子(496)五十六歲

官東陽太守。

於東陽上表。《南齊書·五行志》:"(永明)三年,大鳥集東陽
郡,太守沈約表云:'鳥身備五采,赤色居多。'"

離開東陽。作《去東陽與吏民别》。詩云:"霜載凋秋草,風
三動春旗。"約於隆昌元年(四九四)春至郡,本年春或夏離任,經
歷三個春天,故曰"三動春旗",經歷兩個秋天,故曰"載(通再)凋
秋草"①。

進號輔國將軍,徵爲五兵尚書。《本傳》:"明帝即位,進號輔國
將軍,徵爲五兵尚書,遷國子祭酒。"

作《讓五兵尚書表》。

携釋慧約還都。《釋高僧傳》卷六《梁國師草堂寺智者釋慧約
傳》:"及沈侯罷郡,相携出都,還住本寺。"

與釋慧約過從甚密。《梁國師草堂寺智者釋慧約傳》:"恭事勤
肅,禮敬彌隆,文章往復,相繼晷漏。以沈詞藻之盛,秀出當時,臨
官蒞職,必同居府舍,率意往來,嘗以朱門蓬户爲隔。齊建武中謂
沈曰:'貧道昔爲王、褚二公供養,遂居令僕之省。擅越爲之,當復
入地矣。'"

作《和謝宣城》。謝朓有《在郡臥病呈沈尚書》,詩云:"淮揚股
肱守","爲邦歲已朞"。朓《酬德賦序》:"建武二年,予將南牧。"朓
爲宣城太守在上年,至本年"已朞"。此亦約本年已爲五兵尚書之

---

① 沈約爲東陽郡及離任,詳拙文《沈約任東陽太守的時間》(《浙江師範學院學報》
1982 年第 3 期)。

證。沈詩云:"晨趨朝建禮,晚沐臥郊園。"李善注:《漢書典職》曰:"尚書郎晝夜更直於建禮門内。"此又爲沈約已爲尚書之一證。

作《別范安成》(考證從略)。

作《齊丞相豫章文憲王碑》。《南齊書·豫章文獻王傳》:"建武中,第二子子恪托約及太子詹事孔稚珪爲文。"暫繫於此。

建武四年丁丑(497)五十七歲

又贈謝朓五言詩一首。朓《酬德賦序》:"(建武)四年,予忝役朱方,又致一首。"詩今佚。前贈在二年。

憩於汝南縣境。《金庭館碑序》:"高宗明皇帝以上聖之德,結宗玄之念,忘其菲薄,曲賜提引。末自夏汭,固乞還山。權憩汝南縣境,固非息心之地。"疑建武中沈約有荆楚之役,未赴任而乞還山,憩於汝南。暫繫於此。

建武五年戊寅　齊明帝永泰元年戊寅(498)五十八歲

"夏四月甲寅,改元"(《南齊書·明帝紀》)。

官國子祭酒。上年憩汝南縣境,"非息心之地",疑所憩時間短暫,遷國子祭酒。

論謝朓三讓尚書吏部郎。本年五月,王敬則反,謝朓啓之。《南齊書·謝朓傳》:"上甚嘉賞之。遷尚書吏部郎,朓上表三讓,中書疑朓官未及讓,以問祭酒沈約。約曰:'……謝吏部今授超階,讓別有意,豈關官之大小? 撝讓之美,本出人情。若大官必讓,便與詣闕章表不異。例既如此,謂都自非疑。'"

問崔慰祖地理中不悉事。《南齊書·崔慰祖傳》:"國子祭酒沈約、吏部郎謝朓嘗於吏部省中賓友俱集,各問慰祖地理中所不悉十餘事。"

作《行園》。謝朓有《和沈祭酒行園》。暫繫於此。

《宿東園》一首,附繫於此。

作《封左興盛等詔》。據詔文,左興盛等因勘定王敬則亂有功,故受封。

作《授王續蔡約王師制》。本文作於本年或稍前。暫繫於此。

與諸大臣論河東王蕭鉉宜有後。《南齊書·高祖十二王傳》:"永泰元年,上疾暴甚,遂害鉉,時年十九。二子在孩抱,亦見殺。太祖諸王,鉉獨無後,衆竊冤之。乃使揚州刺史始安王遥光……尚書沈淵、沈約、王亮奏論鉉,帝答不許,再奏,乃從之。"

作《學省愁臥》。《文選》李善注:"學省,國學也。"詩云:"秋風吹廣陌,蕭瑟入南闈。"又云:"纓珮空爲忝,江海事多違。"當作於明帝疾暴甚、殺戮諸王之時。

作《爲齊明帝遺詔》。《本傳》:"明帝崩,政歸冢宰,尚書令徐孝嗣使約撰定遺詔。"按:明帝崩於秋七月,年四十七。

作《齊明帝哀策文》。

作《齊明帝謚議》。

"遷左衛將軍,尋加通直散騎常侍"(《本傳》)。

稱賞陸倕、張率。《張率傳》:"與同郡陸倕幼相友狎,常同載詣左衛將軍沈約,適值任昉在焉,約乃謂昉曰:'此二子後進才秀,皆南金也,卿可與定交。'"暫繫於此。

本年曾短暫憩桐柏金庭館。《金庭館碑》:"聖主纘歷,復蒙縶維。永泰元年,方遂初願。遂遠出天台,定居茲嶺。所憩之山,實惟桐柏。"本文稱明帝爲高宗,又云"聖主纘歷",必在本年明帝崩後,東昏已即帝位時。

作《金庭館碑》。

作《游沈道士館》。《剡錄》卷六作《游沈道士金庭館》。

《應王中丞思遠詠月》作於本年或稍後一二年間，暫繫於此。

謝朓有《酬德賦》贈沈約。

范雲有《贈沈左衛》。當作於本年或明年。

齊東昏侯永元元年己卯（499）五十九歲

稱賞樂法才、樂法藏。《樂藹傳》："子法才，字元備，幼與弟法藏俱有美名，少游京師，造沈約，約見而稱之。"事在齊末，暫繫於此。

稱賞王籍《詠燭》。《王籍傳》："及長好學，博涉有才氣，樂安任昉見而稱之。嘗於沈約坐賦得《詠燭》，甚爲約賞。"事在齊末，附繫於此。

稱賞吳均文。《吳均傳》："沈約嘗見均文，頗相稱賞。"事當在齊末，附繫於此。

愛何遜詩，一日三復。《何遜傳》："沈約亦愛其文，嘗謂遜曰：'吾每讀卿詩，一日三復，猶不能已。'"事當在齊末，附繫於此。

作《臨川王子晉南康侯子恪遷授詔》。《蕭子恪傳》："東昏即位，遷秘書監，領右軍將軍，俄爲侍中。"與詔符。

作《立太子赦詔》。《南齊書·東昏侯紀》："（永元元年）夏四月己巳，立皇太子誦，大赦。"

聞蕭遙光難，馳走西掖門。《南史·齊宗室蕭坦之傳》："左衛將軍沈約五更初聞難，馳車走趨西掖門。或勸戎服，約慮外軍已至，若戎衣，或者謂同遙光，無以自明，乃朱服而入。"按遙光事起及平，在本年八月。

作《劉領軍封侯詔》。《南齊書·江祏傳》："遙光起事，以討暄爲名。事平，暄遷領軍將軍，封平都縣侯，千户。其年，又見殺。"

作《傷謝朓》。據《南齊書·謝朓傳》，朓被殺在遙光事起之前。

作《傷劉渢》。據《南史·孝義劉渢傳》,渢被殺在遥光事平之後。

作《赦詔》。《南齊書·東昏侯紀》:"(永元元年九月)壬戌,以頻誅大臣,大赦天下。"

作《授蕭重俅左僕射詔》。蕭重俅疑爲蕭惠休,《南齊書·蕭惠休傳》:"永元元年,徙吳興太守。徵爲右僕射。"

作《封徐世檦制》。《南齊書·東昏侯紀》:"初任新蔡人徐世檦爲直閣驍騎將軍,凡有殺戮,皆其用命。殺徐孝嗣後,封爲臨汝縣子。"殺徐孝嗣在本年十月。

作《崔慧景加侍中詔》。據《南齊書·崔慧景傳》,慧景加侍中在本年。

作《沈文季加侍中詔》。據《南齊書·沈文季傳》,文季轉侍中在本年。

作《授王亮左僕射詔》。《王亮傳》作"右僕射"。

《封申希祖詔》作於本年前後,附繫於此。

作《陶先生登樓不復下》。《華陽陶隱居内傳》卷中:"乃於上館更建層樓,永元初乃登樓長静,於是便與物頓隔。"注引《本起録》:"(建武四年)築架層樓,規欲杜絶。永元元年移住,便與物頓隔,外間簡牘亦削去。"

《酬華陽陶先生》《還園宅奉酬華陽先生》,附繫於此。

陸厥卒(據《南齊書·陸厥傳》)。

謝朓卒(見前)。

永元二年庚辰(500)六十歲

"永元二年,以母老表求解職,改授冠軍將軍、司徒左長史,征虜將軍、南清河太守"(《本傳》)。

作《王亮王瑩加授詔》。據《王瑩傳》，王瑩遷尚書左僕射，未拜，會崔慧景入伐。慧景襲京師在本年三月。

作《大赦詔》。據詔，當作於慧景敗後。慧景敗在四月。

作《王亮等封侯詔》。據《王亮傳》，亮封侯在崔慧景平。

《常僧景等封侯詔》《封三舍人詔》亦本年前後作，附繫於此。

作《和劉雍州繪博山香爐》。據《南齊書·東昏侯紀》，繪爲雍州刺史在本年十二月。

永元三年辛巳　齊和帝中興元年辛巳(501)六十一歲

"春三月乙巳，(蕭寶融)即皇帝位，大赦，改元"(《南齊書·和帝紀》)。按：和帝即位於荊州。

作《授李居壬等制》。

作《憫國賦》。《南齊書·東昏侯紀》："義師築長圍守宮城。"當作於此時。

作《出重圍和傅昭》。"出重圍"，即出建康城奔蕭衍"義師"。

爲蕭衍驃騎司馬，將軍如故。《本傳》："高祖在西邸，與約游舊，建康城平，引爲驃騎司馬，將軍如故。"《南齊書·和帝紀》："十二月丙寅，建康城平，己巳，皇太后令以梁王爲大司馬、錄尚書事、驃騎大將軍。"

比蕭衍於周武。《本傳》："時高祖勳業既就，天人允屬，約嘗扣其端，高祖默而不應。佗日又進曰：'……公自至京邑，已移氣序，比於周武，遲速不同。若不早定大業，稽天人之望，脫有一人立異，便損威德……'高祖然之。"

賞重江革。《江革傳》："建安王爲雍州刺史，表求管記，以革爲征北記室參軍……時吳興沈約、樂安任昉並相賞重。"據《太祖五王傳》，蕭偉爲雍州刺史在和帝時。建安王係後人追書。

參製霸府文筆。《南史·任昉傳》:"梁武帝剋建鄴,霸府初開,以爲驃騎記室參軍,專主文翰。每制書草,沈約輒求同署。嘗被急召,昉出而約在,是後文筆,約參製焉。"

作《爲梁武帝除東昏制令》。《武帝紀》:"(十二月)己卯,高祖入屯閱武堂,下令曰……又令曰(即本文)。"

大重《文心雕龍》。《文學劉勰傳》:"(《文心雕龍》)既成,未爲時流所稱。勰自重其文,欲取定於沈約。約時貴盛,無由自達,乃負其書,候約出,干之於車前,狀若貨鬻者。約便命取讀,大重之,謂爲深得文理,常陳諸几案。"《文心雕龍》成書於中興元年、二年間。暫繫於此。

作《齊太尉徐公墓志》。《南史·徐孝嗣傳》:"中興元年,和帝贈孝嗣太尉。"

孔稚珪卒(據《南齊書·孔稚珪傳》)。

昭明太子蕭統生(據《昭明太子傳》)。

中興二年壬午(502)六十二歲

劉繪卒(據《南齊書·劉繪傳》)。

梁武帝天監元年壬午(502)六十二歲

據《武帝紀》,二月丙戌進蕭衍爲王,固辭。三月癸巳,受梁王之命。丙辰,齊帝禪位於梁王。四月丙寅,即皇帝位於南郊,改元。

與范雲贊成蕭衍成帝業。《本傳》:"雲許諾,而約先期入,高祖命草其事。約乃出懷中詔書並諸選置……高祖召范雲謂曰:'生平與沈休文羣居,不覺有異人處;今日才智縱橫,可謂明識。'雲曰:'公今知約,不異約今知公。'高祖曰:'我起兵於今三年矣,功臣諸將,實有其勞;然成帝業者,乃卿二人也。'"

"梁臺建,爲散騎常侍、吏部尚書,兼右僕射。"(《本傳》)

未知建國之號。《華陽陶隱居內傳》卷中："范雲、沈約並秉策佐命,未知建國之號。先生引王子年《歸來歌》:'中水刃木處。'及諸國讖並稱'梁'字應運之符,泊將昭告,復令用四月丙寅。"注引《本起錄》:"至春末夏初,當就昭告。沈約宣旨,又請尅日。先生雖疏數日,而正處四月八日丙寅也。"

作《改天監元年赦詔》。

作《梁武帝踐祚後與諸州郡敕》。

作《為武帝與謝朏敕》。《謝朏傳》:"高祖踐阼,徵朏為侍中……不屈。仍遣領軍司馬王果宣旨敦譬。"

作《為武帝與何胤敕》。《何胤傳》:"高祖踐阼,詔為特進、右光禄大夫。手敕云云。"

"高祖受禪,為尚書僕射,封建昌縣侯,邑千户,常侍如故。又拜約母謝為建昌國太夫人"(《本傳》)。

作《讓僕射表》。

作《謝封建昌侯表》。

作《謝母封建昌國太夫人表》。

建議殺齊和帝。《資治通鑒》卷一四五:"(天監元年四月)戊辰,巴陵王(即和帝)卒。時上欲以南海郡為巴陵國,徙王居之。沈約曰:'古今殊事,魏武所云"不可慕虛名而受實禍。"'上頷之,乃遣所親鄭伯禽詣姑孰……就摺殺之。"

作《封授臨川等五王詔》(據《武帝紀中》)。

作《梁武帝郗后謚議》。《高祖郗皇后傳》:"高祖踐阼,追崇為皇后,有司議謚,吏部尚書兼右僕射臣約議云云。"

作《答詔訪古樂》。《隋書·音樂志上》:"武帝思弘古樂,天監元年,遂下詔訪百僚……於是散騎常侍、尚書僕射沈約奏答云云。"

作《俊雅》《皇雅》等三十曲。《隋書·音樂志上》:"乃定郊禋宗廟及三朝之樂……其辭並沈約所製。"

作《梁鞞舞歌·明之君六首》。歌云:"大梁七百始,天監三元初。"本篇作於本年。

作《梁鼓吹曲十二首》。據《隋書·音樂志上》,作於梁初,附繫於此。

作《白銅鞮歌》三首。《隋書·音樂志上》:"初武帝之在雍鎮,有童謠云:'襄陽白銅蹄,反縛揚州兒。'……即位之後,更造新聲,帝自爲之詞三曲,又令沈約爲三曲,以被弦管。"

參議五禮。徐勉《上修五禮表》:"天監元年,佟之啓審省置之宜……尚書僕射沈約等參議,請五禮各置舊學士一人,人各自舉學士二人,相助抄撰。"

參定新律令。《隋書·刑法志》:"天監元年八月,乃下詔……尚書令王亮、侍中王瑩、尚書僕射沈約、吏部尚書范雲、長兼侍中柳惲、給事黃門侍郎傅昭、通直散騎常侍孔藹、御史中丞樂藹、太常丞許懋等,參議斷定,定爲二十篇。"定新律事又見《武帝紀中》《柳惲傳》。

作《丞相長沙宣武王墓志銘》。《長沙嗣王業傳》:"天監元年,追崇丞相,封長沙郡王,謐曰'宣武'。"

作《齊太尉王儉碑銘》。《南齊書·王儉傳》:"今上(指梁武帝)受禪,下詔爲儉立碑。"

作《立太子詔》。《昭明太子傳》:"天監元年十一月,立爲皇太子。"

作《棋品序》。《柳惲傳》:"天監元年,除長兼侍中,與僕射沈約等共定新律……惲善奕棋,帝每敕侍坐,仍令定棋譜,第其優劣。"

作《酬荆雍義士獻物者詔》。

《資給何點詔》作於本年和二年間。暫繫於此。

《梁武帝立内職詔》《爲武帝搜訪隱逸詔》《上言宜校勘譜籍》作於天監初，附繫於此。

爲謝朓子謨爲書狀如詩贈永世公主。《南史·謝裕附謝朓傳》：“（朓）與梁武以文章相得，帝以……第二女永世公主適朓子謨……及武帝即位……意薄謨，又以門單……以與王志子諲。而謨不堪嘆恨，爲書狀如詩贈主。主以呈帝，甚蒙矜嘆，而婦終不得還……時以爲沈約早與朓善，爲製此書云。”暫繫於此。按：書今佚。

啓請釋慧約入省。《續高僧傳》卷六《釋慧約傳》：“天監元年，沈爲尚書僕射，啓敕請入省住。”

面試朱异。《朱异傳》：“年二十，詣都，尚書令沈約面試之。因戲异曰：‘卿年少，何乃不廉？’异逡巡未達其旨。”據《朱异傳》及《武帝紀下》，本年朱异年二十。按：約爲尚書令在天監六年（詳下），《朱异傳》誤記。

天監二年癸未（503）六十三歲

“（二年正月）乙卯，以尚書僕射沈約爲尚書左僕射”（《武帝紀中》）。“尋兼領軍，加侍中”（《本傳》）。

武帝不允約參國政。《南史·周舍傳》“范雲卒，僉以沈約允當樞管，帝以約輕易不如徐勉，於是勉、捨同參國政”，作《授蔡法度廷尉制》。

作《尚書右僕射范雲墓志銘》。《范雲傳》：“二年，卒，時年五十三。”

任昉作《與沈約書》論范雲（載《藝文類聚》卷三十四）。《文選·任昉〈出郡傳舍哭范僕射〉》李善注引《梁典》:"天監二年,僕射范雲卒。任昉自義興貽沈約書云云。"

作《侍宴謝朏宅餞東歸應制》。《謝朏傳》:"(天監二年六月)輿駕出幸朏宅,醼語盡歡。朏固陳本志,不許;因請自還東迎母,乃許之。臨發,輿駕復臨幸,賦詩餞別。王人送迎,相望於道。"

作《法王寺碑》。據《建康實錄》卷十七《梁上·高祖武皇帝》,天監二年置法王寺。

十一月"乙亥,尚書左僕射沈約以母憂去職"。(《武帝紀中》)《本傳》:"天監二年,遭母憂,輿駕親出臨弔,以約年衰,不宜致毀,遣中書舍人斷客節哭。"

天監三年甲申(504)六十四歲

春正月戊申"前尚書左僕射沈約爲鎮軍將軍"。(《武帝紀中》)"起爲鎮軍將軍、丹陽尹、置佐史"(《本傳》)。

以劉孺爲主簿。《劉孺傳》:"起家中軍法曹行參軍,時鎮軍沈約聞其名,引爲主簿,常與游宴賦詩,大爲約所嗟賞。"

作《梁武帝北伐詔》(考證從略)。

作《梁武帝恩赦詔》(一)。《南史·梁本紀上》本年六月下詔視冤酷並大赦。本文云:"受天明命""於今三載"。

作《均聖論》。據陶弘景《難鎮軍〈均聖論〉》,本文作於爲鎮軍將軍時。

作《答陶隱居〈難均聖論〉》。

作《還園宅奉酬華陽先生》。詩云:"徒叨令尹秩。"當作於丹陽尹時。暫繫於此。

遣裙衫迎任昉。《任昉傳》:"天監二年,出爲義興太守……及被代登舟,止有米五斛。既至無衣,鎮軍將軍沈約遣裙衫迎之。"據

《曹景宗傳》，司州城陷（本年八月），任昉已官御史中丞。

祖道丘遲於東亭。《金樓子》卷六《雜記篇上》：“丘遲出爲永嘉郡，群公祖道於東亭，敬子、沈隱侯俱至。”據《丘遲傳》，丘遲出爲永嘉太守在本年。

天監四年乙酉（505）六十五歲

仍官鎮軍將軍，丹陽尹。詳下。

參詳大典。《隋書・禮儀志一》：“梁武帝始命羣儒，裁成大典……又命沈約、周捨、徐勉、何佟之等，咸在參詳。”徐勉《上修五禮表》：“佟之亡後，以鎮北諮議參軍伏晅代之……復以禮儀深廣，記載殘缺，宜須博論，共盡其致，更使鎮軍將軍丹陽尹沈約、太常卿張充及臣三人同參厥務。”據《武帝紀中》，置《五經》博士在本年正月，又據《隋書・禮儀志》，記載何佟之議至本年爲止。

作《南郊恩詔》。《武帝紀中》：“（正月）辛亥，輿駕親祠南郊，赦天下。”

作《上巳華光殿》。《梁書・張率傳》：“（天監）四年三月，禊飲華光殿。”

贊賞蕭幾《楊平南誄》。《蕭幾傳》：“公則卒，幾爲之誄，時年十五，沈約見而奇之，謂其舅蔡撙曰：‘昨見賢甥楊平南誄文，不減希逸之作，始驗康公積善之慶。’”據《楊公則傳》，公則卒於本年。

天監五年丙戌（506）六十六歲

“鎮軍將軍沈約爲右光禄大夫”（《武帝紀中》）。“服闋，遷侍中、右光禄大夫，領太子詹事，揚州大中正，關尚書八條事，遷尚書令，侍中、詹事、中正如故”（《本傳》）。

遭蕭穎達罵。《南史・齊宗室・南豐伯赤斧附子穎達傳》：“出爲豫章内史，意甚憤憤。未發前，預華林宴，酒後於座辭氣不悦。

沈約因勸酒,欲以釋之。穎達大罵約曰:'我今日形容,正是汝老鼠所爲,何忽復勸我酒!'舉座驚愕。"據本傳及《沈瑀傳》,曹景宗卒後穎達爲江州刺史,出爲豫章内史當在五、六年間。暫繫於此。

辨析東夷罨盂。《太平廣記》卷一九七引《史系》:"天監五年,丹陽山南得瓦物,高五尺,圍四尺,上銳下平,蓋如合焉。中得劍一,瓷具數十,時人莫識。沈約云:'此東夷罨盂也,葬則用之代棺。此制度卑小,則隨當時矣。東夷死則坐葬之。'武帝服其博識。"

作《樂游苑餞吕僧珍》。《吕僧珍傳》:"五年夏,又命僧珍率羽林勁勇出梁城。"

作《齊禪林寺尼净秀行狀》。據行狀,尼净秀本年八月卒。

作《正陽堂宴勞凱旋》。據《吕僧珍傳》,本年冬僧珍等"旋軍"。

作《梁武帝恩赦詔》(二)。據《武帝紀中》,本年十一月大赦天下。

作《司徒謝朏墓志銘》。據《武帝紀中》,謝朏卒於本年十二月。

謝朏卒(詳上)。

天監六年丁亥(507)六十七歲

作《使四方士民陳刑政詔》。《武帝紀中》:"六年春正月辛酉朔,詔云云。"

"(夏四月)右光禄大夫沈約爲尚書左僕射。(《武帝紀中》)'改授尚書左僕射、領中書令、前將軍,置佐史,侍中如故。'"(《本傳》)

華光殿賦韻連句。《南史·曹景宗傳》:"景宗振旅凱入,帝於華光殿宴飲連句,令左僕射沈約賦韻……時韻已盡,唯餘競病二字。景宗便操筆,斯須而成……約及朝賢驚嗟竟日。"《南史·梁本紀上》:"(天監六年夏四月)癸巳,曹景宗、韋叡等破魏師於邵陽洲。"賦韻連句在凱旋之後,時約已爲左僕射。

作《正會乘輿論》。《隋書·禮儀志四》:"天監六年詔曰……尚書僕射沈約議云云。"

作《王茂加侍中詔》。《王茂傳》:"(六年)改授侍中、中衛將軍,領太子詹事。"

作《上錢隨喜光宅寺啓》。《建康實錄》卷十七《高祖武皇帝》:"(天監六年八月)置光宅寺。"

閏十月"尚書左僕射沈約爲尚書令、行太子少傅"(《武帝紀中》)。

作《拜尚書令到都上表》。

稱馮道根爲大樹將軍。《馮道根傳》:"高祖嘗指道根示尚書令沈約曰:'此人口不論勳。'約曰:'此陛下之大樹將軍也。'"暫繫於此。

稱贊蕭子顯《鴻序賦》。《蕭子顯傳》:"嘗著《鴻序賦》,尚書令沈約見而稱曰:'可謂得明道之致,蓋《幽通》之流也。'"暫繫於此。

虛襟引接孔休源。《孔休源傳》:"尚書令沈約當朝貴顯,軒蓋盈門,休源或時後來,必虛襟引接,處之坐右,商略文義。"暫繫於此。

覽顧協策文而贊嘆。《顧協傳》:"舉秀才,尚書令沈約覽其策而嘆曰:'江左以來,未有此作。'"暫繫於此。

策劉顯經史事。《劉顯傳》:"丁母憂,服闋,尚書令沈約命駕造焉,於坐策顯經史十事,顯對其九。約曰:'老夫昏忘,不可受策;雖然,聊試數事,不可至十也。'顯問其五,約對其二。"暫繫於此。

引劉顯爲五官掾。《劉顯傳》:"及約爲太子少傅,乃引爲五官掾。"

郊居宅閣齋新成,書何思澄《游廬山詩》、劉杳《贊》二首、劉顯《上朝詩》於壁。《文學何思澄傳》:"(爲)平南安成王行參軍,兼記室。隨府江州，爲《游廬山詩》，沈約見之，大相稱賞，自以爲弗逮，月郊居宅新構閣齋，因命工書人題此詩於壁。"據《太祖五王傳》，安成王蕭秀六年爲江州刺史，七年遷荊州刺史。閣齋新成必在本年。《文學劉杳傳》："約郊居宅時新構閣齋，杳爲贊二首，並以所撰文章呈約，約即命工書人題其贊於壁。"《劉顯傳》："嘗爲《上朝詩》，沈約見而美之，時郊居宅新成，因命工書人題之於壁。"

作《報劉杳書》稱賞其二《贊》。詳上。

時稱當世辭宗。詳下。

咨嗟吟詠王筠文，題其《草木十詠》於閣齋。《王筠傳》："尚書令沈約，當世辭宗，每見筠文，咨嗟吟詠，以爲不逮也……約於郊居宅造閣齋，筠爲草木十詠，書之於壁。"

《郊居賦》作於爲尚書令、領太子少傅時。《郊居賦》："翼儲光於三善，長王職於百司。"暫繫於此。

作《報王筠書》。《王筠傳》："約製《郊居賦》，構思積時，猶未都畢，乃要筠示其草……筠又嘗爲詩呈約，即報書云云。"附繫於此。

啓高祖曰："晚來名家，唯見王筠獨步"（《王筠傳》）。附繫於此。

作《光宅寺刹下銘》。據銘文，作於閏十月。

《大言應令》《細言應令》。此二詩應昭明太子作，應在領太子少傅時。暫繫於此。

作《答釋法雲書〈難范縝神滅論〉》。《續高僧傳》卷五《釋法雲傳》："中書郎順陽范軫（縝）著《神滅論》，羣僚未詳其理，先以奏聞。有敕令雲答之……又與少傅沈約書……約答云云。"《弘明集》作《尚書令沈約答》。知此時約爲尚書令領太子少傅。《弘明集》答云書者，吏部尚書徐勉，據《武帝紀中》，天監六年爲吏部尚書；領軍將軍曹景宗，七年四月爲江州刺史，八月卒。本文定作於六年十月至七年四月之間。答法雲書者，右僕射袁昂，據《袁昂傳》，六年兼右僕射，七年除國子祭酒；右衛將軍韋叡，據《韋叡傳》，六年爲右衛將軍，七年遷左衛將軍。亦可證作於六、七年之間。

又作《難范縝〈神滅論〉》。據前引，《神滅論》文本當於本年或次年初發佈。

天監七年戊子(508)六十八歲

作《上建闕表》。《武帝紀中》：“（七年正月）作神龍、仁虎闕於端門、大司馬門外。”表或作於此時。

作《太常卿任昉墓志銘》。據《任昉傳》，任昉本年卒於新安太守官舍，年四十九。

與賀縱共勘任昉書目。《任昉傳》：“昉卒後，高祖使學士賀縱共沈約勘其書目。”

作《奉華陽王外兵》。據《華陽陶隱居傳序》，陶弘景易氏號訪遏獄在本年。

任昉卒（據《任昉傳》）。

天監八年己丑(509)六十九歲

有志臺司，帝不用。《本傳》：“初，約久處端揆，有志臺司，論者咸謂爲宜，而帝終不用，乃求外出，又不見許。”端揆，尚書省長官，詳《晉書·職官志》。約於六年四月爲尚書令，明年正月爲左光禄大夫。

作《南郊恩詔》。《武帝紀中》：“八年春正月辛巳，輿駕親祠南郊，赦天下，内外文武各賜勞一年。”與詔文合。

作《捨身願疏》。疏云：“天監之八年，年次玄枵。”

以太子少傅身份侍昭明講《孝經》。《昭明太子傳》：“八年九月，於壽安殿講《孝經》，盡通大義。"《徐勉傳》："嘗於殿内講《孝經》，臨川靖惠王、尚書令沈約備二傅。"按：臨川王蕭宏時爲太子太傅。

《爲始興王讓儀同表》疑作於八、九年間。始興王，蕭憺。

徐勉致書沈約，求換侍講。《徐勉傳》："臨川靖惠王、尚書令沈約備二傅，勉與國子祭酒張充爲執經……又與沈約書，求換侍講，詔不許，然後就焉。"

天監九年庚寅(510)七十歲

"正月乙亥，以尚書令、行太子少傅沈約爲左光禄大夫，行少傅如故"(《武帝紀中》)。

"給鼓吹一部"(《本傳》)。

作《與徐勉書》。《本傳》："約久處端揆……與徐勉素善，遂以書陳情於勉云云。"

致書陶弘景。《華陽陶隱居内傳》卷中："沈約嘗因疾，遂有挂冠志。疾愈，復流連簪紱，先生封前書以激其志。"書今佚。詳下。

作《致仕表》。《華陽陶隱居内傳》卷中："沈約嘗因疾……約啓云，上不許。陳乞。先生嘆曰：‘此公乃爾塞薄。’"《與徐勉書》："開年以來，病增慮切，當由生靈有限，勞役過差，總此凋竭，歸之暮年……冒欲表聞，乞歸老之秩。"知致陶書與上表與《與徐勉書》前後而作。

徐勉爲請三司之儀。《本傳》："有志臺司……勉爲言於高祖，請三司之儀，弗許，但加鼓吹而已。"

作《謝賜新曆表》(考證從略)。

《上疏論選舉》，據《通典》卷十六作於天監中，暫繫於此。

天監十年辛卯(511)七十一歲

天監十一年壬辰(512)七十二歲

春正月"加左光禄大夫、行太子少傅沈約特進"(《武帝紀中》)。

策栗事,得罪武帝。《本傳》:"先此(指論張稷事,詳下年),約嘗侍讌,值豫州獻栗,徑寸半,帝奇之,問曰:'栗事多少?'與約各疏所憶,少帝三事(《太平御覽》卷一九七引《盧氏雜說》作帝得十餘事,約得九事)。出謂人曰:'此公護前,不讓即羞死。'帝以其言不遜,欲抵其罪,徐勉固諫乃止。"暫繫於此。

有憂生之嗟。《續高僧傳》卷六《釋慧約傳》:"(天監)十一年,(沈約)臨丹陽尹,無何而嘆,有憂生之嗟。"

作《江南弄四首》。據《樂府詩集》卷五十引《古今樂録》,《江南弄》天監十一年冬改《西曲》而製,"沈約作四曲"。

天監十二年癸巳(513)七十三歲

論張稷事,因病。《本傳》:"初,高祖有憾於張稷,及稷卒,因與約言之。約曰:'尚書左僕射出作邊州刺史,已往之事,何足復論。'帝以爲婚家相爲,大怒曰:'卿言如此,是忠臣邪!'乃輦歸内殿。約懼,不覺高祖起,猶坐如初。及還,未至牀,而憑空頓於户下,因病。"《張稷傳》:"州人徐道角等夜襲州城,害稷,時年三十六。"據《魏書·世宗紀》,張稷被殺在延昌二年(即天監十二年)二月庚辰。

作《臨終遺表》。

閏三月乙丑,"特進、中軍將軍沈約卒"(《武帝紀中》)。《本傳》:"因病……乃呼道士奏赤章於天,稱禪代之事,不由己出。高祖遣上省醫徐奘視約疾,還具以狀聞……及聞赤章事,大怒,中使譴責者數焉,約懼遂卒。"

謚隱侯。《本傳》:"有司謚曰文,帝曰:'懷情不盡曰隱。'故改爲隱云。"

沈約的事道及其仙道詩

　　南朝的士人，不少人兼習儒、釋、道。梁武帝蕭衍《述三教詩》[①]云："少時學周孔，弱冠窮六經。""中復觀道書，有名與無名。""晚年開釋卷，猶日映衆星。"蕭衍先學儒、道，晚年歸之於佛。在他登基作皇帝的第三年，即天監三年(504)，作《敕捨道事佛》，宣稱捨儒、道歸佛。《述三教詩》作於下此詔後，他以日比佛，以儒、道比衆星，云："窮源無二聖，測善非三英。"試圖以佛教來統一儒、釋、道。南齊的張融也兼習三教，建武四年(482)，病卒，臨終曰："吾生平所善，自當凌雲一笑。三千買棺，無製新衾。左手執《孝經》、《老子》，右手執小品《法華經》。"(《南齊書·張融傳》)[②]張融之外，還有顧歡。不過，張、顧雖然調和三教，則與蕭衍不同，他們是歸之於道。

　　沈約也是兼習儒、釋、道而歸於道的。沈約(441—513)，字休文，吳興武康(今浙江德清)人。年十三，父沈璞被宋孝武帝所殺，約幼潛竄得免。他在母親謝氏的督促下，勤奮學習，晝夜不倦，終於博通群籍，熟悉儒家經典，故梁初得以參與制定大典，議五禮，定新律，並製作梁郊廟歌辭三十來曲。沈約習佛，不知始於何年，現

　　① 張溥編：《梁武帝集》，清光緒己卯夏信述堂重刻《漢魏六朝百三家集》本。
　　② 蕭子顯：《南齊書》卷四十一，中華書局，1972年，第729頁。

存作品有關釋教最早的是《棲禪精舍銘》，作於宋元徽三年(475)，這一年他三十五歲。沈約有關釋教的作品，集中在劉宋永明和梁天監三年以後。永明元年(483)，沈約爲文惠太子蕭長懋太子家令；五年，爲司徒竟陵王蕭子良右長史。文惠太子和竟陵王都篤信佛教，經常招集名僧誦經、發講、齋戒。永明間沈約寫了《爲齊竟陵王發講疏》《比丘尼僧敬法師碑》《爲文惠太子解講疏》《南齊僕射王奐枳園寺刹下石記》等有關釋教的作品。沈約有關釋教的重要論文，例如《均聖論》《答陶隱居〈難均聖論〉》《內典序》《佛記序》《形神論》《難范縝〈神滅論〉》等，都作於天監三年以後。

　　由於沈約永明間一直是文惠太子和司徒竟陵王的官屬，又由於寫過一些宣揚佛教神不滅的論文，論者常常將他劃歸於信奉佛教的文人。上文説過，沈約儒、釋、道兼習，依筆者之見，他雖然虔誠地寫了《千僧會願文》《捨身願疏》《懺悔文》及一系列佛教論文，但他骨子裏所信奉的仍然是道教。我們知道，沈約的父親由於没能及時迎接宋孝武帝而遭殺身之禍，不僅給沈約造成心靈創傷，而且造就了他逢時屈順帝王的軟弱性格，在政治上如此，在宗教文化信仰上更是如此。我們不是説，沈約習佛絲毫不是出於本意，南朝中三教並習的大有人在；而是説逢時和屈順恐怕還是主要的。

　　照筆者的觀點看，沈約骨子裏奉事的是道。其理由有三：首先，吳興沈氏累世事道。《宋書·自序》："錢唐人杜子恭通靈有道術，東土豪家及京邑貴望，並事之爲弟子，執在三之敬。(沈)警累世事道，亦敬事子恭。子恭死，門徒孫泰、泰弟子恩傳其業，警復事之。隆安三年(399)，恩於會稽作亂，自稱征東將軍，三吳皆響應。(沈)穆夫時在會稽，恩以爲前部參軍、振武將軍、餘姚令。其年十二月二十八日，恩爲劉牢之所破……警及穆夫、弟仲夫、任夫、預

夫、佩夫並遇害,唯穆夫子淵子、雲子、田子、林子、虔子獲全。"①沈
警是沈約的高祖,沈穆夫是曾祖,沈林子是祖父。吳興沈氏,齊梁
除了沈約之外,《南史·沈慶之傳附沈僧昭傳》載沈僧昭亦事道:
"僧昭別名法朗,少事天師道士。"②孤立來看吳興沈氏的累世事
道,或有偶然性,陳寅恪先生《天師道與濱海地域之關係》一文(載
《金明館叢稿初編》)第七章"東西晉南北朝之天師道世家"③舉琅
邪王氏、高平郗氏、吳郡杜氏、會稽孔氏、義興周氏、陳郡殷氏、丹陽
葛氏、東海鮑氏、丹陽許氏和陶氏,以及吳興沈氏爲例,說明這個很
長的歷史時期内,累世事道的不祇一姓一氏。沈約祖上累世事道;
他也事道,有一定的必然性。

其次,南齊明帝蕭鸞、東昏侯蕭寶卷亦事道,在這將近十年的
時間,沈約事道的思想得到比較充分的表現。《南齊書·明帝紀》:
"潛信道術,用計數,出行幸,先占利害。"④同書《東昏侯紀》:"信鬼
神,崔慧景事時,拜蔣子文神爲假黄鉞、使持節、相國、太宰、大將
軍、録尚書、揚州牧、鍾山王。至是又尊爲皇帝。迎神像及諸廟雜
神皆入後堂,使所親巫朱光尚禱祀祈福。"⑤鬱林王隆昌元年
(494),沈約出爲東陽郡,還攜京城草堂寺釋慧約一起前往。這一
年,明帝先後廢鬱林王、海陵王自立,改元建武。沈約在東陽曾作
書邀著名道士陶弘景,在東陽時還寫下《贈留真人祖父教》《游金華
山》《留真人東山還》《登玄暢樓》《赤松澗》等與道有關的詩文。沈

---

① 沈約:《宋書》卷一〇〇,中華書局,1974 年,第 2445—2446 頁。
② 李延壽:《南史》卷三十七,中華書局,1975 年,第 970 頁。
③ 陳寅恪:《金明館叢稿初編》,生活·讀書·新知:三聯書店,2001 年,第 17—38 頁。
④ 蕭子顯:《南齊書》卷六,中華書局,1972 年,第 92 頁。
⑤ 蕭子顯:《南齊書》卷七,中華書局,1972 年,第 105 頁。

約的友人謝朓,其《酬德賦》形容沈約這一時期事道的活動云:"聞夫君之東守,地隱蓄而懷僊;登金華以問道,得石室之名篇……歷星術之熠耀,浮天潢之瀴溟。機九轉於玉漿,練七明於神鼎。"①在明帝崩,東昏侯即位這一年,沈約終於有機會暫憩桐柏山金庭館事道,東昏侯還爲他置道士十人。此時,沈約寫了《金庭館碑》和《游沈道士館》。《金庭館碑》記其事云:"永泰元年,方遂初願。遂遠出天台,定居兹嶺,所憩之山,實惟桐柏。靈聖之下都,五縣之餘地……桐柏所在,厥號金庭,事曷靈圖,因以名館。聖上曲降幽情,留信彌密,置道士十人,用祈嘉祉。約以不才,首膺斯任,永棄人群,竄景窮麓。結懇志於玄都,望霄容於雲路。"②這一時期,沈約還拜陶弘景爲師,作《陶先生登樓不復下》等詩。東昏侯尊蔣子文爲鍾山王,沈約還作有《賽蔣山廟文》。

再次,沈約晚年,事道思想再次抬頭。自梁武帝宣佈三教歸釋之後,沈約曾不遺餘力鼓吹佛並且和陶弘景辯論"内聖外聖,義均理一"③的問題,陶不同意他的觀點,便反復辯難。然而,梁武帝蕭衍仍未重用沈約,不讓他參與國政,沈約未免有些失意的感覺,何況,他已經是七十歲左右的老人。有一次他生了病,致書陶弘景,表達挂冠之志,等到病好了,又"連留簪紱",陶弘景便封沈約前書"以激其志",甚至説:"此公乃爾蹇薄"④。晚年,沈約和陶弘景仍

---

① 嚴可均輯:《全上古三代秦漢三國六朝文·全齊文》卷二十三,中華書局,1958年,第2919頁。

② 嚴可均輯:《全上古三代秦漢三國六朝文·全梁文》卷三十一,中華書局,1958年,第3130頁。

③ 嚴可均輯:《全上古三代秦漢三國六朝文·全梁文》卷二十九《均聖論》,中華書局,1958年,第3118頁。

④ 賈嵩:《華陽陶隱居内傳》卷中,《續修四庫全書》第1294册,上海古籍出版社,2002年,第218頁。

有來往。天監十二年(513)，沈約因論張稷事，引起武帝大怒，帝曰："卿言如此，是忠臣邪!""約懼，不覺高祖起，猶坐如初。及還，未至牀，而憑空頓於户下，因病，夢齊和帝以劍斷其舌。召巫視之，巫言如夢。乃呼道士奏赤章於天，稱禪代之事，不由己出。"(《梁書》本傳)① 病而召巫，爲道者往往爲之。試舉一例：

> 上初有疾，無輟聽覽，秘而不傳。及寢疾甚久，敕臺省府署文簿求白魚以爲治，外始知之。身衣絳衣，服飾皆赤，以爲厭勝。巫覡云："後湖水頭經過官内，致帝有疾。"……帝決意塞之，欲南引淮流。(《南齊書·明帝紀》)②

臨終之際，上章首過，也爲道家之法，仍舉一例：

> 王子敬病篤，道家上章應首過，問子敬"由來有何異同得失?"子敬云："不覺有餘事，惟憶與郗家離婚。"(《世説新語·德行》)③

王子敬即王獻之，王氏世事五斗米道。沈約病而召巫，臨終上章首過，足見其骨子裏信的是道。

　　沈約釋道思想，不同時期有不同的表現，但最終還是歸回於道。他的仙道詩大多作於齊明帝、東昏侯時期，最有代表性的是《游沈道士館》，此詩見《文選》卷二十二，而宋高似孫《剡録》卷六作

①　姚思廉：《梁書》卷十三，中華書局，1973年，第243頁。
②　蕭子顯：《南齊書》卷六，中華書局，1972年，第92頁。
③　余嘉錫：《世説新語箋疏》上卷上"德行第一"，中華書局，1983年，第40頁。

《游沈道士金庭館》，沈約有《金庭館碑》，作於永泰元年（498），詩當也是前後而作。詩云：

> 秦皇御宇宙，漢帝恢武功。懽娛人事盡，情性猶未充。銳意三山上，托慕九霄中。既表祈年觀，復立望仙宮。寧爲心好道？直由意無窮！曰余知止足，是願不須豐。遇可淹留處，便欵息微躬。山嶂遠重疊，竹樹近蒙籠。開衿濯寒水，解帶臨清風。所累非外物，爲念在玄空。朋來握石髓，賓至駕輕鴻。都令人逕絕，唯使雲路通。一舉陵倒景，無事適華嵩。寄言賞心客，歲暮爾來同。[1]

按語意，本詩可分爲三節。前十句爲第一節，寫秦皇漢武並非真好道。秦始皇統一中國，是爲"御宇宙"；漢武發動三次大規模的對匈奴戰爭，是爲"恢武功"。在詩人看來，御宇恢武，拓邊開土，也不過是一己之歡娛而已。他們以一國之至尊，盡人世之懽娛，而其"情性"仍不滿足，因而"銳意三山上，托慕九霄中"。秦始皇求不死之藥，派遣徐市發童男女數千人入海求不死之藥，並令博士作《仙真人詩》。漢武帝"益發船，令言海中神山者數千人求蓬萊神人"，甚至親自"東至海上望，冀遇蓬萊"（《史記·封禪書》）[2]。他們還在京城和各地建造了"祈年"、"望仙"等等宮觀。"寧爲心好道？直由意無窮！"上句反問，下句感嘆。秦皇漢武並非真正好道，他們的所作所爲，衹是歡娛的欲望無窮而已！秦皇漢武實際上是假好道者。

---

① 蕭統編，李善注：《文選》卷二十二，中華書局影清胡克家刻本，1977年，第320頁。

② 司馬遷：《史記》卷二十八《封禪書》，中華書局，1959年，第1397—1398頁。

沈約憩於金庭館在明帝已崩，東昏侯即位之後。明帝也是"好道"
的，但他爲了篡奪皇位滿足其一己私欲，其手段之殘酷，南朝以來
未有："延興建武中，凡三誅諸王，每一行事，高宗輒先燒香火，嗚咽
涕泣，衆以此輒知其夜當相殺戮也。"(《南齊書·武十七王傳》)①
沈約所事奉的天師道，是五斗米道的一派。《三國志·魏書·張魯
傳》云："其來學道者，皆教以誠信不欺詐。有病自首其過。"②明帝
所作所爲，去道義甚遠，更談不上好道。次八句爲第二節，寫自己
淡於名利，游道士館而自得其樂。"止足"，即知止知足。《老子》
云："知足不辱，知止不殆。"《梁書·止足傳》進一步云："不知夫進
退，不達乎止足，殆辱之累，期月而至矣。"③詩中説，自己知止知
足，其願不多。"不須豐"與上文"意無窮"形成鮮明對照。能淹留
處且淹留，不必強圖進取。"山嶂"四句寫出游館的輕鬆和愉快。
澗水可以濯去身上的塵滓；清風，又可滌蕩胸中的陰霾。後十句爲
第三節，説自己憩於沈館，一定能得道。"所累非外物，爲念在玄
空。"是上文"止足"、"不須豐"的升華。不爲外物所累，故能超然物
外，升華爲玄道。沈館就是一個能得玄道的好地方，是大可不必遠
上華山嵩山去求道的。

　　隆昌元年(494)，沈約出爲東陽太守，便"意在止足"④，其時武
帝崩，年僅二十二歲鬱林王即位，蕭鸞輔政，沈約的友人王融旋即
死於非命。永泰元年，明帝崩，年僅十六歲的東昏侯即位，沈約再
次申言自己"知止足"，並借游沈館之機，曲折表達對假好道者如明

　　① 蕭子顯：《南齊書》卷四十，中華書局，1972年，第713頁。
　　② 陳壽：《三國志》卷七，中華書局，1964年，第263頁。
　　③ 姚思廉：《梁書》卷五十二，中華書局，1973年，第757頁。
　　④ 沈約：《與徐勉書》(姚思廉：《梁書》卷十三《沈約傳》，中華書局，1973年，第235頁)。

帝等的不滿。

沈約出守東陽時所作的仙道詩，雖然沒有後來所寫的《游沈道士館》深刻，但頗具郭璞《游仙詩》的情調。《游金華山》前半寫對金華山這座靈山羨慕已久，後半企望入山修道："若蒙羽駕迎，得奉金書召。高馳入閶闔，方覿靈妃笑。"①"靈妃笑"，使人想起郭璞《游仙詩》"靈妃顧我笑，粲然啓玉齒"的句子。《赤松澗》一詩云：

> 松子排煙去，英靈眇難測。惟有清澗流，潺湲終不息。神丹在茲化，雲軿於此陟。願受金液方，片言生羽翼。渴就華池飲，飢向朝霞食。何時當來還，延佇青岩側。②

赤松澗在金華。《藝文類聚》卷七十八引《列仙傳》："赤松子，神農時雨師，服水玉，教神農，能入火自燒。至崑崙山西王母石室，隨風雨上下。炎帝少女追之，亦得仙俱去。"③赤松子神話般的傳說，引起詩人無限的神往，他是多麼希望也能結廬於青岩呵！有些不是專門表現仙道的詩，時也流露出詩人白雲青岩之志："洞井含清氣，漏穴吐飛風。玉寶膏滴瀝。石乳室空籠。峭崿途彌險，崖岨步纔通……秩滿歸白雲，淹留事芝髓。"④沈約在詩中反復表現懷仙問道的思想，與當時殘酷的政治環境有關。沈約出守東陽，正是明帝登基前後處心積慮殺害高帝、武帝子孫的時期。沈約又是竟陵王

① 沈約撰，陳慶元校箋：《沈約集校箋》卷十，浙江古籍出版社，1995 年，第346 頁。
② 沈約撰，陳慶元校箋：《沈約集校箋》卷十，浙江古籍出版社，1995 年，第364 頁。
③ 歐陽詢：《藝文類聚》卷七十八，上海古籍出版社，1982 年，第 1328 頁。
④ 沈約：《八詠·被褐守山東》(沈約撰，陳慶元校箋：《沈約集校箋》卷十，浙江古籍出版社，1995 年，第 447 頁)。

司徒蕭子良的長史，明帝對他怎麼可能非常放心呢？沈約《新安江水至清淺深見底貽京邑游好》云：“紛吾隔囂滓，寧假濯衣巾……願以潺湲水，霑君纓上塵。”①在沈約看來，離開了京城，就是遠離塵囂滓濁世，遠離是非之地。

謝朓對沈約在金華期間的懷仙問道看得更清楚：“悟寰中之迫脅，欲輕舉而舍斿；離寵辱於毀譽，去夭伐於腥膻。”②的確，白雲青岩的道家天地，比起迫脅的寰中，比起夭伐腥膻的京城來要乾凈得多了。我們在讀沈約這類詩時，千萬不要辜負他的一片良苦用心。

沈約也寫過有關釋教的詩，如《入關齋》等。比較釋教的詩，沈約仙道詩不僅數量多，意象鮮明，容色相鮮，而且曲折反映了某些社會內容，表現了自己複雜的情感，有一定的深度。對沈約這個作家和詩人的研究，離不開對他和作品中仙道思想的探討。

---

① 沈約撰，陳慶元校箋：《沈約集校箋》卷十，浙江古籍出版社，1995 年，第351 頁。

② 謝朓：《酬德賦》(嚴可均輯：《全上古三代秦漢三國六朝文·全齊文》卷二十三，中華書局，1958 年，第 2919 頁)。

梁武帝蕭衍的文學活動及其文學觀

　　蕭衍（465—549），是梁代的開國皇帝，他於天監元年（502）登基代齊，在位長達 49 年之久。他壽命之長，在位時間之久，自東漢以來，没有一個皇帝可以同他相比。蕭衍一生著述甚富，據《梁書》本紀和《隋書·經籍志》，有經書方面的著作二百餘卷，《通史》共計六百卷，《梁武帝集》三十二卷，《梁武帝詩賦集》二十卷，《梁武帝浄業賦》三卷，《梁武帝制旨連珠》十卷，並編有《歷代賦》十卷，主持編輯《華林遍略》七百卷及釋氏經典五千四百卷等。史稱“天情睿敏，下筆成章，千賦百詩，直疏便就，皆文質彬彬，超過今古。”[1]蕭衍無疑是魏晉南北朝的重要文學家之一。其文集雖然已經散佚，但明人輯有《梁武帝集》，後世作品還比較豐富。本文擬對蕭衍的文學活動，文學觀及其在梁代文學發展中的得失作些探討，請方家指正。

　　蕭衍的文學活動可以分爲前後兩個時期，以天監元年登基爲界。

　　前期，史籍爲了突出蕭衍的武功和軍事才能，對他的文學活動少有載述，但仍有隻鱗片爪可供研究。齊永明中，“竟陵王子良開

---

① 姚思廉：《梁書》卷三《武帝》下，中華書局，1973 年，第 96 頁。

西邸,招文學,高祖與沈約、謝朓、王融、蕭琛、范雲、任昉、陸倕等並游焉,號曰八友"[①]。竟陵八友的文學活動,以相互唱酬爲主要特色之一,沈、謝、王之間的唱酬之作較多。從蕭衍流傳下來的作品看,他也參與了這種文學活動。永明九年(491)[②],蕭衍爲隋王鎮西諮議參軍,隋王之鎮,任昉、宗夬、王融等以詩送別,他寫下《答任殿中宗記室王中書別詩》。蕭琛當時也在送別行列。但喝醉了酒,當時作不了詩,過後補作《別蕭諮議前夜以醉乖例今晝由醒敬應教詩》。明帝建武中,蕭衍以太子中庶子,領羽林監,出鎮石頭,作《直石頭詩》,謝朓作《和蕭中庶直石頭詩》。

永明間,沈約等人發現了漢語的四聲,並以此制韻,世稱"永明體"。永明體除了用四聲,還有體制比較短小,語言圓美流暢的特點。蕭衍不懂四聲,他的《直石頭詩》寫得比較高古;謝朓的和詩風格與蕭衍相類,而不同於他本人的其他清麗之作。格調比較高古,或者是由駐守石頭城這樣的題材所決定。至於《答任殿中宗記室王中書別詩》所云:

> 問我去何節,光風正悠悠。蘭華時未晏,舉袂徒離憂。緩客承別酒,鳴琴和好仇。清宵一已曙,藐爾泛長洲。眷言無歇緒,深情附還流。

這首詩,與任昉、宗夬、王融諸詩(今並存)情調風格並無二致,而五韻十句,也正是永明詩人常用的形式。不能因爲蕭衍不懂四

---

　①　姚思廉:《梁書》卷一《武帝》上,中華書局,1973年,第2頁。
　②　蕭繹撰,許逸民校箋:《金樓子》卷一:"(高祖)永明九年(491),出爲鎮西諮議。"(中華書局,2011年,第207頁)

聲,就將他排除在永明詩人之外。

沈約《武帝集序》云:"善發談端,精于持論,置壘難踰,摧鋒莫擬。有同成誦,無假含毫,興絕節于高唱,振清辭于蘭畹。至於春風秋月,送別望歸,皇王高宴,心期促賞,莫不超挺睿興,濬發神衷。及登庸歷試,辭翰繁蔚,牋、記風動、表、議雲飛。"①《武帝集》編于入梁之後,沈序可能有所誇大其辭,但蕭衍入梁之前文學活動比較豐富,則可肯定。

天監元年四月,蕭衍即帝位,時年 49 歲,正當富年。天監初,蕭衍于華光殿表彰辭臣,任昉對曰:"臣常竊議,宋得其武,梁得其文"。② 入梁之後,蕭衍以一國之尊倡導文學,並身體力行從事文學活動,頗具號召力和影響力。先看他的創作:

即位之後,更造新聲,自爲《襄陽白銅蹄歌》三首(今存),又令沈約爲三曲,以被絃管。③

天監初,作《登景陽樓》詩(今佚),柳惲奉和,深爲所美。④

天監初,作《七夕詩》(今存),《詔任昉》曰:"聊爲《七夕詩》五韻,殊未近詠歌。卿雖訥於言,而辯於才,可即製付使者。"⑤任昉作答詩,並《奉答勅示七夕詩啓》⑥。

天監初,作《連珠》(今存三首),"詔群臣繼作者數十人,(丘)遲文最美"⑦。

---

① 歐陽詢:《藝文類聚》卷十四,上海古籍出版社,1999 年,第 269 頁。
② 姚思廉:《梁書》卷二十七《劉洽傳》,中華書局,1973 年,第 404 頁。
③ 魏徵、令狐德棻:《隋書》卷十三《音樂志》上,中華書局,1973 年,第 305 頁。
④ 姚思廉:《梁書》卷二十一《柳惲傳》,中華書局,1973 年,第 331 頁。
⑤ 蕭統編,李善注:《文選》卷三十九,中華書局影清胡克家刻本,1977 年,第 555 頁。
⑥ 蕭統編,李善注:《文選》卷三十九,中華書局影清胡克家刻本,1977 年,第 555 頁。
⑦ 李延壽:《南史》卷七十二《丘遲傳》,中華書局,1975 年,第 1763 頁。

天監中，作《春景明志詩》五百字（今佚），"敕在朝之人沈約已
下同作，高祖以僧孺詩爲工。"①

天監十一年（512），改《西曲》製《江南弄》七曲（今存），沈約作
四曲。詳《樂府詩集》卷五十及所引《古今樂録》②。

普通中，作《籍田詩》（今佚），奉詔作者數十人，"高祖以孝綽尤
工"。詳《梁書‧劉孝綽傳》③。

大同三年（543），登北固樓，改"北固"爲"北顧"，賦《登北顧樓
詩》（今存），王勘、到藎受詔作，或辭義清典，或援筆便就。詳《梁
書》本紀、《南史‧王彧附王勘傳》④、《梁書‧到漑附到藎傳》⑤。

入梁以後的蕭衍，已經不是南齊竟陵王西邸"八友"之一的蕭
衍，而是至尊至貴的梁武帝蕭衍了。他的創作，別人作和，也不再
是一般的酬唱，而是臣子對皇上的奉和或者是受詔而作了。由於
蕭衍處在至高無上的地位，他的某些作品，和作或者繼作，少則一
兩人，多則數十人，在當時的文壇上舉足輕重的作用是不言而
喻的。

蕭衍還不時舉辦宴會，置酒賦詩，《藝文類聚》卷五十九録有他
的一首《宴詩》，宴飲賦詩的形式，是一種使蕭衍賜詩給臣下。蕭衍
踐阼不久，論功封柳惔爲曲江縣侯，邑千户，因宴爲詩貽惔曰："爾
寔冠群后，惟余實念功。"⑥張率嘗侍宴賦詩，蕭衍賜率詩曰："東南

---

① 姚思廉：《梁書》卷三十三《王僧孺傳》，中華書局，1973 年，第 471 頁。
② 郭茂倩：《樂府詩集》卷五十，中華書局，1979 年，第 726 頁。
③ 姚思廉：《梁書》卷三十三，中華書局，1973 年，第 482 頁。
④ 李延壽：《南史》卷二十三："又從登北顧樓賦詩，辭義清典，帝甚嘉之。"（中華
書局，1975 年，第 642 頁）。
⑤ 姚思廉：《梁書》卷四十："嘗從高祖幸京口，登北顧樓賦詩，藎受詔便就。"（中
華書局，1973 年，第 569 頁）。
⑥ 姚思廉：《梁書》卷十二《柳惔傳》，中華書局，1973 年，第 217 頁。

有才子,故能服官政。余雖慚古昔,得人今爲盛。"①劉孺侍宴壽光殿,詔群臣賦詩,時孺與張率並醉,未及成,高祖取孺手板題戲之曰:"張率東南美,劉孺雒陽才,攬筆便應就,何事久遲回。"②

　　君臣連句,也是宴飲賦詩的一種重要形式:《藝文類聚》卷五十六錄《清暑殿聯句柏梁體》,除蕭衍外,還有任昉、徐勉、謝覽、陸杲、陸倕等十一人③。《太平廣記》卷二四六引《談藪》錄有《五字疊韻詩》,參與者有武帝、劉孝標、沈約、庾肩吾、徐摛、何遜。"何遜用曹瞞故事曰:暯蘇姑枯廬。"吳均沈思良久,竟無所言。高祖愀然不悦。俄有詔曰:"吳均不均,何遜不遜。宜付廷尉。"④能參與這種連句活動,無疑是很榮光的事,武將們也不示弱。天監六年(507),曹景宗振旅凱入,帝於華光殿宴飲連句,令左僕射沈約賦韻,景宗不得韻,意色不平,啟求賦詩,帝曰:"卿伎能甚多,人才英拔,何必止在一詩。""時韻已盡,唯餘競、病二字,景宗便操筆,斯須而成,帝嘆不已,約及朝賢驚嗟竟日。"上文說吳均沈思無言,何遜不甚得體受責,而曹景宗連句作得好,"於是進爵爲公,拜侍中、領軍將軍"⑤。

　　有時,蕭衍自己並不作詩,而祇命臣下賦詩。一次,他命沈約、任昉等賦詩言志,劉孝綽亦引見。孝綽於坐爲詩七首,"高祖覽其文,篇篇嗟賞"⑥。於是,朝野對他刮目相看。普通六年(525)"高祖於文德殿餞廣州刺史元景隆,詔群臣賦詩,同用五十韻,(王)規

① 姚思廉:《梁書》卷三十三《張率傳》,中華書局,1973年,第475頁。
② 姚思廉:《梁書》卷四十一《劉孺傳》,中華書局,1973年,第591頁。
③ 歐陽詢:《藝文類聚》卷五十六,上海古籍出版社,1999年,第1004頁。
④ 李昉:《太平廣記》卷二四六,中華書局,1961年,第1908頁。
⑤ 李延壽:《南史》卷五十五《曹景宗傳》,中華書局,1975年,第1356頁。
⑥ 姚思廉:《梁書》卷三十三《劉孝綽傳》,中華書局,1973年,第480頁。

援筆立奏，其文又美。高祖嘉焉，即日詔爲侍中。"①宴會中應詔賦詩，拔了個頭籌，立刻晉官加封，實在是大好機會，這比唐宋以後，寒窗十年中進士，授邵佐縣官，無疑有更大的吸引力。

朝宴時，還常常刻燭限刻賦詩。普通七年（526），魏中山王元略還北②，"高祖餞於武德殿，賦詩三十韻，限三刻成。（謝）徵二刻便成，其辭甚美，高祖再覽焉"③。中大通五年（533），"高祖宴群臣樂游苑，別詔（褚）翔與王訓爲二十韻詩，限三刻成。翔於坐立奏，高祖異焉，即日轉宣城王文學"④。宴會上詩作得快，也能得到及時的升遷。

除了詩，蕭衍有時也敕臣下作賦撰文，當然，文、賦比詩費時費事，不是在宴會上限時限刻可以完成的。周興嗣、張率所作的《舞馬賦》，沈約之孫沈衆的《竹賦》，陸倕的《石闕銘》，劉潛的《雍州平等寺金像碑》，到洽的《太學碑》，王筠的《開善寺寶志大師碑文》等，都是奉武帝之命撰成並受到稱許的作品。爲了迎合蕭衍愛文的心理，主動呈詩獻賦、進文更是大有人在。丘遲遷中書郎，坐事免，乃呈《責躬詩》，"上優辭答之"⑤。武帝革命，周興嗣奏《休平賦》；改構太極殿，功華，太子洗馬王規獻《新殿賦》⑥；蕭子暉嘗預重雲殿聽制講《三慧經》，退爲《講賦》奏之，"甚見稱賞"⑦。故史稱"高祖

---

① 姚思廉：《梁書》卷四十一《王規傳》，中華書局，1973 年，第 582 頁。
② 魏收：《魏書》卷九《肅宗孝明帝紀》：孝昌二年五月，"元略自蕭衍還朝"。（中華書局，1974 年，第 243 頁）按：魏孝昌二年即梁普通七年（526）。
③ 姚思廉：《梁書》卷五十《文學謝徵傳》，中華書局，1973 年，第 718 頁。
④ 姚思廉：《梁書》卷四十一《褚翔傳》，中華書局，1973 年，第 586 頁。
⑤ 李延壽：《南史卷》七十二《丘遲傳》，中華書局，1975 年，第 1763 頁。
⑥ 姚思廉：《梁書》卷四十一《王規傳》，中華書局，1973 年，第 581 頁。
⑦ 姚思廉：《梁書》卷三十五《蕭子暉傳》，中華書局，1973 年，第 516 頁。

雅好辭賦，時獻文於南闕者相望焉，其藻麗可觀，或見賞擢"[1]。至於進文而受到賞擢的官員，更不在少數，虞寄曾上《瑞雨頌》，謝蘭曾進《甘露賦》，鮑行卿則上《玉璧銘》，蕭子雲奏《東宮新記》，袁峻乃擬揚雄《官箴》奏之，例子之多不勝枚舉。

　　蕭衍另外一項重要的文學活動是培養新一代的文學家或作家。由齊入梁的老一輩文士，如沈約、江淹、謝朓，天監初年都在六十上下了，范雲也已經五十歲。《梁書·文學劉苞傳》云："自高祖即位，引後進文學之士，苞及從兄孝綽、從弟孺、同郡到溉、溉弟洽、從弟沆、吳郡陸倕、張率並以文藻見知，多預讌坐。"[2]除了陸倕年紀略大一點，劉苞等都在二十歲左右。像劉孝綽、到溉這些人，到了梁代中葉，在文壇上都相當活躍，南齊豫章文獻王蕭嶷之子蕭子範、蕭子顯、蕭子雲、蕭子暉兄弟，入梁時都衹有十餘歲。蕭衍並没有像宋、齊開國之君那樣盡殺前期皇族，而是採取寬容的政策，加以録用。子範兄弟後來都成了梁代重要的文學家。

　　至於蕭衍的幾個兒子，他更是悉心培養。昭明太子在十歲上下，就寫下《大言詩》和《細言詩》。十幾歲時，賦詩便至十數韻。"或命作劇韻賦之，皆屬思便成，無所點易。"[3]簡文帝蕭綱，六歲便能屬文，辭采甚美，蕭衍稱他是"吾家之東阿"[4]。元帝蕭繹，六歲解詩，十七歲之前，已經下筆成章，出言爲論，才辯敏速，冠絕一時。[5]從蕭衍給昭明太子東宮所配的官員，我們可以看出他對太子文才的造就是何等的不遺餘力。昭明幼年時，一代辭宗沈約就

<hr>

[1]　姚思廉：《梁書》卷四十九《文學袁峻傳》，中華書局，1973年，第689頁。
[2]　姚思廉：《梁書》卷四十九《文學劉苞傳》，中華書局，1973年，第688頁。
[3]　姚思廉：《梁書》卷八《昭明太子傳》，中華書局，1973年，第166頁。
[4]　姚思廉：《梁書》卷四《簡文帝紀》，中華書局，1973年，第109頁。
[5]　姚思廉：《梁書》卷五《元帝紀》，中華書局，1973年，第135頁。

領過太子詹事、任過太子少傅，文學家王筠、陸倕、張緬爲太子舍人。在太子十五、六歲的時候，蕭衍特選派王錫、張纘、陸倕、張率、謝舉、王規、王筠、劉孝綽、到洽、張緬爲東宮學士，史稱“十人盡一時之選”①。昭明編輯《文選》，和東宮學士有着密不可分的關係。假如蕭衍不是有意識地對昭明太子進行文才的培養和造就，假如蕭衍没有給昭明太子先後配備一大批包括沈約、劉孝綽這樣的文學家作爲東宮官員，昭明要編出一部至今仍有很大影響的《文選》看來是件困難的事，蕭衍對第三代的關注，主要也是在文方面。西陽王蕭大鈞，七歲就能誦《詩》，蕭衍因賜王羲之書一卷②。南郡王蕭大遷，少俊爽，能屬文，妙達音樂，兼善丹青，他和兄大臨十五歲入國學，而到十八歲，他們都不曾騎過馬，原因是“未奉詔，不敢輒習”③。重文而輕武，使得侯景之亂時，士大夫連騎馬逃命的本事也没有，餓死溝壑不可勝數，這大約是蕭衍始料不及的。

　　梁代，編輯總集蔚然成風。沈約、丘遲分別有《集鈔》十卷和四十卷。蕭衍自己編了《歷代賦》十卷，天監十七年(518)，命周舍、周興嗣作注。也差不多在這個時候或稍晚，昭明太子編了《文章英華》三十卷和《古今詩苑英華》十九卷；後來，太子又在劉孝綽等人的襄助下編了《文選》三十卷。近來，有學者以爲，《文選》將賦列在首位，卷數又特別多，可能受到蕭衍《歷代賦》的影響，有一定的道理。爲了寫作檢索詞藻的方便，天監十五年(516)，梁武帝蕭衍組織了由何思澄、飲協、劉杳、王子雲、鍾嶼等五人組成的班子，歷時八年，完成了七百卷的大型類書《華林遍略》。後來，在雍州的蕭

　　① 李延壽：《南史》卷二十三《王錫傳》，中華書局，1975年，第641頁。
　　② 姚思廉：《梁書》卷四十四《太宗十一王傳》，中華書局，1973年，第617頁。
　　③ 姚思廉：《梁書》卷四十四《太宗十一王傳》，中華書局，1973年，第615頁。

綱，組織了陸罩、蕭子顯等三十人，於中大通六年(534)，編成《法寶聯璧》，時人比之《皇覽》。蕭衍一向重視典籍的整理，早在南齊永元末，因後宮失火，圖書散亂殆盡。王泰曾上表校定繕寫，他就表示支持。天監初，蕭衍思古樂，下詔訪百僚，沈約奏答曰："樂書淪亡，尋案無所，宜選諸生，分令尋討經史百家，凡樂事無小大，皆別纂録。乃委一舊學，撰爲樂書，以起千載絶文，以定大梁之樂。"①無疑，這一設想是符合蕭衍的思路的，有着積極的意義。

　　由於蕭衍熱衷於文學，並加以倡導，以至"風靡雲蒸，抱玉者聯肩，握珠者踵武。"鍾嶸《詩品序》"固以嘲漢、魏而不顧，吞晉、宋於胸中"之論，雖不免誇大，但當時世俗"才能勝衣，甫就小學，必甘心馳騖"於詩歌創作，"膏腴子弟，恥文不逮"一類的描寫該是事實。《詩品》作於天監中，而大通以後，這一風氣並没有衰減，"膏腴貴游"，仍然"咸以文學相尚"②。大通年間，昭明太子蕭統，以及蕭綱、蕭繹都先後步入青年，他們對文學的熱情，雖然不减於日漸年老的蕭衍，但社會上崇尚文學的風氣，仍然是梁初習尚的延續。

　　在探討蕭衍的文學活動之後，可以來分析他的文學觀了。

　　蕭衍的《述三教詩》云："少時學周孔，弱冠窮六經。中復觀道書，有名與無名。""晚年開釋卷，猶日映衆星。"③蕭衍起自諸生，對儒生經典是很熟悉的。齊明帝父子信道，也可能在這一時期，蕭衍對道教較爲熱心，所以登基前夕，未有國號，他還派人去詢問陶弘景，在陶的示意下，方定爲"梁"。天監三年(504)，蕭衍下了一道《舍道事佛文》，決心皈依佛教。之後，他大建佛寺，禮遇僧尼，並先

①　魏徵、令狐德棻：《隋書》卷十三《音樂志》上，中華書局，1973年，第288頁。
②　姚思廉：《梁書》卷四十一《文學王承傳》，中華書局，1973年，第585頁。
③　歐陽詢：《藝文類聚》卷七十六，上海古籍出版社，1999年，第1295頁。

後三次捨身同泰寺,並"製《善哉》、《大樂》、《大歡》、《天道》、《仙道》、《神王》、《龍王》、《滅過惡》、《除愛水》、《斷苦輪》等十篇,名爲正樂,皆述佛法。又有法樂童子伎,童子倚歌梵唄,設無遮大會則爲之"①。似乎,蕭衍的思想是徹頭徹尾的佛教思想了。其實不然。就在下《舍道事佛文》的次年,蕭衍下令開五館,置《五經》博士各一人,並別詔皇太子定《禮》。他還下詔曰:"年未三十,不通一經,不得解褐。"②就是説,三十歲以下不熟悉儒的一部經典,不能出仕。蕭衍還撰述了不少闡述儒家經典的著作,並親自講解。大同初,撰《孔子正言》二十卷,並作《撰孔子正言竟述懷詩》(江總圖詠),云:"愛悦夫子道,正言思善誘"。③ 就是一些解釋佛典的著述,蕭衍也常常用儒家思想加以闡釋。王褒《幼訓》云:"吾始乎幼學,及於知命,既崇周、孔之教,兼循老、釋之談,江左以來,斯業不墜。"④這説明,當時的社會風氣尚還未到獨尊釋教的地步。學術界一般還以爲梁武帝蕭衍是調和了三教。

蕭衍没有專門的文學理論著作,但從現存的某些樂論論文,我們仍然可以看出他儒家文藝思想傾向還是比較强烈的。天監元年,蕭衍思弘古樂,下詔訪百僚曰:"夫聲音之道,與政通矣,所以移風易俗,明貴辨賤。"⑤對文藝的功能作用的看法,和傳統儒家的思想並無二致。儒家的文藝是講功利的。宋、齊以來,鼓吹並用漢曲,蕭衍利用十二舊曲,"更製新歌,以述功德。其第一,漢曲《朱

---

① 魏徵、令狐德棻:《隋書》卷十三《音樂志》上,中華書局,1973年,第305頁。

② 姚思廉:《梁書》卷二《武帝紀》,中華書局,1973年,第41頁。

③ 歐陽詢:《藝文類聚》卷五十五,上海古籍出版社,1999年,第985頁。

④ 姚思廉:《梁書》卷四十一—《王規傳》,中華書局,1973年,第584頁。

⑤ 魏徵、令狐德棻:《隋書》卷十三《音樂志》上,中華書局,1973年,第287—288頁。

鷺》改爲《木紀謝》,言齊謝梁升也。第二,漢曲《思悲翁》改爲《賢首山》,言武帝破魏軍於司部,肇王跡也。第三,漢曲《艾如張》改爲《桐柏山》,言武帝牧司,王業彌章也。第四,漢曲《上之回》改爲《道亡》,言東昏喪道,義師起樊鄧也。第五,漢曲《擁離》改爲《忱威》,言破加湖元勳也。第六,漢曲《戰城南》改爲《漢東流》,言義師剋魯山城也。第七,漢曲《巫山高》改爲《鶴樓峻》,言平郢城,兵威無敵也。第八,漢曲《上陵》改爲《昏主恣淫慝》,言東昏政亂,武帝起義,平九江、姑熟,大破朱雀,伐罪弔人也。第九,漢曲《將進酒》改爲《石首局》言義師平京城,仍廢昏,定大事也。第十,漢曲《有所思》改爲《期運集》,言武帝應籙受禪,德盛化遠也。十一,漢曲《芳樹》改爲《於穆》,言大梁闡運,君臣和樂,休祚方遠也。十二,漢曲《上邪》改爲《惟大梁》,言梁德廣運,仁化洽也”[1]。除序曲和尾聲,叙述了蕭衍的發跡、起事、破敵、平京師、受禪諸齊末大事。十二首新歌出自沈約的手筆,卻反映了蕭衍文學方面強烈的功利思想。

梁初,郊廟樂辭都是沈約所撰。普通之後,蕭子雲建言宜改,其理由有兩條,一是“大梁革服,偃武脩文”。沈約樂辭作於梁初,對武事的歌頌是可以理解的;普通之後,北魏胡太后掌權,北方的軍隊力量逐漸衰弱,梁朝也就不再有邊境的憂患,南北進入了相對和平的時期,自然就要對“修文”大加讚美了。二是歌辭“雜用子史文章淺言”,如“朱尾碧鱗”之類。本來,沈約所撰比較注意流暢和語辭的鮮明生動,但蕭衍認爲,“郊廟歌詞,應須典誥大語”[2],不得變更。於是,命令蕭子雲改製。從這點看,蕭衍的文藝思想仍然屬

---

① 魏徵、令狐德棻:《隋書》卷十三《音樂志》上,中華書局,1973 年,第 304—305 頁。

② 姚思廉:《梁書》卷三十五《蕭子雲傳》,中華書局,1973 年,第 514—515 頁。

於傳統的儒家思想的範疇。

　　喜愛《西曲》、《吳歌》等民間歌曲歌辭,也是蕭衍文學觀的一個重要方面。南齊建武四年(599),蕭衍一直在襄陽一帶任職。我們知道,襄陽是《西曲》重要的産生地,蕭衍受到當地民風的影響,如前所述,後來他創作了《襄陽白銅蹄歌三首》。蕭衍對《吳歌》也是很熟悉的,上文我們也説過,他改《西曲》製《江南弄》七曲。今本《玉臺新詠》録有主名爲蕭衍的《子夜歌》、《子夜四時歌》等,雖然不一定都是蕭衍所作,但至少説明了他對《吳歌》甚爲興趣這樣一個事實。從《樂府詩集》卷五十六引《古今樂録》,我們還知道他還勅沈約造《四時白紵歌》五首,普通末,蕭衍還自擇後宮,《吳聲》、《西曲》女妓各一部以資徐勉,可見《吳聲》、《西曲》已由民間走向宮廷,爲統治者廣泛喜愛。

　　蕭衍在南齊時爲竟陵八友之一,和永明詩人有過唱酬。他雖然不懂四聲,但早期某些作品的形式格調和永明詩人仍然比較接近。《太平廣記》卷一九八引《談藝》云:"梁高祖重陳郡謝朓詩",常曰:"不讀謝詩三日,覺口臭。"①蕭衍這話,不知是説在入梁之前還是之後。從梁朝中葉編的《文選》看,蕭統選了謝朓的詩多達 21 首,選沈約十三首;蕭統在《與湘東王書》中,甚至還稱謝朓、沈約之詩爲"文章之冠冕,述作之楷模。"蕭衍的話即使入梁以前説的,入梁之後,他對永明詩友作品的喜愛大概不會有太大的改變,要不然,昭明太子對謝朓、沈約詩的極力推崇就很難解釋了。這是一方面。另一方面,蕭衍入梁後好作長篇大篇詩,又和永明雜體詩的短小體制異趣。他曾製《千文詩》然後讓沈衆爲之作注,又曾賜江革

---

　　①　郭茂倩編:《樂府詩集》卷一九八,中華書局,1979 年,第 1483 頁。

《覺意詩》五百字；又自製《春景明志詩》五百字，敕沈約以下同作，又餞宴廣州刺史元景隆時，詔群臣賦詩，同用五十韻。至於酒宴上賦個三十、二十韻的，就更常見了①。賦長韻，作長篇，實是蕭衍的好尚。

蕭衍以開國之君的身份倡導文學，積極參與並組織文學活動。他的文學觀，總的説來比較折衷——既不守舊，也不極力趨新。由於蕭衍身份的特殊，在侯景之亂前的四十多年時間，社會崇尚文學蔚然成風，並出現了一大批有成績的文學家。社會上以文學相尚，不過是一種表層的現象，蕭衍對梁代文學産生重大的影響，似還有以下四個方面：

首先，蕭統所編的《文選》是在蕭衍直接關心和影響下編成的。如上文所述，蕭衍非常注意東宮官屬的選派和配備，東宮十學士中的劉孝綽等十人直接參加了《文選》的編輯工作，此一。在蕭統和他的助手們開始編《文選》之前，蕭衍的總集《歷代賦》已經完成。宋齊以來，編總集漸成風氣，但《歷代賦》的編成對蕭統的影響無疑最爲直接。再説，《文選》將賦置于各種文體之首，賦在全書中所占分量之重，不能排斥對《歷代賦》一書的利用，以及出於對蕭衍敬重的可能，此二。蕭衍雖然主張三教合流，但其文學觀還比較傾向於傳統的儒家思想。《文選》雖然選了《頭陀寺碑》一篇，但在梁代大量的寺碑和佛教文學作品中祇是九牛一毛。《文選》選文很重視辭采，但《毛詩序》《尚書序》《春秋左氏傳序》這樣與儒經典緊密關聯的作品也被選入，很能看出編輯者的某種傾向。此三。蕭衍對待永明新體詩態度比較折衷，對聲律説雖不提倡，但也沒有反對，而

---

① 《梁書》中的《到洽傳》《羊侃傳》《褚翔傳》《文學到沆傳》《文學謝徵傳》，以及《南史·蕭綸傳》等，都有載述。

對於謝朓等永明詩人的佳作，仍然非常欣賞，《文選》選謝朓詩21
首，沈約詩13首，説明蕭統對謝、沈詩也是很喜愛的，然而他們的
詩被學者們確認爲"新體"的，謝祇有4篇，沈也祇有3篇①。《文
選》還選了一些長篇，例如謝朓的《和伏武昌登孫權故城》36句，
《始出尚書省》《和王著作八公山》都是30句；沈約的《鍾山詩應西
陽王教》40句、《游沈道士館》28句，不知是否有迎合蕭衍入梁後好
長篇的可能，看來蕭統對永明聲律説的態度並不積極，此四。《文
選》選詩文分爲三十多類，而詩類又分爲十多小類。其中，"獻詩"
祇有兩首，第一首是曹子建的《上責躬詩》，我們知道丘遲也獻過
《責躬詩》，而武帝"優辭答之"②。公讌賦詩，上文已舉出不少例
子；祖餞，除了餞元景隆詔臣賦詩之外，《梁書·謝朓傳》記朓還東
迎母，"臨發，輿駕復臨幸，賦詩餞別。王人送迎，相望於道"③也是
一個突出的例子。清人張玉穀曾對《文選》收録"公宴"一類的詩提
出批評："公讌詩篇開應酬，收羅何事廣蕭樓。"④其實，《文選》別立
"公讌"、"祖餞"類，正與蕭衍喜愛酒讌賦詩有着密切的關係。此
五。最後，《文選》中有一些文章，或直接或間接與蕭衍有關。任昉
的《宣德皇后令》《到大司馬記室牋》《百辟勸進今上牋》，都作於蕭
衍平定建康到禪代之前這一重要時期，或寫蕭衍封王、或寫其爲大
司馬，或寫群臣勸其代齊，內容重大。《爲范尚書讓吏部封侯第一
表》事關蕭衍登基後不忘舊友，《天監三年策秀才文》則代蕭衍立
言，《奉答勅示七夕詩啓》係答蕭衍的詔書及其《七夕詩》。陸倕的

　　①　詳拙文《蕭統對永明聲律説的態度並不積極——〈文選〉登録齊梁詩剖析》，
1995年8月鄭州《文選》國際學術討論會上發表。
　　②　李延壽：《南史》卷七十二《丘遲傳》，中華書局，1975年，第1763頁。
　　③　姚思廉：《梁書》卷十五《謝朓傳》，中華書局，1973年，第264頁。
　　④　張玉谷：《古詩賞析·論古詩四十首》，上海古籍出版社，2000年，第3頁。

《石闕銘》和《新漏刻銘》兩文，都是奉蕭衍之命而作，蕭衍評前篇云："太子中舍人陸倕所製《石闕銘》，辭義典雅，足爲佳作。"①陸倕因此還得到三十匹絹的賞賜。這兩篇文章的選入，也與蕭衍的愛好密不可分。

　　其次，與酒讌賦詩相關聯的是，蕭衍把文學引入宮廷，宮廷化的文學成了梁代文學的明顯特點：南齊間，蕭衍雖曾游於竟陵西邸，又與沈約等號爲"八友"，但他和沈約等有一個較顯著的不同點，即較長時間過的是軍旅生活，像《直石頭》那樣的詩不是多數永明詩人所能做出來的。入梁之後，他的地位已經由邊關將領變爲一國之尊，不僅他本人的創作題材局限於宮宴，而且，"每所御幸，輒命群臣賦詩，其文善者，賜以金帛，詣闕庭而獻賦頌者，或引見焉"②。劉孝綽免官後，朝宴賦詩，數十人中最工，即日起用；褚翔樂游苑宴上，賦二十韻，立奏，即是轉遷爲宣城王文學。至於奏詔作詩獻賦得到賞識，不久後就升遷的更不在少數，吳均參與連句，一時作不出來，被蕭衍斥爲"不均"；臧循預宴，賦詩不成，被蕭衍罰酒一斗。甚至武將酒宴賦詩，也明顯傾向於宮廷化，以至曹景宗賦"去時兒女悲，歸來笳鼓競。借問行路人，何如霍去病？"由於與衆不同，甚爲新鮮，故引起大家的嗟賞。

　　梁代之初，文學題材已較南齊時爲狹窄。終梁武帝一朝，將近五十年江左無事，到了梁朝中葉，蕭統、蕭綱、蕭繹相繼走上文壇，由於受到整個梁代文學氛圍的影響，也由於生活圈子的狹小和受生活經歷的限制，蕭統兄弟一步入創作的年齡，創作的視野就不夠寬廣。蕭統成年之後，主要精力放在編輯總集上，年壽又較短，創

---

①　姚思廉：《梁書》卷二十七《陸倕傳》，中華書局，1973 年，第 402 頁。
②　姚思廉：《梁書》卷四十九《文學傳序》，中華書局，1973 年，第 685 頁。

作的成績並不高。蕭綱入東宮之前，由於受到徐摛、庾肩吾的影響，其詩已有輕艷的傾向，入東宮後，“宮體”詩正式形成。蕭衍對徐摛的艷體雖曾加以責讓，但他不知道，艷體詩或宮體詩在他弟子手中的形成，擴散，正是文學趨向宮廷化的某種必然。再説，蕭衍喜愛《西曲》、《吳歌》，可能是在這些民歌具有流轉自然、輕鬆活潑方面；而這些民歌不僅内容側艷，通常又由女妓來演唱①。蕭衍把《西曲》《吳歌》引入宮中，正好迎合了生活内容單調貧乏的弟子們的胃口，“宮體”詩的形成和產生也因此而具備了某種條件。蕭衍祇知道追究輔佐蕭綱的徐摛們的責任，其實，“宮體”詩的形成和產生他本人有着不可推諉的重要責任。

　　第三，蕭衍以一國之尊大倡文學，自然造成了風響雲從的聲勢，的確，寫文章的人多了，獻賦進詩的人也多了，但綜觀整個梁代的文學成就，似未能與這種聲勢成正比。不僅如此，一些由齊入梁的文學家，例如原來聲名甚籍的江淹和沈約等人，成績反而不如以前了。“江淹才盡”雖不始於入梁，但入梁後確也沒有寫過什麼可觀的作品；沈約入梁後仍有一些作品，但王士禎在選古詩時卻不選其入梁之作。宮宴賦詩可能造成數量多而質量不高的後果，這是一方面；另一方面，蕭衍一邊提攜後進，一邊對老一輩的文學家又有些忌刻。沈約曾和蕭衍一道疏粟事，故意讓他三事，後來無意中又對人説：“此公護前，不讓即羞死。”②激怒了蕭衍，差點將他治罪。劉峻年齡和蕭衍差不多，一次，策錦被事，大家都做得差不多了，峻“忽請紙筆，疏十餘事，坐客皆驚，帝不覺失色。自是惡之，不

---

　　① 李延壽：《南史》卷六十《徐勉傳》：“武帝自算擇後宮《吳聲》、《西曲》女妓各一部，並華少，賚勉。”（中華書局，1975 年，第 1485 頁）
　　② 姚思廉：《梁書》卷十三《沈約傳》，中華書局，1973 年，第 243 頁。

復引見"①。後來,劉峻撰《類苑》凡一百二十卷,帝又命諸學士撰
《華林遍略》七百卷"以高之"②。劉顯,其年齡比蕭衍要晚上一輩。
"有沙門訟田,帝大署曰'貞'"有司未辯,遍問莫知。顯曰:"貞字文
爲與上人。帝因忌其能,出之。"③忌惡臣下才能超過自己,對文學
的發展是很有害的。宋孝武帝"好爲文章,自謂物莫能及,照悟其
旨,爲文多鄙言累句"④,就是一個例子。江淹、沈約等入梁以後文
學才能未能充分施展出來,與蕭衍的忌惡不無關係,而蕭衍所怨惡
的劉峻,他的文章在梁代恰恰能自成一家,産生過較大的影響,這
一點,蕭統也不得不承認,並且把《辯命論》《廣絶交論》等文選入
《文選》。

　　最後,蕭衍提倡三教合流,文學觀方面較偏重儒家,但是他的
釋教思想對梁代的文學創作影響還是很大的。入梁之後,他所作
的《游鍾山大愛敬寺詩》《會三教詩》等,都有其他作者和作,《覺意
詩》是勸誡江革信佛的。他還寫了《净業賦》、碑序及大量有關釋教
的應用文。雖然晉宋以來就有一些文學作品以釋教爲題材,而入
梁以來,這類作品明顯增多,作者的隊伍也在壯大。唐道宣《廣弘
明集》卷二十九、三十,爲《統舊篇》,録晉至南北朝詩賦等有關釋教
的文學作品,其序云:"晉宋以來,諸集數百餘家,信重佛門,俱陳聲
略。"而所録梁代所佔在一半左右。梁代釋僧佑的《弘明集》是流傳
至今我國第一部總集體闡揚釋教的文集,陳垣《中國佛教史籍概
論》卷三云:"中以書啓論述爲多,鏗然可誦。"⑤釋皎然的《高僧傳》

---

　　① 李延壽:《南史》卷四十九《劉峻傳》,中華書局,1975年,第1219—1220頁。
　　② 姚思廉:《梁書》卷四十九《劉峻傳》,中華書局,1975年,第1220頁。
　　③ 李延壽:《南史》卷五十《劉顯傳》,中華書局,1975年,第1240頁。
　　④ 沈約:《宋書》卷五十一《劉義慶附鮑照傳》,中華書局,1974年,第1480頁。
　　⑤ 陳垣:《中國佛教史籍概論》,上海書店出版社,2001年,第39頁。

是我國第一部僧人的傳記文學集，有較高的文學價值。南北朝時期的志怪小説雖以晉代干寶的《搜神記》爲代表，該書以發明神道之不誣爲主要宗旨，而不曾專門闡述佛理。梁王琰所作的《冥祥記》①，是一部宣揚佛教威靈之作，它的故事内容比起《搜神記》和同樣是宣傳佛理的宋劉義慶《幽明録》要複雜得多，情節也比較曲折。總之，梁代是一個佛教文學繁榮興盛的時代，也是我國佛教文學取得相當成就的時代，其原因固與晉宋以來佛教與佛教文學的發展有關，更與梁武帝蕭衍的極力推弘佛教，並身體力行創作佛教文學作品有着密切的聯繫。這個問題值得進一步探討和研究。

---

①　一般以爲，王琰卒於南齊或梁初，曹道衡先生《談王琰和他的〈冥祥記〉》以爲王琰活到天監末。詳《中古文學史論集》，臺灣文津出版社出版。

蕭統與聲律説

——《文選》登録齊梁詩剖析

近年,對《文選》選文的標準的研究,除了繼續對《文選序》"事出於沈思,義歸乎翰藻"深入探討外,又注意到昭明太子《答湘東王求文集及詩苑英華書》"麗而不浮,典而不野,文質彬彬"的主張及其儒家思想,還有學者認爲,永明聲律理論也是《文選》選文的一個標準,也就是説,《文選》很注意選録那些符合永明聲律理論的作品。本文擬對《文選》所登録的南齊永明及永明以後作家的詩作作些考察,發表自己的一些看法,向方家請教。

聲律理論的産生與發展,到梁代中葉(蕭統去世、蕭綱被立爲太子前後),大約可分爲三個階段。

第一階段,永明聲律説産生之前的階段,這一階段的特點是,漢語固有的四聲尚未被發現並被自覺運用到詩文創作。偶然有些聲律協調、並被人稱賞的佳作,也是"暗與理合,匪由思至"①。

第二階段,永明聲律説産生的階段。《南史·陸厥傳》:"時盛爲文章,吳興沈約、陳郡謝朓、琅邪王融以氣類相推轂,汝南周顒善

---

① 沈約:《宋書》卷六十七《謝靈運傳論》,中華書局,1974年,第 1779 頁。

識聲韻。約等文皆用宮商，將平上去入四聲，以此制韻，有平頭、上尾、蠭腰、鶴膝。五字之中，音韻悉異；兩句之內，角徵不同，不可增減。世呼爲‘永明體’。”①《詩品序》云：“王元長創其首，謝朓、沈約揚其波。三賢或貴公子孫，幼有文辯。於是士流景慕，務爲精密，襞積細微，專相陵架。”②這一階段的時間，從永明中開始，至沈約去世的天監十二年（513）止。這一階段的特點是，四聲被發現，聲律論初步完成並被運用於創作實踐。沈約、謝朓、王融是聲律論的倡導者和創作實踐者的中堅，一時“士流景慕”。但是也遭到一些人的反對，如詩人陸厥、詩評家鍾嶸。有些年輩較高，早已成名的詩人，由於長期以來已經形成自己創作的習慣和個性，所以繼續保持相對比較古樸的文風，例如江淹，有的詩人雖然注意到了詩壇的這一變革，但語音分辨能力較差，不識四聲，因此也就祇能隔岸觀火，談不上參與了。

第三階段，永明聲律說的發展階段。《梁書·庾肩吾傳》：“中大通三年，王爲皇太子，兼東宮通事舍人……初，太宗在藩，雅好文章士，時肩吾與東海徐摛，吳郡陸杲，彭城劉遵、劉孝儀、儀弟孝威，同被賞接。及居東宮，又開文德省，置學士，肩吾子信，摛子陵，吳郡張長公、北地傅弘，東海鮑至等充其選。齊永明中，文士王融、謝朓、沈約文章始用四聲，以爲新變，至是轉拘聲韻，彌尚麗靡，復踰於往時。”③這一階段的實踐，從沈約去世到蕭綱被立爲太子前後約二十年左右。這一階段的特點是“懦鈍”“競學”（蕭綱《與湘東王書》）④，聲律

①　李延壽：《南史》卷四十八《陸厥傳》，中華書局，1975年，第1195頁。
②　鍾嶸：《詩品序》（鍾嶸撰，陳延傑注：《詩品注》，人民文學出版社，1961年，第5頁）。
③　姚思廉：《梁書》卷四十九《庾肩吾傳》，中華書局，1973年，第690頁。
④　姚思廉：《梁書》卷四十九《庾肩吾傳》，中華書局，1973年，第690頁。

論逐漸被廣泛承認並運用到創作實踐。儘管梁武帝蕭衍仍然不懂四聲也不用四聲，没有提倡，但也没有明顯的反對意見，比起蕭衍來，昭明太子蕭統對待聲律論已有所進步，從現存的詩作看，他也作了一些嘗試，但不夠積極，也比較謹慎。積極加以推行並實踐的則是蕭統的弟弟蕭綱和蕭繹及其周圍的文士庾肩吾和徐摛。

《梁書》兩次使用"新變"一詞。一次在《庾肩吾傳》已見上引。一次在《徐摛傳》："摛幼而好學，及長，遍覽經史。屬文好爲新變，不拘舊體。"①綜合兩傳，"新變"實際上就是"新變體"的省稱；所謂新變體，是講究聲律與舊體相對的一種新詩體，也就是蕭綱《與湘東王書》中所説的、與古體相對的"今體"。除了講究聲律外，新變體還有一個顯著的特點，那就是簡短。《與湘東王書》云："謝客吐言天拔，出於自然，時有不拘，是其糟粕……是爲學謝則不屆其精華，但得其冗長。"蕭綱認爲，謝靈運的詩"自然"是其長處，"冗長"則爲短處；"自然"可學，"冗長"不可學。對謝靈運評價，已經和聲律説的反對者、早一輩的批評家鍾嶸所謂"其繁富，宜哉"（《詩品》上）②有很大的不同。晚清漢魏六朝詩派的領袖人物王闓運編了一部《八代詩選》，他把五言詩分爲兩類，一類是"五言"，自漢迄隋；一類是"齊已後新體詩"③。齊以後仍然有人寫晉宋以前體式的五言詩（古體），所以"五言"齊梁後仍有選録；因爲新變體産生於齊永明，所以晉宋以前没有新體詩。王闓運所選的新體詩，其標準一是講聲律，二是體制短小（大多在十句以內，少數稍長，因爲唐以後的排律也有長篇）。王闓運所選的新體詩都是平聲韻，這一點似可

① 姚思廉：《梁書》卷三十《徐摛傳》，中華書局，1973年，第446頁。
② 鍾嶸撰，陳延傑注：《詩品注》上，人民文學出版社，1961年，第29頁。
③ 王闓運撰：《八代詩選》卷十三，《續修四庫全書》第1593册，第338頁。

商,因聲律説初起,齊梁時期祇講四聲,未有平仄之目,恐怕那時新
變體詩未必祇押平聲韻而不押上、去、入三韻①,除了這一點暫且
存疑外,王選當不會離當時的實際太遠。如果王闓運古體與新體
的區分大體可信的話,那麼在找不出比王闓運《八代詩選》更令人
信服的區分之前,我們不妨依據它來看看《文選》到底選了齊梁之
際多少古體和多少新體詩。

　　《文選》選了齊梁間詩人共 9 家,詩 77 篇,其中被王闓運確定
爲新體詩的祇有謝朓 4 篇(即《新亭渚別范零陵詩》《同謝諮議銅雀
臺》《鼓吹曲[入朝曲]》②),沈約 3 篇(即《別范安成詩》《冬節後至丞
相第詣世子車中》《詠湖中雁》),計 7 篇,祇佔 77 篇的 9.1%,而古
體卻佔絕大多數。不錯,9 家詩人中,"永明八友"就有 4 家,但是,
一、四家中祇有謝、沈二家的新體詩被選録,且不多。二、聲律説
"倡其首"、並擬進《知音論》的王融被排斥在外。其次,9 家中選詩
最多的是江淹,32 篇,接近於謝、沈兩家的總和(34 篇)。在《文選》
編者的心目中,江淹的地位要比謝朓、沈約來得重要。江淹詩寫得
古樸,很得齊梁間某些人的欣賞。齊武帝問王儉,當今誰五言詩作
得好,王説有兩位,一位就是江淹。鍾嶸詩品雖然把江淹同謝朓、
范雲、沈約等同置於中品,但在各條中都將他們和江淹進行比較,
在鍾嶸看來,齊梁間五言詩成就最高的是江淹③。和王儉、鍾嶸的
看法不同,也和編《文選》的蕭統對江淹重視的不同,蕭綱認爲,齊
梁之間祇有謝朓、沈約之詩才可以稱得上是"文章之冠冕,述作之

---

　　① 　參見拙文《浮聲切響管見——永明聲律説的一個問題》,《南京師大學報》1987
年第 2 期。
　　② 　三詩詩題《八代詩選》分別作"新亭渚別范零陵雲""同謝諮議銅雀臺""隨王鼓
吹曲[入朝曲]",見《續修四庫全書》第 1593 册,第 540—542 頁。
　　③ 　參見拙文《江淹"筋力於王微成就於謝朓"辨》,載《文學遺產》1985 年第 4 期。

楷模”，也衹有謝、沈，才能遠比揚、馬、曹、王，近並潘、陸、顔、謝。
推崇江淹，還是軌範謝、沈，看來還不僅僅是欣賞不欣賞文風古樸
不古樸的問題，聯繫《詩品》全書的基本理論和觀點，不能不涉及永
明聲律說的問題。蕭綱、蕭繹是梁代中葉兩個積極推廣並實踐聲
律說的詩人，所以特別看重聲律說倡導者謝、沈之詩是理所當然
的；而把江淹的地位看得比謝、沈更重要，卻反映出蕭統在對待新
體詩這一問題上，態度比他兩個弟弟來得保守，到少説是比較謹
慎。第三，《文選》選了陸厥的詩兩篇。陸厥反對聲律論，他的詩自
然不可能屬於新體。《詩品》下云：“觀厥文緯，具識丈夫之情狀。
自製未優，非言之失也。”①儘管陸厥的詩不怎麼好，但是論好（指
其與沈約論聲律書），所以允其預才子之流，入《詩品》。蕭統選陸
厥的兩首詩，是不是也有和鍾嶸愛其論而及其詩的相同用意，證據
不足，不好下結論。陸厥的《中山王儒子妾歌》“擬《怨歌行》。陸士
衡之樂府，雖本前人之意，實能自開風氣，所以可尚。韓卿生承明、
天監之時（按：承明當作永明。陸厥卒於齊，未能入梁天監），而規
橅前人，略不能自出新意，豈非所謂失肉餘皮者乎”②？ 被鍾嶸列
入《詩品》下品的齊梁詩人 34 家，蕭統僅選兩家，一即陸厥，且選兩
篇，至少説明蕭統對這位反對聲律理論的詩人有所偏愛，對那些寫
新體詩的詩人較爲冷淡。第四，虞羲是被《詩品》列入下品的另一
位詩人，卒於天監中。他的詩“奇句清拔”③，在齊代已受到謝朓的
嗟頌。選入《文選》的《詠霍將軍北伐》，沈德潛《古詩源》卷十三評

　　① 鍾嶸撰，陳延傑注：《詩品注》，人民文學出版社，1961 年，第 74 頁。
　　② 何焯：《義門讀書記》四十七，中華書局，1987 年，第 927 頁。
　　③ 鍾嶸《詩品序》（鍾嶸撰，陳延傑注：《詩品注》，人民文學出版社，1961 年，第
74 頁）。

爲:"不爲纖靡之習所囿,居然傑作。"①無論從内容還是風格,在齊梁間確實比較獨特,不能説蕭統没有眼光。這首詩寫得比較古樸,仍屬古體,長達 28 句,而不是齊梁間逐漸流行起來的新體詩。被《文選》選録的最後一位詩人是徐悱,我們將在下文繼續論述。

請看下表:

（部分齊梁詩人古體與新體詩對照表説明:1—10 號詩人卒年在鍾嶸之前。何遜卒年約略與鍾嶸同。）

序號	詩人	生卒年	《八代詩選》登録詩篇數				《文選》登録篇數	
			小計	古體	新體	新體所占比例	古體	新體
1	王 融	467—493	24	19	5	20.8%		
2	謝 朓	464—499	82	54	28	34.1%	16	4
3	陸 厥	472—499	4	4				2
4	范 雲	451—503	9	6	3	33.3%	3	
5	江 淹	444—505	83	82	1	1.2%	32	
6	任 昉	460—508	9	9			2	
7	丘 遲	464—508	7	3	4	57.1%	2	
8	沈 約	441—513	51	37	14	27.5%	10	3
9	虞 羲	卒於天監中	3	2	1	33.3%	1	
10	柳 惲	465—517	15	12	3	25%		
11	何 遜	?—518?	29	13	16	55.2%		
12	吳 均	469—520	42	19	23	54.8%		

---

① 沈德潛選:《古詩源》卷十三,中華書局,1963 年,第 323 頁。

（續表）

序號	詩人	生卒年	《八代詩選》登録詩篇數				《文選》登録篇數	
			小計	古體	新體	新體所占比例	古體	新體
13	王僧孺	465—522	19	10	9	47.4%		
14	徐悱	495—524	2	2			1	
15	陸倕	470—526	1	1				
16	蕭統	501—531	7	5	2	28.6%		
17	劉孝綽	481—539	16	9	7	43.8%		
18	蕭衍	464—549	19	19				
19	王筠	489—549	9	5	4	44.4%		
20	庾肩吾	487—551	24	2	22	91.7%		
21	蕭綱	503—551	83	7	76	91.6%		
22	蕭繹	503—554	33		33	100%		

《八代詩選》所登録的齊梁詩人還有一些，因這些詩人本身傳詩太少，被選録的大多祇有一兩篇，故不列入表中。陸倕雖然祇有1篇，因係永明八友，故列入；徐悱祇有2篇，因《文選》選了1篇，所以也列入。表中，序號1—8的詩人，是聲律理論産生階段的詩人，即上文我們所説的第二階段的詩人。9—16，是聲律理論發展階段的詩人，即第三階段的詩人。17—22，這些詩人的卒年都在蕭統之後，但有的生年卻與王融、謝朓相前後，如梁武帝蕭衍；有的年紀長蕭統十二十歲，而卒年卻在其後十二十年，如劉孝綽、王筠、庾肩吾；有的生年後蕭統僅數年，而卒於蕭統之後二十來年，如蕭綱和蕭繹。後面這6個詩人，既和蕭統一樣經歷了聲律説發展的階段，又經歷了蕭統之後的一個時期，像蕭綱和蕭繹實際上是後蕭統時期的文壇領袖。

對上表我們試作這樣的分析：

第一，從永明聲律理論的産生到梁末約七十年時間，聲律理論逐漸被詩人們所接受並運用到詩歌創作中，新體詩的數量逐漸多了起來，一個詩人所寫的新體詩在他的全部五言詩中所佔的比例越來越大。從表中可以看出，在聲律理論産生的階段，即便是王融、謝朓、沈約這些倡導者，他們所寫的新體詩所佔的比例也衹佔20％—35％。不錯，他們這幾個人都是由宋入齊的，有些詩作可能寫於永明之前，據筆者考證，從流傳下來的作品看，數量極少①，可以略去不計。從沈約去世，到蕭統去世、蕭綱被立爲太子，這個階段，一些詩人所寫的新體詩，所佔比例有了很大提高，像何遜、吳均、王僧儒，新體詩所佔的比例在 45％—55％。在後蕭統時期，庾肩吾和蕭綱、蕭繹兄弟所寫的新體詩，要佔到百分之九十以上。

第二，蕭統生活在聲律理論的發展階段，在他周圍的東宮學士中劉孝綽、王筠也是新體詩的作手。尤其是王筠，對聲律尤其在行，年輕時就很得到沈約的賞識，被目爲"名家"，蕭統並沒有拒絶聲律論，《八代詩選》中的兩首新體詩就是證明。但他比起那個時期的其他詩人，所作十分有限，很可能帶有嘗試性質，並不多作。他的偏愛，可能仍在古體。

第三，從沈約去世到《文選》的編成，蕭統最多衹取虞羲、徐悱兩家（虞羲卒年不可考，也可能在沈約之前）而且選録的兩篇都是古體，在聲律理論被詩人廣泛接受並運用到創作實踐這樣一段時間中所編的《文選》，連一篇同期的新體詩都未被看中，絶對不是偶

---

　　①　參見拙文《謝朓詩歌繫年》，載中華書局《文史》21 輯；《王融年譜》（《中古文學論稿》，天津人民出版社 1992 年）；《沈約事蹟作品繫年》（《沈約集校箋》附録，浙江古籍出版社，1995 年）。

然的疏漏。這一無情的事實,很可以説明蕭統對聲律理論和新體詩的不喜愛,或者説比較冷漠。何遜的詩,早年就受到沈約等名流稱贊,而《文選》卻不登録一首,對此,後人常深以爲憾,論者也有種種推測。在我個人看來,不能排斥何遜是重要的新體詩作手這一因素。上文我們説過,《文選》登録虞羲的《詠霍將軍北伐》,蕭統可能是欣賞它的清拔古樸的風格(徐悱的《古意酬到長史溉登琅琊城》與虞詩風格大體相類)。這一階段的另一個重要詩人是吳均,《梁書》本傳云:"均文體清拔有古氣,好事者或斆之,謂爲'吳均體'"[①]。試看他的一首《古意》:

雜虜寇銅鞮,征役去三齊。扶山翦疏勒,旁海掃沈黎。劍光夜揮電,馬汗畫成泥。何當見天子,畫地取關西。[②]

王闓運將此詩等 4 篇《古意》都列入"新體詩"。吳均這類詩的出現,意義比較重大,它説明清拔的古意詩不僅可以用古體的形式來寫,也可以用新體詩來寫。新體詩祇是一種形式,是一種講究聲律的詩歌形式,它既可以寫出靡弱的宮體來,也可以寫出清拔有古氣的作品,同樣是清拔的古意詩,蕭統欣賞用古體寫成的虞、徐詩,而不選吳均的新體,也從一個方面看出他對日益被人接受的聲律理論和新體詩所持的保守態度。

第三,劉孝綽和王筠都是謝朓、沈約等人謝世以後第二代的新體詩重要作手,劉孝綽時與何遜齊名,"世謂之'何劉'"[③]。何、劉

---

① 姚思廉:《梁書》卷四十九《文學上·吳均傳》,中華書局,1973 年,第 698 頁。
② 王闓運:《八代詩選》卷十三,《續修四庫全書》第 1593 册,第 559 頁。
③ 姚思廉:《梁書》卷四十九《文學何遜傳》,中華書局,1973 年,第 693 頁。

並稱,善於寫新體詩或也是兩人的共同點之一。顏之推云:"劉孝綽當時既有重名,無所與讓。唯服謝朓,常以謝詩置几案間,動靜輒諷味。"①王筠早歲便精通聲律;沈約《郊居賦》成,"筠讀至'雌霓(五激反)連蜷',約撫掌欣抃曰:'僕嘗恐人呼爲霓(五雞反)。次至'墜石碎星',及'冰懸垎而帶垙',筠皆擊節稱贊。"以至沈約啓高祖曰:"晚來名家,唯見王筠獨步。"②如果《文選》的編輯思想主要不是出自蕭統而是劉孝綽和王筠,那麼《文選》所選謝朓、沈約新體詩的比重可能會加大,整個齊梁間新體詩的比重可能會加大;虞羲、徐悱的詩也不一定能入選,即使入選,説不定也不是現在大家見到的這兩首了。

　　《文選》選沈約詩 13 篇,謝朓詩 28 篇,客觀説,不算少了,但是顏延之有 17 篇,謝靈運 40 篇,沈比顏約少 20%,小謝比大謝約少百分之三十。表面上看,並不奇怪,因爲顏、謝在宋齊乃至齊梁間聲名已盛,足以同曹植、劉楨、王粲、潘岳、陸機這些歷史上的大詩人比並。隨着聲律説和新體詩的鵲起,沈約、謝朓名聲大噪,至有謂"謝朓今古獨步"(引自《詩品序》)③之譽,一時學之者甚衆,鍾嶸批評道:"學謝朓,"是"徒自棄於高明,無涉於文流"(同上引)。雖然是就盲目學仿而言的,但其用意很明顯:學詩還是應學曾、劉、顏、謝這些高明的。在蕭統看來,沈約、謝朓的詩確實很不錯,但比起顏、謝來,地位還不那麼突出。和蕭統不同,蕭綱認爲顏謝是應當學的,但是,祇有謝朓、沈約之詩纔是"冠冕"、纔是"楷模"。蕭繹

---

　　①　顏之推撰,王利器集解:《顏氏家訓集解》卷九《文章》,中華書局,1980 年,第276 頁。
　　②　姚思廉:《梁書》卷三十三《王筠傳》,中華書局,1973 年,第 485 頁。
　　③　鍾嶸:《詩品序》(鍾嶸撰,陳延傑注:《詩品注》,人民文學出版社,1961 年,第3 頁)。

也説:"詩多而能者沈約,少而能者謝朓、何遜。"①蕭綱批評謝靈運詩"冗長",而沈、小謝的新體詩則恰恰避免了這一弱點。蕭綱、蕭繹突出謝朓、沈約,實際上就是張揚給方興未艾的新體詩以突出的地位。沈(小)謝和顏(大)謝地位之爭,事關新體與古體之爭,聲律之爭。

　　綜上分析,本文認爲:在對待聲律説的問題上,蕭統雖然贊同實踐,但不積極,總體上説比較保守。他對古體詩還比較偏愛,而對新體態度比較謹慎。

---

① 　姚思廉:《梁書》卷四十九《何遜傳》,中華書局,1973年,第693頁。

《詩品》品外詩人之考察

——以南齊至梁初爲中心

鍾嶸《詩品》網羅古今五言之詩,凡百二十餘家,作者云:"預此宗流者,便稱才子。至斯三品升降,差非定制,方申變裁,請寄知者耳。"①鍾嶸同時代是否有知音者,我們不得而知。後世的批評家,對上中下三品的詩人,則紛紛提出自己的升降的名單。清代著名詩歌 批評家王士禎的《漁洋詩話》認爲三品間"位置顛錯"的就有十五人之多,超過十分之一。三品之間,從下品、中品擢爲上品,或下品擢爲中品;從上品、中品降爲下品,或上品降爲中品,也不過是内部調整一個位置而已,即使是品級下降,並不影響該詩人預《詩品》"宗流"之資格,也並不失其"才子"之身份。我在《鍾嶸的當代詩歌批》②一文中曾指出:"《詩品》分上中下三品,但嚴格説,鍾嶸品詩卻是四等三品,即上、中、下三等三品,外加'不預宗流者'一等。"詩壇上還有相一批不被鍾嶸視爲"才子"的品外末等詩人。既然對進入《詩品》的詩人可以作比較研究,可以作品級升降的探討

---

① 鍾嶸:《詩品序》(鍾嶸撰,陳延傑注,《詩品注》,人民文學出版社,1961 年,第 4 頁)。

② 文載《中州學刊》1990 年第 1 期。

和研究,那麼,對被排斥在品之外的"末等"詩人,爲什麼就不能和已預"才子""宗流"中那些哪怕是最弱的詩人作些比較分析或考察? 是不是這些詩人在當時一個也夠不上"才子"的資格? 或者是出於其他原因,鍾嶸不便堂而皇之地將他們列入品中? 我那篇論文又說:"揭示'不預宗流者'之所以不許預其宗流的原因,對研究鍾嶸的詩歌評論有不容忽視的意義。"限於體例和篇幅,那篇論文對這個問題未能作更進一步的深入探討。本文對《詩品》品外詩人的考察,限於齊至梁初詩人,這一方面固然是爲了研究更爲集中,但更重要的原因則是這些詩人都是與鍾嶸同一時代的詩人,對他們的考察分析,或許更能中鍾嶸詩歌批評之肯綮。

一

《詩品》所品的詩人,可以確考其卒年的,一般認爲最晚的是沈約。沈約卒于梁天監十二年(513)。本文對《詩品》品外詩人的考察,下限也定在天監十二年。

《詩品》品外齊梁詩人,比較重要的至少有以下二十餘家:

一、丘巨源。巨源歷仕宋齊兩代,曾官餘杭令,卒于永明初。《南齊書·文學傳》:"高宗爲吳興(據《明帝紀》在永明二至四年),巨源作《秋胡詩》,有譏刺語,以事見殺。"[1]《隋書·經籍志》:"餘杭令《丘巨源集》十卷,録一卷。亡。"[2]

二、顧歡。歡,字景怡,卒於永明年間,年六十四。歡七歲時便作《黃雀賦》。二十餘,於剡天台山開館聚徒,受業者常百餘人。

① 蕭子顯:《南齊書》卷五十二,中華書局,1972年,第896頁。
② 魏徵、令狐德棻:《隋書》卷三十五,中華書局,1973年,第1075頁。

齊高帝、武帝先後徵召,不至。《南史·隱逸傳》載其臨終言志詩一首。《隋書·經籍志》:"《顧歡集》三十卷。"①

三、周顒(?—490)②。顒,字彦倫。顒建元初先後爲竟陵王蕭子良和文惠太子蕭長懋僚屬,永明初爲國子博士。曾著《四聲切韻》行於世。顒詩今不傳。然據《南史·陸厥傳》,顒與沈約等人詩用宫商、講四聲,亦"永明體"詩人之一。《隋書·經籍志》:"齊中書郎《周顒集》八卷。梁十六卷。"③

四、庚杲之(441—491)。杲之,字景行。官終太子右衛率。《初學記》卷十一有沈約《和左丞庚杲之移病》,知杲之作有《移病詩》。卒,沈約作有《傷庚杲之》,云:"蕴藉含文雅,散朗溢風飆。"④

五、蕭賾(440—493)。賾,字宣遠,即齊武帝。今存《估客樂》一首。《樂府詩集》卷四十八引《古今樂録》:"《估客樂》者,齊武帝之所製也。帝布衣時,嘗游樊、鄧。登祚以後,追憶往事而作歌。"⑤《南齊書·蕭惠基傳》:武帝亦賞愛《相和歌》。《金樓子·興王篇》:"齊武帝嘗與王公大臣共集石頭烽火樓,令長沙王晃歌《子夜》之曲。曲終,輒以犀如意打牀,折爲數段,爾日遂碎石如意數枚。"⑥又載:"齊武帝有寵姬何美人死,帝深悽愴。後因射雉登岩石以望其墳,乃命布席奏伎,呼工歌陳尚歌之,爲吴聲鄒曲。"⑦足

　　① 魏徵、令狐德棻:《隋書》卷三十五,中華書局,1973 年 8 月第 1 版,第 1075 頁。
　　② 周顒卒年,有多種説法,如陳寅恪先生以爲當在永明五年(496)之後,七年五月之前(《四聲三問》,上海古籍出版社,1980 年)。本文用曹道衡、沈玉成、劉躍進先生説。曹、沈説見《中國文學家大辭典·先秦漢魏晉南北朝詩卷》(中華書局,1996 年)、《中古文學史料叢考》(中華書局,2003 年)。
　　③ 魏徵、令狐德棻:《隋書》卷三十五,中華書局,1973 年,第 1075 頁。
　　④ 沈約撰,陳慶元校箋:《沈約集校箋》卷十,浙江古籍出版社,1995 年,第 413 頁。
　　⑤ 郭茂倩編:《樂府詩集》卷四十八,中華書局,1979 年,第 699 頁。
　　⑥ 許逸民校箋:《金樓子》卷一,中華書局,2011 年,第 333 頁。
　　⑦ 許逸民校箋:《金樓子》卷一,中華書局,2011 年,第 327 頁。

見齊武帝深愛民歌鄙曲，自己也能創作歌詞。

六、蕭長懋（458—493）。長懋，字雲喬，齊武帝蕭賾之長子，即文惠太子。鬱林王即位，追尊文帝。《南齊書·五行志》云：“文惠太子在東宮，作兩頭纖纖詩，後句云：‘磊磊落落玉山崩。’”①王融《奉和纖纖詩》，疑即奉和文惠此詩。《五行志》又云：“文惠太子作七言詩，後句輒云：‘愁和諦。’”②足見文惠亦能詩。《隋書·經籍志》：“《齊文帝》集一卷。殘缺。梁十一卷。”③

七、蕭子良（460—494）。子良，字雲英，齊武帝蕭賾次子，封竟陵王。蕭子良開西邸，蕭衍（後即位爲梁武帝）與沈約、謝朓等游于門下，號“八友”。又集學士抄《五經》、百家，依《皇覽》例爲《四部要略》千卷。逯欽立先生《先秦漢魏晉南北朝詩·齊詩》雖僅録其詩六首，但從沈約、謝朓、王融、范雲、虞騫等人的和作看，蕭子良詩歌創作數量當是比較大的④。《南齊書》本傳云所著數十卷，《隋書·經籍志》：“《齊竟陵王子良集》四十卷。”⑤

八、蕭子隆（474—494）。子隆，字雲興，齊武帝蕭賾第八子，封隨王。今存詩一首，見明依宋抄本《謝宣城詩集》。又作有《雜詩》，《謝宣城詩集》卷五有《奉和隨王殿下》十六首（明依宋抄本目錄作《和隨王雜詩》十六首）⑥，今佚。《南齊書·武十七王傳》稱其有文才，又云：“子隆娶尚書令王儉女爲妃，上以子隆能屬文，謂儉

---

① 蕭子顯：《南齊書》卷十九，中華書局，1972 年，第 382 頁。
② 蕭子顯：《南齊書》卷十九，中華書局，1972 年，第 382 頁。
③ 魏徵、令狐德棻：《隋書》卷三十五，中華書局，1973 年，第 1075 頁。
④ 蕭子良所作詩，可考者至少有《郡縣名詩》《藥名詩》《抄書詩》《游仙詩》《永明樂》等。詳陳慶元：《齊梁佚詩存目考》上，《泉州師範學院學報》，2001 年第 1 期。
⑤ 魏徵、令狐德棻：《隋書》卷三十五，中華書局，1973 年，第 1075 頁。
⑥ 參見《齊梁佚詩存目考》上，《泉州師範學院學報》，2001 年第 1 期。

曰：‘我家東阿也。’儉曰：‘東阿重出，實爲皇家蕃屏。’”①東阿之
譽，更見子隆文才之盛。《隋書・經籍志》：“《隨王子隆集》七
卷，亡。”②

九、蕭子罕（479—495）。子罕，字雲華，齊武帝蕭賾第十一
子，封南海王。官南兗州刺史，建武元年轉護軍將軍，二年被殺。
子罕作有《詠秋胡妻》③，今佚。

武帝諸子除文惠、竟陵、隨王、南海王外，第七子晉安王子懋
（472—494）詩筆亦佳。子懋，字雲昌，《隋書・經籍志》：“《齊晉安
王子懋集》四卷。”④

一〇、王秀之（442—494）。秀之，字伯奮。劉宋時任潯陽、南
郡太守。入齊歷官隨王鎮西長史、南郡内史、吳興太守。在荆州，
作《臥疾叙意詩》，謝朓作《和王長史臥疾》，知秀之能詩。

一一、袁彖（447—497）。彖，字偉才。《南齊書》本傳稱：“彖
少有風氣，好屬文及玄言。”⑤入齊，累官至侍中。《南史》《藝文類
聚》存其詩三首。《隋書・經籍志》：“齊侍中《袁彖集》五卷。”⑥

一二、王仲雄（？—498）。仲雄，王敬則子，其妹適謝朓。官員
外郎，永泰元年，敬則反，被殺。《南齊書・王敬則傳》：“仲雄善彈琴，
當時新絕。江左有蔡邕焦尾琴，在主衣庫，上敕五日一給仲雄。仲
雄於御前鼓琴作《懊儂曲歌》曰：‘常嘆負情儂，郎今果行許。’”⑦仲雄

---

① 蕭子顯：《南齊書》，卷四十，中華書局，1972 年，第 710 頁。
② 魏徵、令狐德棻：《隋書》卷三十五，中華書局，1973 年。
③ 參見《齊梁佚詩存目考》上，《泉州師範學院學報》，2001 年第 1 期，第 1075 頁。
④ 魏徵、令狐德棻：《隋書》卷三十五，中華書局，1973 年，第 1075 頁。
⑤ 蕭子顯：《南齊書》卷四十八，中華書局，1972 年，第 833 頁。
⑥ 魏徵、令狐德棻：《隋書》卷三十五，中華書局，1973 年，第 1076 頁。
⑦ 蕭子顯：《南齊書》卷二十六，中華書局，1972 年，第 485 頁。

又有《贈謝朓》^①，今佚。

一三、王季哲（？—498）。季哲，王敬則子，仲雄弟。官記室參軍，永泰元年，敬則反，被殺。《玉臺新詠》卷四有謝朓《同王主簿怨情》，《文選》卷三十"同"作"和"，李善注："《集》云：王主簿名季哲。"^②《謝宣城詩集》卷四作《和王主簿季哲怨情》。知季哲作有《怨情詩》。季哲又作有《有所思》^③。

一四、王寂。字子玄，王僧虔第九子。齊建武初，欲獻《中興頌》，兄志勸之，乃止。《文館詞林》存其詩四章。卒時年僅二十一。《隋書·經籍志》："秘書《王寂集》五卷，亡。"^④

一五、陸慧曉（439—500）。慧曉，字叔明。劉宋時官太傅東閣祭酒。入齊，子良于西邸抄書，令慧曉參與其事。官至吏部郎。《藝文類聚》存其詩一首。沈約有《和陸慧曉百姓名詩》，可知慧曉當日還有其他詩歌創作。

一六、徐孝嗣（453—499）。孝嗣，字始昌。《南齊書》本傳："孝嗣愛好文學，賞托清勝。"^⑤劉宋時爲驃騎從事中郎，帶南彭城太守。入齊歷任要職，申開府之命，加中書監。後爲東昏侯所殺。王儉曾作詩贈之，孝嗣亦有答詩（今存）。孝嗣另有《白雪歌》一首。《南史·王晏傳》存有晏《和徐孝嗣詩》殘句，知孝嗣當日寫有其他詩。《詩品》下："齊諸暨令袁嘏"條："嘏常語徐太尉云：'我詩有生氣，須人捉着。不爾，便飛去。'"徐太尉，即徐孝嗣。《南齊書》《南

① 參見《齊梁佚詩存目考》上，《泉州師範學院學報》，2001年第1期。
② 蕭統編，李善注：《文選》卷三十，中華書局影清胡克家刻本，1977年，1986年，第432頁。
③ 參見拙文《齊梁佚詩存目考》上，《泉州師範學院學報》，2001年第1期。
④ 魏徵、令狐德棻：《隋書》卷三十五，中華書局，1973年，第1076頁。
⑤ 蕭子顯：《南齊書》卷四十四，中華書局，1972年，第773頁。

史》本傳皆不載孝嗣爲太尉事；孝嗣和帝中興元年詔贈太尉，見《建康實録》卷十六《徐孝嗣傳》。《梁書·孔休源傳》云："建武四年，州舉秀才，太尉徐孝嗣省其策。"①此處稱太尉，當是追書。同書《世祖徐妃傳》："祖孝嗣，太尉、枝江文忠公。"②《詩品》"齊諸暨令袁嘏"條徐太尉即徐孝嗣無疑。《隋書·經籍志》："齊太尉《徐孝嗣集》十卷，梁七卷。"③孝嗣既能詩，看來，亦知詩。

一七、王思遠（452—500）。思遠，劉宋時爲建平王劉景素辟爲南徐州主簿。齊永明時，爲竟陵王子良所薦，除吳郡丞，後官至御史中丞。《文館詞林》存其詩四言數章。沈約有《應王中丞思遠詠月》，謝朓有《和王中丞聞琴》，可知思遠當日還有其他詩作。

一八、虞炎（？—499？）。《南齊書·文學傳》："永明中以文學與沈約俱爲文惠太子所遇，意盱殊常。官至驍騎將軍。"④今存其詩四首，見明依宋抄本《謝宣城詩集》《玉臺新詠》等。《隋書·經籍志》："《虞炎集》七卷。"⑤沈約《懷舊詩·傷虞炎》："東南既擅美，洛陽復稱才。携手同歡宴，比迹共游陪。事隨短秀落，言歸長夜臺。"⑥在沈約看來，虞炎可稱爲一代才子了。

十九、蕭昭冑（？—502）。昭冑，字景胤，蕭子良子。齊永元元年封巴陵王，爲東昏侯所殺。史稱"汎涉有父風"（《南齊書·武十七蕭子良附昭冑傳）)⑦。作有《爲會稽西方寺作禪圖相詠》十首、《四城門詩》四首、《法詠嘆德》四首等，見僧祐《出三藏記集》卷

① 姚思廉：《梁書》卷三十六，中華書局，1973年，第519頁。
② 姚思廉：《梁書》卷七，中華書局，1973年，第163頁。
③ 魏徵、令狐德棻：《隋書》卷三十五，中華書局，1973年，第1076頁。
④ 蕭子顯：《南齊書》卷五十二，中華書局，1972年，第900頁。
⑤ 魏徵、令狐德棻：《隋書》卷三十五，中華書局，1973年，第1076頁。
⑥ 《文苑英華》卷三〇一，中華書局，1966年，第1534頁。
⑦ 蕭子顯：《南齊書》卷四十，中華書局，1972年，第702頁。

十二《巴陵雜集目録》卷下。

二〇、何儞。儞，字彦夷，梁初官義興郡丞。何遜從叔，位至臺郎。《南史·袁湛附袁彖傳》："于時何儞亦稱才子，爲文惠太子作《楊畔歌》，辭甚側麗，太子甚悦。（袁）廓之諫曰：'夫《楊畔》者，既非典雅，而聲甚哀思（下略）。'"①袁彖與儞俱爲才子，而未能入《詩品》。《隋書·經籍志》："義興郡丞《何儞集》三卷。"②

二一、宗夬（466—504）。夬，字明敭。《梁書》本傳："齊司徒竟陵王集學士于西邸，並見圖畫，夬亦預焉。"③又曾爲隨王子隆主簿。入梁，官至五兵尚書，參掌大選。《初學記》《藝文類聚》《樂府詩集》存其詩六首。《隋書·經籍志》："梁司徒諮議《宗夬集》九卷。"④

二二、何點（437—504）。點，字子晳。宋司空何尚之之孫。齊初累徵中書郎、太子中庶子，並不就。入梁，武帝下詔徵侍中，辭疾不赴。《梁書·處士傳》："吳國張融少時免官，而爲詩有高尚之言，點答詩曰：'昔聞東都日，不在簡書前。'"⑤按：答詩二句，逯欽立《梁詩》失載。點又作有《贈謝舉》《答謝舉》等詩⑥。

二三、到沆（477—506）。沆，字茂瀠。沆幼聰敏，既長勤學，善屬文。齊建武中，起家後軍法曹參軍。天監初，爲太子洗馬。沆詩今不存。然《梁書·文學傳》云："時文德殿置學士省，召高才碩

　　① 李延壽：《南史》卷二十六，中華書局，1975 年，第 709 頁。
　　② 魏徵、令狐德棻：《隋書》卷三十五，中華書局，1973 年，第 1077 頁。
　　③ 竟陵王開西邸延才俊爲士林館，畫其圖像，除宗夬外，還有王亮等。詳陳慶元：《王融年譜》（劉躍進、范子燁主編：《六朝作家年譜輯要》上册，黑龍江教育出版社，1999 年，第 478 頁）。
　　④ 魏徵、令狐德棻：《隋書》卷三十五，中華書局，1973 年，第 1077 頁。
　　⑤ 姚思廉：《梁書》卷五十一，中華書局，1973 年，第 733 頁。
　　⑥ 參見《齊梁佚詩存目考》中，《泉州師範學院學報》，2001 年第 3 期。

學者待詔其中，使校定墳史。詔沈通籍焉。時高祖讌華光殿，命群臣賦詩，獨詔沈爲二百字，三刻使成。沈於坐立奏，其文甚美。"又云："所著詩賦百餘篇。"①沈亦梁初才子無疑。

　　二四、謝朓（441—506）②。朓，字敬沖。父莊，宋著名詩人，《詩品》列入下品。年十歲，能屬文。莊游土山賦詩，使朓命篇，朓攬筆便成。宋孝武游姑蘇，敕莊攜朓從駕，詔使爲《洞井贊》，於坐奏之。起家法曹行參軍，入齊，累遷待中，又爲義興太守。梁武踐祚，詔以爲待中、司徒、尚書令。朓詩今不存，然任昉有《同謝朓花雪詩》，可知朓作過《花雪詩》一類的詩。謝朓永明中甚有詩名，《南齊書·謝瀹傳》："世祖嘗問王儉，當今誰能爲五言詩？儉對曰：'謝朓得父膏腴，江淹有意。'"③《隋書·經籍志》："《謝朓集》十五卷，亡。"④

　　二五、柳惲（462—507）。惲，字文通，父世隆。惲永明間爲巴東王子響友，隨子響至荆州；建武末爲梁、南秦二州刺史。入梁，官至太子詹事，加散騎常侍。惲詩今不存。《南史·柳元景附惲傳》云："（惲）嘗預齊武烽火樓宴，帝善其詩，謂預章王嶷曰：'惲非徒風韻清爽，亦屬文遒麗。'"此惲能詩之證。又云："天監二年元會（中略）。帝因勸之酒，惲時未卒爵，帝曰：'吾常比卿劉越石，近辭厄酒邪。'罷會，封曲江縣侯。帝因宴爲詩貽惲曰：'爾寔冠群后，惟余實念功。'"⑤劉越石即劉琨，西晉末詩人，《詩品》將其列入中品，鍾嶸

　　①　姚思廉：《梁書》卷四十九，中華書局，1973年，第686頁。
　　②　姚思廉：《梁書》卷十五《謝朓傳》："三年元會，詔朓乘小輿升殿。其年，遭母憂（元按：據《武帝紀》遭母憂在四年），尋有詔攝職如故。後五年……是冬薨於府，時年六十六。"（中華書局，1973年，第264頁）《南史》則云天監五年。本文暫從《南史》。
　　③　蕭子顯：《南齊書》卷四十三，中華書局，1972年，第764頁。
　　④　魏徵、令狐德棻：《隋書》卷三十五，中華書局，1973年，第1077—1078頁。
　　⑤　李延壽：《南史》卷三十八，中華書局，1975年，第986頁。

稱其詩"善爲淒戾之詞，自有清拔之氣。"比悋爲劉越石，足見悋亦才子之流。《隋書・經籍志》："撫軍將軍《柳悋集》二十卷。"①

二六、劉苞（482—511）。苞，字孝嘗。叔父劉繪，南齊詩人，《詩品》列在下品。苞好學，能屬文。梁初爲太子洗馬，掌書記，侍講壽光殿。《梁書・文學傳》："高祖即位，引後進文學之士，苞及從兄孝綽、從弟孺、同郡到溉、溉弟洽、從弟沆、吳郡陸倕、張率並以文藻見知，多預讌坐，雖仕進有前後，其賞賜不殊。"②孝綽兄弟、諸到、陸、張都是詩人。《南史・劉緬附苞傳》："受詔詠《天泉池荷》及《採菱調》，下筆即成。"③今存其詩二首，見《初學記》《藝文類聚》。《隋書・經籍志》："太子洗馬《劉苞集》十卷。"④

二七、高爽。生卒年不詳。《梁書・文學傳》："廣陵高爽，濟陽江洪、會稽虞騫，並工屬文。爽，齊永明中贈衛軍王儉詩，爲儉所賞，及領丹陽尹，舉爽郡孝兼。天監初，歷官中軍臨川王參軍。出爲晉陵令，坐事繫冶，作《鑊魚賦》以自況，其文甚工，後遇赦獲免，頃之卒。"⑤有文集。《南史・文學傳》高爽列于齊袁嘏（《詩品》列於下品）之後，云："時有廣陵高爽，博學多才。"⑥爽亦才子，其聲名當與嘏相埒。爽當卒于天監初。爽今存詩五首，見《玉臺新詠》《藝文類聚》《南史》。又，與高爽齊名的江洪，《詩品》已許其入下品。

二八、虞騫。生卒年不詳。與高爽、江洪齊名。今存詩五首，見《玉臺新詠》《藝文類聚》《初學記》。又作有《登禪岡寺望》《登樓

① 魏徵、令狐德棻：《隋書》卷三十五，中華書局，1973年，第1077頁。
② 姚思廉：《梁書》卷四十九，中華書局，1973年，第688頁。
③ 李延壽：《南史》卷三十九，中華書局，1975年，第1008頁。
④ 魏徵、令狐德棻：《隋書》卷三十五，中華書局，1973年，第1077頁。
⑤ 姚思廉：《梁書》卷四十九，中華書局，1973年，第699頁。
⑥ 李延壽：《南史》卷七十二，中華書局，1975年，第1768頁。

望遠歸》《詠扇》《古意》等詩[①]。

　　齊至梁初能詩者遠不止上述二十八人,逯欽立《齊詩》錄有詩的還有：王延、王僧祐、阮彦、王僧令、袁浮丘、劉瑱、虞通之、許瑤之、朱碩仙、石道慧、王晏等。《隋書‧經籍志》著錄的齊至梁初別集,除《詩品》已預宗流及上文所開列者外,還有二三十種。再者,《謝宣城詩集》涉及的能詩者至少還有：檀秀才、江朝請、陶功曹、朱孝廉、江孝嗣、伏曼容、何煦等。《詩品》下有江祐、江祀兄弟,而當時與"二江"相提並論的還有"雙劉"："朓常輕祐為人,祐常詣朓,朓因言有一詩,呼左右取,既而便停。祐問其故,云'定復不急'。祐以為輕己。後祐及弟祀、劉渢、劉宴俱候朓,朓謂祐曰：'可謂帶二江之雙流。'以嘲弄之。祐轉不堪……"(《南史‧謝裕附謝朓傳》)[②]"帶二江之雙流"出左思《蜀都賦》,"雙流"與"雙劉"諧音,指劉渢、劉宴。"二江"、"雙劉"如無相當的文學修養,不明"帶二江之雙流"之出處,則不必不堪。由"二江"能詩入品流推斷,"雙劉"也未必不能詩。

二

　　我們固然可以找出許多理由來為鍾嶸不許上述幾十個詩人不預才子宗流辯解,例如有的詩人作品較少,有的詩人成績不夠突出,等等。但是,對於那些已經入選的多數詩人,我們仍然很難確定他們當時究竟寫了多少詩,至於江祐兄弟、鮑行卿、孫察等,更是

---

　①　參見拙文《齊梁佚詩存目考》中,《泉州師範學院學報》,2001 年第 3 期。
　②　李延壽：《南史》,卷十九,中華書局,1975 年,第 534 頁。

一首詩也沒有流傳下來；由於沒有詩傳下來，如果也沒有其他可供討論和評價的線索，這些詩人的水準問題，我們今天如何辨明？當然，由於文獻的缺失，本文也不可能對上述未入宗流的所有詩人作逐一評定，從而決定其是否有資格進入《詩品》之行列。筆者認爲，上文論及的丘巨源、顧歡等二十八人在當時詩壇上都有過不同程度的影響，都寫過一些讓人注意的作品，如果孤立地逐一分析，也許看不出什麽深層次的問題，而綜合起來加以考察，或許可以進一步發現鍾嶸品詩在"才子""宗流"的取捨方面的某些標準。

首先，鍾嶸將齊武帝父子拒之宗流之外，有着難言之隱。《南齊書·周顒傳》記載鍾嶸之兄鍾岏，在國子時對國子祭酒何胤不敬事，因而遷怒竟陵王蕭子良。或以爲鍾嶸反過來又抱怨於子良，故未許子良兄弟進入品流行列。筆者認爲，鍾嶸是一位嚴肅的詩歌批評家，不至於藉著書立説之機爲兄泄憤。何胤後來隱居東若邪山，洪水拔樹發屋，唯胤室獨存，鍾嶸還作了一篇《瑞室銘》稱讚何胤，便可證明鍾嶸不記舊怨。筆者以爲，鍾嶸不許齊武帝父子預才子宗流有着深層次的政治原因，其根子在"今上"梁武帝身上。齊武帝第四子蕭子響，初爲豫章王嶷養子，後嶷有子，子響還本，爲都督、荆州刺史。子響斬長史劉寅等，齊武帝遣胡諧之等領羽林檢捕群小，敕"子響若束手自歸，可全其性命"，後又遣蕭衍之父丹陽尹蕭順之領兵繼之。而"文惠太子素忌子響，密遣不許還，令便爲之所"①。順之終將子響縊死。齊武帝甚恨順之，順之慚懼，感病憂死。蕭順之是齊武帝父子矛盾的犧牲品。《禮記·曲禮上》："父之仇，弗與共戴天。"鄭玄注："父者，子之天。殺己之天，與共戴天，非

① 李延壽：《南史·齊武帝諸子傳》卷四十四，中華書局，1975 年，第 1108—1109 頁。

孝子也。行求殺之乃止。"①殺父之仇，爲人子者非得把這個仇人
殺了纔肯罷休。蕭衍于天監元年（502）登基，即"追尊皇考爲文皇
帝，廟曰太祖"②。蕭衍是個孝子，作有《孝思賦》，其《序》云："年未
髫齔，内失所恃。""齒過弱冠，外失所怙。""今日爲天下主而不及供
養，譬之荒年而有七寶，饑不可食，寒不可衣。永慕長號，何解悲
思。乃于鍾山下建大愛敬寺，於青溪側造大智度寺，以表罔極之
情。"③因此，他對齊武帝父子的殺父之仇是不可諒解的。然而，齊
武帝生前並未洞察蕭衍之心，不豫時，還敕蕭衍、蕭懿（衍兄）與范
雲、王融爲帳内軍主。王融極力擁戴蕭子良，西昌侯蕭鸞則擁太
孫。然而蕭衍卻採取觀望的態度，謂范雲："左手據天下圖，右手刎
其喉，愚夫不爲。"④更有甚者，蕭鸞輔政，將爲廢立計，蕭衍還爲鸞
出謀獻策，成了謀害齊武諸子的幫兇（即鄭玄所謂"行求殺之"之
意）。《南史·梁本紀上》載：

　　鬱林失德，齊明帝作輔，將爲廢立計，帝（蕭衍）欲助齊明，
傾齊武之嗣，以雪心恥（元按：指順之之死），齊明亦知之，每
與帝謀。時齊明將追隨王，恐不從，又以王敬則在會稽，恐爲
變，以問帝。帝曰："隨王雖有美名，其實庸劣，既無智謀之士，
爪牙惟仗司馬垣歷生、武陵太守卞白龍耳。此並惟利是與，若
啗以顯職，無不載馳。隨王止須折簡耳。敬則志安江東，窮其
富貴，宜選美女以娛其心。"齊明曰："亦吾意也。"即徵歷生爲

---

①　阮元校刻：《十三經注疏》，中華書局影印本，1980年。

②　姚思廉：《梁書·武帝紀》中卷二，中華書局，1973年，第35頁。

③　大愛敬寺雖建于普通元年（詳《建康實錄》卷十七梁上《高祖武皇帝》），然蕭衍
之孝思則是一貫的。

④　李延壽：《南史》卷二十一，中華書局，1975年，第577頁。

太子左衞率，白龍游擊將軍，並至。續召隨王至都，賜自盡。①

《南史·王敬則傳》也有類似記載。蕭衍登基之後，對此事諱莫如深。《南史·吳均傳》云，吳均"私撰《齊春秋》奏之，書稱帝爲明帝佐命，帝惡其實錄"，"敕付省焚之，坐免職。"②吳均《齊春秋》的要害，並不在於"私撰"，而在於"實錄"了蕭衍佐明帝殺齊武諸子。值得注意的是，吳均撰寫《齊春秋》的時間和鍾嶸撰《詩品》十分接近。儘管齊武帝蕭賾及諸子均頗有文才，也儘管隨王蕭子隆是鍾嶸恩師王儉的快婿，礙於蕭衍在齊世與蕭賾父子的蒂芥，鍾嶸在撰《詩品》時就不能不小心迴避齊武及其諸子了。

　　既然主要是出於政治上的原因齊武帝父子被拒之於《詩品》宗流之外，那麼，對於那些曾游于齊武諸子門下的詩人、特別是關係很深或較深的詩人，鍾嶸在是否許其預宗流時就不能不加以考慮了。和齊武關係很深或較深的詩人有兩種情況。一種是，這些詩人確實是齊梁之際詩壇上的領袖人物，或詩歌成就特別突出的人物，例如沈約、謝朓、任昉、王融，甚至劉繪，抹殺他們無異於抹殺一代的詩歌，他們是鍾嶸撰寫《詩品》不能缺少的當代才子，試想，如果《詩品》沒有沈、謝、任、王、劉，鍾嶸筆下的齊梁詩壇將會怎樣！另一種情況是，另一些詩人在詩壇上雖然有不同程度的地位和影響，但尚未達到舉足輕重的地步，在棄與取之間，鍾嶸綜合藝術的、政治的各種因素，加以判別，有的被列進來了，有的則被摒棄了。在我們所考察的詩人中，周顒、何僩、虞炎都受過文惠太子的禮遇，

①　李延壽：《南史》卷六，中華書局，1975 年，第 169 頁。
②　李延壽：《南史》卷七十二，中華書局，1975 年，第 1781 頁。

陸慧曉、王思遠、袁彖都與竟陵王蕭子良有較深的瓜葛,柳惔曾爲巴東王蕭子響友,王秀之、宗夬都是隨王蕭子隆的僚屬。這裏,我們提到的詩人有八人,如果加上上面我們所列的蕭賾及其子孫六人,就有十四人之多,佔了二十八人名單中的一半。

在南齊之時,有些詩人的政治觀點或政治態度和蕭衍很不同,例如袁彖。《南史·齊武帝諸子傳》云:

> 子良既亡,故人皆來奔赴,陸惠(《南齊書》作慧)曉于邸門逢袁彖,問之曰:"近者云云,定復何謂?王融見殺,而魏準破膽。道路籍籍,又云竟陵不永天年,有之乎?"答曰:"(中略)若不立長君,無以鎮四海。王融雖爲身計,實安社稷,恨其不能斷事,以至於此。道路之談,自爲虛説耳,蒼生方塗炭矣,政當瀝耳聽之。"①

袁彖是站在齊武帝或者説齊政權的立場上來評價王融及看待立嗣的,故對蕭子良之死有所遺憾,比較公允。蕭衍爲"雪心恥"之恨,故助齊明帝誅殺武帝諸子,並將原來也是西邸舊友的王融視爲"豎、刁"②。袁彖與蕭衍政治觀點差異如此懸殊,自然爲蕭衍所不喜。再看宗夬。蕭子隆永明八年爲鎮西隨王,九年之荆州,蕭衍爲其咨議。蕭衍臨行,任昉、宗夬、蕭琛都有詩送別,衍亦有答詩,可見,當日蕭衍與宗夬的關係還是挺不錯的。後來,隨着政治形勢的變化,他們之間的政治態度也就不大一樣了。《梁書·文學

---

① 李延壽:《南史》卷四十四,中華書局,1975年,第1105頁。
② 李延壽:《南史》卷六《梁本紀》上,中華書局,1975年,第169頁。

傳》①云：

> 齊隨王子隆爲荆州，召（庾於陵）爲主簿，使與謝朓、宗夬抄撰群書。子隆代還，又以爲送故主簿。子隆尋爲明帝所害，僚吏畏避，莫有至者，唯於陵與夬獨留，經理喪事。②

如前所引，齊明帝原有意于隨王子隆，在蕭衍的聳動之下改變了主意，繼而殺之。子隆之死，群下避之唯恐不及，祗有庾於陵和宗夬不忘舊恩，冒着風險出來料理喪事。蕭衍是一個頗記舊日怨仇的國君。梁初，武帝蕭衍嘗於樂壽殿内宴，領軍將軍張稷"多怨辭形於色"③，得罪蕭衍。蕭衍當時並没發作，可是直到天監十二年張稷卒後，他對此事仍耿耿於懷，還向沈約提及。而沈約反過來勸説："已往之事，何足復論？"没想到蕭衍聽罷甚怒，弄得沈約狼狽不堪④。比起庾於陵與宗夬料理隨王子隆的喪事來，張稷發了一點牢騷顯然就微不足道了。蕭衍雖然登基爲帝，但昔日助齊明殺害武帝諸子之事更是摸不得的"傷疤"。梁朝初建，爲了籠絡和穩定人心，蕭衍給宗夬這類人一官半職，是不難理解的。但是，憑蕭衍的個性和爲人，他未必容忍他人對那些與齊武諸子關係密切、且還夠不上詩壇領袖者加以稱頌——例如加上"才子"頭銜什麽的。這

---

① 姚思廉：《梁書》卷四十九《文學傳》上，中華書局，1973年，第689頁。
② 姚思廉：《梁書》卷四十九《文學傳》上："（庾於陵）出爲宣毅晉安王長史、廣陵太守，行府州事，以公事免。復起爲通直郎，尋除鴻臚卿，復領荆州大中正。卒官"（中華書局，1973年，第689頁）。晉安王爲宣毅在天監九年。於陵卒官當在此後二三年或稍晚，如卒時也在天監十二年（沈約卒於是年）或稍前，或也是一位不入《詩品》品流的一位詩人。
③ 李延壽：《南史》卷三十一《張裕附張稷傳》，中華書局，1975年，第818頁。
④ 詳姚思廉：《梁書》卷十三《沈約傳》，中華書局，1973年，第242—243頁。

一點，鍾嶸必然是十分清楚的。

三

藝術批評方面，鍾嶸在品評齊梁詩人時也不能不考慮梁武帝蕭衍的存在。《〈詩品〉序》云：

> 方今皇帝，資生知之上才，體沈鬱之幽思，文麗日月，賞究天人，昔在貴游，已爲稱首。況八紘既奄，風靡雲蒸，抱玉者聯肩，握珠者踵武。固以瞰漢、魏而不顧，吞晉、宋於胸中。諒非農歌轅議，敢致流別。

這段對梁武帝評價的話，切不可將它等同于《文心雕龍》“皇齊馭寶”的泛泛之論。劉勰對晉宋以來的文學家詩人抱着謹慎的態度，連顏、謝也是存而不論。鍾嶸《詩品》的一大特色是品評當代詩人，齊梁詩人入品者就多達三十八人，約佔三分之一。對當代詩人的批評，遠比對往代詩人的批評困難，儘管當代所批評的都是過世的詩人，但是與所批評詩人有着各種關係的門生故友大都仍然健在，這是不能迴避或繞過去的事實。梁武帝蕭衍的存在給鍾嶸的批評帶來不小的“壓力”。“生資之上才”，祇有蕭衍纔是“才子”中的“上才”，品中的上上之品。“昔在貴游，已爲稱首”，號爲“一代辭宗”的沈約也好，“二百年來無此詩”的謝朓也好，統統不在話下，評價肯定不可能太高；范雲、任昉、王融當然更在其次。至於嗟慕、仿效沈、謝、任、王的少年士子則祇能是其次中的其次了。《〈詩品〉序》說：“學謝朓劣得‘黃鳥度青枝’。”這位學謝而更劣于謝的後進者正是虞炎,其《玉階怨》詩今存。《詩品》中"謝朓"條、"任昉"條都有對後進士子的仿效進行批評。因此,虞炎一類詩人被排斥在才子宗流之外實也在情理之中。

梁武帝蕭衍雖然在一定程度上掣肘鍾嶸的當代詩歌批評,但鍾嶸仍有自己形式上和藝術上批評的標準。蕭衍不懂四聲,作詩也不用四聲,鍾嶸反對人爲的聲律,提倡自然聲律,鍾嶸是不是迎合蕭衍,我們没有更多的證據,不好妄下結論。蕭衍以自己博記事典來炫耀才學,例如與沈約策粟事等,而鍾嶸對殆同書抄的詩文則深惡痛絶。鍾嶸在品評具體詩人時,對陸機、顔延之典雅一派及能存古意之詩比較重視,其評謝超宗等七人之詩云:"檀、謝七君,並祖襲顔延,欣欣不卷,得士大夫之雅致乎?"他認爲大明、泰始,鮑、休美文殊已動俗,影響所及至于齊初,唯此諸人固執不移,難能可貴。鍾嶸從祖鍾憲正史無傳,劉祥、檀超長於史筆,詩今不存,此數人當時詩名未必高,而鍾嶸還是許其進入《詩品》稱爲才子,這與他典雅的詩學觀有着密切關係。"張欣泰、范縝"條云:"欣泰、子真,並希古勝文,鄙薄俗制,賞心流亮,不失雅宗。""鄙薄俗制","不失雅宗",當指張、范不屑作當世流行詩體,即張、范詩既異于鮑、休俗制,也與沈約的長於清怨不同,還有可能也不作永明體詩。張詩今無存,范僅存兩個詩題而已。張、范當時詩名不甚盛,能入《詩品》,亦鍾嶸品詩標準使然。"陸厥"條云:"觀厥文緯,具識丈夫之情狀。自製未優,非言之失也。"陸厥"五言詩體甚新變"[1],詩作得並不怎麽樣,但其反對永明聲律説的理論與鍾嶸的見解甚相近,所以勉強預才子之流,此是以論存人而非以詩存人之例。齊梁間一位很有

---

[1]　蕭子顯:《南齊書·文學傳》卷五十二,中華書局,1972年,第897頁。

詩名的詩人謝朓,王儉將他與江淹並提,認爲是當世五言詩的佼佼
者。鍾嶸爲什麼没能贊同其師王儉的意見,以至不許謝朓入《詩
品》? 這可能與謝朓在永明中後期詩風起變化有關係。朓詩今不
存,唯一爲我們提供線索的是任昉的一首《同謝朓花雪詩》:

　　　　土膏候年動,積雪表晨暮。散葩似浮玉,飛英若總素。東
　　序皆白珩,西雕盡翔鷺。山經陋蜜榮,騷人貶瓊樹。①

據此,我們知道謝朓作過一首《花雪詩》,而《花雪詩》的内容、風格、
情調當與任昉此詩相近。謝朓《花雪詩》一類的詩,也當與永明詩
人詠物詩差不多,體制短小,講四聲,纖巧,不用比興,不講寄托,
"患在意浮"②,鍾嶸對永明體詩總的評價並不太高,或許是出於這
一原因,謝朓詩也爲鍾嶸所不喜。

　　鍾嶸的《詩品》,作爲一部齊梁間重要的詩歌批評著作,二十世
紀以來,研究已經相當深入了。但一般的研究,是從鍾氏所評的詩
人入手,從"正面"來看他是怎樣評詩的,並從中歸結出其詩學觀和
詩評手段、方法、興趣、好尚,這無疑是對的。在《詩品》的研究中,
還有一種觀點,即凡被列入《詩品》的詩人,都是某一個朝代重要或
比較重要的詩人,這種説法,總體上説是没有什麼不對的,尤其是
那些被列入上品和中品的詩人(甚至包括下品的某些詩人)更是如
此。但是,如果我們换一個視角來看《詩品》,即從"另一面"來看鍾

---

　　① 逯欽立編:《先秦漢魏晉南北朝詩》中册《梁詩》卷五,中華書局,1983 年,第
1600 頁。
　　② 鍾嶸《詩品序》(鍾嶸撰,陳延傑注:《詩品注》,人民文學出版社,1961 年,第
2 頁)。

嶸爲什麽將一些當時還是比較優秀、詩名較盛的詩人棄于《詩品》之外，又將得出什麽結論呢？對那些勉强進入下品與被摒棄在品外的成績尚比較突出的詩人之間，正如上品與中品之間、中品與下品之間一樣，在取捨時，並不存在一道不可逾越的“鴻溝”，有時僅爲“一念頭之差”（當然有時也有比較深刻的原因）。上文提到的陸厥，入選《詩品》並非他的詩好，而是他的“論”好，按《詩品》體例，不存亦無不可。再如諸暨令袁嘏，詩平平而已，卻“多自謂能”，多少還有點兒“可惡”，不入《詩品》也罷，而因爲他對徐孝嗣說了一句：“我詩有生氣，須人捉着，不爾，便飛去。”[1]佚聞可採，故存之。上文列了二十八個未入品流的詩人，本文並非强調二十八個詩人都必須與已入品流者比個高低不可，我們把他們羅列出來，進行整體分析與把握，祇是想換一種思考的路徑，從“另一面”來看問題，從“另一面”來作研究而已。

　　從上文的論述分析，我們大體得出兩個結論，一是通過對品外詩人的考察研究，發現鍾嶸不許某些才子進入《詩品》宗流，與梁武帝蕭衍在齊代政治鬥争複雜背景有關，也與鍾嶸自己文學觀和品詩標準有關。後者比較容易理解，關於前者，有必要再討論幾句。梁武帝蕭衍愛文，早年爲“竟陵八友”之一，能詩。入梁後，常常舉行宴會令文士群臣賦詩，提倡文學，這是一方面；另一方面，由於至尊的地位，對昔日詩友的才華難免有些嫉妒，特別是對他在南齊時佐明帝殺害齊武子孫的那一段歷史諱莫如深，特別敏感，這樣一來，鍾嶸在撰《詩品》時就未免感到棘手。當然，鍾嶸並不是對所有與齊武子孫有關的人事都極力迴避的，例如，他對王融還是給予較

---

①　鍾嶸撰，陳延傑注：《詩品注》下，人民文學出版社，1961年，第73頁。

積極的評價，這説明，他還是有勇氣，也比較正直。但是，他又不能不對梁武有所回護，不能不在大多數的情況下有所遷就。本文對《詩品》齊梁間品外詩人的排比、探究，就頗説明這一點。本文的研究，再次證明，文學或詩歌的批評在很多場合中是擺脱不了政治干係的。在過去很長的時期，我們的文學批評或詩歌批評，常常忽視藝術本體的評論，而太過於注重政治的批評，甚至把文學批評、詩歌批評與政治批評等同起來，成了簡單的"貼標籤式"的批評，缺陷明顯，以至讓人生厭。但有意思的是，在鍾嶸《詩品》的研究過程中，卻大多注重其詩歌本體和詩歌美學的批評，很少涉及齊梁間的政治鬥爭的複雜背景，很少分析梁武帝蕭衍作爲一代君主對鍾嶸詩歌批評的掣肘作用。出於這樣的考慮，本文不得不再一次強調，齊梁間的複雜政治因素和作爲一代君主的蕭衍的存在，是《詩品》將一些本當可以稱得上"才子"的詩人摒棄在"宗流"之外的一個重要原因。

齊梁佚詩存目考

　　齊梁兩代七十餘年，産生一大批有影響的詩人，是我國文學發展的重要時期之一。但經歷侯景之亂、江陵陷落、隋平陳等歷史事件，隋代牛弘已有江表圖書"十纔一二"①之嘆，唐初《隋書·經籍記》所記兩代的文集不少已散佚或不全。隋唐以後齊梁的文集又不斷散失，例如被梁元帝蕭繹稱爲"詩多而能"②的沈約，原有集百卷，宋代祇剩十九卷，到明人編沈集時卻連這十九卷都不可見。梁天監中後期鍾嶸品詩，列入下品的劉祥、檀超、顔測、江祐、江祀、王巾、卞彬、卞鑠、袁嘏、張欣泰、鮑行卿、孫察十二人（約佔《詩品》齊梁詩人的三分之一）的詩一篇無存③。丁福保先生和逯欽立先生對先秦至南北朝詩的廣泛搜集，可以說已經相當宏富。自 1983 年《先秦漢魏晉南北朝詩》出版後，間或有學者發現若干佚詩，但比起《先秦漢魏晉南北朝詩》全帙來，其數量可以說是微不足道的。同時，我們還可以推想，假如没有秘籍及考古重大發現，今後唐前詩

---

　　①　魏徵、令狐德棻：《隋書》卷四十九《牛弘傳》，中華書局，1973 年，第 1299 頁。
　　②　姚思廉：《梁書》卷四十九《文學何遜傳》，中華書局，1973 年，第 693 頁。
　　③　《南齊書·文學丘靈鞠傳》有靈鞠挽宋孝武殷貴妃詩二句，《先秦漢魏晉南北朝詩》失收，故有些《詩品》的注本誤以爲靈鞠詩，今不存。

的輯佚工作雖仍可以做，但成果可能有限。

　　嚴可均編《全上古秦漢三國六朝文》，間或録有"存目"，這對讀者了解某作家除了流傳下來的作品外，還寫過哪些作品提供了一些便利，例如《全梁文》卷六十七任孝恭，録其《武帝集序》、《建陵寺刹下銘》，注：文佚。《全上古秦漢三國六朝文》收録的存目不多，且無注明出處。受嚴可均的啓發，《先秦漢魏晉南北朝詩》能不能也編個存目來，爲研究者提供一點方便？筆者擬先從齊梁詩入手做些考訂工作，如果能成功，將來再進一步擴展。本文編序大體依《先秦漢魏晉南朝詩》，《先秦漢魏晉南北朝詩》未及之詩人則適當插入。《先秦漢魏晉南北朝詩》收入之詩人均有小傳，本文則對未及之詩人酌作介紹。典籍有詩題的，照録詩題；無詩題的，酌擬詩題，並於題後加 * 號以示區別。齊梁詩存目，有些在判定主名時很難決斷，本文祇好暫時闕如。本文僅考存目(間或考訂詩之作年及逯欽立《齊詩》、《梁詩》之偶失)，至於存目在文學史研究方面的利用，將另文論述。

齊高帝蕭道成(齊詩卷一)

　　《宣武堂宴會詩》*

　　《南齊書·高帝紀》：建元元年九月"戊申，車駕幸宣武堂宴會，詔諸王公以下賦詩"①。王公以下能詩者至少有：皇太子蕭賾，皇子武陵王蕭曄，皇孫南郡王蕭長懋，右僕射王儉，侍中王僧虔等。疑高帝亦有詩作。

　　《樂游苑宴會詩》*

　　《南齊書·高帝紀》：建元二年三月"己亥，車駕幸樂游苑宴

---

①　蕭子顯：《南齊書》卷二，中華書局，1972 年，第 35 頁。

會,王公以下賦詩"①。賦詩者當略同於《宣武堂宴會詩》。

齊武帝蕭賾(齊詩卷一)

《青溪宮小會詩》*

《南齊書·武帝紀》:永明元年春正月"爲築青溪舊宮,詔槷仗瞻履"②。又二年"秋七月癸未,詔曰:'夫樂所自生,先哲垂誥,禮不忘本,積代同風。是以漢光遲回於南陽,魏文殷勤於譙國。青溪宮體天含暉,則地棲栖寶,光定靈源,允集符命。在昔期運初開,經綸方遠,繕築之勞,我則未暇。時流事往,永惟哽咽,朕以寡薄,嗣奉鴻基,思存締構,式表王迹。考星創制,揆日興功,子來告畢,規摹昭備。宜申釁落之禮,以暢感尉之懷,可克日小會。'……八月丙午,車駕幸舊宮小會,設金石樂,在位者賦詩。"③(按:《建康實錄·齊世祖武皇帝》繫車駕幸青溪舊宮,在位者賦詩於七月,當以《南齊書》爲是)在位能詩者至少有:皇太子蕭長懋,護軍將軍兼司徒竟陵王蕭子良,衛軍、丹陽尹王儉,左光禄大夫王僧虔,太子家令沈約等。疑武帝亦有詩作。

王儉(《齊詩》卷一)

《講解》

《藝文類聚》卷七十六有沈約《和王衛軍講解詩》,可知王儉作有《講解》。據《南齊書·王儉傳》儉永明元年進號衛軍將軍,此詩當作於此年或稍後。

① 蕭子顯:《南齊書》卷二,中華書局,1972年,第36頁。
② 蕭子顯:《南齊書》卷三,中華書局,1972年,第47頁。
③ 蕭子顯:《南齊書》卷三,中華書局,1972年,第48—49頁。

《贈袁粲》*

《文選》卷四十六任昉《王文憲集序》:"時粲位亞臺司,公年始弱冠,年勢不侔,公與之抗禮。因贈粲詩,要以歲暮之期,申以止足之戒。粲答詩曰:'老夫亦何寄,之子照清襟。'"①按:粲答詩二句《宋詩》卷十失載。

武陵昭王蕭曄

《學謝靈運體》*

《南齊書·高帝十二王傳》:"曄剛穎儁出,工弈棋,與諸王共作短句,詩學謝靈運體,以呈上,報曰:'見汝二十字,諸兒作中最爲優者。但康樂放蕩,作體不辨有首尾……'"②曄,字宣照(467—494)句,齊高帝第五子。建元中,爲散騎常侍,祠部尚書。永明中,爲侍中,護軍將軍,武帝臨崩,遺詔爲衛將軍,開府儀同三司。隆昌元年薨,年二十八。

文惠太子蕭長懋(《齊詩》卷一)

《七言詩》*

《南齊書·五行志》:"文惠太子作七言詩,後句輒云'愁和諦'。後果有和帝禪位。"③

何佟

《楊畔歌》

《南史·袁湛附袁彖傳》:"于時何佟亦稱才子,爲文惠太子作

---

① 蕭統編,李善注:《文選》卷四十六,中華書局影清胡克家刻本,1977年,第654頁。
② 蕭子顯:《南齊書》卷三十五,中華書局,1972年,第624—625頁。
③ 蕭子顯:《南齊書》卷十九,中華書局,1972年,第382頁。

《楊畔歌》，辭甚側麗，太子甚悦，（袁）廓之諫曰：'夫《楊畔》者，既非典雅，而聲甚哀思，殿下當降意《簫韶》，奈何聽亡國之響。'太子改容謝之。"①個，東海郯人，何遜從叔，位至臺郎。

齊竟陵王蕭子良（《齊詩》卷一）

《郡縣名詩》

《藝文類聚》卷五十六有王融、范雲、沈約《奉和竟陵王郡縣名詩》各一首，可知蕭子良作有《郡縣名詩》。按：此詩與《藥名詩》《抄書詩》《游仙詩》當作於永明五年或稍後（詳陳慶元《沈約集校箋·沈約事迹詩文繫年》，浙江古籍出版社，1995年）。

《藥名詩》

《藝文類聚》卷五十六有沈約《奉和齊竟陵王藥名詩》，可知蕭子良有《藥名詩》。王融有《藥名詩》（《古詩類苑》卷八十一），不知是否亦奉和之作。

《抄書詩》

《初學記》卷十二有沈約《奉和竟陵王抄書詩》，可知蕭子良有《抄書詩》。《藝文類聚》卷五十五有王融《抄衆書應司徒教詩》，疑爲同時之作。

《游仙詩》

《藝文類聚》卷七十八有沈約《（奉）和竟陵王游仙詩》二首。《初學記》卷二十三存其第二首。可知蕭子良作有《游仙詩》。

《古文苑》卷九有王融《游仙詩》五首，章樵注："蓋奉子良之命而作。"②

---

① 李延壽：《南史》卷二十六，中華書局，1975年，第709頁。
② 章樵注：《古文苑》二，《叢書集成初編》本，商務印書館，1937年，第209頁。

《永明樂》十首

《南齊書·樂志》:"《永平樂歌》者,竟陵王子良與諸文士造奏之。人爲十曲。"①按:"平"當作"明"。《藝文類聚》卷四十二《謝齊竟陵王示〈永明樂歌〉啓》,《樂府詩集》卷七十五沈約《永明樂》一首,謝朓、王融各十首,謝詩"永明一爲樂",王詩"生逢永明樂",均可證。

隨郡王蕭子隆(《齊詩》卷一)

《雜詩》*

《謝宣城詩集》卷五有《奉和隨王殿下》十六首,明依宋鈔本目錄作《和隨王雜詩》一十六首。隨王即蕭子隆,齊永明九年爲鎮西將軍、荊州刺史。隨王在荊州所作詩若千首,謝朓和之。時間在永明九、十年間(詳陳慶元《謝朓詩歌繫年》,《文史》21輯,中華書局,1984年)。

南海王蕭子罕

《詠秋胡妻》

《古文苑》卷九有王融《奉和南海王殿下詠秋胡妻》七首,章樵注:"南海王子罕,齊武帝子。"②可知子罕作有《詠秋胡妻》詩。按:子罕(479—495)爲齊武帝第十一子,字雲華,永明元年封南海王。六年,爲北中郎將,南琅邪彭城二郡太守;十年,爲持節,都督南兗兗徐青冀五州軍事、征虜將軍、南兗州刺史。建武元年,轉護軍將軍。二年,見殺,年十七。

---

① 蕭子顯:《南齊書》卷十一,中華書局,1972年,第196頁。
② 蕭子顯:《南齊書》卷十二,中華書局,1972年,第212頁。

巴陵王蕭昭胄

《爲會稽西方寺作禪圖九相詠》十首

目見僧祐《出三藏記集》卷十二《巴陵雜集目録》卷下，僧祐《齊
竟陵王世子撫軍巴陵王法集序》："觀其摛賦《經聲》，述頌綉像，《千
佛願文》，《捨身》弘誓，《四城》、《九相》之詩，釋迦十聖之讚，並英華
自凝，新聲間出。故僕射范雲篤賞文會，雅相嗟重，以爲後進之佳
才也。"①齊竟陵王世子即蕭昭胄。昭胄，字景胤，竟陵王蕭子良世
子，官侍中，領驍騎將軍，轉散騎常侍，太常。永元元年改封巴
陵王。

《四城門詩》四首

參見上條。

《法味嘆德》二首

參見上條。

王融（《齊詩》卷二）

《三月三日曲水詩》

《南齊書·王融傳》："（永明）九年，上幸芳林薗禊宴朝臣，使融
爲《曲水詩序》，文藻富麗，當世稱之。"②《文選》卷四十六王融《三
月三日曲水詩序》："有詔曰：今日嘉會，咸可賦詩。凡四十有五
人。"③四十五人，王融當在其中。又《謝宣城詩集》卷一有《侍宴華
光殿曲水奉敕爲皇太子作詩》（九章）、《三日侍華光殿曲水宴代人

　①　釋僧祐撰，蘇晉仁點校：《出三藏記》卷十二，中華書局，1995年，第455頁。
　②　蕭子顯：《南齊書》卷四十七，中華書局，1972年，第821頁。
　③　蕭統編，李善注：《文選》卷四十六，中華書局影清胡克家刻本，1977年，第
652頁。

應詔詩》(十章)、《三日侍宴曲水宴代人應詔詩》(九章)。

蕭穎胄

《登烽火樓應詔詩》*

《南齊書·蕭赤斧附蕭穎胄傳》:"穎胄好文義,弟穎基好武勇,世祖登烽火樓,詔群臣賦詩。穎胄詩合旨,上謂穎胄曰:'卿文弟武,宗室便不乏才。'"①按:穎胄(462—501),字雲長,南竺陝人。父赤斧爲高祖從祖弟。弘厚有父風。起寧秘書郎,永明中,除黃門郎,領四廂直,遷衛尉。明帝時,爲持節,督南兖兖徐青冀五州諸軍事、輔國將軍。南兖州刺史。蕭衍起兵,穎胄與之定契。中興元年,領吏部尚書,監八州軍事,行荊州刺史。卒,年四十。

丘巨源(《齊詩》卷二)

《秋胡詩》

《南齊書·文學丘巨源傳》:"沈攸之事,太祖使巨源爲尚書符荊州,巨源以此又望賞異,自此意常不滿。高宗爲吳興,巨源作《秋胡詩》,有譏刺語,以事見殺。"②按:明帝蕭鸞爲吳興在永明二年至四年間。

王仲雄(《齊詩》卷二)

《贈謝朓》

《謝宣城詩集》卷三有《答王世子》詩。王世子,即王仲雄。《南齊書·王敬則傳》:"帝既多殺害,敬則自以高、武舊臣,心懷憂

---

① 蕭子顯:《南齊書》卷三十八,中華書局,1972年,第665頁。
② 蕭子顯:《南齊書》卷五十,中華書局,1972年,第896頁。

恐……敬則諸子在都,憂怖無計。上知之,遣敬則世子仲雄入東安慰之。"①此一。仲雄作有《懊儂曲歌》,能詩,此二。仲雄弟季哲,與謝朓唱和《怨情詩》;仲雄妹適朓,故朓詩云:"有酒招親朋。"此三。

張融(《齊詩》卷二)

《免官詩》*

《梁書·處士何點傳》:"吳國張融少時免官,而爲詩有高尚之言。"②

參見何點《答張融》條。

徐孝嗣(《齊詩》卷二)

《詩一首》*

《南史·王鎮之附王晏傳》:"又望錄尚書,每謂人曰:'徐公應爲令。'又和徐詩云:'槐序候方調。'"③孝嗣今存《白雪歌》、《答王儉詩》二首,前一首詠雪,後一首作於永明中王儉過世之前,而王晏望錄尚書事在明帝時,故知王晏所和爲孝嗣另一已亡佚之詩。

丘靈鞠

《挽歌》三首

《南齊書·文學丘靈鞠傳》:"宋孝武殷貴妃亡,靈鞠獻挽歌詩

---

① 蕭子顯:《南齊書》卷二十六,中華書局,1972年,第486頁。
② 姚思廉:《梁書》卷五十一,中華書局,1973年,第733頁。
③ 李延壽:《南史》卷二十四,中華書局,1975年,第658頁。

三首，云'雲橫廣階闇，霜深高殿寒。'帝摘句嗟賞。"①按："雲橫"二句，《齊詩》失收。靈鞠，吳興烏程人。宋時爲員外郎、正員郎領本州中正，兼中書郎。入齊，掌知國史，出爲鎮南長史，尋陽相，遷尚書左丞，永明二年，領驍騎將軍。著《江左文章録序》，文集行於世。

《冬盡難離》

《江醴陵集》有《冬盡難離和丘長史》，俞紹初、張亞新《江淹集校注》上編，以爲丘長史疑即丘靈鞠（中州古籍出版社，1994 年）。丘靈鞠當作有《冬盡難離》詩。

《當春四韻》

《江醴陵集》有《當春四韻同□左丞》，《江淹集校注》上編以爲脱字爲"丘"，丘左丞即丘靈鞠，丘靈鞠當作有《當春四韻》詩。

伏曼容

《登孫權故城》

《文選》卷三十有謝朓《和伏武昌登孫權故城詩》，李善注："徐勉《伏曼容墓志序》曰：曼容爲大司馬諮議參軍，出爲武昌太守。"②

王季哲

《怨情詩》

《玉臺新詠》卷四有謝朓《同王主簿怨情》，《文選》卷三十"同"作"和"，李善注："集云：王主簿名季哲。"③《謝宣城詩集》卷四作《和王主簿季哲怨情》。季哲（？—498），王敬則子，仲雄弟，晉陵南

---

① 蕭子顯：《南齊書》卷五十二，中華書局，1972 年，第 889 頁。
② 蕭統編，李善注《文選》卷三十，中華書局影清胡克家刻本，1977 年，第 431 頁。
③ 蕭統編，李善注《文選》卷三十，中華書局影清胡克家刻本，1977 年，第 432 頁。

沙人。爲記室參軍。齊明帝永泰元年王敬則反,季哲於宅被殺。
敬則女適謝朓。

《有所思》

《玉臺新詠》卷十、《謝宣城詩集》卷四有《同王主簿有所思》。
王主簿,即王季哲。

庾杲之

《移病》

《初學記》卷十一有沈約《和左丞庾杲之移病》,可知庾杲之作
有《移病》詩。杲之(441—491),字景行,新野人,齊建元中爲尚書
左丞,永明年間爲王儉衛軍長史,終太子右衛率,加通直常侍。九年
卒,年五十一。沈約作《傷庾杲之》以懷之。按:此詩當作於建元三、
四年間(詳陳慶元:《沈約集校箋》卷十,浙江古籍出版社,1995 年)。

王思遠(《齊詩》卷五)

《聞琴》

《謝宣城詩集》卷四有《和王中丞聞琴詩》。王中丞即王思遠。
《文選》卷三十有沈約《應王中丞思遠詠月》。《南齊書·王思遠
傳》:世祖詔舉士,竟陵王子良薦思遠,後爲司徒咨議參軍,轉黃門
郎。高宗輔政,遷御史中丞。[1] 謝朓爲中書郎,與思遠同在台省,
故有唱和之作。

《詠月》

《文選》卷三十有沈約《應王中丞思遠詠月》,可知思遠作有《詠

---

① 蕭子顯:《南齊書》卷四十三,中華書局,1972 年,第 765 頁。

月》詩。

陸慧曉(《齊詩》卷五)

《百姓名詩》

《藝文類聚》卷五十六有沈約《和陸慧曉百姓名詩》,可知陸慧曉作有《百姓名詩》,按:此詩當作於永明五年或稍後(參見《沈約集校箋》卷五及附錄《沈約事跡詩文繫年》)。

顧胐

《贈內弟韓卿》*

《文選》卷二十六有陸厥(字韓卿)《奉答內史希叔》詩,李善注:"顧氏家譜曰:胐字希叔,邵陵王國常侍。"①邵陵王,齊武帝第十四子蕭子貞,明帝建武二年見害,年十五。

劉繪(《齊詩》卷五)

《仙詩》

《藝文類聚》卷七十八有沈約《和劉中書仙詩》,劉中書當爲劉繪。劉繪當作有《仙詩》。《南齊書·劉繪傳》:"徵還爲安陸王護軍司馬,轉中書郎,掌詔誥。救助國子祭酒何胤撰治禮儀。"②據《南齊書·武十七王傳》,安陸王子敬永明七年爲護軍將軍,又據《南齊書·百官志》,永明八年何胤爲祭酒,議服禮。此詩當作於永明七、八年或稍後。劉繪又有《詠博山香爐》詩,沈約有《和劉雍州繪博山

---

① 蕭統編,李善注《文選》卷二十六,中華書局影清胡克家刻本,1977 年,第371 頁。

② 蕭子顯:《南齊書》卷四十八,中華書局,1972 年,第 841 頁。

香爐》,均見《初學記》卷二十五。

何煦

《落日》

《謝宣城詩集》卷四有《落日同何儀曹煦》,可知何煦作有《落日》詩。何煦,生平不詳,曾官儀曹(或議曹)。

《郊游》二首

《謝宣城詩集》卷四有《和何議曹郊游》二首,何議曹或即上條的何煦,如推斷不誤,何煦還作有《郊游》二首。

劉休

《別詩》*

《江醴陵集》有《應劉豫章別》,《江淹集校注》上編以爲劉豫章疑爲劉休。按:據《南齊書·劉休傳》,休建元四年出爲豫章內史,當作有《別詩》,而江淹應之。休(429—482),字弘明,沛郡相人,宋時爲邵陵王安南長史,除黃門郎,寧朔將軍,前軍長史。入齊,爲御史中丞。建元四年,爲豫章太守,加冠軍將軍,卒,年五十四。

王文和

《別江夏王鋒》*

《南史·齊高帝諸子傳下》:"(江夏王鋒)善與人交,行事王文和、別駕江祏等,皆相友善。後文和被徵爲益州,置酒告別,文和流淚曰:'下官少來未嘗作詩,今日違戀,不覺文生於性(疑當作情)。'"①

_____

① 李延壽:《南史》卷四十三,中華書局,1975 年,第 1088—1089 頁。

文和,下丕人。宋時爲義陽王昶征北府主簿、巴陵内史。齊永明中,歷青、冀、兗、益四州刺史,平北將軍。

釋寶月(《齊詩》卷六)

《永明樂》十首

《南齊書·樂志》:"《永平樂歌》者,竟陵王子良與諸文士造奏之。人爲十曲。道人釋寶月辭頗美,上常被之管弦,而不列於樂官也。"[1]按:"平"當作"明",參見竟陵王蕭子良《永明樂》條。

梁武帝蕭衍(《梁詩》卷一)

《餞別謝朓》*

《梁書·謝朓傳》:"明年(按:天監二年)六月,朓輕舟出,詣闕自陳……詔見於華林園,乘小車就席。明旦,輿駕出幸朓宅,醼語盡歡。朓固陳本志,不許;因請自還東迎母,乃許之。臨發,輿駕復臨幸,賦詩餞別。王人送迎,相望於道。"[2]《藝文類聚》卷二十九有沈約《侍宴謝朓宅餞東歸應詔》詩。

《五百字詩》*

《南史·鄭紹叔傳》:"東昏既害朝宰,頗疑於帝。紹叔兄植爲東昏直後,東昏遣至雍州,托候紹叔,潛使爲刺客。紹叔知之,密白帝。及植至,帝於紹叔處置酒宴之,戲植曰:'朝廷遣卿見圖,今日閒宴,是見取良會也。'賓主大笑……送兄於南峴,相持慟哭而別。續復遣主帥杜伯符亦欲爲刺客,詐言作使。上亦密知,宴接如常。

---

① 蕭子顯:《南齊書》卷十一,中華書局,1972 年,第 196 頁。
② 姚思廉:《梁書》卷十五,中華書局,1973 年,第 264 頁。

伯符懼不敢發。上後即位,作五百字詩具及之。”①

《春景明志詩》

《梁書·王僧孺傳》:“是時高祖製《春景明志詩》五百字,敕在
朝之人沈約已下同作,高祖以僧孺詩爲工。”②據《梁書·高祖三王
傳》,南康王蕭績遷使持節、都督南徐州諸軍事、南徐州刺史在天監
十年,則作此詩當不晚於天監七八年。

《贈何點》*

《梁書·處士何點傳》:“高祖與點有舊,及踐阼,手詔曰:‘昔因
多暇,得訪逸軌,坐修行,臨清池,忘今語古,何其樂也。暫別丘園,
十有四載,人事艱阻,亦何可言。自應運在天,每思相見,密邇物
色,勞甚山阿……今賜卿鹿皮巾等。後數日,望能入也。’點以巾褐
引入華林園,高祖甚悦,賦詩置酒(《南史·何尚之附何點傳》作帝
贈詩酒),恩禮如舊。”③

《登景陽樓》

《梁書·柳惲傳》:“至是預曲宴,必被詔賦詩。嘗奉和高祖《登
景陽樓》中篇云:‘太液滄波起,長楊高樹秋。翠華承漢遠,雕輦逐
風游。’深爲高祖所美。”④可見蕭衍作有《登景陽樓》詩。

《武宴詩》

《梁書·羊侃傳》:“大同三年,車駕幸樂游苑,侃預宴……又製
《武宴詩》三十韻以示侃,侃即席應詔。”⑤簡文帝有《和武帝宴詩》
二首,《詩紀》卷六十八云:一作和武帝講武宴。參見羊侃《武宴詩

①　李延壽:《南史》卷五十六,中華書局,1975年,第1392—1393頁。
②　姚思廉:《梁書》卷三十三,中華書局,1973年,第470—471頁。
③　姚思廉:《梁書》卷五十一,中華書局,1973年,第733—734頁。
④　姚思廉:《梁書》卷十三,中華書局,1973年,第331頁。
⑤　姚思廉:《梁書》卷三十九,中華書局,1973年,第559頁。

即席應詔》條。

《還舊鄉》

《梁書·武帝紀》："（大同十年三月）壬寅，詔曰：'朕自違桑梓，五十餘載，乃眷東顧，靡日不思。今四方款關，海外有截，獄訟稍簡，國務小閒，始獲展敬園陵，但增感慟……'因作《還舊鄉》詩。"①

《詠雪》

《太平御覽》卷六○二："《三國典略》曰：蕭大心，字仁恕，小名英童，與大臨同年，十歲，並能屬文，嘗雪朝入見。梁武帝詠雪，令二童各和，並援筆立成。"②按：據《梁書·太宗十一王傳》，大心、大臨並不同年，大心長大臨四歲，大心十歲時爲中大通四年（532），大臨十歲時爲大同二年（536）。又據《梁書·哀太子大器傳》，大器生於普通四年（532），大心與之同年。

《苦旱詩》

《藝文類聚》卷一百有庾肩吾《奉和武帝苦旱詩》，知蕭衍作有《苦旱詩》。

高爽（《梁詩》卷二）

《贈衛軍王儉詩》*

《梁書·文學高爽傳》："廣陵高爽、濟陽江洪、會稽虞騫，並工屬文，爽，齊永明中贈衛軍王儉詩，爲儉所賞。"

《展謎詩》*

《梁書·良吏孫謙附孫廉傳》："時廣陵高爽有險薄才，客於廉，廉委以文記，爽嘗有求不稱意，乃爲展謎以喻廉曰：'刺鼻不知嚏，

① 姚思廉：《梁書》卷三，中華書局，1973 年，第 88 頁。
② 李昉：《太平御覽》卷六○二，中華書局影印本，1960 年，第 2711—2712 頁。

蹋面不知瞋。齴齒作步數,持此得勝人。'譏其不計恥辱,以此取名位也。"①此詩係俗詩,與已輯人《梁詩》的《題延陵縣孫抱鼓詩》同類,故當補入《梁詩》。

何點

《寒晚詩》

《古文苑》卷九有王融《寒晚敬和何徵君詩》。據章樵注,何徵君即何點(1985 年中華書局出版的《南朝五史人名索引》,以何徵君爲何敬容,誤)。可知何點作有《寒晚詩》。按:點(437—505),字子皙,廬江灊人。宋司空尚之之孫。宋泰始末,徵太子洗馬;齊初,累徵中書郎、太子中庶子,並不就。從弟遁居東籬門園。梁武帝蕭衍踐阼,下詔徵侍中,辭疾不赴。

《答張融》*

《梁書·處士何點傳》:"吳國張融少時免官,而爲詩有高尚之言,點答詩曰:'昔聞東都日,不在簡書前。'雖戲也,而融久病之。"②按:《梁詩》失收此二句。

《贈謝舉》*、《答謝舉》*

詳謝舉《答何徵君》、《贈何徵君》條。

王暕(《梁詩》卷五)

《受敕贈謝吏部覽》*

《梁書·謝朏附謝覽傳》:"天監元年,爲中書侍郎,掌吏部,頃

---

① 姚思廉:《梁書》卷五十一,中華書局,1973 年,第 774 頁。
② 姚思廉:《梁書》卷四十五,中華書局,1973 年,第 733 頁。

之即真……嘗侍座，受敕與侍中王暕爲詩答贈，其文甚工。"①據此，王暕當贈詩在前，謝覽答詩在後。暕，字思晦，琅邪臨沂人，父儉。齊代爲秘書丞、驃騎從事中郎。入梁，歷侍中、吏部尚書，尚書左僕射，領國子祭酒。

《受敕重贈壻吏部覽》*

謝覽、王暕答贈詩甚工。《梁書·謝朏附謝覽傳》："高祖善之，仍使重作，復合旨。乃賜詩云：'雙文既後進，二少實名家；豈伊止棟隆，信乃俱國華。'"②

任昉(《梁詩》卷五)

《華光殿侍宴二十韻》*

《梁書·到洽傳》："天監初……御華光殿，詔洽及沆、蕭琛、任昉侍讌，賦二十韻詩，以洽辭爲工，賜絹二十匹。高祖謂昉曰：'諸到可謂才子。'昉對曰：'臣常竊議，宋得其武，梁得其文。二年……"③詩當作於天監元年至二年之間。

《七夕詩》

《文選》卷三十九任彦升(昉)《奉答敕示七夕詩啓》："臣昉啓：奉敕並賜示《七夕》五韻。"李善注："《任昉集》詔曰：聊爲《七夕》詩五韻，殊未近詠歌。卿雖訥於言，辯於才，可即製付使者。"④蕭衍詩今存。

---

① 姚思廉：《梁書》卷十五，中華書局，1973 年，第 265 頁。
② 姚思廉：《梁書》卷十五，中華書局，1973 年，第 265 頁。
③ 姚思廉：《梁書》卷二十七，中華書局，1973 年，第 404 頁。
④ 蕭統編，李善注：《文選》卷三十，中華書局影清胡克家刻本，1977 年，第 555 頁。

何贈智

《於任昉座賦詩》*

《太平御覽》卷五八六引《金樓子》云："有何贈智者常於任昉座賦詩，而其詩言不類。任云：'卿詩可謂高厚。'其人大怒曰：'遂以我詩爲狗號。'"①贈智，生平事跡不詳。

丘遲（《梁詩》卷五）

《責躬詩》

《南史·文學丘遲傳》："及踐阼，遷中書郎，待詔文德殿。時帝著《連珠》，詔群臣繼作者數十人，遲文最美。坐事免，乃獻《責躬詩》，上優辭答之。"②

虞騫（《梁詩》卷五）

《登禪岡寺望》*

《何記堂集》有《登禪岡寺望和虞記室》，虞記室疑爲虞騫，《玉臺新詠》卷五有何子朗《和虞記室騫古意》，可證虞騫曾爲記室；《梁書·文學何遜傳附虞騫傳》："時有會稽虞騫，工爲五言詩，名與遜相埒，官至王國侍郎。"③故騫與遜唱酬甚爲自然，騫當作有《登禪岡寺》詩。

《登樓望遠歸》*

《何記室集》有《同虞記室登樓望遠歸》，可知虞騫作有《登樓望遠歸》詩。

①　李昉：《太平御覽》卷五八六，中華書局影印本，1960年，第2642頁。
②　李延壽：《南史》卷七十二，中華書局，1975年，第1763頁。
③　姚思廉：《梁書》卷四十九，中華書局，1973年，第693頁。

《詠扇》*

《何記室集》有《與虞記室諸人詠扇》,可知虞騫作有《詠扇》詩。

《殘句》*

《杜詩趙次公先後解輯校》丁帙卷四《漫成一絕》次公引梁虞騫詩月光移數尺廣察,此句《梁詩》失載。

《古意》

《玉臺新詠》卷五有何子朗《和虞記室騫古意詩》,可知虞騫作有《古意》詩。

柳惔

《待宴烽火樓詩》*

《南史·柳元景附柳惔傳》:"嘗預齊武烽火樓宴,帝善其詩,謂豫章王嶷曰:'惔非徒風韻清爽,亦屬文遒麗。'"[1]《南齊書·蕭赤斧附蕭穎冑傳》載武帝登烽火樓,詔群臣賦詩,穎冑詩合旨。詳蕭穎冑《登烽火樓應詔詩》條。疑柳惔與穎冑同時作。惔(462—507),字文通,河東解人。年十七,爲蕭賾中軍參軍,轉主簿,入齊,歷尚書三公郎,中書侍郎,中護軍長史、侍中、領前軍將軍。入梁,累遷尚書右僕射,出爲使持節、安南將軍、湘州刺史。天監六年,卒於州,年四十六。著《仁政傳》及諸詩賦,粗有辭義。

謝朏

《感春冰》

《江醴陵集》有《感春冰遙和謝中書詩》二首,《江淹集校注》上

---

① 李延壽:《南史》卷三十八,中華書局,1975 年,第 896 頁。

編以爲謝中書疑即謝朓。按：朓，字敬沖，陳郡陽夏人，莊之子。
劉宋時曾爲中書郎，衛將軍袁粲長史。齊永明時爲都官尚書、中書
令，隆昌元年爲吳郡太守，内圖止足。梁初，屢徵召並不受，六十六
歲時拜中書監、司徒、衛將軍，是冬薨於府。

《花雪詩》

《藝文類聚》卷五有任昉《同謝朓花雪詩》，可知朓作有《花雪詩》。

沈約（《梁詩》卷六）

《贈謝朓》二首*

《謝宣城集》卷一《酬德賦·序》："右衛沈侯以冠世偉才，眷予
以國士。以建武二年，予將南牧，見贈五言。予時病，既以不堪莅
職，又不獲復詩。四年，予忝役朱方，又致一首。迫東偏寇亂，良無
暇日。其夏還京師，且事讒言，未遑篇章之思。沈侯之麗藻天逸，
固難以報章；且欲申之賦頌，得盡體物之旨。"①據此，沈約於建武
二年、四年均有詩致謝朓，朓均因故未作酬答詩。

《春景明志詩奉詔》*

《梁書·王僧孺傳》："是時高祖製《春景時志詩》五百字，敕在
朝之人沈約已下同作。"參見梁武帝蕭衍《春景明志詩》條。

劉苞（《梁書》卷八）

《詠天泉池荷》《採菱調》

《南史·劉勔附劉苞傳》："梁初，以臨川王妃弟，故自征虜主簿
遷右軍功曹，累遷太子洗馬，掌書記，侍講壽光殿。及從兄孝綽等

---

① 謝朓撰，曹融南校注：《謝宣城集校注》，上海古籍出版社，1991年，第1頁。

並以文藻見知，多預宴坐。受詔詠《天泉池荷》及《採菱調》，下筆即成。"①

柳惲（《梁詩》卷八）

《毗山亭詩》

《太平寰宇記》卷九十四有吳均《和柳惲毗山亭詩》，可知柳惲作有《毗山亭詩》。

范縝（《梁詩》卷八）

《暮春詩》《白髮詠》

《南史·范雲附范縝傳》："年二十九，髮白皤然，乃作《傷暮詩》、《白髮詠》以自嗟。"②按：詩作於齊代。

王訓（《梁詩》卷九）

《侍宴樂游宴應詔》*

《梁書·褚翔傳》："中大通五年，高祖宴群臣樂游苑，別詔翔與王訓爲二十韻詩。限三刻成。翔於坐立奏，高祖異焉，即日轉宣城王文學。"③按：《梁詩》所載王訓小傳云訓"天監十七年卒"④，誤。據《梁書·王暕傳》及所附子訓傳載，暕普通四年（523）冬暴疾卒，訓時年十三；訓卒時年二十六，即大同二年（536）。那麼，中大通五年訓年二十三。

---

① 李延壽：《南史》卷三十九，中華書局，1975年，第1008頁。
② 李延壽：《南史》卷五十七，中華書局，1975年，第1421頁。
③ 姚思廉：《梁書》卷四十一，中華書局，1973年，第586頁。
④ 逯欽立：《先秦漢魏晉南北朝詩·梁詩》卷九，中華書局，1983年，第1716頁。

庾丹

《贈何遜》*

《何記室集》有《石頭答庾郎丹》，可知庾丹作有《贈何遜》詩。據《南史·梁宗室傳》，丹父景休，位御史中丞，丹少有儁才，與伏挺、何子朗俱爲周舍所狎。爲建康正。坐事流廣州。又爲桂州刺史蕭朗記室，以忠諫見害。

吳均（《梁詩》卷十一）

《述夢詩》

《九家集注杜詩》卷十七《李監宅》趙次公引吳均《述夢詩》云："以親芙蓉褥。"①按：此句《梁詩》失收。

《應召詩》*

《南史·吳均傳》："均嘗不得意，贈憚詩而去，久之復來，憚遇之如故，弗之憾也。薦之臨川靖惠王，王稱之於武帝，即日召入賦詩，悅焉。待詔著作，累遷奉朝請。"②

王僧孺（《梁詩》卷十二）

《春景明志詩應詔》*

《梁書·王僧孺傳》："是時高祖製《春景明志詩》五百字，敕在朝之人沈約已下同作，高祖以僧孺詩爲工。"③參見梁武帝蕭衍《春景明志詩》條。

---

① 《九家集注杜詩》卷十七，《影印文淵閣四庫全書》第 1068 册，臺灣商務印書館，1982 年，第 306 頁。
② 李延壽：《南史》卷七十二，中華書局，1975 年，第 1780—1781 頁。
③ 姚思廉：《梁書》卷三十三，中華書局，1973 年，第 471 頁。

陸倕(《梁詩》卷十三)

《驚早蟬詩》

《初學記》卷三十有沈君攸《同陸廷尉驚早蟬詩》,陸廷尉疑爲陸倕,倕梁時曾爲廷尉卿,疑陸倕作有《驚早蟬詩》。

張率(《梁詩》卷十三)

《侍宴賦詩詩》*

《梁書·張率傳》:"天監初,臨川王已下並置友、學。以率爲鄱陽王友,遷司徒謝朏掾,直文德待詔省……爲《待詔賦》奏之……又侍宴賦詩,高祖乃別賜率詩曰:'東南有才子,故能服官政。余雖慚古昔,得人今爲盛。'"①

《奉詔詩》*

《梁書·張率傳》:"'率奉詔往返數首(《南史》作六首)。"②《初學記》卷三十有率《詠躍魚應詔詩》,不知此詩是否在《梁書》(《南史》)所載"數首(六首)之數;即便是,也還有其他奉詔之詩(五首)"。

《贈到洽》*

《文館詞林》卷一百五有到洽《答秘書丞張率詩》八章,可知張率作有《贈到洽》詩。

到洽(《梁詩》卷十三)

《華光殿侍宴二十韻》*

《梁書·到洽傳》:"天監初,沼、溉俱蒙擢用,洽尤見知賞,從弟沆亦相與齊名……御華光殿,詔洽及沆、蕭琛、任昉侍讌,賦二十韻

---

① 姚思廉:《梁書》卷三十三,中華書局,1973年,第475頁。
② 姚思廉:《梁書》卷三十三,中華書局,1973年,第475頁。

詩，以洽辭爲工，賜絹二十匹。"①

到沆

《華光殿侍宴二十韻》*

《梁書・文學到沆傳》："高祖初臨天下，收拔賢俊，甚愛其才……時高祖讌華光殿，命群臣賦詩，獨詔沆爲二百字，三刻使成。沆於坐立奏，其文甚美。"②按：二百字即二十韻，當與到洽諸人同賦之二十韻詩，而沆先成。參見到洽《華光殿侍宴二十韻》。沆（477—506），字茂瀣，彭城武原人。天監初爲太子洗馬；三年，爲數中曹侍郎；四年，遷大子中舍人，再遷丹陽尹丞。五年，卒官，年三十。所著詩賦百餘篇。

傅昭（《梁詩》卷十四）

《出重圍》

《藝文類聚》卷九十五有沈約《出重圍和傅昭詩》，可知傅昭作有《出重圍》詩。"出重圍"，即齊末出建康城奔蕭衍"義師"，時在永元三年。

昭明太子蕭統（《梁詩》卷十四）

《餞宴賜庾仲容詩》*

《梁書・文學庾仲容傳》："因轉仲容爲太子舍人……久之，除安成王中記室，當出隨府，皇太子以舊恩，特降餞宴，賜詩曰：'孫生

---

①　姚思廉：《梁書》卷二十七，中華書局，1973 年，第 404 頁。

②　姚思廉：《梁書》卷四十九，中華書局，1973 年，第 686 頁。

陝陽道,吳子朝歌縣,未若樊林舉,置酒臨華殿。'時輩榮之。"①安
成王即蕭秀,據《梁書·太祖五王傳》,秀薨於天監十七年,則仲容
傳中"皇太子"當爲昭明。按:昭明所賜詩,《梁詩》失收。

蕭琛(《梁詩》卷十五)

《華光殿侍宴二十韻》*

參見到洽《華光殿侍宴二十韻》條。

蕭巡(《梁詩》卷十五)

《卦名詩贈尚書令何敬容》*

《離合詩贈尚書何敬容》*

《南史·何尚之附何敬容傳》:"自晉宋以來,宰相皆文義自
逸,敬容獨勤庶務,貪吝爲時所嗤鄙……又多漏禁中語,故嘲誚
日至。嘗有客姓吉,敬容問:'卿與邴吉遠近?'答曰:'如明公之
與蕭何。'時蕭琛子巡頗有輕薄才,因製卦名、離合等詩嘲之,亦
不屑也。"②《藝文類聚》卷五十六有巡《離合詩贈尚書令何敬容
詩》(此詩《全梁文》卷六十七庾元威《論書》引作寒士詩),卦名
等詩今佚。

何胤(《梁詩》卷十五)

《別山詩》

《梁書·處士何胤傳》:"何氏過江,自晉司空充並葬吳西山。

①　姚思廉:《梁書》卷五十,中華書局,1973 年,第 723—724 頁。
②　李延壽:《南史》卷三十,中華書局,1975 年,第 796—797 頁。

胤家世年皆不永,唯祖尚之至七十二。胤年登祖壽,乃移還吳,作
《別山詩》一首,言甚悽愴。"①按:胤中大通二年年卒,年八十六,作
此詩時年七十二,即天監十六年(513)了。

何思澄(《梁詩》卷十五)

《游廬山詩》

《梁書·文學何思澄傳》:"累遷安成王左常侍,兼太學博士,平
南安成王行參軍,兼記室。隨府江州,爲《游廬山詩》,沈約見之,大
相稱賞,自以爲弗逮,約郊居宅新構閣齋,因命工書人題此詩於
壁。"②按:此詩作於天監六、七年間,據《梁書·武帝紀》及《太祖五
王傳》,安成王蕭秀天監六年四月爲平南將軍、江州刺史,七年五月
爲平西將軍、荊州刺史。

《釋奠詩》

《梁書·文學何思澄傳》:"傅昭常請思澄製《釋奠詩》,辭文
典麗"。③

徐勉(《梁詩》卷十五)

《爲人贈婦》*

《玉臺新詠》卷五有丘遲《答徐侍中爲人贈婦》,徐侍中,當爲徐
勉。據《梁書·徐勉傳》及《文學丘遲傳》,天監五年徐勉爲侍中,丘
遲爲中書郎,徐勉《爲人贈婦》當作於此時。

---

① 姚思廉:《梁書》卷五十一,中華書局,1973 年,第 738 頁。
② 姚思廉:《梁書》卷五十,中華書局,1973 年,第 713—714 頁。
③ 姚思廉:《梁書》卷五十,中華書局,1973 年,第 714 頁。

陶弘景(《梁詩》卷十五)

《贈范雲》*

《藝文類聚》卷三十六有范雲《答句曲陶先生詩》。句曲陶先生即陶弘景,可知弘景作有《贈范雲》詩。

《告逝詩》

《南史·隱逸陶弘景傳》:"無疾,自知應逝,逆剋亡日,仍爲《告逝詩》。大同二年卒,時年八十一。"①《陶隱居集》又有《告游篇》。《道藏》本《華陽陶隱居傳》:"改服易氏,退遁東邁。"②又賈嵩《華陽陶隱居傳序》:"(天監)七年夏四月,于時先生改名氏,潛訪遐嶽。"③《告游篇》作於天監七年。

王規(《梁書》卷十五)

《文德殿餞廣州刺史元景隆應詔》*

《梁書·王規傳》:"(大通)六年,高祖於文德殿餞廣州刺史元景隆,詔群臣賦詩,同用五十韻,規援筆立奏,其文又美,高祖嘉焉。"④

蕭子顯(《梁詩》卷十五)

《古意》

《玉臺新詠》卷六有吳均《和蕭洗馬子顯古意》六首,可知蕭子顯作有《古意》詩。

---

①　李延壽:《南史》卷七十六,中華書局,1975 年,第 1899 頁。

②　賈嵩:《華陽陶隱居内傳》卷中,《續修四庫全書》第 1294 册,上海古籍出版社,2002 年,第 214 頁。

③　賈嵩:《華陽陶隱居内傳序》,《續修四庫全書》第 1294 册,上海古籍出版社,2002 年,第 204 頁。

④　姚思廉:《梁書》卷四十一,中華書局,1973 年,第 582 頁。

《九日朝宴詩》*

《梁書·蕭子顯傳》引子顯《自序》：“天監十六年，始預九日朝宴，稠人廣坐，獨受旨云：‘今雲物甚美，卿得不斐然賦詩。’詩既成，又降帝旨曰：‘可謂才子。’”①

謝徵（《梁詩》卷十五）

《武德殿餞魏中山王元略還北》

《梁書·文學謝徵傳》：“時魏中山王元略還北，高祖餞於武德殿，賦詩三十韻，限三刻成。徵二刻便就，其辭甚美，高祖再覽焉。”②據《魏書·肅宗記》，元略北還在孝昌二年五月；孝昌二年即梁普通七年（526）。

蕭介

《侍宴即席賦詩詩》*

《梁書·蕭介傳》：“高祖招延後進二十餘人，置酒賦詩，臧盾以詩不成，罰酒一斗，盾飲盡，顏色不變，言笑自若；介染翰便成，文無加點，高祖兩美之曰：‘臧盾之飲，蕭介之文，即席之美也。’”③介，字茂鏡，蘭陵人。齊末，釋褐著作佐郎。入梁，爲太子舍人，湘東王咨議參軍，武陵王長史、侍中、遷都官尚書，中大同二年拜光禄大夫，侯景之亂，卒於家，年七十三。

《看妓》

《玉臺新詠》卷七有武陵王蕭紀《同蕭長史看妓》《初學記》卷

① 姚思廉：《梁書》卷三十五，中華書局，1973年，第512頁。
② 姚思廉：《梁書》卷五十，中華書局，1973年，第718頁。
③ 姚思廉：《梁書》卷四十一，中華書局，1973年，第587頁。

十五、《文苑英華》卷二百十三分別作劉孝綽《同武陵王看妓》、《武陵王殿下看妓》),蕭長史,即蕭介,《梁書・蕭介傳》:"大同二年,武陵王爲揚州刺史,以介爲府長史。"①

蕭愷

《宣猷堂宴餞謝朏》*

《梁書・蕭子恪附蕭愷傳》:"太宗在東宮,早引接之。時中庶子謝朏出守建安,于宣猷堂宴餞,並召時才賦詩,同用十五劇韻,愷詩先就,其辭又美,太宗與湘東王令曰:'王筠本自舊手,後進有蕭愷可稱,信爲才子。'"②愷,字顯子,少知名,起家秘書郎,遷太子中舍人,王府主簿,太子洗馬,父憂去職。服闋,復除太子洗馬,又遷中舍人、太子家令,太清二年,遷御史令丞,侯景之亂,卒。

蕭暎

《巡城口號詩》

《藝文類聚》卷二十八有梁簡文帝《仰和衛尉新渝侯巡城口號詩》、庾肩吾《和衛尉新渝侯巡城口號詩》、王筠《和衛(按:疑奪一尉字)新渝侯巡城詩》。衛尉新渝侯即蕭暎,可知蕭暎作有《巡城口號詩》。據《南史・梁宗室傳》,暎,字文明。始興忠武王憺之子。年十二,爲國子生。普通二年,封廣信縣侯。除太子洗馬,改封新渝縣侯,爲吳興太守,後爲北徐州刺史,歷給事黃門侍郎,衛尉卿,

---

① 姚思廉:《梁書》卷四十一,中華書局,1973年,第587頁。
② 姚思廉:《梁書》卷三十五,中華書局,1973年,第513頁。

廣州刺史，卒官，謚曰寬侯。① 與弟曄等號簡文東宮四友。②

　　《和東宮贈詩》三首*

　　《藝文類聚》卷五十八蕭綱《答新渝侯和詩書》云：“垂示三首，風雲吐於行間，珠玉生於字裏。跨躡曹、左，含超潘、陸。”③新渝侯，即蕭暎。參見梁簡文帝蕭綱《贈新渝侯》條。

蕭範

　　《詠齊竟陵王世子琵琶》*

　　《南史·梁宗室傳》：“範雖無學術……率意題章，亦時有奇致。嘗得舊琵琶，題云‘齊竟陵世子’。範嗟人往物存，攬筆爲詠，以示湘東王，王吟詠其辭，作《琵琶賦》和之。”④範，字世儀，鄱陽忠烈王蕭恢世子，起家太子洗馬，歷衛尉卿，益州刺史，後爲都督、雍州刺史，侯景之亂，遷開府儀同三司，進號征北將軍。發背死，時年五十二。

劉孝綽（《梁詩》卷十六）

　　《侍宴詩》七首*

　　《梁書·劉孝綽傳》：“高祖雅好蟲篆，時因宴幸，命沈約、任昉等言志賦詩，孝綽亦見引。嘗侍宴，於坐爲詩七首，高祖覽其文，篇篇嗟賞，由是朝野改觀焉。”⑤《藝文類聚》卷三十九有劉孝綽《侍宴詩》二首，不知是否是七首中的其中二首。

　①　李延壽：《南史》卷五十二，中華書局，1975 年，第 1302—1303 頁。
　②　李延壽：《南史》卷五十二，中華書局，1975 年，第 1304 頁。
　③　歐陽詢：《藝文類聚》，上海古籍出版社，1982 年，第 1042 頁。
　④　李延壽：《南史》卷五十二，中華書局，1975 年，第 1296 頁。
　⑤　姚思廉：《梁書》卷三十三，中華書局，1973 年，第 480 頁。

《籍田詩奉詔》*

《梁書·劉孝綽傳》："及高祖爲《籍田詩》，又使勉先示孝綽。時奉詔作者數十人，高祖以孝綽尤工，即日有敕，起爲西中郎湘東王諮議。"①據《梁書·武帝紀》及《元帝紀》，湘東王蕭繹於普通七年(526)十月爲西中郎將、荆州刺史，大通元年(527)春正月，高祖祠南郊。詩當作于大通元年。蕭衍詩今存，簡文帝蕭綱有《和籍田詩》。

劉顯(《梁詩》卷十七)

《上朝詩》

《梁書·劉顯傳》："(天監)九年，始革尚書五都選，顯以本官兼吏部郎，又除司空臨川王外兵參軍，遷尚書儀曹郎。嘗爲《上朝詩》，沈約見而美之，時約郊居宅新成，因命工書人題之於壁。"②顯(481 — 543)，字嗣芳，沛國相人。天監初，舉秀才，解褐中軍臨川王行參軍，歷尚書儀曹郎、中書侍郎，遷尚書左丞，除國子博士，大同九年，除平西諮議參軍，加戎昭將軍。

王籍(《梁詩》卷十七)

《詠燭》

《梁書·文學王籍傳》："嘗於沈約坐賦得《詠燭》，甚爲約賞。"③按：詩作于齊時。

① 姚思廉：《梁書》卷三十三，中華書局，1973 年，第 482 頁。
② 姚思廉：《梁書》卷四十，中華書局，1973 年，第 570 頁。
③ 姚思廉：《梁書》卷五十，中華書局，1973 年，第 713 頁。

到漑(《梁詩》卷十七)

《登琅邪城詩》

《文選》卷二十二有徐悱《古意酬到長史漑登琅邪城詩》,李善注引《梁典》:"到漑,字茂灌,爲司徒長史。"①可知到漑作有《登琅邪城詩》。

謝舉(《梁詩》卷十七)

《贈沈約》*

《梁書·謝舉傳》:"謝舉字言揚,中書令覽之弟也。幼好學,能清言,與覽齊名。舉年十四,嘗贈沈約五言詩,爲約所賞。"②

《贈何徵君》*、《答何徵君》*

《南史·謝弘微附謝舉傳》:"大同三年,出爲吳郡太守……曾要何徵君講《中論》,何難以巾褐入南門,乃從東園進。致詩往復……"③何徵君即何點。

謝覽

《受敕答王侍中晙》*

詳王晙《受敕贈謝吏部覽》條。覽,字景滌,陳郡陽夏人,瀹之子。齊時爲秘書郎、太子舍人。入梁,歷中書侍郎,吏部郎,侍中,出爲新安太守、吳興太守。卒于官,時年三十七。

《受敕重答王侍中昧》*

詳王晙《受敕重贈謝吏部覽》條。

① 蕭統編,李善注:《文選》卷二十二,中華書局影清胡克家刻本,1977年,第320頁。
② 姚思廉:《梁書》卷三十七,中華書局,1973年,第529頁。
③ 李延壽:《南史》卷二十,中華書局,1975年,第563頁。

張纘(《梁詩》卷十七)

《擬古有人兮》

《藝文類聚》卷五十六載張瓚《擬古有人兮》(《全梁文》卷六十四古作若),曰:"若有人兮傍巖石,新莆衣兮杜蘅席。表幽居兮翠微上,臨春風兮聊騁望。日已暮兮夕雲飛,懷君王兮未能歸。"①《藝文類聚》將其歸入賦,然"(若)有人兮"出自《楚辭·九歌·山鬼》,觀全文似介於賦詩之間,不妨兩存。《全上古三代秦漢三國六朝文》《先秦漢魏晉南北朝詩》兩存之例,如江淹《山中楚辭》《雜三五言》和朱異《田飲引》等。

蕭祇

《八絕》

《玉臺新詠》卷十有劉孝威《和定襄侯八絕初笋》、江伯瑤《和定襄侯八絕楚越衫》,定襄侯即蕭祇,可知蕭祇作有《八絕》詩,其中二題爲《初笋》、《楚越衫》。據《南史·梁宗室傳》,祇,字敬謨,南平元襄王偉之子。天監中,封定襄縣侯。後歷北兗州刺史。侯景亂,奔東魏。

蕭子雲(《梁詩》卷十九)

《齋前竹詩》

《藝文類聚》卷八十九有江革《和新浦侯齋前竹詩》、《梁書·蕭子恪附蕭子雲傳》:"年十二,齊建武四年,封新浦縣侯,自製拜章,便有文采。天監初,降爵爲子。"②可知蕭子雲齊時作有《齋前竹詩》。

---

① 歐陽詢:《藝文類聚》,上海古籍出版社,1982年,第1016頁。
② 姚思廉:《梁書》卷三十五,中華書局,1973年,第513頁。

《詠鶴詩》

《藝文類聚》卷九十有江革《和新浦侯詠鶴詩》,可知蕭子雲齊時作有《詠鶴詩》。

《祀七里廟詩》

《藝文類聚》卷三十八有梁簡文帝蕭綱《和蕭東陽祀七里廟詩》,蕭東陽即蕭子雲,《梁書·蕭子恪附蕭子雲傳》:"(大同)七年,出爲仁威將軍、東陽太守。中大同元年,還拜宗正卿。"①《藝文類聚》卷二十九有庾肩吾《侍宴餞東陽太守范(《詩紀》云:當作蕭)子雲詩》、張纘《侍宴餞東陽太守蕭子雲詩》。可知蕭子雲作有《祀七里廟詩》。

《詠柰花詩》

《初學記》卷二十八有謝瑱《和蕭國子詠柰花詩》。蕭國子,即國子祭酒蕭子雲,《梁書·蕭子恪附蕭子雲傳》:"大同二年,遷員外散騎常侍、國子祭酒、領南徐州大中正。頃之,復爲侍中,祭酒、中正如故。"②又:"七年,出爲仁威特軍、東陽太守。中大同元年,還拜宗正卿。太清元年,復爲侍中、國子祭酒、領南徐州大中正。"③可知子雲作有《詠柰花詩》。

徐摛(《梁詩》卷十九)

《見内人作臥具》

《玉臺新詠》卷七有蕭綱《和徐録事見内人作臥具》,徐録事,疑即徐摛,《梁書·徐摛傳》:"(晉安)王出鎮江州,仍補雲麾府記室參軍,又轉平西府中記室。王移鎮京口,復隨府轉爲安北中録事參

<hr/>

① 姚思廉:《梁書》卷三十五,中華書局,1973年,第515頁。
② 姚思廉:《梁書》卷三十五,中華書局,1973年,第514頁。
③ 姚思廉:《梁書》卷三十五,中華書局,1973年,第515頁。

軍,帶郯令。"①疑徐摛作有《見內人作臥具》詩。

武陵王蕭紀(《梁詩》卷十九)

《東州作》*

《梁書·江革傳》:"時武陵王在東州,頗自驕縱,上召革面敕曰……乃除折衝將軍、東中郎武陵王長史、會稽郡丞、行府州事……府王憚之,遂雅相欽重。每至侍宴,言論必以《詩》《書》,王因此耽學好文。典籤沈熾文以王所製詩呈高祖,高祖謂僕射徐勉曰:'江革果能稱職。'"②

到藎

《從高祖登北顧樓詩》*

《梁書·到溉附孫到藎傳》:"嘗從高祖幸京口,登北顧樓賦詩,藎受詔便就,上覽以示溉曰:'藎定是才子,翻恐卿從來文章假手於藎。'因賜溉《連珠》。"③《梁書·武帝紀》:"(大同十年三月)己酉,幸京口城北固樓,改名北顧。"④詩作於是時。按:《藝文類聚》卷六十三有蕭衍《登北顧樓詩》。同時作者還有王勘,詳《南史·王彧附王勘傳》。勘詩今佚(勘卒于入陳之後)。

褚翔(《梁詩》卷十九)

《侍宴樂游宴應詔》*

詳王訓《侍宴樂游宴應詔》條。

①　姚思廉:《梁書》卷二十四,中華書局,1973年,第447頁。
②　姚思廉:《梁書》卷三十六,中華書局,1973年,第524—525頁。
③　姚思廉:《梁書》,卷四十,中華書局,1973年,第569頁。
④　姚思廉:《梁書》卷三,中華書局,1973年,第88頁。

羊侃

《武宴詩即席應詔》*

《梁書·羊侃傳》：“大同三年，車駕幸樂游苑，侃預宴……又製《武宴詩》三十韻以示侃，侃即席應詔，高祖覽曰：‘吾聞仁者可勇，今見勇者有仁，可謂鄒、魯遺風，英賢不絕。’”[①]侃（495—548），字祖忻，泰山梁甫人。爲魏使持節、征東大將軍、東道行臺，領泰山太守，進爵鉅平侯，大通三年奔梁，詔授使持節、安北將軍、徐州刺史。五年，封高昌縣侯。大同八年，遷都官尚書。太清二年，加侍中、軍師將軍。遘疾卒於臺內，時年五十四。

《採蓮曲》《棹歌曲》

《梁書·羊侃傳》：“侃性豪侈，善音律，自造《採蓮》、《棹歌》兩曲，甚有新致。”[②]

梁簡文帝蕭綱（《梁詩》卷二十一）

《春林晚雨詩》

《藝文類聚》卷二有劉孝威《和皇太子春林晚雨詩》，皇太子，即蕭綱。《梁書·劉潛附劉孝威傳》：“初爲安北晉安王法曹，轉主簿，以母憂去職。服闋，除太子洗馬。”[③]劉潛即劉孝儀，孝威三兄，《梁書·劉潛傳》：“爲安北功曹史，以母憂去職。（晉安）王立爲皇太子，孝儀服闋，仍補洗馬。”[④]孝威“除太子洗馬”之“太子”爲蕭綱無疑。孝威《和簡文帝臥疾詩》亦和蕭綱之作，蕭綱《臥疾詩》今存。

① 姚思廉：《梁書》卷三十九，中華書局，1973 年，第 559 頁。
② 姚思廉：《梁書》卷三十九，中華書局，1973 年，第 561 頁。
③ 姚思廉：《梁書》卷四十一，中華書局，1973 年，第 595 頁。
④ 姚思廉：《梁書》卷四十一，中華書局，1973 年，第 594 頁。

《重雲殿受誡詩》

《藝文類聚》卷七十八有庾肩吾《和太子重雲殿受誡詩》。太子,即蕭綱。據《梁書·文學庾肩吾傳》,蕭綱爲太子前肩吾一直爲其僚屬。蕭綱立爲太子,肩吾兼東宮通事舍人。可知蕭綱作有《重雲殿受誡詩》。

《贈新渝侯》*

《藝文類聚》卷五十八有蕭綱《答新渝侯和詩書》,可知綱贈詩在前,新渝候蕭暎和詩在後。綱又作書答之。參見蕭暎《和東宮贈詩》三首條。

《詩四首》*《絶句五首》*

《南史·梁本紀》:“(簡文)帝自幽縶之後……無復紙,乃書壁及板鄣爲文。自序云:‘有梁正士蘭陵蕭世讚,立身行道,終始若一,風雨如晦,雞鳴不已。弗欺暗室,豈況三光? 數至於此,命也如何!’又爲文數百篇,崩後,王偉觀之,惡其辭切,即使刮去。有隨偉入者,誦其《連珠》三(《梁書·簡文帝紀》作二)首,詩四篇,絶句五篇,文並悽愴云。”①《廣弘明集》卷三十有蕭綱《被幽述志詩》一首,疑爲詩四篇之一。

庾肩吾(《梁詩》卷二十三)

《四詠詩》

《玉臺新詠》卷七有蕭綱《同庾肩吾四詠二首》,可知庾肩吾作有《四詠詩》。按:蕭綱所作二首爲《蓮舟買荷度》《照流看落釵》。

---

① 李延壽:《南史》卷八,中華書局,1975年,第234頁。

《游明慶寺詩》

《廣弘明集》卷三十有沈炯《同庾中庶肩吾周處士弘讓游明慶寺詩》,可知庾肩吾作有《游明慶寺詩》。

王筠(《梁詩》卷二十四)

《草木十詠》

《梁書·王筠傳》:"(沈)約于郊居宅造閣齋,筠爲草木十詠,書之於壁,皆直寫文詞,不加篇題。約謂人云:'此詩指物呈形,無假題署。'"①

《呈沈約詩》*

《梁書·王筠傳》:"筠又嘗爲詩呈約,即報書云:'覽所示詩,實爲麗則,聲和被紙,光影盈字……'"②

《早朝守建陽門開詩》

《藝文類聚》卷三十九有江總《總王筠早朝守建陽門開詩》,可知王筠作有《早朝守建陽門開詩》。

邵陵王蕭綸(《梁詩》卷二十四)

《餞衡州刺史元慶和》*

《南史·梁武帝諸子傳》:"(綸)後預餞衡州刺史元慶和,於座賦詩十二韻,末云'方同廣川國,寂寞久無聲'。大爲武帝賞,曰:'汝人才如此,何慮無聲'。旬日間,拜郢州刺史。"③按:"方同廣川國"二句,《梁詩》失載。

---

① 姚思廉:《梁書》卷三十三,中華書局,1973 年,第 485 頁。
② 姚思廉:《梁書》卷三十三,中華書局,1973 年,第 485 頁。
③ 李延壽:《南史》卷五十三,中華書局,1975 年,第 1323 頁。

孔休源

《雪裏梅花詩》

《初學記》卷二十八有王筠《和孔中丞雪裏梅花詩》，孔中丞即孔休源，可知休源作有《雪裏梅花詩》。據《梁書·孔休源傳》，休源（469—523），字慶緒，會稽山陰人。齊建武四年，州舉秀才，爲司徒竟陵王西邸學士。入梁，除臨川王府行參軍，兼尚書儀曹郎中，遷長兼御史中丞，出爲宣惠晉安王府長史、南郡太守、行荆州府州事，徵爲太府卿，領太子中庶子，中大通二年，加授金紫光禄大夫，監揚州如故。四年，卒，年六十四。

尋陽王蕭大心

《詠雪》

參見梁武帝蕭衍《詠雪》條。大心，字仁恕，簡文帝子。中大通四年，以皇孫封當陽縣公。大寶元年，封尋陽王，二年秋，遇害。

南海王蕭大臨

《詠雪》

參見梁武帝蕭衍《詠雪》條。大臨，字仁宣，簡文帝子。大同二年，封寧國縣公，大寶元年，封南海郡王，二年秋，遇害。

梁元帝蕭繹（《梁詩》卷二十五）

《春宵》《冬曉》

《玉臺新詠》卷七有蕭綱《和湘東王三韻》二首，湘東王即蕭繹。二首題爲《春宵》、《冬曉》。《玉臺新詠》卷八有庾肩吾《和湘東王》二首（《應令春宵》、《應令冬曉》），又有劉孝綽《春宵》、《冬曉》二詩，

劉詩殆和湘東王作;《玉臺新詠》卷八有劉孝威《奉和湘東王應令冬
曉》,《藝文類聚》卷三十二劉孝威《春宵》,當也是和湘東王之作。

《冬宵》

《玉臺新詠》卷八有劉緩《雜詠和湘東王》三首,即《寒閨》《秋
夜》《冬宵》。同書卷七有湘東王《寒宵三韻》(似當作《寒閨》)、《詠
秋夜》各一首,湘東王蕭繹應還作有《冬宵》一首。

《理訟詩》

《藝文類聚》卷五十有劉孝綽《和湘東王理訟詩》,可知蕭繹作
有《理訟詩》。

《夜夢詩》

《玉臺新詠》卷七有武陵王蕭紀《和湘東王夜夢應令詩》,可知
蕭繹有《夜夢詩》。

《名士悅傾城》

《玉臺新詠》卷七有蕭綱《和湘東王名士悅傾城》詩,可知蕭繹
作有《名士悅傾城》。同書卷八還有劉緩《敬酬劉長史詠名士悅傾
城》,可見《名士悅傾城》是當時文士愛好的詩題。

《首夏詩》

《初學記》卷三有梁簡文帝《和湘東王首夏詩》,可知湘東王蕭
繹作有《首夏詩》。

《班婕好詩》

《玉臺新詠》卷六有何思澄《奉和湘東王教班婕好詩》,可知湘
東王蕭繹作有《班婕好詩》。

《追思張纘詩》

《梁書·張纘傳》:“纘有識鑒,自見元帝,便推誠委結,及元帝
即位,追思之,嘗爲詩,其《序》曰:‘簡憲之爲人也,不事王侯,負才

任氣,見余則申旦達夕,不能已已。懷夫人之德,何日忘之。'"①
按:張纘卒諡簡憲公。

蕭文琰

《刻燭爲詩詩》*

《南史·王僧孺傳附虞羲等傳》:"蕭文琰,蘭陵人。丘令楷,吳
興人。江洪,濟陽人。竟陵王子良嘗夜集學士,刻燭爲詩,四韻者則
刻一寸,以此爲率。文琰曰:'頓燒一寸燭,而成四韻詩,何難之有。'
乃與令楷、江洪等共打銅鉢立韻,響滅則詩成,皆可觀覽。"②可知文
琰、令楷、江洪均作有《刻燭爲詩詩》。齊竟陵王蕭子良開西邸招文
學,蕭文琰曾與虞羲、丘國賓、兵令楷、江洪、劉孝孫等游于門下。

丘令楷

《刻燭爲詩詩》*

詳蕭文琰《刻燭爲詩詩》條。

江洪(《梁詩》卷二十六)

《刻燭爲詩詩》

詳蕭文琰《刻燭爲詩詩》條。

王泰(《梁詩》卷二十六)

《刻燭賦詩詩》*

《南史·王曇首附王泰傳》:"轉黃門侍郎,每預朝宴,刻燭賦詩,

---

① 姚思廉:《梁書》卷三十四,中華書局,1973年,第503頁。
② 李延壽:《南史》卷五十九,中華書局,1975年,第1463頁。

文不加點,帝深賞嘆。沈約常曰:'王有養、炬,謝有覽、舉。'養,泰小字,炬,筠小字也。"①《文苑英華》卷二百一有泰《賦得巫山高詩》,不知是否刻燭時所賦,即使是,據《南史》,泰定還有其他刻燭所賦之詩。

王僧辯

《從軍詩》

《藝文類聚》卷五十九有梁元帝《和王僧辯從軍詩》,可知僧辯作有《從軍詩》。僧辯,字君才,起家湘東王國左常侍,歷湘東王貞毅將軍府諮議參軍事,竟陵太守。改號雄信將軍。侯景反,僧辯假節總督舟師赴援,元帝稱制,以僧辨爲領軍將軍,以功爲征東將軍、開府儀同三司、江州刺史、封長寧縣公。侯景平,元帝即位,進授鎮衛將軍、司徒,改封永寧郡公。迎立貞陽侯蕭淵明,被陳霸先所殺。

《愛妾換馬詩》

《藝文類聚》卷九十三有劉孝威《和王竟陵愛妾換馬詩》、僧辯曾爲竟陵太守,鮑泉曾稱其爲"王竟陵"(詳《梁書·鮑泉傳》),可知僧辯作有《愛妾換馬詩》。

慧約

《採藥詩》

《藝文類聚》卷八十一有沈約《憩郊園和約法師採藥》詩,約法師即慧約,可知慧約法師作有《採藥詩》。據《續高僧傳》卷六《梁國師草堂寺智者釋慧約傳》,釋慧約(452—535),字德素,婁姓,東陽烏場人,年十七辭親落髮。齊時于鍾山雷次宗舊館造草堂寺,隆昌

---

① 李延壽:《南史》卷二十二,中華書局,1975年,第607頁。

中沈約外任,攜與同行,沈約罷郡,相攜還都,還住本寺,恭事勤肅,禮敬彌隆,文章往復,相繼晷漏。大同元年涅槃,春秋八十四。沈約有《與約法師書》,見《廣弘明集》卷二十八。

《臨友人詩》

《文苑英華》卷三百二與有陶弘景《和約法師臨友人詩》,可知慧約法師作有《臨友人詩》。《詩紀》卷八十九陶弘景《和約法師臨友人詩》下注引《歷代吟譜》,以爲慧約《哭范荀詩》即弘景此詩。

唐娘

《七夕所穿針》

《玉臺新詠》卷六有徐悱妻劉氏《答唐娘七夕所穿針》,可知唐娘作有《七夕所穿針》詩。唐娘,生平不詳。

梁元帝徐妃昭佩

《書白角枕贈賀徽》*

《南史·后妃元帝徐妃傳》:"時有賀徽者美色,妃要之於普賢尼寺,書白角枕爲詩相贈答。"[1]元帝徐妃昭佩,東海郯人,祖孝嗣。天監十六年十二月拜湘東王妃,生世子方等、益昌公主含貞。太清三年,蕭繹逼令自殺。

賀徽

《書白角枕答徐妃》*

據徐妃昭佩《書白角枕贈賀徽》條,賀徽當有答徐妃詩。

---

[1]　李延壽:《南史》卷十二,中華書局,1975 年,第 342 頁。

蕭子開《建安記》輯考

本文是作者專書《福建漢宋方志輯證》中的一篇。《建安記》，梁蕭子開撰，是福建較早的方志之一。已佚。本文從明代以前各種類書、筆記、方志輯得數十條，並略加考證，隻鱗片爪，以存其舊。

建安，三國吳所置之郡，晉、宋、齊、梁因之，治今福建建甌市。

《建安記》，蕭子開撰。《隋書·經籍志》未著録。佚文見《太平御覽》、《太平寰宇記》、《太平廣記》等。作蕭子開撰，或不稱撰人名。《〈太平御覽〉經史圖書綱目》有"蕭子開《建安記》"①。章宗源《〈隋書·經籍志〉考證》："《建安記》，卷亡，蕭子開撰，不著録。"②據章氏考證，蕭子開爲隋前人。蕭子開生平事跡不詳，疑爲南朝梁蕭子範、蕭子顯、蕭子雲兄弟的同宗兄弟。蕭子範梁天監間曾爲建安太守，還曾經作過一篇《建安城門峽賦》。《建安城門峽賦》是現存有關建安最早的文學文獻。假若我們上文推斷大至不誤，蕭子開因爲族兄弟的關係，有可能接觸建安郡的許多文獻，還有可能隨子範親往建安居住和實地考察。子範兄弟都能文，子顯還撰寫過

---

① 李昉：《太平御覽》卷三"天部"二，中華書局影印本，1960年，第15頁。
② 章宗源：《隋書經籍志考證》卷六"地理"。清光緒三年湖北崇文書局刻本。

流傳至今的《齊書》(今稱《南齊書》),蕭子開撰寫《建安記》也是合情合理的。

《方輿勝覽》引《建安志》五條,其中一條爲蕭子開撰,疑引用時將"記"字誤爲"志"字。其中卷十二"泉州・巽水"條引《建安志》云:

> 葉庭圭知泉州,嘗通巽水。云:後十年當出大魁。後梁克家果魁天下。①

梁克家(1128—1187),清源(今福建泉州)人,紹興三十年(1166)進士。此條已涉南宋事,決非《建安記》原文。從諸家引用情況看,宋時當別有一部叫作《建安志》的方志,我們擬另輯爲一種。

《建安記》佚文,嚴可均《全上古三代秦漢三國六朝文》失收,本文從明代以前各種類書、方志輯得數十條,並略加考證,隻鱗片爪,以存其舊。輯佚時參考了劉毅偉先生《漢唐方志輯佚》②,但《漢唐方志輯佚》的標點、出處也有某些訛誤③。

● 天階山,在將樂縣南二十里,山下有寶華洞,即赤松子採藥之所。洞中有石燕、石蝙蝠、石室、石柱,並石臼、石井。俗云,其井南通

---

① 祝穆:《方輿勝覽》卷十二,中華書局,2003 年,第 210 頁。
② 劉緯毅:《漢唐方志輯佚》輯得《建安記》二十三條。北京圖書館出版社,1997 年。
③ "烏君山"條,《漢唐方志輯佚》:"其錦衣人稱監門使者,蕭衡亦拜。"按:"蕭衡"當屬上讀,作:"其錦衣人稱監門使者蕭衡,亦拜。""高平苑"條,《漢唐方志輯佚》:"越王略於將樂野,立高平苑。"出《寰宇記》卷一〇〇。按:"略"爲"畋"之誤;"立"爲"宮"之誤;當出《寰宇記》卷一〇一。諸如此類,本文不再一一注出。

沙縣。溪復有乳泉,自上而滴,人以服之。登山頂者若昇碧霄①,故有天階之號。(《太平御覽》卷四十七"地部"十二;又《太平寰宇記》卷一〇〇"江南東道"十二"南劍州·將樂縣";又《新定九域志》卷九"南劍州"條引"山下"二句;又《閩書》卷十八"方域志·延平府·將樂縣"天階山下還有"玉華洞",詳下)

● 大湖山,在浦城縣西南一百里,一名聖湖山。湖在山頂。昔有採藥者止此湖畔,見滿湖芙蓉,涉水採之,乃石也。亦有禽鳥遠望如飛,近視如石。(《太平御覽》卷四十七"地部"十二②)

[考證]

　　《太平寰宇記》卷一〇一"江南東道"十三"建州·建安縣"引此條,稱"《記》云"。按:《記》,即《建安記》。説詳下。

● 孤山,在環障之間。其地坦平,悉是溝塍阡陌,以以此山挺然孤立,因以名之。(《太平御覽》卷四十七"地部"十二③;又《太平寰宇記》卷一〇一"江東南道"十三"建州·浦城縣"④)

[考證]

　　疑衍一"以"字。

---

　　①　"人以服之登山頂者若昇碧霄"(《太平御覽》卷四十七"地部"十二,中華書局影印本,1960年,第230頁),《太平寰宇記》(中華書局,1999年影印日本國宮內廳書陵部所藏宋本,第122頁)作"人取服之,山嶺若昇碧霄,故有天階之號。"

　　②　李昉:《太平御覽》卷四十七,中華書局影印本,1960年,第230頁。《太平寰宇記》亦載此文,略有出入,但不言出自蕭子開《建安記》。

　　③　李昉:《太平御覽》卷四十七,中華書局影印本,1960年,第230頁。

　　④　樂史:《太平寰宇記》卷四十七,中華書局,1999年影印本,第125頁。

- 武夷山,高五百仞,巖石悉紅紫二色,望之若朝霞,有石壁峭拔數百仞於煙嵐之中。其石間有木,碓磑、簸箕、蘿、箸什器等物靡不有之。顧野王謂之地仙之宅。半巖有懸棺數千。(《太平御覽》卷四十七"地部"十二①;又《太平寰宇記》卷一〇一江東南道十三"建州·建陽縣"②;又略見《方輿勝覽》卷十一"建寧府")

- 闌干山,南與武夷山相對,半巖有石室,可容六千人。巖口有木欄干,飛閣棧道,遠望,石室中隱隱有床帳、案几之屬。巖石間悉生古栢。懸棺仙葬多類武夷。(《太平御覽》卷四十七"地部"十二;又《太平寰宇記》卷一〇一"江東南道"十三"建州·建陽縣"條"六千人"作"六十人",段末有"云是仙人葬骨"六字)

- 雞巖,隔澗西與武夷山相對,半巖有雞窠四枚。石峭上,不可登履。時有群雞數百飛翔,雄者類鷾鵀。魏王泰《坤元錄》云:武夷山瀾東,一巖上有雞栖。即此是也。(《太平御覽》卷四十七"地部"十二;又略見《新定九域志》卷九《建州》)

- 金泉山,南枕溪,有細泉出沙。彼人以夏中水小披沙淘之,得金。山之西有金泉祠。(《太平御覽》卷四十七"地部"十二;又《太平寰宇記》卷一〇〇"江南東道"十二"南劍州·將樂縣";又略見《八閩通志》卷九"地理·延平府·將樂縣")

- 演仙山,古老相傳云,演氏煉丹於此山。竈之餘基近猶存焉。此山東面亦略通人逕。山中出橘,其味甘。人有食者,即可攜之。出山,即迷道。又有演仙水出此山,當郡城北爲大河,莫知其深淺,兼下有暗竇入城,流出於劍潭,居人資之,常流不絕。(《太平御覽》卷四十七"地部"十二)

---

① 李昉:《太平御覽》卷四十七,中華書局影印本,1960年,第230頁。
② 樂史:《太平寰宇記》卷一〇一,中華書局,1999年影印本,第125—126頁。

- 建安縣有禱嶺,與泉州分界。言嶺高禱而方過。又有飛猿嶺,喬木造天,猿猱之所飛走,故曰"飛猿嶺"。(《太平御覽》卷五四"地部"十九①;"飛猿嶺"又見《太平寰宇記》卷一○一"江東南道""邵武軍·邵武縣"②)

- 郡西南大溪之中,有仙人洲。昔梅真人上昇,墜馬於此洲,故後名"墜馬洲"。(《太平御覽》卷六九"地部"三四③;又《太平寰宇記》卷一○一"江東南道"十三"建州·建安"④;又《新定九域志》卷九建州;又《方輿勝覽》卷一一"建寧府"引尚有"驂鸞渡"之名,詳下)

- (三石)山上有三石:一高七百尺,一高五百尺,一高四百尺。其石色紅白似人形,俗呼爲"三郎石"。(《太平寰宇記》卷一○○"江東南道"十二"南劍州·將樂縣"⑤)

- (百丈山)百丈山鳥道,昔越王於上設置臺榭。與撫州南豐縣分界上有古蘭若存。(《太平寰宇記》卷一○○"江南東道"十二"南劍州·將樂縣")

- (高平苑)越王畋於將樂野,宮高平苑爲越王校獵之所。大夫、將軍校獵,謂之大夫校;兵士校獵,謂之子校。故將樂有大夫校、子校二村。後漢,此邑爲建安縣之校鄉,則其義也。越王乘象輅曲蓋,大夫將軍自執平蓋。今有平蓋村。載烏旗,鳴鉦鐃,故今有鳴鐃山也。自樂野至於游臺之上,相去九十里。故風俗至今好

---

① 李昉:《太平御覽》卷五十四,中華書局影印本,1960 年,第 265 頁。
② 樂史:《太平寰宇記》卷一○一,中華書局,1999 年影印本,第 127—128 頁。
③ 李昉:《太平御覽》卷六十九,中華書局影印本,1960 年,第 328 頁。
④ 樂史:《太平寰宇記》卷一○一,中華書局,1999 年影印本,第 125 頁,作"郡西南大溪中,昔梅真人上昇,墜馬於此洲,故後名墜馬洲"。
⑤ 樂史:《太平寰宇記》卷一○○,中華書局,1999 年影印本,第 122 頁。

獵，所尚由此來也。(《太平寰宇記》卷一〇〇"江東南道"十二"南劍州‧將樂縣")

● 子期山，乃溪畔小石峰也，四面巖巒峭拔。昔秦漢之間，有仙人華子期曾師商山四皓，後居此山，山名因之。(《太平寰宇記》卷一〇一"江東南道"十三"建州‧浦城縣"[①]；《新定九域志》卷九"建州"引稍異，詳下)

● (泉山)山頂有泉分爲兩派，一入處州，一入建溪，即《漢書》朱買臣言：東越王保泉山，一人守險，千人不得上。即此山。(《太平寰宇記》卷一〇一"江南東道"十三"建州‧浦城縣"引《記》)

　　[考證]

　　《記》，即《建安記》之省文。此條之前"子期山"引作"《建安記》"，此條及此條之後"大湖山"、"梨嶺"引均作"《記》"，"梨嶺"條後"武夷山"條引又作"蕭子開《建安記》"。"《建安記》"爲"蕭子開《建安記》"之省文，"《記》"爲"《建安記》"之省文。"大湖山"一條，《太平寰宇記》引作"《記》"，而《太平御覽》引作《建安記》，可作確證。

● (梨嶺)南嶺下道東，有鍾離古亭，跡尚存。今爲戍。(《太平寰宇記》卷一〇一"江南東道"十三"建州‧浦城"引《記》)

● (溫山)此山有泉，夏寒冬暖。(《太平寰宇記》卷一〇一"江東南道"十三"建州‧浦城縣")

● 麃溪，邵武縣衆山西北來，開溪源，出縣西烏嶺——撫州南城界，

謂之麂溪。東流下與密溪、烏溪合，東南入至萬福亭入縣界。
（《太平寰宇記》卷一○一“江東南道”十三“邵武軍·邵武縣”；又
《八閩通志》卷一○“地理·邵武縣”，引文無“開”字）

- （烏君山）山頂有二石，一高十丈，一高八丈，形皆蒼黑，鬭葉分枝，狀如雙蔓，謂之雙石。又秦漢之代，有徐仲山者，於此山遇神仙妃偶，多假烏皮爲羽，飛走上下，故山因名之。今有烏君目存焉。（《太平寰宇記》卷一○一“江南東道”十三“邵武軍·邵武縣”引《記》；此條可與下《太平廣記》所引參看）

- 止馬亭，當飛猿嶺口，馬之登降於此止息，故名。（《太平寰宇記》卷一○一“江東南道”十三“邵武軍·邵武縣”[1]）

- 長樂村，後漢時此川居民殷富，地土廣闊。孫策將欲檢其江左，時鄰郡亡逃，或爲公私苛亂，悉投於此，因是有“長樂”、“將檢”二村之名。（《太平寰宇記》卷一○一“江東南道”十三“邵武軍·邵武縣”）

- （烏阪城）昔越王距漢，其城六，此城一也。（《太平寰宇記》卷一○一江東南道十三“邵武軍·邵武縣”；又《八閩通志》卷十三“地理·邵武府”；又《閩書》卷三六“建置志·邵武府”）

- （綏安故城）晉隆安三年，又改將樂之西鄉，置綏安縣。（《太平寰宇記》卷一○一“江東南道”十三“邵武軍·將樂縣”）

- （鳴鐃山）一名大戈山。越王無諸乘象輅，大將軍乘，鳴鐃載旗，畋獵登於此山。古老傳，天欲雨，其山即有音樂聲也。[2]

- 烏君山者，建安之名山也。在縣西一百里。近世有道士徐仲山者，少求神仙，專一爲志，貧居苦節，年久彌勵。與人遇於道，修

---

① 樂史：《太平寰宇記》卷一○一，中華書局，1999 年影印本，第 128 頁。
② 李昉：《太平廣記》卷三九七引《建州圖經》，中華書局，1961 年，第 3180 頁。

禮,無少長皆讓之。或果穀新熟,輒祭,先獻虛空,次均宿老。鄉人有偷者,坐罪當死。仲山詣官,承其偷罪。白偷者不死,無辜而誅,情所未忍。乃免冠解帶,抵承嚴法。所司疑而赦之。仲山又嘗山行,遇暴雨,苦風雷,迷失道徑。忽於電光之中,見一舍宅,有類府州,因投以避雨。至門,見一錦衣人,顧仲山,乃稱此鄉道士徐仲山拜。其錦衣人稱監門使者蕭衡,亦拜。因叙風雨之故,深相延引。仲山問曰:"自有鄉,無此府舍。"監門曰:"此神仙之所處,僕即監門官也。"俄有一女郎,梳縮雙鬟,衣絳赭裙青文羅衫。左手執金柄塵尾幢旄。傳呼曰:"使者外與何人交通,而不報也。"答云:"此鄉道士徐仲山。"須臾,又傳呼云:"仙官召徐仲山入。"向所見女郎,引仲山自廊進。至堂南小庭,見一丈夫,年可五十餘,膚體須髮盡白,戴紗搭腦冠,白羅銀鏤帔。而謂仲山曰:"知卿精修多年,超越凡俗。吾有小女頗閑道教,以其夙業,合與卿爲妻,今當吉辰耳。"仲山降階稱謝,拜起,而復請謁夫人。乃止之曰:"吾喪偶已七年,吾有九子,三男六女。爲卿妻者,最小女也。"乃命後堂備吉禮,既而陳酒肴,與仲山對食訖。漸夜,聞環珮之聲,異香芬郁,熒煌燈燭,引去別室。禮畢三日,仲山悅其所居,巡行屋室,西向廊舍,見衣竿上懸皮羽十四枚,是翠碧皮,餘悉烏皮耳。烏皮之中,有一枚是白烏皮。又至西南,有一廊舍。衣竿之上,見皮羽四十九枚,皆鶺鴒。仲山私怪之。卻至室中,其妻問其夫曰:"子適游行,有何所見,乃沈悴如此。"仲山未之應。其妻曰:"夫神仙輕舉,皆假羽翼。不爾,何以倏忽而致萬里乎?"因問曰:"烏皮羽爲誰?"曰:"此大人之衣也。"又問曰:"翠碧皮羽爲誰?"曰:"此常使通引婢之衣也。"又:"餘烏皮羽爲誰?"曰:"新婦兄弟姊妹之衣也。"又問:"鶺鴒皮羽爲誰?"曰:

"司更巡夜者衣,即監門蕭衡之倫也。"語未畢,忽然舉宅驚懼。問其故,妻謂之曰:"村人將獵,縱火燒山。"須臾皆云:"竟未與徐郎造得衣,今日之別,可謂邂逅矣。"乃悉取皮羽,隨方飛去。即向所見舍屋,一無其處。因號其地爲"烏君山"。①

● 子期山,華子期嘗師甪里先生,得隱仙靈寶之法,後居此山。(《新定九域志》卷"九建州"②)

● 落星穴,晉義熙年,長星墮其處爲此穴也。(《新定九域志》卷九"南劍州")

● 高平苑,越王校獵之所。(《新定九域志》卷九"邵武軍")

● (玉清洞)昔漁人入潭中,石室金字題額曰"玉清之洞"。有一青衣童子出曰:"此司命真君之府也。"(《方輿勝覽》卷十一③"建寧府"引蕭子開《建安志》;《閩書》卷十三"方域志·建寧府"引較詳,詳下)

● 真人上升墜馬於山之西松溪,因曰"墜馬洲",渡曰"驂鸞渡"。(《方輿勝覽》卷十一"建寧府")

● (玉清洞)昔有彭漁人,捕魚入潭中,見石室金榜曰"玉清洞"。升其庭,有紺青衣者出,曰:"此司命真君府也,何得闌入?"逐之出門。其室遂隱。(《閩書》卷十三"方域志·建寧府·甌寧縣"④)

● (西陽山)宋時,西陽太守全景文所居。(《閩書》卷十六"方域志·建寧府·浦城縣"⑤)

● 將樂天階山下有洞,赤松子采藥處,號"玉華洞"。洞爲閩中最奇

---

① 李昉:《太平廣記》卷四六二,中華書局,1961 年,第 3795—3796 頁。
② 王存:《新定九域志》卷九,南京圖書館藏清鈔本。
③ 祝穆:《方輿勝覽》卷十一,上海古籍出版社,2003 年,第 188 頁。
④ 何喬遠:《閩書》卷十三,福建人民文學出版社,1994 年,第 310 頁。
⑤ 何喬遠:《閩書》卷十六,福建人民文學出版社,1994 年,第 377 頁。

勝。有石門，相去十二里許，窈深繚曲，中分二路，會於後門。游者當秉炬入中，有雷公、浮源、楊梅、果子、藏禾、黄泥六洞。又有龍井泉、靈泉、石泉，合出爲澗。怪石奇偉萬狀，如世間人物、器用。而仙人傘最爲奇者。内産藥石，品類頗多，若石英、寒水、禹餘糧、井泉砂、鍾乳石、燕龍骨，狗牙，其最名者。入其邃處，有小竅通天，光射四壁，若雲霞初曙，名"五更天"。其陰有洞，曰"寶華"，一室谽谺，僅容周旋。一石穴，泉寒冽，不盈澗。上有普陀巖，其陽有洞，曰"南華"、石室方平，景物尤勝，世稱"三華"。（《閩書》卷十八"方域志・邵武府・將樂縣"①）

[考證]

"洞爲閩中最奇勝"以下，文略同《八閩通志》卷九"地理・延平府・將樂縣""天階山"條，或《八閩通志》未注明出於《建安記》，或爲《八閩通志》之文。俟再考。

---

①　何喬遠：《閩書》卷十八，福建人民文學出版社，1994 年，第 423 頁。

向 秀 入 洛

　　與嵇康關係最爲密切的名士，一個是吕安，一個是向秀。吕安與嵇康同時被殺，向秀雖然一時未被牽連，但由於與嵇康的特殊關係，他的一舉一動，都逃脱不了司馬氏集團的視線。是繼續與名教決裂，我行我素，抱定與朝廷不合作的態度；還是違背自己的箕山之志，一改初衷？前一條路，嵇康的下場或許就是榜樣；後一條道，似又非自己所願。司馬氏不可能給向秀留下太多思考的時間，就在嵇康被殺的這一年冬天，向秀所在的河内郡推舉他入洛，《世説新語·言語》載道：

　　　　嵇中散既被誅，向子期舉郡計入洛，文王引進，問：“聞君有箕山之志，何以在此？”對曰：“巢許狷介之士，不足多慕。”王大咨嗟。①

劉孝標注引《向秀别傳》：

　　　　後康被誅，秀遂失圖，乃應歲舉，到京師，詣大將軍司馬文

---

　　① 余嘉錫：《世説新語箋疏》上卷上“語言第二”，中華書局，1983 年，第 79 頁。

王。文王問曰：“聞君有箕山之志，何能自屈？”秀曰：“嘗謂彼人不達堯意，本非所慕也。”一坐皆悅。①

向秀早不被舉，遲不被舉，恰恰在嵇康被殺的這一年冬天被舉；作爲歲舉者，是不是非要詣大將軍府被接見，且接見時有一座隨員同來觀看？司馬氏是多麼精於設計！

　　既然向秀應舉了，對這場多少類似於審訊的“面試”就不可能沒有充分的思想準備。果然，司馬昭以勝利者的口吻嘲諷道：你不是自視高潔，想超凡脫俗嗎？怎麼跑到這裏來了？向秀回答說：巢父、許由這些人不過是狷介之士，本不值得稱慕，因爲他們根本不能體會堯的良苦用意。於是，包括司馬昭在内的一座人都欣喜非常。難怪，這時司馬昭成了堯，司馬氏的事業成了堯的事業，而那些不願與司馬氏合作的名士們不過是些狷介之士而已！

　　何晏被殺，因爲他是曹爽集團中的重要骨幹；夏侯玄被殺，因爲他涉嫌造反。司馬氏殺何晏、殺夏侯玄，都有說得出口的理由。嵇康被殺，藉口顯得十分勉强，對外公開的罪名是爲吕安的不孝護短，難怪引起三千太學生的抗議請願。殺嵇康，可能産生兩種結果，一是進一步激化名士和太學生們的對立情緒，一是殺一儆百，教訓桀驁不馴的名士和不知天高地厚的太學生。前一種結果是司馬氏集團所不願看到的，後一種則是他們的目的。富有豐富政治經驗的司馬氏集團最終還是把嵇康殺了，因爲“上不臣天子，下不事王侯，輕時傲世，不爲物用”的嵇康，已“無益於今”，留着他，將“亂群惑衆”（《世説新語·雅量》注引張隲《文士傳》②）；再説，司馬

---

　　①　余嘉錫：《世説新語箋疏》上卷上“語言第二”，中華書局，1983 年，第 79 頁。
　　②　余嘉錫：《世説新語箋疏》中卷上“雅量第六”，中華書局，1983 年，第 344 頁。

氏此時已經牢牢控制朝内外大政,把"越名教"不合作的領袖人物清除掉,實際上就是"清潔王道"——爲他們進一步奪取政權掃清道路。他們料想,出現後一種結果的可能更大些。向秀的迅速歸順,昭示了他們清除嵇康的極大成功,難怪在司馬昭之座的各位都無不拍手稱快。嵇康不殺,向秀能應舉嗎?!

鎮壓與拉攏,是司馬氏集團的兩手。何晏是曹爽集團的重要骨幹,他非死不可。嵇康完全可以不死,祇要他不亂發議論、"亂群惑衆",而且願意合作(哪怕祇是表面上的),因爲一個政權的建立少不了社會上知名人士的支撐門面。司馬氏希望嵇康做的事,没想到由另一個名士的重要人物向秀來做了。嵇康的一條生命,換來衆多名士的折服。在向秀臣服的那一刻,司馬昭也許還爲及時清除嵇康而暗自慶倖呢。

我們無法想象向秀在應答司馬昭發問時和在"一坐皆悦"時的表情,但完全可能推想其内心的痛苦。應舉既非本志,喻司馬昭爲堯又未免近諛,但向秀到這一地步已别無選擇。從向秀歸途特地經過嵇康山陽舊居所作的《思舊賦》,便可窺探他洛陽之役的悲哀、痛苦的心境,向秀過山陽時,太陽西沉,寒冰凄然,曠野一片蕭條。這時,從鄰居傳來嘹亮慷慨的笛聲,引發起作者對往昔游宴的追懷、對逝者的思念;笛聲戛然而止。向秀仍然苦苦地追尋:

> 悼嵇生之永辭兮,顧日影而彈琴。托運遇於領會兮,寄餘命於寸陰。聽鳴笛之慷慨兮,妙音絶而復尋。停駕言其將邁兮,遂援翰以寫心。[1]

---

[1]　蕭統編,李善注:《文選》卷十六,中華書局影清胡克家刻本,1977 年,第230 頁。

向秀對嵇康的感情是十分深沉的。賦又寫道：

　　　瞻曠野之蕭條兮，息余駕乎城隅。踐二子（嵇康、呂安）之
　　遺跡兮，歷窮巷之空廬。嘆《黍離》之愍周兮，悲《麥秀》於殷
　　墟。惟古昔以懷今兮，心徘徊以躊躇。棟宇存而弗毀兮，形神
　　逝其焉如？①

《黍離》、《麥秀》之悲，即故國之悲，這是没有錯的，但悲故國，傷故
國，是否一定是傷悲曹魏政權的覆滅，或者是易代之悲呢？羅宗强
先生認爲，是傷悲以往無繫無累游樂生活的無可奈何的逝去，是傷
悲體認自我價值的人生樂趣的不可再，是傷悲曩昔自由自在的心
境的被扭曲，"《黍離》、《麥秀》的嘆息，是對於曾經有過而現在已經
不可能再有的不受羈縛的生活的眷戀與悲悼"②。故國之悲的真
實意蘊在這裏，向秀失圖入洛之悲的深層意蘊也在這裏。

　　向秀追隨嵇康，兩人都崇尚自然，但嵇康是越名教而任自然，
認爲名教與自然相對立，在這一問題上，向秀的態度卻始終不那麼
明朗，從他的《難養生論》看，似乎帶有更多的世俗性，也就是説他
仍多少帶有名教的思想。如果説《難養生論》還是向秀較早期的作
品的話，那麼後期所作的《莊子注》似也可以看出他於自然與名教
之間没有一條明顯界線的心跡：

　　　變化頹靡，世事波流，無往不因，則爲之非我；我雖不爲，

---

　　①　蕭統編，李善注：《文選》卷十六，中華書局影清胡克家刻本，1977 年，第 229—
230 頁。
　　②　羅宗强：《玄學與魏晉士人心態》，浙江人民出版社，1991 年，第 172 頁。

而與群俯仰。夫至人一也,然應世變而時動,故相者無所用其心,自失而走者也。①

既然至人可以"與群俯仰"、"應世變而時動",那麼其他人更不必非要出世不可,更可以"應世變而時動"了。這一思想,當向秀與司馬昭對答時則發揮到極致:既然箕山之志本非所慕,如果達堯意也就不必慕隱者,堯是聖人,而實際上與隱者的精神無異。堯是名教中的聖人,那麼,自然也就與名教爲一。這樣,當向秀臣服於司馬氏之時,他也就完全地背離了嵇康"越名教而任自然"的基本思想;同時,這一自然與名教不二的主張,也爲晉人名教中自有樂地命題的提出作了鋪墊。這是向秀始料不及的,也是竹林玄學的不幸。

我們不必強求向秀也非以身殉志不可,也不必責怪他入洛後對自然與名教的調和。向秀入洛後做了官,《晉書》本傳上說他"後爲散騎侍郎,轉黃門侍郎、散騎常侍,在朝不任職,容迹而已"②。所謂"不任職,容迹而已",說明他並不那麼順心,至少是心情不那麼舒暢,對比與嵇康、呂安的把臂入林、揮汗鍛鐵鼓排,已經沒有從前的浪漫和富有詩意了。向秀入洛,得到的是生命和官職,失去的卻是自然自由的精神。入洛前的行蹤,一千多年來一直爲士林津津樂道,入洛後的宦跡卻早已沉淪,即便是心細如髮的歷史學家也絕對不會感任何興趣。

---

① 楊伯峻:《列子集釋·黃帝》注引,中華書局,1979 年,第 76 頁。
② 房玄齡:《晉書》卷四十九《向秀傳》,中華書局,1974 年,第 1375 頁。

謝 朓 之 死

　　南齊前後祇有二十七個年頭，是中國歷史上最短暫的朝代之一。而在這短短的二十七年中，中國詩歌的發展則到了一個重要的階段——永明新體詩産生的階段。謝朓和王融都是新體詩的代表詩人，其最後結局也都是被投入獄而死。謝朓死時三十六歲，王融死時二十七歲。詩人之死，千餘年來一直令讀者掩卷長思。

　　陳郡陽夏謝氏與琅邪王氏都是東晉、南朝的高門大族。謝朓之祖述，劉宋時爲吳興太守。述三子：綜、約、緯。謝綜因與范曄謀反，伏誅；謝約受牽連，亦死。謝緯（朓父）因尚宋文帝第五女長城公主，素爲綜、約所憎，免死，徙廣州，孝建中還都。雖爲世族，但謝述這一支到劉宋中後期已經大大衰弱，勢單力薄。或許是出於這方面的考慮，謝朓和王敬則女成了婚。王敬則門第寒微，母爲女巫。敬則年輕時善舞刀弄棒，爲隊主漸次遷升，齊高帝建元元年（479）已爲都督南兗兗徐青冀五州軍事、平北將軍、南兗州刺史，封尋陽郡公；敬則妻則封尋陽國夫人。謝朓生於大明八年（464），建元元年（479）十六歲，成婚當在此年前後。東晉南朝婚姻極重門第，士庶之間、高門與寒素之間，往往難於逾越。侯景請婚王、謝，梁武帝直截了當告訴他：“王、謝門高非偶，可於

朱、張以下訪之。"①謝朓與敬則女成婚，如果不是不得已，恐怕在
門第上敬則不易高攀。謝朓的婚姻，對自己在社會上的立足恐不
無好處，但也爲後來種下了禍根。齊明帝蕭鸞性猜忌，即位之後，
高、武之孫殺害殆盡；高、武舊臣，人人自危。永泰元年(498)，王敬
則已官至大司馬會稽太守，敬則第五子幼隆遣人密告徐州行事謝
朓爲計，朓執之馳啓之。敬則倉促舉兵，十餘日而敗，被斬。謝朓
當然落了個出賣翁丈的惡名，以至敬則女常懷刀欲殺朓，而朓也不
敢露面，其實他心中也有難言之隱。敬則敗後，謝朓超遷尚書吏部
郎，上表三讓。本來吏部郎並不是官階大到必須三讓的職位，難怪
沈約説："讓別有意。"謝朓被殺前也甚有悔意，説："我不殺王公，王
公由我而死。"②可見謝朓的告密，並無賣翁取官之意。伯父參與
謀反被殺而差一點搭上父親的性命，血的教訓不能不引起他的警
覺。設使謝朓不告密，有勇無謀的王敬則僅憑手持擔篙荷鍤的十
餘萬烏合之衆，哪怕聲勢再大一點，果真能敵得過朝廷的大軍嗎？
謝朓因翁婿關係有參與謀反的罪名，又如何脱得了干係？謝綜、謝
約的悲劇又如何能擔保不再重演？

　　謝朓雖然躲過了一劫，卻未能逃脱橫在他面前的另一個災難。
敬則敗後不久，明帝崩，東昏侯即位。次年，執掌朝政大權的江祏、
江祀兄弟以東昏失德爲由，謀立始安王遙光，始安王遙光也派人致
意于謝朓，欲引爲肺腑。史稱謝朓受恩於明帝，未能贊同江祏兄
弟。其實，謝朓在殘酷的政權鬥爭中甚爲軟弱，甚至幼稚，他既不
懂得委蛇周旋，又不能冷靜處事，便把此事告訴了平定敬則有功的
左興盛和明帝敬皇后之弟劉暄。興盛懼怕不敢告發，而劉暄與江

①　李延壽：《南史》卷八十，中華書局，1975 年，第 1996 頁。
②　蕭子顯：《南齊書》卷四十七，中華書局，1972 年，第 826、828 頁。

祐兄弟本爲一夥，衹是在立誰爲皇上存在分歧而已。事情傳到江祐、遥光那兒，這夥人於是聯名啓誅謝朓。東昏下詔（大約也是出於江祐們之手），列數謝朓罪狀，一是撿起十幾年前謝朓隨蕭子隆至荆州爲王文學的老話題，説他"構扇藩邸"；二是抓住他《和伏武昌登孫權故城》一詩中"江海既無波"的話，説"江漢無波，以爲己功"；三即所謂的"詆貶朝政，疑閒親賢"。① 這第三條，怨怕東昏侯本人都不知道謝朓將這廢立的秘密告訴左、劉，其實還是爲了他的帝王江山着想。一代傑出詩人，就這樣下獄而死。

顔之推以爲"謝玄暉悔慢見及"②，而《南齊書》找不到相關材料，李延壽或許也發現《南齊書》的這一不足，特在《南史》中加入這樣一段資料：

> 朓常輕祐爲人。祐常詣朓，朓因言有一詩，呼左右取，既而便停。祐問其故，云"定復不急"，祐以爲輕己。後祐及弟祀，劉渢、劉晏俱候朓，朓謂祐曰："可謂帶二江之雙流"，以嘲弄之。祐轉不堪，至是構而害之。③

鍾嶸《詩品》云："祐詩猗猗清潤。弟祀，明靡可懷。"④可見他們的詩做得相不錯，然而謝朓並不將他們放在眼裏。"二江"，指江祐兄弟；"雙流"即"雙劉"指劉渢、劉晏。"帶二江之雙流"，語出左思《蜀都賦》，謝朓把自己擺在"帶"的主體位置上，而二江雙劉僅是

---

① 蕭子顯：《南齊書》卷四十七，中華書局，1972年，第827頁。
② 顔之推撰，王利器集解：《顔氏家訓集解》卷九《文章》，中華書局，1980年，第222頁。
③ 李延壽：《南史》卷十九，中華書局，1975年，第534頁。
④ 鍾嶸撰，陳延傑注：《詩品注》下，人民文學出版社，1961年，第72頁。

被帶而已。當謝脁在戲弄二江雙劉時，他忘記了一點：江祏這夥人正執掌着朝政大權呢。

　　王融和謝脁都因捲入政權鬥爭的漩渦而引來殺身之禍，但王與謝仍有不同之處。王的捲入，是主動參與，“弱年便欲紹興家業”，“三十內望爲公輔”①，齊武帝疾篤時，王融把寶押在蕭子良身上，所以鬱林王即位，他不能不死。謝的捲入，是被動的，身不由己，謝脁何嘗没有渴望謝氏重塑東晉謝安、謝玄時代的輝煌，但是劉宋以來謝氏的一系列變故，磨滅了他的壯志，畏禍的心理使他想得更多的是保身，他在政治上相當軟弱。在謝脁的一生中，他更看重的是文名和詩名，即便在臨終時他仍深信自己的文名和詩名將載入史册：“寄語沈公，君方爲三代史，亦不得見没。”②謝脁在王融被殺後，政治生活上他一直相當謹慎，出守宣城雖非自願，但遠離政治鬥爭中心也使他松了一口氣。但在文化生活上，他卻有相當的優越感。恃才傲物，侮慢政治地位高且執掌朝政大權的詩友，他忽略了文化生活與政治生活的有機聯繫，最終引來殺身之禍。

　　謝脁被殺了，當年竟陵王西邸的舊友沈約十分哀痛，寫了一篇《傷謝脁》來追悼他。而另一位舊友，也就是後來做了梁武帝的蕭衍卻悔婚了。先前蕭衍曾把第二女許配給謝脁之子謝謨，現在武帝又以“門單”爲由將這位永世公主許配給王諲，弄得謝謨灰溜溜無可奈何。

　　從謝脁娶王敬則女，到謝脁被殺，到蕭衍悔婚，從一個角度看出了東晉、南朝號稱甲族的謝氏在社會地位和政治上的逐漸走向衰弱，門閥制度受到了嚴重衝擊。但是，另一方面，謝脁雖然死了，

　①　蕭子顯：《南齊書》卷四十七，中華書局，1972年，第817、822頁。
　②　李延壽：《南史》卷十九，中華書局，1975年，第534頁。

但謝氏文化的優越和優勢卻沒有隨之而減弱。有時文化的滲透力和延續性,要比政治力量強得多。江祏兄弟可以消滅謝朓的肉體,卻遮擋不住謝朓詩在齊梁的光輝;蕭衍可以悔婚,但阻止不了永世公主的兄弟們蕭統、蕭綱、蕭繹對謝朓詩的尊崇和喜愛。

　謝朓之死,給我們留下不少值得深思的話題。

懸劍空壟　有恨如何

——讀劉孝標《重答劉秣陵沼書》

　　中國古代文學，發展到南朝的梁代，可以説是已經相當發達了。發達的標志，一是發明於南齊永明的聲律説逐漸被廣泛地認識並運用到文學創作中；二是文筆説的出現，使純文學與雜文學的分野漸次分明；三是齊梁間體大思周的文學批評著作《文心雕龍》的問世，梁代文學批評和詩歌批評的空前繁榮；四是中大通中昭明太子文學總集《文選》的編成；五是作家與詩人的大量湧現。

　　在梁代衆多的作家中，劉孝標是非常奇特的一位。孝標（462—521），名峻，以字行，平原（今山東淄博）人。説他奇特，首先是因爲他身世經歷奇特。孝標生在南朝劉宋，滿月後她的母親把他帶回北方原籍。八歲，青州陷於北魏，孝標被掠爲奴，十歲出家爲僧。南齊永明四年（486），逃到江南。由齊入梁，落拓不遇，長期沉於下僚，晚年棄官歸隱于金華山，聚徒講學，直至去世。其次，性格奇特，孝標"率性而動，不能隨衆沉浮"[①]。梁武帝蕭衍經常組織

---

① 姚思廉：《梁書》卷五十《劉峻傳》，中華書局，1973 年，第 702 頁。

一些諸如策經史事（比賽記憶某事某物典故之多寡）的活動，范雲、沈約等人，都能領會意圖，曲意逢迎，取悦武帝，而孝標卻率性以對，《南史·劉峻傳》載："會策錦被事，咸言已罄，帝試呼問峻，峻時貧悴冗散，忽請紙筆，疏十餘事，坐客皆驚，帝不覺失色，自是惡之，不復引見。"①大家都説典故説完了，孝標一口氣又寫了十多條，頗讓武帝下不了臺，爲此，他付出了"不復引見"的代價。再次，文章奇特。劉孝標一生著述甚富，大家知道，他曾爲宋劉義慶的《世説新語》作注，引書多達一百六十餘種，與《世説新語》相互輝映。他還著有《〈漢書〉注》一百四十卷、編有類書《類苑》一百二十卷（均佚）及《陸機〈演連珠〉注》等。他的文章流傳下來僅十二篇，其中三篇見於《文選》。一篇是《廣〈絶交論〉》，東漢朱穆曾作《絶交論》，孝標增廣之。以爲世上交誼有"素交"和"利交"二種，當今之世利交大盛。利交又可細分爲五，即勢交、賄交、談交、窮交、量交。任昉在世時，對到溉兄弟提攜不遺餘力；任昉過世之後，其子弟流離凍餒，包括到溉兄弟在内的"生平舊交莫有收卹"②，孝標憤而作此文加以抨擊，以爲因"五交"而生"三釁：販德鬻義，禽獸相若，一釁也；難固易攜，讐訟所聚，二釁也；名陷饕餮，貞介所羞，三釁也"③。以致到溉兄弟終身恨之。第二篇是《辯命論》。劉孝標認爲，一個人生活在世上，"命"是一種人力不能抗拒的力量，它無時不在主宰並規範着人們的一切，其中包括仕宦。李善《文選》注在此文之下注曰："孝標植根淄右，流寓魏庭，冒履艱危，僅至江左。負材矜地，自謂坐致雲霄。豈圖逡巡十稔，而榮慚一命。因兹著論，故辭多憤

---

①　李延壽：《南史》卷四十九《劉峻傳》，中華書局，1975年，第1219—1220頁。

②　李延壽：《南史》卷五十九《任昉傳》，中華書局，1975年，第1455頁。

③　李延壽：《南史》卷五十九《任昉傳》，中華書局，1975年，第1458頁。

激,雖義越典謨,而足杜浮競也。"①劉孝標這篇論文雖然帶有個人的情緒,也帶有明顯的人生不可知的宿命論觀點,但他的用意則主要在於抨擊用人不當的社會現象。劉孝標認爲,伍子胥被沉于江,屈原被流放最後自沉于汨羅,賈誼被貶長沙,馮唐歷仕文、景、武帝難遷,桓譚差點被斬,馮衍被廢,坎壈而卒,這些人都並非"才不足而行有遺"②,表面上看是"命",但深入分析,他們的命都和各自的國君有關。由此説來,劉孝標這篇文章的矛頭所指,不是明明白白了嗎? 第三篇,就是《重答劉秣陵沼書》。

《重答劉秣陵沼書》全文如下:

> 劉侯既重有斯《難》,值余有天倫之戚,竟未之致也。尋而此君長逝,化爲異物。緒言餘論,蘊而莫傳。或有自其家得而示余者,余悲其音徽未沫,而其人已亡;青簡尚新,而宿草將列,泫然不知涕之無從也。雖隙駟不留,尺波電謝,而秋菊春蘭,英華靡絕。故存其梗概,更酬其旨。若使墨翟之言無爽,宣室之談有徵;冀東平之樹,望咸陽而西靡;蓋山之泉,聞弦歌而赴節。但懸劍空壟,有恨如何!③

《六臣注文選》良曰:"初,孝標以仕不得志,作《辨命論》,秣陵令劉沼作書難之,言不由命,由人行之。書答往來非一。其後沼作書未出而死,有人於沼家得書以示孝標,孝標乃作此書答

① 蕭統編、李善注:《文選》卷第五十四,中華書局影清胡克家刻本,1977年,第747頁。
② 姚思廉:《梁書》卷五十,中華書局,1973年,第703頁。
③ 姚思廉:《梁書》卷五十,中華書局,1973年,第706—707頁。

之，故云‘重’也。"①據六臣所言，劉孝標《辯命論》出後，劉沼就作
有《難〈辯命論〉》，劉孝標作《答劉秣陵沼〈難辯命論〉書》反駁；劉沼
又作《重難〈辯命論〉》討論，劉孝標再作此書答之，那麼，此書信的
題目當是《重答劉秣陵沼〈難辯命論〉書》之省文。《梁書·劉峻傳》
云："（劉峻）論成，中山劉沼致書以難之，凡再反，峻並爲申析以答
之。會沼卒，不見峻後報者，峻乃爲書以序之曰（下略，即此
文）。"②依照《梁書》的説法，劉孝標（峻）完成《重答劉秣陵沼〈難辯
命論〉書》後，劉沼已卒，乃在此書前又冠一"序"字。這篇序自成起
訖，昭明太子在編《文選》時未用新題，仍用舊題（此處參用錢鍾書
先生《管錐編·全梁文》的説法）。這樣説來，此文的全稱當作《重
答劉秣陵沼〈難辯命論〉書序》，文體爲"序"，而就不是書信（或書信
體論文）了。

以專選六朝騈體小品著稱的《六朝文絜箋注》，注評皆佳。許
璉評此文曰："答死者書甚是創格。"③如果我們上文分析大體不誤
的話，那麼，許璉應該説"答死者書序甚是創格了"。其實，我個人
以爲，此文稱序稱書，已經不是特別重要了。因爲作爲編者也好，
讀者也好，似乎更加關心、更看重的是這篇文章"屬詞特淒楚纏緜，
俯仰裹回，無限痛切"（同上引）的藝術表現力，而不在於劉孝標與
劉沼之間關於"運命"看法的分歧了。如果進一步説的話，在作者
劉孝標方面，似也不再在乎他本人和劉沼在這一問題上的分歧了。
從文章看，他感到遺憾的，一是在劉沼生前，自己爲兄喪事所耽擱，

———————

① 蕭統編、李善等注：《六臣注文選》卷四十三，中華書局影印本，1987 年，第
813 頁。
② 姚思廉：《梁書》卷五十，中華書局，1973 年，第 706 頁。
③ 許槤評選、黎經浩箋注：《六朝文絜箋注》卷七，中華書局；1962 年，第 109 頁。

未能及時讀到劉沼的辨難之文，而見到劉文時劉已化爲異物。二是痛惜劉沼的英才，他的美文雖然留下來了，"秋菊春蘭，英華靡絕"，流傳是必然的，但是"英華"作手凋謝已經不可挽回。三，人死後有没有知覺，有没有靈魂，劉孝標是希望有的，但又很懷疑。如果有，劉沼還可能讀到我對他的文章的回應；如果没有，那麼，就如同古代延陵季子那樣，空懸劍于徐君墓樹，"有恨如何"了（據劉向《新序》，延陵季子西行過徐君，徐君嘴上不説，但從神色看，他很喜歡季子身上佩帶的寶劍。季子因國事在身，没能獻上，但心許之，打算返程時再送他。没想到等季子重過時，徐君已死，於是，季子就把寶劍掛在徐君的墓樹而去）。所以，關於"運命"論争的内容已經不怎麼重要了，書或序的形式也不怎麼重要了，留在劉孝標的心中，衹剩下對友人之逝的悲痛情感而已。就説這篇序或書吧，無非也和延陵季子懸劍徐君墓樹一樣，衹是一種寄托哀思的形式而已了。許璉評説"結得婉，有味外味"（同上引），確實，以延陵季子懸劍作結，是很值得玩味的。

　　這篇小文，衹有百餘字，在《文選》中可能是字數很小的短文之一了。文章的感人之處，在於一個"情"字，作者在抒發情感時完全略去了他們之間交往的過程，省去不必要的叙述的拖遝。其次，此文也很能體現六朝小文追求形式上的華美：煉詞煉句，文辭洗煉而精美。再次，善於使事用典，也是六朝作者所刻意追求的。

　　在中國古代文學中，有意寫給亡友作書信不多見。近讀周亮工的《賴古堂集》，偶然發現一篇與《重答劉秣陵沼書》相類的書信——《追報亡友黃漢臣書》。黃漢臣是周亮工未曾謀面的文友，他們有書信的往來，他們都期待着見面，機會快到了，不想黃漢臣卻病故了，周亮工讀黃漢臣病逝前一個月的來信，感慨萬千，故作此書以報地下的亡友。周亮工此篇,大部分篇幅都用於追述作者與死者的交誼,最後説:"幽冥既隔,商較徒虚,追進報章,聊陳衷緒。獨恨先生見屬可以無負,而季諾一序,不能復起而吮筆也,不益爲之痛悼不已哉!"①周亮工的尺牘在清代也是相當有名的,公正地説,《追報亡友黄漢臣》也寫得相當不錯,很感動人。如若將周文與劉孝標的《重答劉秣陵沼書》相比較,不難發現,周文在文章的洗煉方面,在使事用典和鍛煉詞句方面,是不如劉文的。《追報亡友黄漢臣》,文繁不録,讀者如果有興趣的話,不妨將周文找來一讀,就不難看出六朝書信小品的特色了。

---

① 周亮工:《賴古堂集》卷十九,上海古籍出版社影康熙刻本,1979 年,第 746—747 頁。

羈旅縲臣的奇特表文

——沈炯及其《經通天臺奏漢武帝表》

梁承聖三年(554),西魏攻破梁元帝定爲都城的江陵,元帝及太子蕭元良、始安王蕭方略皆被害。"乃選百姓男女數萬口,分爲奴婢,驅入長安;小弱者皆殺之。"①被擄掠北去的,包括王褒、沈炯這樣一批文人,故庾信《哀江南賦》有云:"逢赴洛之陸機,見離家之王粲。"②

沈炯(502—560),字禮明,吳興武康(今浙江德清)人。在南北朝後期,沈炯的文名雖不及庾信、王褒、徐陵和顏之推等,但他的軍書表記卻是獨樹一幟的,史稱"(王)僧辯素聞其名,於軍中購得之,酬所獲者鐵錢十萬"③簡文遇害之後,四方嶽牧皆上表於江陵勸進,而沈炯所製表文,其文最工,"當時莫有逮者"(李兆洛選輯的《駢體文鈔》載錄其第二、第三兩表);至於《爲陳太傅讓表》一文,後人則以爲"義正辭壯,即阮嗣宗《上晉王箋》,曷加焉"④;而陳霸先

_____

① 姚思廉:《梁書》卷五《元帝紀》,中華書局,1973年,第135頁。
② 庾信撰,倪璠注,許逸民點校:《庾子山集注》卷二,中華書局,1980年,第162頁。
③ 姚思廉:《陳書》卷十九《沈炯傳》,中華書局,1972年,第253頁。
④ 張溥撰,殷孟倫注:《漢魏六朝百三家集題辭注·沈侍中集題辭》,人民文學出版社,1960年,第267頁。

與王僧辯會于白茅灣，登壇設盟，盟文亦出自沈炯之手。

江陵陷落，沈炯被虜北去，一路歷盡艱辛，後來，他在《歸魂賦》一文中回憶道："彼孟冬之雲季，總官司而就絏。托馬首之西暮，隨檻車而迴轍。履犖犖之層冰，面颼颼之巖雪。去莫敖之所縊，過臨江之軸折。矧今古之悲涼，並攢心而霑袂。渡狹石之欹危，跨清津之幽咽。鳥虛弓而自隕，猿號子而腹裂。"①庾信《哀江南賦》"水毒秦涇，山高趙陘"一段，也描寫江陵百姓被虜道路之苦，沈賦與庾賦相比，文采稍遜，而由於是親身遭遇之故，悲痛深沉過之。

沈炯到了北邊之後，魏人甚禮之，授以儀同三司，但是他卻整天以淚洗臉："霜微凝而侵骨，樹裁動而風遒。思我親戚之顏貌，寄夢寐而魂求。察故鄉之安否，但望斗而觀牛。稚子夭于鄭谷，勉勵愧乎延州。聞愛妾之長叫，引寒風而入楸。何精靈以堪此，乃縱酒以陶憂。"（《歸魂賦》）沈炯在侯景之亂時正爲吳令，京城建康陷落，景將宋子仙據吳興，欲委炯以書記之任，炯固辭，子仙怒，命斬之。沈炯解衣將就戮，或遽救之，僅而獲免。後來，侯景敗，奔至吳郡，殺沈炯妻虞氏並子沈行簡。據《歸魂賦》，入北後沈炯的稚子又夭亡。沈炯唯一的精神支柱和生活的希望是仍生活在南邊的老母，所以他整天想的是歸國南返，"恐魏人愛其文才而留之，恒閉門卻掃，無所交游"②。

沈炯羈留北邊，偶然也做點詩文，"隨即棄毀，不令流布"③，以免文名進一步聲張，有礙于南歸。沈炯在北所作，可考的有《望郢州城》詩一首，《經通天臺奏漢武帝表》等篇。表全文如下：

---

① 歐陽詢：《藝文類聚》卷七十九，上海古籍出版社，1999年，第1359頁。
② 姚思廉：《陳書》卷十九，中華書局，1972年，第254頁。
③ 姚思廉：《陳書》卷十九，中華書局，1972年，第254頁。

　　臣聞橋山雖掩，鼎湖之寵可祠；有魯遂荒，大庭之跡無泯。伏惟陛下降德猗蘭，纂靈豐谷。漢道既登，神仙可望。射之罘於海浦，禮日觀而稱功；橫中流於汾河，指柏梁而高宴。何其甚樂！豈不然歟？既而運屬上僊，道窮晏駕。甲帳珠簾，一朝零落。茂陵玉盌，遂出人間。陵雲故基，與原田而臚臚；別風餘跡，帶陵阜而芒芒。羈旅縲臣，能不落淚！昔承明見厭，嚴助東歸；駟馬可乘，長卿西反。恭聞故實，竊有愚心。黍稷非馨，敢望微福。但雀臺之弔，空愴魏君；雍丘之祠，未光夏后。瞻仰煙霞，伏增淒戀。①

《陳書》《南史》本傳均載此表，唯《陳書》無後六句。長安是西漢舊都，驪山灞陵、未央長樂諸宮，歷史的陳跡往往引發沈烱的浩嘆。通天臺，又名候神臺、望仙臺，在甘泉宮，漢武帝元封二年（前 109）造，《三輔黃圖》卷五引《漢舊儀》："通天者，言此臺高通於天也。"又引《漢武故事》："築通天臺於甘泉，去地百餘丈，望雲雨悉在其下，望見長安城。"北朝時遺址猶存，故沈烱得以游觀。沈烱此文之所以奇特，首先是因爲作者既不用游記的形式寫作，也不用詩賦的體裁以鋪敘抒情，而是用"表"這種文體來寄慨。什麼是"表"？《文選》李善注："表者，明也，標也，如物之標表，言標著事序，使之明白，以曉主上，得盡其忠，曰'表'。"②也就是說，表是一種向人主敘事表白忠心的文體。在沈烱之前，從來沒有哪位作家途經名勝古跡有感而用表文的形式向人主袒露心跡的。其次，表文都是寫給當代在世的人主的，從來也沒有哪位文人"昏憒"到向死去的君主、尤其

①　李延壽：《南史》卷六十九《沈烱傳》，中華書局，1972 年，第 1678 頁。
②　蕭統編，李善注：《文選》卷三十七，中華書局影清胡克家刻本，1977 年，第 515 頁。

是往代君主進表的,何況漢武帝與沈烱兩人相隔已經有七百年之久! 與其説是一篇表,還不如説是一篇弔祭漢武帝之文更確切一些。但它畢竟還是表白其忠心之文,是表,故十分奇特。再次,沈烱非常羨慕漢武帝放嚴助東歸,讓司馬相如乘駟西返,"羈旅縲臣,能不落淚",強烈表白回歸江東的願望。有趣的是,此表奏訖,"其夜(烱)夢有宮禁之所,兵衛甚嚴,烱便以情事陳訴,聞有人言:'甚不惜放卿還,幾時可至。'少日,便與王克等並獲東歸"①。表奏北朝放歸,當然是偶然的巧合,而從史傳記叙的情形看,説此篇表文感動了上天神靈亦足以令讀者動容,這也是此表之所以奇特的另一個方面。

此外,表文把漢武帝的求神禮仙與其文治武功連帶着寫,也甚爲特異,許槤評云:"漢武闢疆開宇,宏拓郡縣,厥功甚偉。而後世以神仙征伐之事概没其蹟,獨此文可稱知己"(《六朝文絜箋注》卷五)②,所言甚是。不過,這樣的寫法是不是可以啓發人們聯想到梁朝的武帝? 漢武望仙而不廢闢疆開宇的武功,而梁武佞佛最後卻落了個國破身亡的下場。對漢武的稱頌,弦外之音又何嘗不包含對梁武、對梁朝的哀痛!

沈烱一篇短短的《經通天臺奏漢武帝表》,不意在千餘年之後引起了由明入清的大文學家吳梅村的共鳴,甚至感發他寫下《通天臺》的雜劇。劇文云:"則想那山遶故宮,寒潮向空城打,杜鵑血揀南枝直下。偏是俺立盡西風搔白髮,祇落得哭向天涯。傷心地付與啼鴉,誰向江頭問荻花。"③又云:"沈烱國破家亡,蒙恩不死,爲

①　李延壽:《南史卷》六十九《沈烱傳》,中華書局,1972年,第1678頁。
②　許槤評選,黎經浩箋注:《六朝文絜箋注》卷五,中華書局,1962年,第78頁。
③　吳偉業撰,李學穎點校:《吳梅村全集》卷六十四,上海古籍出版社,1999年,第1393頁。

幸多矣。陛下縱憐而爵我，我獨不愧於心乎！"[1]追懷故國，愧仕新朝，借沈炯的身世際遇以吐露心跡。《通天臺》在沈炯表已草完之後的一段［青歌兒］道：

> 羈旅孤臣憔悴殺。漢武皇呵，俺也不用大纛高牙，紫綬青緺；祇願還咱草舍桑麻，濁酒魚蝦，冷淡生涯。武皇，我如今在三條九陌，騎着一疋青驢，眼看他們田、竇豪華，衛、霍矜誇，僮僕槎枒，歌笑淫哇。俺這一個不㑑不尤的沈初明站在那裏，好像個坎井蝦蟆，霜後壺瓜。咳！武皇，你當日臣子，如嚴助東歸，長卿西返，遭時富貴，還要衣錦還故鄉。我沈初明憔悴至此，求一紙路引兒還不能夠哩。你看那一帶呵，山谷谾谺，烏鵲啼啞。好教我駿馬鞭加，便算是萬里非遐。早及得春草萌芽，莫辜負滿院梨花。則願你老君王放一個吾丘假。[2]

撇開吳梅村字裏行間的寄寓不說，這段唱詞可以說甚得沈炯《經通天臺奏漢武帝表》文的精髓——思歸。參讀《通天臺》雜劇，無疑有助于加深讀沈炯此表的理解。

梁敬帝紹泰二年（556），沈炯回到南都，爲御史中丞。次年陳武帝受禪，加通直散騎常侍，以母老表請歸養，不許；陳文帝嗣位，又上《請歸養表》，中有云："命存亂世，冒危履險，百死輕生，妻息誅夷，昆季冥滅，餘臣母子，得逢興運。臣母妾劉，今年八十有一，臣

① 吳偉業撰，李學穎點校：《吳梅村全集》卷六十四，上海古籍出版社，1999年，第1397頁。
② 吳偉業撰，李學穎點校：《吳梅村全集》卷六十四，上海古籍出版社，1999年，第1393頁。

叔母妾丘,七十有五,臣門弟姪故自無人,妾丘兒孫又久亡泯,兩家侍養,餘臣一人。"①讀罷令人辛酸,難怪張溥稱此文有李密《陳情表》風概。沈炯上表不久,便鬱鬱以疾卒于吳中,時年五十九。

---

①　姚思廉:《陳書》卷十九,中華書局,1972 年,第 254—255 頁。

陶淵明集前言

　　從先秦到晚清，中國歷史上湧現的詩人之多，數也數不清，因此有人説，中國是一個詩的國度。中國歷史上最重要的詩人有哪幾位？答案可能不會完全一致，但是，屈原、陶淵明、李白、杜甫、蘇東坡，這幾位一定名在其中。如果進一步問，你知道他們的作品嗎，大概十之八九知道屈原有《離騷》，或者能説出"上下求索"的句子；陶淵明有"採菊東籬下"的詩句也是聽説過的；李、杜是不用説了，李白"牀前明月光"，杜甫"朱門酒肉臭"更是家喻户曉；至於東坡的"不識廬山真面目"，幾乎是一句成語了。

　　雖然大家都知道歷史上有個陶淵明，雖然很多人能説得出"採菊東籬下"的詩句，但是，讀過五首以上陶詩的可能就不多了，讀過十幾、二十首的可能就更少了。陶淵明，與先秦時代的屈原不同。屈原的詩歌連同存疑的，總共祇有二十五篇，由於先秦的文字對大多數讀者來説，有不少障礙。比起屈原的作品，陶詩好讀多了。陶詩祇有一百多首，文祇有數篇，後來李、杜的賦也不是那麼好讀的，至於蘇東坡之文，數量就多得多了。因此，通讀陶淵明，似乎比讀遍屈原、李白、杜甫、蘇東坡要容易一些。魯迅先生説過，要瞭解以爲作家或詩人，應該讀他的全集，我們這部《陶淵明集》，收錄了陶

淵明全部的作品。爲了便於讀者閱讀，我們對作品做了簡要的注
釋和品評。讀者讀了這部注評本，或許能對陶淵明有更多的、更全
面的瞭解。

陶淵明(365?—427)，字元亮，生於東晉，晉宋易代之後，改名
潛。陶淵明在東晉做過官，進入南朝宋之後，他就不再做官了，成
爲晉朝遺民。習慣上，陶淵明被稱作東晉詩人，實際上，他是經歷
了晉、宋兩個朝代的。沈約的《宋書》説陶淵明卒年六十三，學者們
推斷他卒於宋文帝元嘉四年(427)，如果不誤的話，生年就在晉哀
帝興寧三年(365)。因爲沈約没有具體給出生卒年份，後世研究者
對此記載產生不少懷疑，經過各自的考證，分別得出陶淵明卒年五
十九、或七十六的結論①。我們這部小書，姑且遵從傳統的説法。

陶淵明是尋陽柴桑(今江西九江)人，曾祖父陶侃，晉大司馬，
封長沙郡公。祖父陶茂，武昌太守。父親的姓名和仕歷不詳，母親
是孟嘉的第四女。陶侃出身清寒，又是江南人，常常被中原人瞧不
起，但是，經過自身的努力，陶侃終於成了晉朝的名將，在平亂中建
立大功。祖父陶茂，也有功名。至於他的父親，《命子》詩説：“於皇
仁考，淡焉虛止。寄迹風雲，冥兹愠喜。”也曾出仕過，至於任過什
麼職位，已經不可考。陶淵明有五個兒子，即陶儼、陶俟、陶份、陶
佚、陶佟。柴桑一帶，臨近長江、鄱陽湖和廬山，風景秀美。東晉
時，江州佛教興盛。晉孝武帝太元六年(381)，名僧慧遠來到廬山，
十一年(385)，江州刺史桓伊爲慧遠立東林寺。十六年(391)，江州
刺史王凝之集中外僧徒在尋陽南山翻譯佛經。這就是陶淵明出生
的家族和地域環境。

---

①　此外，還有享年五十一、五十二、五十六、六十一歲等説法。

陶淵明的生平大約可以分成三個時期，即出仕前的青少年時期、出仕游宦時期和歸隱時期。

《命子》這首詩，陶淵明對父親的介紹含糊不清，其中可能有難言之隱。陶淵明在《自祭文》中説："自余爲人，逢運之貧，簞瓢屢罄，絺綌冬陳。"當他降生之時，陶家家道已經中落。據《晉書·陶侃傳》，侃"媵妾數十，家僮千餘，珍奇寶貨富於天府"，陶淵明没有享受過一天這樣的榮華富貴，不僅没有，連飯碗也時常是空空如也；甚至到了冬天，還衹得披着夏天的單衣。但是，這一切並不妨礙他的刻苦好學："弱齡寄事外，委懷在琴書。"（《始作鎮軍參軍經曲阿作》）"少年罕人事，游好在六經。"（《飲酒》）這一時期，陶淵明讀了不少書，主要是儒家的經典《六經》。年輕的陶淵明胸懷兼濟天下的大志，他説："憶我少壯時，無樂自欣豫。猛志逸四海，騫翮思遠翥。"（《雜詩》）又説："少時壯且厲，撫劍獨行游。"（《擬古》）這是一方面。另一方面，陶淵明生性又愛好丘山，當他日後"有志不獲騁"之時，最終決心歸隱田園，也是與早期愛好秋山有關聯的。這是第一時期。

第二時期，出仕游宦時期。《宋書》本傳説："親老家貧，起爲州祭酒，少日自解歸。"陶淵明初仕，已經年近三十歲。出仕的原因，主要是因爲家貧，爲生活計。不過，這也不能排除陶淵明青少年時有着兼濟天下的大志，從儒家的觀念出發，讀書人有機會出仕便出仕，也是很自然的事。不過，陶淵明很快就"自解"而歸，"自解"的原因，《晉書》本傳以爲是"不堪吏職"。家居期間，"州召主簿不就，躬耕自資，遂抱羸疾"，就是説，陶淵明躬耕糊口，不幸患下疾病。數年後，陶淵明先後入桓玄幕爲其佐僚、劉裕鎮軍參軍、劉敬宣建威參軍和彭澤令。陶淵明任彭澤令，僅僅 80 天，便賦歸去來。陶淵明爲什麼不喜歡官場？表面上，是因偶然的拜迎長官，不堪束帶見"鄉里小兒"。實際上，在陶淵明看來，官場是一個巨大的"塵網"，骯髒污濁；又像是牢籠，嚴嚴實實罩住他，使他扭曲了人的自由自在的本性。而且，東晉後期，皇室大臣、將軍王公，你爭我奪，各懷異心，覬覦皇位者，豈止後來成爲宋武帝的劉裕一個人？

　　第三個時期，即歸隱時期。陶淵明四十歲左右，終於突破"塵網"和"樊籠"回歸田園，我們看他一篇《歸去來兮辭》，是何等的輕鬆愉快！陶淵明躬耕于南畝，種豆於山下，看好風助長禾苗，秋天在西田收穫稻穀，身體雖然疲勞，精神卻十分放鬆。農間之時，又與里曲把酒話桑麻，何等灑脫愉悦！其實，陶淵明並不是一個幹農活的高手，他不無自嘲地説，種豆的結果是草盛豆苗稀疏。對家務的管理，也不是行家，不時弄到飢來驅之去、向友人乞討的地步。歸田之後，又碰上改朝換代，東晉最終爲劉宋所取代，陶淵明也就成了東晉的一個不折不扣的遺民，遺民詩人。更加爲不幸的是，陶淵明還遭遇了火災，糧食不時歉收，弄得夏天抱飢，冬天苦寒。一大早，就盼着天黑（白天肚子餓，晚上睡覺就不覺得餓）；一到夜晚，又盼望儘快天明（晚上衣被單薄受凍）。晚年，陶淵明理性地思考人的生命，甚至自製挽歌，自寫祭文。陶淵明在劉宋進入到第八個年頭，終於在貧病中離開人世。

　　陶淵明詩歌的内容，大多數是描寫田園，歌頌田園的自然風光。我們知道，文人的五言詩興起于東漢。曹操以樂府舊題寫時事，曹植以五言詩抒發建功立業的懷抱和憂生之嗟，阮籍用"詠懷"的形式曲折表達其内心的苦悶，左思用《詠史》猛烈抨擊門閥制度。此後一段時期，淡而寡味的玄言詩大行於詩壇，到了江左，郭璞纔用他的《游仙詩》給詩壇帶來了一些生氣，被稱作"中興第一"。在

陶淵明集前言　295

陶淵明之前的中國詩壇，沒有一個詩人專注于田園，沒有一個詩人認真關注過田園的勞動。陶淵明給我們描繪了一幅幅的田園風光：八九間草房，門前榆樹和柳樹垂下簷牆，門後有桃樹和李樹羅列堂屋。遠處的村落，若明若暗，縷縷炊煙，嫋嫋隨風而去，偶爾還能聽到幾聲狗兒吠、雞的啼鳴。在田間生活的陶淵明，他不僅在西田收穫早稻，還扛着一把鋤頭去種豆，甚至勞作到夜晚，纔披星戴月、踩着露水回家。他和鄰里時常討論農事，攜着一壺酒，邀請幾位朋友坐在鄉野的樹下，你一言我一語地閒聊。他採菊於東籬之下，悠悠然地望着南山，以爲祇要自己的心境遠離塵世，自然也就聽不到世間雜遝的喧囂了。

　　陶淵明被歷代的文學史家稱作田園詩人，他的詩被稱作田園詩，這是沒有錯的。田園詩是陶詩的主流，如果陶集中沒有田園詩，那麼陶淵明也就成不了我們今天看到的陶淵明了。不過，陶集中也有一些表達他的志向或者或者愛憎的詩篇。例如我們上文説到的“猛志逸四海”，後來，陶淵明還時常爲不能實現自己早年的志向傷心、感慨不已：“日月擲人去，有志不獲騁。念此懷悲淒，終曉不能静。”（《雜詩》）陶淵明嫉惡如仇，他爲荆軻未能成功刺秦王而感到惋惜。他歌頌溺亡于大海的女子，她化爲精衛鳥之後，每天堅持填海不懈；他讚美與帝争神、被砍去頭顱仍然揮舞斧頭的刑天。“猛志固常在”，多麼的難能可貴！

　　陶淵明還有一些描寫親情的詩，例如《責子》。近來有些讀者對這首詩有不少誤讀。其實，這首詩正體現了陶淵明對他兒子們深切的舐犢之情。我們現在有些做父母的，不也會説“我那兒子（女兒）傻傻的，什麼也不懂”一類的話嗎？他們的兒女真的就是傻嗎？説這話的人，往往都是最疼愛兒女的人！“天運苟如此，且進

杯中物。"陶淵明還説兒子們的事，最好不必過於在意，這不就是我
們通常講的兒孫自有兒孫福之意嗎？陶淵明對待人生，主張委順
自然，他曾説："縱浪大化中，不喜亦不懼。應盡便須盡，無復獨多
慮。"(《形影神》)面對大自然的變化，不應有過多的喜，過多的懼，
對生命的認識，也應是如此。他在自製的《挽歌》中説，"有生必有
死"，"千年不復朝，賢達無奈何"，即使是賢達也無可奈何！

　　陶淵明的文，今存不多。因自家門前有柳五株，陶淵明便自號
五柳先生。《五柳先生傳》這篇傳記很特別，既不介紹家世，也不叙
述生平，祇寫自己的生性：閒静少言，不慕榮利；好讀書，不求甚解，
常著文章自娱；喜酒，期在必醉；家貧，"短褐穿結，簞瓢屢空，晏如
也"。《歸去兮辭》寫陶淵明做了八十天的縣令，下決心離開官場歸
田的輕鬆和喜悦之情，以及想象田園的種種美好。順便説一句，有
些學者把《歸去來兮辭》歸入賦一類，我們不很贊同，辭和賦是兩類
雖然有聯繫，但卻是不同的文體。講賦時可以擴展到這篇《歸去來
兮辭》，但它和賦體還是有區別的。陶淵明的另一名篇《桃花源
記》，也是一篇美文，有人甚至説東晉無文，祇有一篇《桃花源記》而
已。"桃花林，夾岸數百步，中無雜樹，芳草鮮美，落英繽紛。"你看，
多麼的美！生活在桃花源裏的，是一些避秦難而聚居於此者的子
孫後代，他們不知道世上秦朝之後還有漢朝，更不知道有什麼晉朝
了！"土地平曠，屋舍儼然。有良田、美池、桑竹之屬。阡陌交通，
雞犬相聞。其中往來種作，男女衣着，悉如外人。黄髮垂髫，並怡
然自樂。"這裏有的祇有秋熟，卻没有王税；有的祇有父與子的稱
謂，卻没有君與臣的關係。他們怡然自得地生活着，這就是陶淵明
心目中的理想社會。陶淵明的《閒情賦》非常特別，寫對一位美女
的刻骨愛慕之情，甚至異想天開，希望化作附着美女秀髮的香油、

牀上的席子、足上的絲履等物品，可是任何一種物品，都不可能日
日夜夜長久地附着她，使得作者痛苦不堪。梁昭明太子爲陶淵明
的集子作序，對陶淵明讚賞有加，唯一感到不足的就是這篇賦有所
寄托，也有學者認爲這篇賦恰恰是陶淵明率真性情的表露。我們
比較贊同後一種説法。

　　陶淵明詩的最大特色是平淡自然。平淡，不是淡而無味的平
淡，而是淡而有味。比起陶淵明之前的大詩人陸機，陶淵明的文字
不假雕琢；比起之後的山水詩人謝靈運，陶淵明也沒有那麽多的色
彩和麗句。陶淵明寫鄉間田疇，農屋房舍，春雨夏風，一切都是平
平常常的，非常的自然，完全是爐火般的純青。後人説，陶淵明的
詩"似癯實腴"，像一個人一樣，初看起來有點清瘦，待到仔細瞧瞧，
卻又豐腴的，陶淵明的詩就是這樣，你越讀，越琢磨，就越耐讀，越
有醇味，越覺得豐富。陶淵明描寫田園，在一幅幅的田園風光中，
都有他對生活的理解、對待生命的理解，從容而淡定，因此我們説
陶詩又是静穆的。魯迅先生説，陶淵明並非渾身静穆，我們的理解
是，陶淵明是静穆的，但他還有不静穆的一面。不錯，陶詩還有少
壯時的"猛志逸四海"的偉大抱負，後來也寫過刺秦王的荆軻，以及
精衛和刑天這樣"金剛怒目"式的作品。但是，陶淵明詩的主流是
田園詩，他的詩歌風格是平淡自然，是静穆，這是毋庸置疑的。

　　陶淵明的詩在當世，在南朝前期，並沒有得到人們足夠的重
視，梁初鍾嶸的《詩品》僅將其列入中品，評價在陸機、潘岳、左思、
張協、謝靈運之下。梁朝中葉，昭明太子蕭統爲他編集子，並爲集
子作了序，蕭統對陶詩，甚至到了"不能釋手"的地步。但是，真正
對陶詩欣賞，引起更多人的共鳴，是在宋代及宋代以後，大詩人蘇
東坡所作擬陶詩多達一百餘首。陶淵明的集子，是六朝極少的有

宋本流傳至今的集子之一。清代文人，評陶、注陶，取得豐富的成果。當代對陶淵明的研究，著述繁複，日益深入。1949 年以來，内地出版的陶集注釋主要有以下數家：

1. 王瑶《陶淵明集》，人民文學出版社，1956 年版。

2. 逯欽立《陶淵明集》，中華書局，1979 年版。

3. 龔斌《陶淵明集校箋》，上海古籍出版社，1996 年版。

4. 袁行霈《陶淵明集箋注》，中華書局，2003 年版。

5. 楊勇（香港）《陶淵明集校箋》，上海古籍出版社，2007 年版（1971 年初版在香港）

6. 王叔岷（臺灣）《陶淵明詩箋證稿》，中華書局，2007 年版（1975 年初版在臺灣）

好的注本當然不止這幾家，限於篇幅，不能一一列舉。這些注本，對我們評注工作有很大的幫助，凡有重要稱引，本書都加以說明。我們這部集子，有注有評。注釋和品評都力求簡明，同時也照顧到更多的讀者。我們的注評可能還有不盡人意之處，敬請專家和讀者指正。

本書的注評，始終得到鳳凰出版傳媒集團姜小青先生和卞岐先生的關心和指導，在此深表謝意！

林怡《庾信研究》序

　　庾信作爲南北朝最後一位重要的作家和詩人，常常被譽爲集大成者。庾信的文學成就，融合南北，在公元六世紀達到了巔峰，更重要的是，它對隋唐文學的發展産生了巨大的影響。庾信的研究，幾十年來一直是南北朝文學的研究熱點，著名的文史研究專家李詳、陳寅恪、高步瀛、饒宗頤、曹道衡等先生都有研究論文發表；中年學者許逸民先生點校的《庾子山集注》堪稱精品，魯同群先生十五年前已發表過《庾信入北仕歷及其主要作品的寫作年代》（載《文史》第 19 輯）這樣有分量的文章。著作方面，則有劉文忠先生的《鮑照和庾信》、鍾優民先生的《望鄉詩人庾信》等。臺灣學者和大陸學者一樣，對庾信充滿關注，翻開洪順隆教授主編的《中外六朝文學研究文獻目録》就可以看出這一點，例如 1984 年文史哲出版社就出版過許東海的碩士論文《庾信生平及其賦之研究》。在日本、小尾郊一、興膳宏、清水凱夫先生和矢嶋美都子女士都是研究庾信的專家，興膳宏還著有《望鄉詩人——庾信》（譚繼山譯，臺北萬盛出版有限公司，1984 年）。韓國學者似也不甘落後，李國熙先生所著《庾信後期文學中鄉關之思研究》（臺北文津出版社，1994年）也頗引起學界注目。西方的學者對庾信也有所研究，例如美國哈佛大學博士葛克成(William T. Granhan, jr)就研究過《哀江南賦》並將其譯成英文。

在庾信研究已經取得如此豐碩成果的情況下,林怡選擇庾信研究作爲博士論文,不免爲她捏一把汗。但是,當我陸續審讀她送來的一些章節初稿,例如"庾信的世系"、"庾信梁朝仕歷考"等,馬上就放心了。庾信世系,從倪璠開始就有學者研究,林怡在前人的基礎上作了增補,使其臻於完善;歷來研究庾信,較注重北朝仕歷而忽略在南仕歷,林怡的研究不僅帶有填補空白的性質,同時還糾正了史書上某些疏失。《哀江南賦》的作年,也是研究庾信不可迴避的課題,林怡經過詳考,提出自己的看法。林怡不僅精於讀書,還善於思考,例如對庾氏家族的性格特徵與其他家族有何不同,這種特徵對他的創作又有什麼影響? 庾信心理歷程又是怎樣? 庾信作品中又有哪些最常用的意象? 她都提出了自己的看法。林怡的博士論文終於如期完成,並且得到答辯委員會的一致好評。《文學遺產》"博士新人譜"將把她的名字列入其中,對她的論文進行介紹。人民文學出版社也建議她將論文作些修改,更爲今名予以出版,這說明林怡的博士論文是做得成功的,並且得到學界認可。

我知道林怡的名字在 1989 年冬。其時,浙江古籍出版社在杭州召開某書審稿會,在杭州大學攻讀博士的梁曉虹告訴我,說有個碩士生叫林怡,是福州人,讀的也是文獻專業,畢業後有意到福建師大工作。1990 年春,我再度到杭,曉虹帶我到宿舍看她,不遇。這年夏天,她獲得碩士學位,來福建師大工作。1993 年春,福建師大中系開始籌劃與有博士點的院校聯合培養博士生的工作,林怡表示她將報考魏晉南北朝文學。其時,事情尚無眉目,我建議她先讀些有關這一時期的文史書籍。次年,與山東大學協議達成,林怡經過嚴格考試,被山大中文系錄取,師從張可禮教授。同時,齊裕焜教授和我也被山東大學聘爲兼職教授,由我協助張先生指導林怡(齊裕焜教授協助袁世碩教授指導另一名博士生涂秀虹)。林怡碩士階段主攻文獻學,文獻資料是她的強項,這在做論文時充分體現出來;她的文學理論基礎比較薄弱,但在山大就讀時張可禮教授(還有袁世碩教授)給她補上了這重要的一課,從她的論文中也可以看出明顯的提高。張可禮教授是陸侃如先生文革前的研究生"文革"前已發表過庾信等中古作家的論文。文革後,相繼出版了《建安文學論稿》《三曹年譜》《東晉文藝繫年》等有分量的學術專著,近年還不斷有新成果發表。林怡博士論文的順利通過以及此書的出版,與張可禮教授的精心培養和指導是分不開的。

　　林怡攻讀博士這三年,其中的艱辛是常人所難想象的。在山東時,不免牽挂年幼的小孩;回閩時又不免撒嬌干擾。因爲是在職攻讀,還得兼上本科生的課程並參加系、室的各種活動。旁人見了,都説"不容易"。而這三年,林怡終於在"不容易"中挺過來了。值得讓人欣喜的是,在林怡獲得博士學位的同時,副教授的職稱也獲批了,她成了福建師大中文系歷史上最年輕的副教授,而這一年她正好三十歲。

　　林怡家福建閩侯,與陳弢庵(寶琛)舊居毗鄰,螺女江縈繞而過,左旗(山)右鼓(山)如黛,綠水白沙,紅桔黃橙。林怡二十歲本科畢業,三十歲獲博士學位並成副教授,除了自身的努力、導師的指導等條件外,是否也多少得力於地氣(地方的人文氛圍、佳山勝水)的熏陶孕育?我三十歲那年正帶領一所中學的師生(外加一個生產隊)戰天鬥地學大寨,學術論文和學術著作對我來説是何等遙遠! 林怡現在已經發表過十多篇論文,出過書,這本新著又將出版了,我在爲她高興的同時更看到了她燦爛的學術前景。

胡大雷《宫體詩研究》序

　　與大雷兄的交往，不算太早，但也可以追溯到 1996 年，其時，他的第一部專著《中古文學集團》由廣西師範大學出版社出版，給我郵來，令人十分欣喜。二十世紀七十年代末，我考上研究生，從段熙仲(1897—1987)先生治兩漢魏晉南北朝文學，曾對南齊永明文學下過一些功夫，八十年代初，還作過一篇《建安游宴詩略論》的文章，對魏晉南北朝時期的文人集團有過較多的思考，無奈，九十年代之後，心有旁騖，分身從事地方文獻與文學的研究，對魏晉南北朝文學的研究未能全力以赴，某些原先的研究計劃不能不擱淺，因此見到大雷兄的著作就有說不出的高興，因爲學界多了一位同道。

　　其實，和大雷兄的交往，還僅止於神交而已，在 2002 年 11 月之前，我們一直未曾謀面——不是沒有機會，而是都錯過了。例如，在桂林召開過學術會議和其他的大雷兄到會的學術會議，大都是由於經費的原因，我未能出席；有一次，我所在的福建師範大學召開全國師範院校研究生處長、部長會議(大雷兄時任廣西師範大學研究生處處長)，大雷兄給我來電話，說這下可以見面了，可細算一下時間，我恰好有外出任務，失之於交臂。2002 年 4 月，大雷兄推薦其弟子陳恩維來報考我的博士生。恩維君外語好，寫過幾篇六朝的文章，他頗有信心，面試我也很滿意，但因我祇有一個招生名額，不能不割愛。後恩維被其他大學所錄取，但仍然和我保持很好的聯繫。2002 年 11 月，我校 95 周年校慶，大雷兄與他們的校領導來榕，我們通了電話，因為受到公務和責任的制約，直到大雷兄離開福州的前十五分鐘我們纔得以見面，一盅清茶未盡，他就有別的事離開了。没想到事隔半年，大雷兄又出現在福建師範大學。會下，我們是朋友，是同道，談的最多的是魏晋南北朝文學的研究現狀和心得。有朋自遠方來，悠然和從容的細談、長談、深談，實為人生一大樂事。他還説，這部《宮體詩研究》的書稿已經過審查，將由商務出版，讓我寫一篇序。

　　宮體詩，是南朝梁出現的一種詩體。由於"宮體"之名起自宮廷（東宮），更由於這一詩體長於輕艷，所寫多為衽席閨房之辭，故宮體詩往往被看成是艷詩的代名詞。從唐朝到晚清，在漫長的一千多年前，由於受到封建倫理道德的約束與規範，宮體詩的名聲一直不怎麼好。"五四"運動，提倡新道德，反對舊道德，在舊道德看來很不順眼的宮體詩，新道德如何能加以容納？建國之後，從文藝必須反映政治，到後來對"封建糟粕"的總清算，"宮體詩"的名聲已經狼藉不堪，各種各樣的文學史著作和有關論文，避之惟恐不及，批判惟恐不及。思維定勢，影響了多少學人！作為魏晋南北朝文學的研究者，對宮體詩我也有自己的一些看法和見解，但説實在的，我更願意繞道走（"避之"），而不去正面論及它。我相信，這種心態有相當的代表性。二十世紀八十年代中期，開始有學者有限而謹慎地對宮體詩做些客觀的評價。我和大雷兄的看法大體相同，對宮體詩的興起、特點、得失、流布的闡釋，最為圓通的當數曹道衡、沈玉成先生合著的《南北朝文學史》(人民文學出版社,1991年)。1982年,我研究生畢業,段先生延請曹道衡、沈玉成二先生來南京主持論文答辯,曹先生還是我答辯時的主席。曹、沈二先生都是研究魏晉南北朝文學的著名專家,他們的論著,我是有見必讀,有的論著還讀過數遍。1995年,沈先生過世,我們在研究宮體詩時,不能不想起他。

宮體詩研究是一個有相當難度的選題。我在讀其他學人的論著前,往往會想,如果這個題目叫我來做,我將怎麼個做法。早幾個月和大雷兄交談,讓我作序,腦海中自然浮現出這麼個輪廓:宮體詩的界定,溯源,產生,代表作家和作品,特點,影響與批判什麼的。這大概是最爲常見而又穩妥的寫法,但穩妥是穩妥了,寫起來不大可能有什麼新見。思維的定勢,常常限制着我們的創造能力。收到大雷兄的打印稿後數天,廈門大學王玫教授請我爲她的碩士生審查論文並前去主持答辯,恰好她的兩個學生中也有一位是做宮體詩研究的。這位學生很細心,他將研究的題目定爲《梁代宮體詩論》,據《梁書》所載,宮體之號,起自梁代,“梁代宮體詩”的提法,當然比起“齊梁宮體詩”要準確一些,我是讚同的。但如果要進一步做到精確,似還可以用“梁代中後期宮體詩”的提法,因爲宮體之號起於梁代中大通(529—534),宮體詩詩體的產生即使還要早一些,也不會早至梁初的天監(502—519)。

大雷兄的研究,換了一種思路,他的視野不受宮體詩名號起於何時的制約(並不是説他不關注這一問題),而是從宮體詩最重要的特質——女色(描摹女性及女性生活内容)、艷情——入手進行研究。當然,研究的重心和重點,仍然是梁代這一詩體的形成及繁榮的情況,仍然是宮體詩詩人的活動及相關的文學理論問題。和傳統研究不同的是，他用了大量的篇幅來研究宫體詩産生之前，即從先秦的《詩經》一直至南齊那些描摹女性和女性生活情況的作品，其中甚至包括了某些賦作。沿波討源，源頭追溯深遠；緣幹尋枝，枝蔓籠絡甚廣。順水逐流，梁陳之後，研究一直伸延至隋甚至唐初。大雷兄説，他的這一研究屬於"類型"研究的範疇①，即以宫體爲中心的先秦至初唐的描摹女性、艷情詩的研究。如果換一個角度來審視這一研究，可否説，它是一種文學史大視野下的宫體詩研究。

中國古典文學的研究，既包括側重於理論闡發的批評研究，又包括古代文論研究，考證式的批評研究，作家生平研究，文學流派文學集團的研究，還包括作品分析鑒賞的研究等。我個人一向認爲，一個中國古典文學研究者，在專業上至少應具備三方面的能力，即古籍閱讀與整理的能力，理論闡發能力，作品分析與鑒賞能力，而且這三者是缺一不可的。前些年，有人撰文説，古籍整理在古典文學研究中是低層面的，衹有理論的闡發纔是高層面的，作品的分析鑒賞則不是什麼研究。中國古典文學的研究，輕視理論固然是不對的，但如果把古典文學研究僅僅局限於理論闡發一途，就無異於抹殺這一學科的特點，將其與文學理論的研究等同起來。近年來，又有不少學者重視在文化大背景下進行古典文學的研究，並且寫出一批有質量的論著，這是十分可喜的，但也有研究者過分強調大文化，或過分強調某一文化分支，把古典文學的論文寫成文化學的論文（假設該作者所運用的文化學理論和知識是正確或基本正確

---

① 2003 年 8 月，上海大學董乃斌教授在《文學遺産》國際論壇（《文學遺産》編輯部與武漢大學文學院主辦），有一個關於撰寫類型文學史的提法。順着董乃斌教授的思路，《宫體詩研究》實有類於"以宫體詩爲中心的先唐艷情文學史"。

的）。因此，近期又有一些富有學養的古典文學研究者出來呼籲，古典文學的研究要回歸文學，回歸作品①。大雷兄的研究，無論是專著，還是論文，都是相當關注作品的，都是以作品作爲研究基礎的。《宮體詩研究》一書，作者並不標榜什麼理論建構之類的大話，而是實事求是地說："本書的研究是一種作品鑒賞式的批評"，"是建立在鑒賞基礎上的作品分析與作品批評"（《前言》）。但是，這並不意味着，本書不作理論上的闡發，不作任何的綜合歸納，綜觀全書，作者是在作品的分析鑒賞基礎上作綜合歸納，是將理論的闡發融入作品的分析鑒賞中去。《宮體詩研究》一書的研究方法，雖然沒有特別的驚人之處，但這一研究方法，卻無形中增強了研究結論的可信度。

繼《中古文人集團》之後，大雷兄又出版了《文選詩研究》（廣西師範大學出版社，2000 年）和《詩人文體批評》（人民文學出版社，2001 年）兩部專著，如果我沒有統計錯，《宮體詩研究》是他的第四部專著了。用力之勤，成果之富，同行有目共睹。大雷兄的研究，都集中在魏晉南北朝這一時段上。魏晉南北朝文學，如果從東漢末年的董卓之亂算起，到隋滅陳爲止，大約四百年的時間，這四百年是中國古代社會很不穩定的時期，然而也是這一時期，文學有了長足的發展，作家衆多，文學現象相當豐富，近二十多年來的研究雖然取得了不少成績，但是還有不少問題值得進一步研究，藉此作序的機會，願與大雷兄共勉；大雷兄正當富年，精力豐沛，研究前景當然也更加遠大。作爲同道，殷切期盼着。

2003 年 8 月 31 日於福建師範大學文學院

---

① 例如羅宗強先生所撰《目的、態度、方法——關於古代文學研究的一點感想》，《天津社會科學》2002 年第 5 期。

王玫《建安文學接受史》序

　　鍾嶸《詩品》論漢魏至梁初詩，從東漢末年開始，一段時期的詩歌或文學，大多借用年號來表述。例如建安、正始、太康、義熙、元嘉、大明泰始、永明等。歷史上的年號是很明確的，例如"建安"，它是漢獻帝的年號，從公元 196 年起，至 220 年止；又如"永明"，爲齊武帝的年號，起於公元 483 年，止於 493 年。但是，文學史上借用年號來表示某個時期的文學，起迄的時間可能就不完全與年號一致，通常講的建安文學，大約始於東漢靈帝中平六年（189）董卓之亂，止於曹植過世的魏明帝太和六年（232），由東漢中平，至建安、延康，跨入曹魏的黃初至太和。永明文學，大體是指南齊武帝初年，中經南齊諸帝，至梁天監初沈約卒（512）一個時期的文學。鍾嶸借用年號來表述某個時期的詩歌或文學的做法，爲後人所承襲，二十世紀以來的文學史著作和各種論著，在論魏晉南北朝詩歌和文學時也基本上採用這一表述。

　　鍾嶸所論述的各個時期的詩歌和文學（沈約的《宋書·謝靈運傳論》、劉勰的《文心雕龍·明詩》等，都嘗試爲詩歌史或文學史分期，但鍾嶸的分期更爲後人所接受。關於這問題，擬另撰文討論），建安詩歌或建安文學早已爲六朝人重視。與鍾嶸同時代的劉勰，其《文心雕龍》一書在不少篇章中都給予建安文學很高的評價,對許多重要的作品給予中肯的品評。晚於鍾嶸的梁昭明太子,在其編纂的《文選》中大量選了建安作家的作品。唐代之後,對建安文學的推崇更是不勝枚舉。鍾嶸《〈詩品〉序》中還提出一個"建安風力"的概念,"建安風力"即"建安風骨",後世的作家非常看重建安詩歌的風力或風骨。唐陳子昂曰:"文章道蔽五百年矣。漢、魏風骨,晉宋莫傳。"(《與東方左蚪修竹篇序》)李白云:"自從建安來,綺麗不足珍。"(《古風五十九首》其一)又云:"蓬萊文章建安骨,中間小謝又清發。"(《宣州謝朓樓餞別校書叔云》)陳子昂或李白是不是有貶低其他時代文學之意,不在這篇序討論的範圍,但是他們對建安文學特別推崇,則是肯定的。二十世紀以來、特別是近五十多年來,各種各樣的文學史和各種古代文學作品的選本,對建安詩歌、建安文學特別鍾愛,也是不爭的事實。對於大多數中文系的本科生來說,他們在課堂上所學到的魏晉南北朝的文學家,畢業之後還有較深印象的除了陶淵明之外,就數"三曹"、"七子"和蔡琰等建安時期的作家了。建安作家、作品或建安文學對文學史產生如此大的影響,當然不是一兩個批評家的功勞,而是建安作家、作品和整個建安文學本身一千多年來不斷展現出它的魅力,並爲歷代的讀者、批評家、作家、出版商所接受的結果。

　　建安文學的研究,近五十多年來成爲一個熱門的話題,所出版的專著、發表的論文、文獻整理和注釋的數量,在魏晉南北朝文學中可以和陶淵明、《文心雕龍》比肩。有關建安文學的論著涉及的範圍很廣,其中不少論著也有相當高的質量,在這種情況下,如何進一步深入地、富有創造性地研究建安文學,非常值得治魏晉南北朝文學者思考。王玫於 1999 年開始攻讀博士學位,選《建安文學接受史》爲博士論文的題目。王玫入學時已經出版過《六朝山水詩史》(天津人民出版社，1996年)和《人物志(評注)》(紅旗出版社，1997年)，發表了有關六朝文學的許多論文，建安文學的研究有相當的基礎。

當然，選擇《建安文學接受史》這樣一個論題來作博士論文，不是僅僅有良好的古代文學和文獻學的基礎就可以了，因爲文學接受史的研究，或者是接受美學的研究，不可迴避西方文論和西方比較新鮮的研究方法，換句話説，没有一定的西方文論基礎要進行一項課題的研究是不可能的。而西方文論比較集中地介紹到中國來，中國的學者比較多地運用西方新的研究方法，大約是在二十世紀八十年代中期之後。王玫對西方文論和新的研究方比較關注，入學之前，已着手翻譯美國學者卡米拉·帕格利亞所著的七十多萬字的《性面具》(2003年由内蒙古大學出版社出版)。二十世紀八十年代中期西方文論大量的譯介，在中國學術界産生很大的影響，但是，由於這股譯介的潮流來得比較迅猛，不少的學者没有太多的思想準備，還有不少學者，特別是年輕學者逐趕潮流，刻意標榜，生吞活剥，以至食而不化，其末流的論著甚至大量出現名詞轟炸的現象，從而影響了西方文論和新方法論譯介的聲譽。1992年，我的《中古文學論稿》出版，《古典文學知識》記者問及治學態度時，我説道："既不盲目趨時、趕時髦，又不抱殘守缺、拒絶接受新東西。"(《古典文學知識》1993年第1期)這一治學態度，至今我始終没有改變。因此，對王玫的這一選題，我始終抱有很高的期望。經過了十幾年的時間，對西方文論和新方法論譯介，學術界已經採取比較冷静的態度，學者對西方文論和新方法論的吸收和運用也漸趨成熟，我們看王玫的論文，絶没有新名詞的堆砌，在理論和方法的運用上，大抵游刃自如，即使没有讀過什麼西方文論和不太了解新方法論的讀者，讀她的論文也絕没有太多的障礙。就這一點來説，論文應當是成功的，這也是建安文學研究的一個新突破。

建安文學的代表作家有十來人，由於他們各自的文學成就不同，也由於後世各個時期的政治、文化背景和接受者的修養、好尚的差異，不同朝代、不同時期甚至不同的受衆對它的接受也不盡一致。對這一問題的闡述，通常的方法是舉證説明。王玫在《建安文學接受史》中運用了比較多的圖表和定量的分析方法，應該説效果也是好的。圖表或定量分析的方法是自然科學論文比較常見的方法，社會科學或人文科學的論著比較少用或不用。定量分析是一項非常瑣碎的工作，首先要認定統計的對象，其次要精心計算、核實，最後是分析。統計數字還不是結論，作者還必須對一些數字做進一步的分析，並從中提煉出分析的結論。王玫的這一嘗試是可喜的，這不單單是由於統計做得很仔細、很認真的原因，還因爲統計分析的結論也是可靠的。

《建安文學接受史》的寫作經歷了大約兩三年的時間，在寫作過程中，其中一些章節已先期發表在《文學評論》和《廈門大學學報》等重要學術刊物上。整部文稿已經完成近三年了，王玫獲得博士學位也已經快三年了，我一直催促她的論文盡早出版。年前，經上海古籍出版社高克勤先生的審查推薦，已經同意接受她的書稿，我爲之高興。

1982 年初，王玫在廈門大學中文系畢後，留校執教。這一年我研究生畢業，從南京來福建師範大學工作。福建省的高校本來就不多，但彼此來往很少，交流也很少。1989 年，福建省古代文學研究會在漳州成立，我和廈門大學的蔡景康教授當選爲副會長，趁便我回了一趟廈門，經景康教授介紹，認識了王玫。當時王玫的住房似乎很小，印象較深的是藤椅藤桌，桌上攤開着一部《晉書》，景康教授説，王玫從事的也是魏晉南北朝文學的研究。1994 年，我協助山東大學張可禮教授指導博士生林怡，1997 年林怡的博士論文《庾信研究》順利通過答辯。1999 年，我在福建師範大學開始招收中國古代文學博士生。這一年，我録取了王玫和湯江浩兩人。王玫入學時已經當了七年的副教授，招收多屆的碩士生（她指導的研究生中有一名叫莊筱玲的女生，在校期間在《古典文學知識》發表了一篇古代文學與西方黃昏意象比較的文章，甚有靈氣，甚得王玫的文風）。就王玫當時的學術水平而言，博士是可考可不考的，當然，考取博士生之後會有一個比較明確的研究方向，作一篇水平較高的論文也並非壞事。王玫在廈門大學讀本科生時，有好事者稱之爲“才女”。她間或寫些詩歌散文什麼的，還參加過“筆會”。後來，我纔知道，她還會彈古琴——也許“才女”未必是戲稱。她現在住在廈門大學一個叫“淩峰”的小區，背依五老峰，面對無邊無際的汪洋，松風海濤、南普陀寺的晨鐘暮鼓，生活於其間，修身養性，陶冶情操，讀書寫作，怡怡然自得自樂。當然，我也期待她不斷有新的成果問世。

　　1982 年，曹道衡先生從北京前往南京主持我的碩士論文答辯；事隔二十年，即 2002 年，曹先生南來主持王玫的博士論文答辯。1992 年我的《中古文學論稿》問世，承曹先生賜序；事隔十二年，即 2004 年，當他得知王玫的《建安文學接受史》將要出版，又早早地寄來序文。曹先生是中國社科院文學研究所資深研究員，研究六朝文學的著名專家，兼任中國《文選》學會會長等職，他指導的博士生劉躍進、傅剛、吳先寧早已成名。二十多年來，曹先生始終

關心我的學術，而且惠及我的學生，除了王玫，我指導的碩士生林
汝超、博士生林怡（協助張可禮教授指導）、湯江浩、葉楓宇都是經
過曹先生答辯或撰寫論文評語後獲得學位的。曹先生年事漸高，
近年較少出京，借此機會，遙祝先生身體健康。

乙酉春於福州煙山南麓華廬

　　附記：昨天，也就是 2005 年 5 月 9 日下午，劉躍進兄從北京打
來電話，說曹道衡先生於當日上午 11 時病逝。2002 年 6 月初，曹
先生前來福州主持王玫答辯，我陪先生去平潭，先生有些疲憊；次
日，我送先生上機場，先生似不經意地說，不知還有沒有機會再來。
我一向不太相信讖語讖詩一類的話，但是當時還是不覺一愣。曹
先生病篤已經半年有餘，去秋，我到北京參加國際地方文獻研討
會，躍進兄陪我前往北京醫院拜望，當我離開醫院那一刻，鼻子不
覺一酸，害怕一去將成永別。本文文末，曾遙禱曹先生早日康復，
但是，一切已經徒勞，文星還是隕落，哀哉！從此，中國失去一位成
績卓著的文學史家，中國社科院失去一位德高望重的研究員，我失
去了一位好老師。在本文付排之際，附記數語，以期追念。陳慶元
識於 2005 年 5 月 10 日午後。

李小榮《〈弘明集〉〈廣弘明集〉述論稿》序

　　梁僧祐《弘明集》和唐初道宣《廣弘明集》是中國佛教史上兩部極爲重要的典籍，也是研究漢魏六朝文學史、思想史、文化史的重要典籍，受到學術界的極大重視，許多論著都不斷加以稱引。1994—1995年間，我校箋《沈約集》時，就曾充分利用《影宋磧砂大藏經》本《弘明集》和《廣弘明集》，有不少收獲。對於《弘明集》和《廣弘明集》的研究，前者的成果優於後者。日本學者牧田諦亮主編的《〈弘明集〉研究》和劉立夫博士的《弘道與明教：〈弘明集〉研究》，都是研究《弘明集》頗有創獲的專著。而《廣弘明集》的研究至今乃無專書問世。由於版本的複雜等原因，這兩部典籍至今尚未見到整理本出版，不能不説也是一種缺憾。

　　李小榮博士的《〈弘明集〉〈廣弘明集〉述論稿》，是他在福建師範大學中國語言文學博士後流動站所作的出站報告。該報告以《影宋磧砂大藏經》本爲底本，參以日本《大正新修大藏經》本、《中華大藏經》本及其他相關版本，將《弘明集》和《廣弘明集》這兩部典籍結合起來進行綜合研究。《弘明集》的作者僧祐，南朝梁律學大師。《廣弘明集》的作者道宣，唐初戒律大家。僧祐和道宣雖然生活的時代不同，佛學思想也可能存在差異，但他們都是中國古代傑

出的佛學文史專家。《廣弘明集》仿《弘明集》,對佛學文獻的搜集
進一步的增廣,兩書雖前後作,但性質相類。《弘明集》收文一百八
十多篇,作者一百二十二人;《廣弘明集》收三百多篇,一百三十多
人,後者的容量大大超過前者,涉及的問題也多於前者。就時代斷
限而言,如果僅研究《弘明集》,則止於梁初;僅研究《廣弘明集》,僧
祐之前的文獻可能難於兼及。就研究的問題而言,如果僅研究其
中的一書,也可能顧此而失彼,較難融通。李小榮博士將《弘明集》
與《廣弘明集》兩書合並研究,不僅貫通了東漢至唐初一個較長的
歷史時限,而且研究視野也可比較的開闊,研究的"點"也可能比單
純研究一書來得多些。

　　《〈弘明集〉〈廣弘明集〉述論稿》探討了以下幾個問題:《牟子
理惑論》的真偽、產生年代及佛教初傳時期的思想、社會狀況;對永
平求法史料的辨析及求法説成因;"化胡説"的由來、演變及其在佛
教界的反應;夷夏論由來,漢至李唐的夷夏之爭;輪迴説在中土的
流行及因果報應之爭;印度佛教中形神觀與中土的形神論以及兩
書中形神的爭辯;道教《靈寶經》與佛經關係問題。報告涉及東漢
至唐初佛教流播過程中的幾乎所有重要的問題和重要的理論。

　　對漢唐三教的關係進行探源、分析,作者對三教、尤其是佛教材
料稔熟,引證翔實,經過縝密的論證,結論公允可靠。報告不少章節
寫得很有意思,例如《夷夏論》長達大幾十頁,本章不僅梳理了佛教
傳入中土以來至李唐各個時期的爭論,而且詳盡精細地分析了不同
時期、不同民族掌握政權,中華民族在融合過程中漢族與相關其他
民族的民族複雜心理,以及對待三教的態度,很有一些精深的見解。
這些見解,對我們今天制定宗教政策仍有着很好的參考價值。

　　出站報告在文獻的考辨方面也頗下了一些力氣的,例如對《弘

明集》材料來源與撰集過程的檢討，在前人基礎上有所發明。此外，在一些細節方面作者也没有輕易放過，例如范泰《與生（義）觀二法師書》義、觀二法師，作者認爲義爲慧義、觀爲慧觀；認爲《三破論》的作者不是南齊張融；《三破論》已亡佚，小榮從劉勰《滅惑論》和釋僧順《析〈三破論〉》中的引文採輯其佚文，然後加以詳論。

小榮是江西寧都人，1999年在復旦大學獲得博士學位後到福建師範大學文學院工作，當時他還不滿三十歲。小榮博士期間師從復旦原中文系主任陳允吉教授。允吉先生是著名的佛教文學專家，寫了一手優美的駢文。允吉先生主編的《佛教文學精編》（上海文藝出版社，1997年）、《佛教文學粹編》（上海古籍出版社，1999年），兩書卷首都有他用駢文寫的序，序文情辭並茂，是少見的佛教文學的好文論。我曾説過，將來有誰編二十世紀文論選、或當代佛教文學文論選，此二篇似不當遺漏。小榮曾參與《佛教文學粹編》的工作。允吉先生不斷地給小榮以熱情的鼓勵和指導，當然，對他的要求也頗爲嚴格。小榮家境並不好，初中畢業後入中師，中師畢業後到小學任教。後來經過自學，先後獲得專科和本科文憑，也由小學轉到農村中學當教員。幾經曲折，1993年他考取了南開大學研究生，師從郝世峰教授研習唐宋文學。這一年，小榮二十四歲。如果從小學一路升到中學、大學直至研究生院的話，通常祇有二十二歲。小榮比同年入學的碩士生也許會多上那麼一兩歲，比他們也可能少了一些大學生經歷的體驗，但是，他多了許多研究生所未曾體味過的艱辛，多了一些謀生和應對生活的能力。正因爲這樣，他特別珍惜三年的碩士生的生活。其他研究生知曉古代文學和文獻學是怎麼回事，通常在全日制普通高校時已略懂十二，而小榮比他的同輩們卻晚了半拍，接受正規的現代研究的訓練也是從研究

生入學這一年纔開始的。小榮不僅順利通過論文答辯,而且考上
復旦的博士生。1999 年獲博士學位後,他來福建師範大學文學院
任教,旋即到浙江大學張湧泉教授處從事博士後的研究工作。
2002 年,他的第一部專著《變文講唱與華梵藝術》由上海三聯書店
出版,2003 年第二部專著《敦煌密教文獻論稿》由人民文學出版社
出版。小榮從浙江大學博士後流動站出站後,又到福建師範大學
從事第二站的研究工作,2005 年 1 月,出站報告《〈弘明集〉〈廣弘
明集〉述論稿》順利通過答辯。此份報告將交由巴蜀書社出版
(1998 年,我的《詩詞研究論集》也是在這家出版社出版的),作爲
合作教授,我爲他高興,因爲這已經是他的第三部專著了。

　　從 1993 年踏入學術研究的殿堂開始學步,到第一部專著的出
版,小榮前後祇用了十年時間;而第一部專著出版後的數年間,他
又不斷有新成果問世。小榮在佛學、敦煌學、文獻學和古典文學等
方面的研究,已經取得初步的成就,並且引起海內外學術界的關
注。在短短的數年間,小榮的學術研究爲什麼有長足的進展?

　　我以爲小榮的刻苦努力是第一位的原因。從中師畢業,到碩
士研究生,跨度不能不大,這期間,他要教書,要賺錢養家,是非常
辛苦的。工作之餘,他靠着個人的勤奮自學,由中專而大專,由大
專而本科,一步一個脚印,書籍就是他的良師益友,他所付出的辛
勞,是常人難以想象的。現在,他雖然已經是大學教授了,節奏本
可以放慢一點,但是他還是每天不午休,晚上遲睡,早上早起。看
看他的現在,便可推想他的過去。除了專業之外,小榮還熟練地掌
握了英語,並且能用梵文閱讀佛典、初步讀懂日文的專業書籍。語
言文字的掌握和運用能力,已經超過了不少同一年齡段的同行。

　　其次,在學術成長的道路上,轉益多師,也是他迅速成長的一

個重要原因。在南開，小榮從郝世峰教授，打下唐宋文學的堅實基礎；在復旦，他從陳允吉教授，積累了佛典知識；在浙大，他又從張湧泉教授，專攻敦煌學；在本流動站，他回過頭來做漢唐重要文史文獻《弘明集》與《廣弘明集》。小榮先後進南開、復旦、浙大，受到這些著名學府良好學風的熏陶。他還不斷廣泛地向海內外的名家請教。他非常關注學術界的動態，和同輩學者或年紀稍長的師友有較多的學術交往，注意吸收他們的長處。

　　再次，小榮是以平常心來治學，不急不浮不躁，心平而氣和。孟子的"養浩然之氣"，是對思想家說的，或者是針對修身養性說的；韓愈的"氣盛"，是對古文家說的。在我個人看來，做文史研究工作的人，似更需要有一個氣和的心態。當今的社會，學術研究的評價體係並不完善，令人困惑的地方不少。例如刊物的級別，同是中國社科院文研所辦的《文學評論》、《文學遺產》，前者在一些院校被確認爲國家一級刊物或權威刊物，而後者不是；同樣都帶有"文史"二字的刊物，中華書局的《文史知識》被某些院校確定爲核心期刊（我也是該刊的忠實讀者和作者，搜集有創刊以來幾乎全部的刊物），問題是，創辦更早的中華書局的《文史》和上海古籍出版社的《中華文史論叢》卻不算，似有欠公平。但仔細想來，理由當然也是有的，因爲後兩種是以書代刊，有書號而無刊號，既然無刊號，怎麼能算期刊？怎麼算核心期刊？實在也是無可奈何的事。諸如此類，學者也當以心平氣和的態度待之。小榮研究的是佛學文獻，是敦煌學，他有時也爲所發表的刊物不太爲評價體系所重而不解，但他並不爲此而煩、而憤憤然，論文該給《法音》還是給《法音》，該給《文史》還是給《文史》，該給《敦煌研究》還是給《敦煌研究》。面對紛繁複雜的評估體系，適應"游戲規則"有時也是需要的，但過於趨時恐怕未必是好事。評估體系之外，社會上還有許許多多的誘惑，獎項、榮譽……眼花繚亂、目不暇接。一個正直的學者應有自己的學術評判和學術價值觀，還必須有一個良好的心態。

最後，小榮治學路子正，方法對。路子正，是指做學問從認真讀書開始。我這裏說的讀書，是指讀研究某一方向的基本文獻、基本書。例如小榮研究佛學，《大藏經》是他的必讀書。由於研究佛學，他還得讀儒家的經典和《道藏》，纔能加以比較、分析，纔能加深對佛學的理解。讀書是一件很花時間的事，但不多讀書，多思考，你怎麼會發現問題？怎麼去解決問題？關於研究方法，《〈弘明集〉〈廣弘明集〉述論稿》中有多處提及，例如第二章《永平求法來議》就有一節《研究史述評及本文的研究思路》專談這一問題，茲不贅述。我以爲，研究方法有時是和研究態度相關聯的，躁競的心態，躁競的功利目的，其研究方法難免令人生疑。十餘年來，小榮沉住氣，心無旁鶩，腳踏實地，潛心做他的學問，故而能走上學術研究的正道。

《〈弘明集〉〈廣弘明集〉述論稿》的出版，是小榮學術研究日漸成熟的一個標志。小榮已經掌握海内外《弘明集》與《廣弘明集》的多種版本，整理《弘明集》和《廣弘明集》條件已經成熟。小榮現在祇有三十五六歲，日後學術研究的路子還很長很長，我不敢以什麼"大家"之類相期許，但我相信他能進一步開拓眼界，不僅博採國内學者之衆長，而且能吸收國際漢學家研究的新成果，不必汲汲於一日之短長，沿着自己的研究的路子走下去，天地必然是寬闊的。學術研究，祇有三分的耕耘，不大可能有太大的收獲；十分的耕耘，即使沒有十分的收獲，至少也有會有六七分吧？不知小榮以爲然否。

乙酉暮春於福州煙山南麓華

田彩仙《漢魏六朝文學與
舞樂關係研究》序

　　《詩大序》説：歌唱如果還不足以表達自己的思想情感，手脚就會在不知不覺中隨之舞動起來。這一論斷，歷來都被研究文學藝術者所引證。但是，如果僅從字面來理解，歌唱和舞蹈之間似乎有一個孰先孰後的問題，即歌唱不足以表達思想情感，隨之纔有舞蹈的産生。當然，還有一種可能，那就是中國古代的文論，一般説來，語言都比較簡略，有時會有"言不盡意"、或者"辭不達意"的現象。《詩大序》作者的原意或許是：歌唱與舞蹈是兩個不同的藝術門類，有時可以衹奏樂或衹歌唱而没有舞蹈；有時，也衹有手舞足蹈，而不一定伴之以樂或歌唱。但是歌唱與舞蹈這兩種藝術門類本是互相關聯的，歌唱之不足，不知不覺伴之以舞蹈，更具形象性，以視覺的美感加強聽覺的效果；有時舞蹈之不足也需要伴之以音樂或歌唱，使舞蹈更加富有節奏，以聽覺的美感來加強視覺的效果。歌唱，又可以有兩種情況，一種是衹有歌調、歌曲而無歌詞的，另一種則是有歌調、歌曲又也歌詞的。在歌與舞的配搭上，也同樣存在兩種情況，一是在舞蹈的過程中，配以没有歌詞的歌調、歌曲；另一種是，舞蹈的歌調、歌曲是有歌詞的。歌調、歌曲的歌詞，漢代稱之爲"歌詩"。漢初成立專司音樂的樂府機關,樂府機關的任務之一是搜集民歌,因此也就把樂府機關搜集到的民歌也叫做"樂府",樂府的歌詞也就是"歌詩"。如今,我們則把漢魏晉南北朝樂府中的歌詞(含郊廟歌辭、燕射歌辭、鼓吹曲辭等雅樂),統稱之爲"樂府詩"。

如此看來,作爲藝術門類的音樂、舞蹈之間有着密切的聯繫,音樂、舞蹈與文學門類的詩歌也有着密切的聯繫。近年來,音樂與文學的研究,樂府歌詩或稱樂府詩與音樂的關係研究,唐宋詞與音樂關係的研究,引起許多學者的重視,而且這一研究正在逐步地深入,正在不斷地取得新成果,令人欣喜。而在這種研究的潮流中,田彩仙老師自闢徑路,推出了"漢魏六朝文學與樂舞關係"的研究課題。這一課題,把研究的範圍規範在漢魏六朝這一時期。這一時期,樂府詩與音樂的關係最爲密切,這一點,我們從沈約的《宋書·樂志》就可以看得非常清楚,一些漢代的樂府詩,在晉、宋還是可以繼續歌唱的;盡管到了南朝中後期,樂府詩已經未必全部入樂,但是,我們從《隋書·音樂志》中仍然可看出南朝的樂府與音樂關聯還是比較緊密的。宋人郭茂倩《樂府詩集》把樂府詩分爲十二大類,十二類中,除了後三類:"近代曲辭""雜歌謠辭""新樂府辭"錄的是隋唐的樂府詩(且與音樂比較疏離或與音樂無關),其餘九類都以漢魏六朝爲主。田彩仙老師選擇漢魏六朝這一時期作爲研究文學與舞樂關係的對象,無疑是非常正確,而且是有見地的。其次,田彩仙老師特別關注樂府詩與舞蹈的關係。《樂府詩集》第七類爲"舞曲歌辭",這一類所收的樂府詩,就是我們上文提到的舞蹈時配有歌調或歌曲的歌詞。這一研究,我個人認爲寫得特別精細。田彩仙老師的研究,還通過這些舞調、舞曲的歌詞進一行研究了舞

蹈的道具、舞蹈編排、舞蹈的形式，甚至於女樂的地位等問題，使我
們有耳目一新之感。

　　文學作品的功能，在於它能通過語言（口頭上的）或文字（書面
上的）記錄各種各樣的、大大小小的故事，表達人類形形色色、複雜
紛繁的情感和思想，描繪自然界五花十色、變化無端的景物。不僅
如此，出色的文學作品還能嫻熟地運用語言文字，把本來從屬於靜
止的視覺藝術的繪畫作品，本來從屬於聽覺藝術的音樂作品，本來
既從屬於動態視覺作品、又從屬於聽覺作品的歌舞或樂舞作品，淋
漓盡致、酣暢地再現在讀者的眼前，讓讀者通過聯想或想象，去領
會畫家、樂師、歌者和舞蹈者的藝術精髓，使讀者如觀其畫，如聽其
聲，如觀其舞，如臨其境界。文學與其他藝術門類既有各自不同的
特質，但也有某些相通或相關聯之處。表現音樂舞蹈的優秀文學
作品，讀者享受到的不僅僅是文學方面的藝術，而且還兼及音樂和
舞蹈方面的藝術。南朝梁代昭明太子蕭統和他的門士，所編的文
學總集《文選》，在賦體這一大類中，另立“音樂”一小類，收錄了漢、
魏、晉最優秀的描繪音樂和舞蹈的賦作六篇，即王褒的《洞簫賦》、
傅毅的《舞賦》、馬融的《長笛賦》、嵇康的《琴賦》、潘岳的《笙賦》和
成公綏的《嘯賦》。簫、笛、笙、琴都是樂器，嘯是噘口吹出聲的聲音
（音樂），《選》賦寫音樂的共五篇；而《舞賦》是唯一寫舞蹈的一篇。
文學與其他藝術門類（例如音樂藝術、舞蹈藝術），既有各自不同的
表現形式和藝術特質，但絕非水火不相容。我們讀這六篇賦，不管
你懂不懂音樂和舞蹈（能懂當然最好），都會或多或少地受到這些
作品所描繪的音樂和舞蹈的感染，都會或多或少地受到音樂藝術
和舞蹈藝術的無形熏陶。因此，對這種藝術現象，文學史家或者音
樂史家，都有加以關注和深入研究的必要。田彩仙老師這部取名

爲《漢魏六朝文學與樂舞研究》的著作，除了論述樂府機關、樂府詩之外，還特別關注了這些描寫音樂、舞蹈的優秀作品，從《古詩十九首》到南朝的詠舞詩和詠樂詩，從詩到賦到文，都一一加以論述，内容比較豐富。

　　十來年前，田彩仙老師舉家從山西遷來福建，與夫君景先生同在集美大學工作。不久，彩仙到北京中國社科院文學研究所從著名魏晉文學研究專家徐公持先生做訪問學者。巧得很，這一年，後來成爲我的博士生的苗健青也在跟從徐先生訪學。彩仙老師訪學取得很好的成績，回閩後的一兩年，便完全成了一部論述六朝家族文學的著作，時評不錯。這幾年來，她又致力於藝術美學的研究，不斷有成果發表在《文藝研究》和《文藝報》上，頗多心得。我們從她這部《漢魏六朝文學與樂舞研究》的著作中也可以看出田彩仙老師這方面的研究成績。這部著作專門設立《漢魏六朝樂舞美學研究》一章，其中《漢魏南北朝樂舞美學觀的嬗變》《北朝樂舞的美學特點》等節，學界似乎關心較少；即使研究較多的嵇康、阮籍的音樂美學觀，作者也有不少自己的心得和見解。

　　2004 年，田彩仙老師提出，想再次訪學，到我這兒做高級訪問學者。我説，你的水平已經不錯了，何況已經從徐先生訪過一次學。她説，從徐先生那兒確實學到不少東西，但是已經過去好幾年了，自己還想提高提高。福州距離廈門不遠，高速公路通車之後，三個多小時就可到達，十分便捷。就這樣，田彩仙老師再一次過着訪學的生活，住一天祇有十多元錢的培訓中心宿舍，每天到食堂打菜打飯。二十年來，我接納過十數位進修教師和訪問學者，田彩仙老師是聽課最勤、用功最力者之一。每次我給博士生或碩士生上課，她總是早早就來，而且坐在很靠前的位置，一年的時間，她給我看過好幾篇論文的初稿。其中一篇是寫南朝《白紵舞》的,我看了覺得頗有新見,並且推薦給一家原本認爲是沒有問題的一般刊物,沒想到黃鶴一去,杳然無蹤。雖然這篇論文後來她自己另投給通常被認爲是權威期刊的《文藝研究》,並且發表了,但我心裏還是覺得作爲指導教師並沒有完全盡職盡責。田彩仙老師在訪學結束前夕,拿着《漢魏六朝文學與樂舞研究》的提綱來和我討論。年前,她寄來了全書的打印稿,並囑我爲之序,於是寫下以上文字。一方面,借此機會將此書推薦給同好;另一方面,也記下了她從我訪學的這一段往事。

2007 年 1 月 7 日於烟山南麓華廬

釋慧蓮《東晉佛教思想與文學》序

　　前幾年，一位學生按期給我寄送《福建畫報》，隨手翻過，常常隨手棄之，沒有刻意存留。其實，這份畫刊圖文並茂，而且登過我的一幅大照片，我是很喜歡的，祇是書滿爲患，不得不割愛。但是，2004 年第 7 期的那一期，至今卻仍然擺放在我的書架上，而且是在顯眼的位置。在這期"感受福建"的欄目裏，刊載了越南比丘尼來福建師範大學求學的五幅照片，各佔 2/5 碼的有兩幅，一幅是越南的留學生們走在高樓林立的福州街頭，一幅是留學生正在和他們的中國同學相互切磋。另外三幅版面小一點，分別是：釋慧蓮和她的留學生同伴在福建師範大學校門的留影，李小榮教授神采飛揚正在給留學的碩士生上課，另一幅是我在指導博士生釋慧蓮讀書（和慧蓮一起聽課的是來自安徽的博士生）。

　　釋慧蓮是我招收的第二個境外的學生，也是第一個國外的留學生。釋慧蓮在廣西師範大學獲得碩士學位之後，2002 年到福建師範大學文學院繼續讀博士學位，專攻魏晉南北朝文學。能不能指導好慧蓮的論文，沒有把握，首先是慧蓮的漢語程度到底怎樣？這一點，和慧蓮幾次接觸之後，顧慮很快就打消了。慧蓮不僅漢語講得很流暢，絲毫没有交流的障礙，文字表達的能力也很好。三年之後，她的博士論文文字的老到，甚至不亞於文字功底已經比較嫺熟的中國本土的學生，這不是我作爲導師對她的偏愛，而是參與她博士論文評審的外校專家的評價。其次是選題，慧蓮文字表達雖然不錯，對佛典的修養也相當好，但是，她做的博士論文畢竟是中國古代文學的論文。經過與協助我指導慧蓮的李小榮教授討論，確定慧蓮做《東晉佛教思想與文學研究》這一論題，這樣既發揮了慧蓮的佛學方面的所長，又結合了慧蓮所選的中國古代文學專業。

　　慧蓮在攻讀博士論文期間和寫作的過程中還是碰到許多的困難。在福建師範大學就讀的越南留學生，多數經濟拮据。留學的比丘尼，並不住在留學生的宿舍，而是在外面合租租金低廉的私房；他們沒有固定的生活來源，自己做飯，精打細算，省吃儉用。平均下來，每月的伙食和日常開銷祇有一百多元人民幣。我時常想，國內絕大多數的貧困學生，每月的開支可能都要高於這一數字的一倍以上。學費則是最大的負擔，慧蓮他們的學費大多來自越南的寺廟、宗教機構或親友的資助，然而，常常沒有保障。慧蓮在攻讀博士學位的第二年，幾乎斷了經濟來源，差一點被迫輟學，幸而得到鼓山湧泉寺方丈普法大師的贊助，纔使她得以度過難關。其次，是魏晉文學和文獻的學養。這方面，根據培養方案，慧蓮跟隨中國的學生聽了不少的課，李小榮教授還常常給她以具體的指授，或者開書目，或者上專題。慧蓮非常刻苦，出家人，除了出家人的功課之外，沒有塵世之煩，她的時間和精力，祇用在讀書和寫作上。三年之後，我們再看慧蓮所完成的《東晉佛教思想與文學》，不能不感到驚訝，雖然還不能説她對魏晉文學文獻的掌握已經了若指掌，至少可以説是相當熟悉了。當然，俗家和出家是不一樣的，我不能要求所有的學生做學問都像慧蓮那樣專注，那樣心無旁騖，但是治學精神無論出家還是俗家，都是相通的，公正地説，國内不少學生，刻苦的程度是不如慧蓮他們的。我在給學生上課，常常説，我們國内的學生，基礎比慧蓮他們好，經濟和其他許多條件也比慧蓮他們好，爲什麽不能學得好一些呢？

我也評審過一些外校留學生的博士論文，慧蓮和一些優秀者相比，是不遜色的。2005 年，慧蓮在博士論文答辯中，得到了很好的評價，並被推薦參加福建師範大學優秀博士論文的評選；學校評選通過了，又被推薦參加福建省優秀博士論文的評選，結果都獲得優秀博士論文的獎項。這是我指導的國外留學生首次獲得福建省優秀博士論文獎；也是福建師範大學外國留學生首次獲得福建省優秀博士論文獎。慧蓮獲得博士學位之後，旋即回國，在越南南方胡志明市的一所寺廟裏當主持。佛法是没有國界的，學術也是没有國界的。又三年過去了，巴蜀書社經過匿名評審，決定出版慧蓮的這篇博士論文。感謝巴蜀的慧眼！有意思的是，我和李小榮教授都有書在巴蜀書社出版過，也許，這也是一種緣分。

慧蓮回國之前陪着兩位師妹來見我，希望師妹也能在我這兒讀博士學位。三年過去了，慧蓮的師妹釋願蓮（博士論文《龍樹中觀思想在華流播研究——以東晉至初唐時期爲中心》）和釋如月（博士論文《當代中越佛教尼衆僧團異同之研究》）都順利地通過博士論文答辯並獲得博士學位。數天前，她們前來告別，現在都已經回到越南國内了。她們回國前，本來安排好到一家素餐館吃素餐的，後來因爲我所在的學院招聘員工，不能脱身，不得不爽約，祇好讓李小榮教授代勞。三年前，慧蓮回國前吃素餐的情景宛然在目，何時有機會能請慧蓮、願蓮、如月一道品嘗福建的素食呢？

　　慧蓮的《東晉佛教思想與文學研究》一文的指導,李小榮教授
出力尤多。《東晉佛教思想與文學研究》學術評價及寫作的其他情
況,請讀者參看李小榮教授的序言。

　　　　　　　　　　2008 年 7 月 12 日於古望北臺南麓

陳斌《明代中古詩歌接受與
批評研究》序

　　從二十世紀五十年代到八十年代，明代詩歌及其理論研究的
論著發表量很有限。八十年代後期，竟陵派、公安派和其他明代詩
歌流派的研究興起，此後，明詩及明代詩歌理論的研究一發而不可
收拾。2007年，我們在武夷山召開的明代文學學會年會，收到的
詩文（主要是詩歌）論文，大大超過小説和戲曲。近二十年來，明詩
及明代詩歌理論的研究隊伍正在壯大，優秀的成果不斷湧現，出現
了可喜的局面。近二十年來明詩和明代詩歌理論的研究，除了作
家、流派和專書的研究之外，還有整體的詩學研究、發展史的研究、
復古理論的研究等等。在我看來，明詩和明代詩歌理論的研究雖
然出現了可喜的局面，但比起唐詩、宋詩甚至是清詩，似乎祇能説
是起步，或者説剛剛進入一個比較正常的研究時期，很多問題還有
待於關注和研究。

　　明代中古詩歌接受與批評，就是一個很值得關注和深入研究
的課題。中古詩歌，經過隋唐、唐宋、宋元、元明的改朝換代，兵燹
水火，完整傳世的別集祇有《陶淵明集》等少數幾種，總集也祇有
《文選》和《玉臺新詠》等。明人有意識地對中古詩歌進行搜集和整

理，馮惟訥的《古詩紀》、張燮的《七十二家集》、張溥的《百三家集》，都是大型的中古文學總集。鍾惺、譚元春的《古詩歸》、陸時雍的《古詩鏡》、曹學佺的《古詩選》等，都是重要的古詩選本。明人對中古詩歌進行搜集和整理，不僅在文獻學上有着重要的意義，在文學批評方面也很值得重視，例如《百三家集》的題辭，《古詩鏡》的評語，《古詩選》的序，都有許多對中古詩歌很好的批評意見。明代文學批評的專書中，胡應麟的《詩藪》、許學夷的《詩源辨體》，對中古詩歌的流變、詩體的衍變，都有明辨。以楊慎爲代表的"六朝派"本來就是宗尚六朝詩歌的，自不必説，就是明代最大的詩歌流派"七子"詩派提出的復古理論，其"古體宗漢魏"，也是其核心觀念之一。至於某些没有多少理論建樹，而詩歌創作有一定特色的詩人，也可能存在對中古詩歌接受的問題，例如明遺民詩人林古度在萬曆間所寫的詩，王士禎以爲"甲子以前，風華近六朝"（《居易録》卷四）；"刻意六朝"（《漁洋詩話》卷下）；"清新婉孌，有六朝初唐之風"（《池北偶談》卷十三）。總之，明人對中古詩歌進行搜集和整理也好，專書對中古詩歌流變、詩體衍變的明辨也好，宗漢魏理論的提出也好，創作過程中對中古詩歌的接受也好，種種的文學現象，都值得專家、學者們去加以思考並深入研究。明詩是怎樣對中古的詩歌進行接受的？崇尚漢魏的詩歌理論是在一種什麽樣的背景下提出來的？六朝派是怎樣形成的，其理論特點是什麽？在關注詩歌流變及詩體衍變的過程中，明人如何建構自己的中古詩史批評？古詩選本包含着一些什麽樣的批評内容，其傾向又是如何？陳斌的《明代中古詩歌接受與批評研究》一書，對當前學術界關注還不太夠、卻是相當重要的一系列問題作了比較深入的探討和回答，研究頗具新意。

　　《明代中古詩歌接受與批評研究》這個課題的研究有兩個困難。第一，研究者必須同時熟悉中古詩歌和明代的詩學。碩士期間，陳斌在中古文學方面打下良好的基礎，這方面是沒有問題的。對明代的詩學，在作論文之初，應當承認，陳斌還有些欠缺。值得高興的是，經過三年的努力，陳斌對明代詩學已經有了比較深入的了解，並且有許多自己的心得。明代詩學的資料豐富，但比較瑣碎。陳斌在作論文的過程中，多次外出查書，檢得第一手的資料。我一向以爲，古代文學和文獻學的博士生、碩士生，必須勤跑圖書館，不但跑本校、本地圖書館，在通常情況下還需要跑外校、外地圖書館。查找資料，必須盡可能做到銳意窮搜。陳斌的論文嚴謹，在一定程度上得益於她對資料的銳意窮搜。

　　第二，論文的架構。論文大體方向確定之後，如何架構論文，也頗費一翻周折。是以"史"爲線索，採取史論結合的方式，寫成一部"史"，還是用專題的方式來寫作？就形式而言，兩者當然無優劣之別。我常常對同學說，判斷你一篇學位論文是否寫得成功，是看你絕大多數的章節是不是都有新意，是否都能獨立成文、達到單獨發表的水平。如果能，說明你的論文可能有較大的創新。如果一個論題寫了十多萬字，最後祇有幾千字萬把字的內容稍有新意，僅夠在一般的學術刊物上登一篇文章，那麼，你這十多萬字水分未免太多。陳斌以論題來架構論文，精心設計爲四章，每章爲一個或幾個分論題，拆開了都可以單獨成篇，篇篇都有一些新見，都可以單獨發表；整合在一起，在"明代中古詩歌接受與批評"這樣一個主題之下，內在邏輯清晰，又是一部有分量的專著。當然，陳斌的寫作，也有史論結合，也有史的線索，但是寫得紮實。陳斌論文的大多專題，陸續已拆成各自成篇的論文單獨發表，印證了我的想法。

　　以上這兩個困難,是從學術研究層面上說的。其實,陳斌在論文的寫作,還有一大困難,那就是舉家南遷後的水土不適。陳斌一家三口,生活在江蘇,她的先生葛桂錄教授來閩後,他鄉如故鄉,一如往常,沒有絲毫的影響。而陳斌和她的小朋友,其初很不適應,特別是小朋友,一直感冒(其實是哮喘),一回到江蘇,即使天寒地凍,什麼事也沒有;桂錄處在發展的重要時期,必須全力以赴從事教學和研究;近年來,大學搞評估,抓教風,在職讀博,陳斌不能有絲毫的怠慢和鬆懈。一時,扶持夫君,照顧水土不適的小兒,上課和做家務,全都壓在陳斌的身上。我們上面說陳斌跑圖書館,其實,她都是在寒暑假把孩子送回家之後抽身前往的。去年,陳斌順利通過博士論文答辯。今年夏天,和幾位同事吃了兩次飯,他們一家三口也都到了。如今,桂錄已經是文學院很年輕的博士生導師了;他們的小罩思身體健壯了,上了二年級,功課不必大人操心,在沒有任何人引導的情況下,還能對照《木偶奇遇記》多種版本的優劣。也差不多這個時候,陳斌的《明代中古詩歌接受與批評研究》也付排了! 爲陳斌高興,也爲她們一家人高興!

　　《明代中古詩歌接受與批評研究》很快就要出版了,陳斌最近獲得一項全國高校古籍整理出版的項目:陳祚明《采菽堂古詩選》的整理與研究。明清之際、清代的中古詩歌接受與批評的内容相當豐富,可以關注的東西很多。陳斌在本書第四章中列了一個《〈古詩歸〉與〈文選〉收入詩人對照表》,從兩部選本的取捨看各自的詩學觀念。如果陳斌繼續研究清代的中古詩歌接受,還可以做得更細一點,例如選取若干重要詩人(譬如陶淵明與謝靈運、謝靈運與謝朓等),分析一下《古詩箋》和《古詩源》等選本對這些詩人作品的取捨,也許是一件很有趣的事。

　　生於憂患，死於安樂。這句話在特定的環境説説，是不妨的，一般説來，似乎言重了，但有時作用還是有的提醒人們警覺。在比較困難或者條件比較差的情況下出成績，出比較多的成績，或好成績，很常見。這幾年，很多大學的辦學條件改善了，出書似乎也容易一點了，反過來，有時我們卻不是很珍惜。陳斌在相當困難的情況下，完成了《明代中古詩歌接受與批評研究》，按照陳斌不張揚、埋頭做事的風格，繼續往下做，出更多更好的成果肯定是没有問題的。夏天，桂録説，前幾年陳斌全力支持他！我笑着對他説，這以後你要全力支持陳斌了。他説：一定，一定！我相信，在他們今後的日子裏，都會一如既往地相互支持、相互扶持的，無論是人生，還是學術！

　　　　　　　　　　　　2008 年 11 月 15 日於福州古望北臺下

蔡彥峰《玄學與魏晉六朝詩學研究》序

　　1990 年代末，福建師範大學文學院中國古代文學學科開始招收博士生，也就在這個時期，文學院送去外校培養的博士生陸續回院工作；同時文學院也廣招人才，一批學有專長的優秀博士充實了教師隊伍，大大改善了教師隊伍的學歷、學位和學緣結構。2003年，我在一次青年教師的座談會上，說過這樣的話：近年畢業來文學院工作的博士，三五年內都可以發表若干篇論文，其中有一兩篇發表在權威或級別較高的刊物上，每位博士都可能出版一部專著，這是非常可喜的；就目前情況看，大家差別不是太大。但是，在第一個三五年之後，隨即而來的第二個三五年，大家能不能保持這樣的良好勢頭，就不好說了；到那個時候，可能差距就會拉開，成績突出的，還可能引起學界的矚目。

　　也就在說這些話的當年，我到廈門大學主持王玫教授的碩士生論文答辯，彥峰是參加答辯的碩士生之一。彥峰膚色白皙而不文弱，爲人謙和，給我留下很深的印象，再過三年，即 2006 年，彥峰在北京大學獲博士學位，來福建師範大學求職。而這一年，文學院古代文學學科的教師已經幾近飽和。彥峰師從錢志熙先生、葛曉音先生治六朝文學，葛先生和錢先生在六朝、唐代文學研究方面有

很高的造詣，是海内外著名學者。北大中文系對博士生要求特別
嚴，博士生三年能順利拿到學位的不是太多。彦峰以其勤奮和悟
性，得到校内外專家的好評。錢先生還特地爲彦峰的求職寫了推
薦信。其實，三年前我對彦峰已經有所瞭解，正好文學院也缺少六
朝文學的教師，很快就接納了彦峰。荒山覓寶，偶得一"璞"，已屬
望外之喜了，何況錢先生送來的是琢磨過的"玉"！

　　一年後，即 2007 年，彦峰的《元嘉體詩學研究》一書在中國社
會科學出版社出版，同年，彦峰申報副教授，次年被破格提拔。近
十年來，無論是本校或外校畢業來文學院任教的非在職就讀的博
士，兩年内獲破格晉升副教授的，彦峰是鳳毛麟角。

　　一本專著，若干篇論文，其中有一兩篇發表在權威或高級別刊
物上，彦峰在一兩年内走完了他人起碼三年纔走完的學術里程。
擺在彦峰面前的是兩條路，一條是鬆口氣，歇歇脚；另一條是，不鬆
勁、不歇脚，繼續前行。彦峰進入博士後流動站，研究更加深入系
統了。他在《北京大學學報》等刊發表了一系列水準更高的論文，
2010 年完成博士後流動站研究報告《玄學與魏晉六朝詩學研究》，
幾經修改，今年纔交付人民文學出版社出版。從獲得博士學位至
今，祇有六年，顔峰的第二部專著就要出版了，而且兩部書都是在
高規格的出版社出版的；發表的二十來篇論文，相當一部分登在
CSSCI 刊物上。比起同期畢業的古代文學博士，彦峰的成果無疑
是出類拔萃的。

　　彦峰的《玄學與魏晉六朝詩學研究》完成之後，囑我作序。關
於此書的創獲，錢先生的序已經多有介紹，不贅述。我想説的祇
是：目前，兩岸四地研究玄言詩的學者，或者注重於哲學思辨的思
想史研究，或者注重于文學意象語言的詩學史研究，很少做到融會

貫通的。從《玄學與魏晉六朝詩學研究》一書中，我們可以看出彥峰既具有較好的理論思辨能力，對玄學理論和詩歌理論都較熟悉，同時又有較強的文學作品的感悟能力，對詩歌的詮釋解讀很到位。這是一部融會玄學與六朝詩學的交叉學科研究著作。

目前，彥峰還承擔一個國家社會科學基金項目"士僧交往與六朝文學藝術研究"（通常説來，申報一般項目要比申請青年專案困難，因爲青年專案是爲年輕的學者專設的，競爭没有一般項目激烈。彥峰申請專案時僅三十出頭，申請青年專案也許更加"保險"），同時還和我一道承擔國家重大招標項目子項目"全南朝文"的編撰工作。彥峰的六朝文學研究的積累逐漸豐厚，並且正在形成自己的研究系列和研究特色，《玄學與魏晉六朝詩學研究》出版了，三五年後，我們一定很可以看到他更加厚重的新成果。

在我爲彥峰此書作序之時，也許他正背着球拍，和文學院古代文學學科的青年才俊前往羽毛球館途中。一周之内，彥峰總有一兩次出入羽毛球館，和球友對決，淋漓酣暢而後踏歌而返。彥峰熱愛自己的事業，也熱愛生活。我是他的證婚人，在婚禮上我讚美新郎新娘：男才女貌，女才郎貌；郎貌女才，女貌郎才。近乎繞口令，但是大家都聽得明白。在場的嘉賓，恐怕没有人會覺得我的話過於溢美。如今，他們的兒子已經長到兩三歲了，在和彥峰通電話時，不時可以聽到學語聲，"小兒咿唔亦好聽"。彥峰每次出差都會給他的兒子帶小點心或小玩藝兒。我寫這些話，似乎已經超出序文的範圍了，我把彥峰學術之外的另外一面介紹給讀者，或許有助於圈外人對彥峰的瞭解——書齋之外，彥峰的生活原來也是豐富多姿的！

2012 年 11 月 21 日午後四時許

一部富有創獲的中古文學史研究著作

　　1986 年 7 月，中華書局出版了曹道衡先生的《中古文學史論文集》。這部論文集收錄了曹先生研究中古文學史的論文三十來篇(絶大多數寫於七十年代末八十年代初)，在古典文學研究界產生很大影響。此後曹先生又出版了《漢魏六朝辭賦》(1989 年 8 月，上海古籍出版社)，《南北朝文學史》(1991 年 12 月，人民文學出版社，與沈玉成先生合作)，《漢軟六朝文精選》(1992 年 12 月，江蘇古籍出版社)等著作，並發表了三十餘篇中古文學史方面的論文。1994 年 7 月，曹先生將這些論文結集，交臺灣文津出版社出版，名曰《中古文學史論文集續編》。

　　《中古文學史論文集續編》(以下簡稱《續編》)所收的論文基本上都在大陸的刊物發表過，其中《論任昉在文學史上的地位》文，係 1993 年香港魏晉南北朝文學國際研討會論文，收入《魏晉南北朝文學論文集》(1994 年 11 月，臺灣文史哲出版社版)。這些論文，發表之初，筆者大都已經拜讀過，結集出版後，又系統讀了一遍，深感《續編》是一部富有創獲、新見迭出的中古文學研究著作。

　　曹先生研究中古文學三四十年，研究的課題遍及中古文學的各個領域，其中包括中古文學各個時期文風和詩風的演變，各個時

期的作家、詩人和他們的作品，以及重要的文學集團和流派。以文
體論，有詩、賦、散文、駢文和小説，還涉及文論領域。我覺得《續
編》在課題方面有以下幾個特點：

　　首先，曹先生有意識地加強了對東晉南北朝時代的北方文學
的研究。收入《中古文學史論文集》（以下簡稱《文集》）的《十六國
文學家考略》、《論北朝文學》、《東晉南北朝時代北方文化對南方文
學的影》等都是研究北方文學的很有創見的論文。作者對一向被
研究者所忽略的十六國文學作了初步梳理，考辨了十六國 59 位作
家的生平、事蹟和著作，似可看作是一篇《十六國藝文志》。作者認
爲，不僅是南方文化影響了北方文學，北方文化也同樣影響着南方
文學；北方文學自有其特點和發展過程，並且到南北朝後期，北方
的作家在某些方面甚至超過了南方。《續編》中的《東晉南北朝時
代的涼州文化》一文指出：“不論從學術和文藝的角度來説，北魏在
孝文帝以前都沒有出現過什麼在文化成就上足以與涼州的劉昞、
闞駟等人相比的人物。”不僅儒學和文學，“北魏的許多科學與藝
術，無不與涼州有密切關係。”作者認爲，當少數民族首領入據中原
的時候，涼州地區比較安定，不少士人到此避難，涼州經濟和文化
仍然繼續發展。而且，涼州地當“絲綢之路”的要衝，武威更是中原
和西域貿易文化交流的重要城市。涼州地區的詩歌和涼州音樂有
密切關係，其內容和情調跟南北朝一般的詩歌不大一樣。對涼州
文化的探討，“關係到整個中國文化史和文學史的重大問題”。《再
論北朝詩賦》、《論北魏詩歌的發展》、《論北齊詩歌的歷史地位》、
《略論北朝辭賦與南朝辭賦的異同》等文認爲，南北朝後期北方文
人的詩歌已趕上南方，而辭賦仍有差距，北朝詩歌的發展，可以分
爲兩個階段，即北魏階段和北齊階段；因爲北周的詩歌，除了由南

入北的庾信、王褒等的作品，袛有十篇左右。北魏的詩歌，可分爲
孝文帝以前、孝文帝至宣武帝、孝明帝以後三個時期。孝文帝時期
是北魏詩歌發展的時期。北魏中後期的作家努力學習南方文學，
但没有失去北方文人特有的心理素質；而且他們對南朝文學的吸
取總是有批判的。北魏後期詩人清拔、古樸和剛勁的詩風，形成剛
勁的傳統；後來北齊邢劭、魏收及更後的盧思道等人繼承了這一傳
統。北魏末年到北齊是北方文學上升興盛的階段，相對説來，北齊
文人生活面較之南方陳代要寬廣一些。南北方文人既屬同一民
族，操同一語言，一當北方文人掌握了南方詩歌技巧成就，就可以
憑藉自己豐富的生活實踐，在創作上超過南方。邢劭、魏收和劉逖
等北齊詩人大抵都活到齊代。隋統一中國後，真正有成就的詩人
大抵出身北方，如盧思道、薛道衡、孫萬壽等。曹先生對北方文學
的研究，無疑使學術界對十六國和北朝文學有一個新的認識。相
信今後對東晉南北朝時代的文學研究，北方文學袛是南方文學的
附庸這種觀點將從此告結。

文學史上，南方的作家中，顏延之與謝靈運齊名，稱"顏謝"；任
昉與沈約並提，稱"沈詩任筆"，而顏延之、任昉的研究，少有學者涉
足。顏延之、任昉，在南朝文壇上同屬於"緝事比類"的流派。作爲
讀者，盡可以不喜歡他們的作品而偏愛謝靈運和沈約，但是，作爲
中古文學史的研究者，卻没有理由忽視顏延之、任昉在歷史上產生
過的影響和在文學史上的地位。曹先生的《論顏延之的思想和創
作》《論任昉在文學史上的地位》兩文，對顏延之、任昉這兩位當時
相當重要的作家作了全面的論述和客觀的評價。在南北朝末年的
南方作家中，江總是較重要的，但從宋明以來對他的評價一直很不
公平。《論江總及其作品》把江總的作品分爲侯景之亂以前、侯景

之亂到流寓廣州、仕陳、入隋以後四個時期，並作了深入的分析，指出，江總不失為一個有成就的詩人，對他在文學史上的地位可適當予以肯定。這些論文，都彌補了數十年來中古文學研究中的缺憾。

中古文學研究中有些熱門的話題，例如山水詩的興起，志怪和佚事小說的産生、永明體的産生、南朝樂府民歌等；重要和比較重要的作家如曹丕、曹植、陸機、陸雲、陶淵明、鮑照、江淹、沈約等，《續編》也都論述到了，而且精彩的論述迭出。

《續編》的研究方法，從根本上說和《文集》沒有什麼不同，但在一些具體問題的思考上，作者的思路似較以前更寬闊，也常常進行一些比較性的研究。《略論〈兩都賦〉和〈二京賦〉》，是東漢兩篇相同題材的京都大賦的比較研究；《從魏國政權看曹丕曹植之爭》，是曹丕、曹植兄弟的比較研究；《試論陸機陸雲的〈為顧彥先贈婦〉》，是兩位詩人同題共作的比較研究；《從〈雪賦〉、〈月賦〉看南朝文風之流變》，是南朝宋兩篇寫景抒情小賦的比較研究；《鮑照和江淹》，是兩位風格比較接近的作家比較研究；《江淹沈約和南齊詩風》，是兩位同洋都經歷宋、齊、梁三代的作家比較研究；《略論北朝辭賦與南朝辭賦的異同》，則是南北辭賦的比較研究。江、鮑兩人的詩，雖然都屬於“急以怨”的一派，但鮑更接近顏、謝的典雅、古樸，而江已趨於“永明詩人”的清麗；但比起沈，江的詩風又比較高古，生僻字多，句法大抵取法漢魏至晉宋文人詩，又不同于沈詩的講“三易”、講聲律。從兩組詩人的比較研究，大略可以看出從元嘉到永明詩風演變的軌跡。謝惠連的《雪賦》和謝莊的《月賦》同屬寫景抒情小賦，前者偏重“體物”，後者偏重抒情。《月賦》的出現，體現了南朝文風轉變的契機。《雪賦》情調樂觀，而《月賦》較淒涼寂寞，則從謝惠連、謝莊各自所處的歷史環境、生活經歷找到了原因。從兩篇抒

情小賦的比較研究入手，發現文風轉變的契機，很見作者的學術功
力。《續編》運用比較研究所得的一系列結論，把中古文學史的研
究拓展到更爲深入的一個層次，也體現了曹先生的研究又上升到
一個新的高度。

　　比較《文集》而言，《續編》似更注意從更廣泛的文化大背景的
視角來研究中古文學史。《續編》涉及了經學、宗教、音樂、書法、文
物以及南北方文人心理素質等諸多文化上的問題，像《東晉南北朝
時代的涼州文化》《讀賈岱宗〈大狗賦〉兼論僞〈古文尚書〉流行北朝
時間》一類的論文，在《文集》中不曾有過。前一文從考察涼州文化
大背景入手，分析了涼州地區文學在北方一枝獨秀的原因，並指出
其有異於南北朝文學的特點。後一文，既考辨《大狗賦》一文的作
者並非如嚴可均所説的是三國魏人，而是北魏後期人，並考定了僞
《古文尚書》大約在隋文帝代周前一百多年已流入北方，是一篇文
學與經學交叉研究的論文。

　　學術研究總是向前發展的，一個學者的學術研究也應該向前
發展。在《文集·後記》中曹先生對早些年研究的某些結論作了修
正，《續編》中《從〈切韻序〉推論隋代文人的幾個問題》又對自己《盧
思道評傳》盧卒於開皇二年或三年的觀點作了修訂。曹先生實事
求是的嚴謹學風，在學術界是公認的；曹先生的治學，還對包括筆
者本人在内的晚輩研究者樹立了榜樣。

求實　求深　求細

　　九十年代以來，一批學有專長的博士在古典文學研究界相當活躍，劉躍進是其中很有成績的一位。1991 年劉躍進獲得博士學位，次年 3 月，博士論文《永明文學研究》便由臺灣文津出版社出版，並引起當地學界重視。以《永明文學研究》爲基礎，1996 年 3 月，他的《門閥士族與永明文學》又由北京的三聯書店出版。新近，收有他二十餘篇論文的《結網漫録》(學苑出版社，1997 年 6 月)也問世了。

　　求實、求深、求細是劉躍進問學的一貫目標(詳《門閥士族與永明文學·前言》、《結網漫録》頁 168)。我認爲，求實、求深、求細也是《結網漫録》最基本、也是最重要的特色。

　　求實，首先表現在資料的積累方面。劉躍進從 1987 年起，就着手作中古文學資料長編的工作，他希望自己的研究工作都盡可能以資料長編作基礎。筆者未曾寓目他的資料長編，但從《門閥士族與永明文學》下編《永明文學繫年》及《結網漫録》中的一些論文，已可以看出他資料積累的扎實工夫。其次，劉躍進有着堅實的古典文獻學基礎。他曾師從姜亮夫、郭在貽先生學習古典文獻學。《結網漫録》中收録的《南朝五史校點稽疑》《關於〈先秦漢魏晉南北朝詩〉編撰方面的一些問題》《關於〈水經注校〉的評價與整理問題》等文,都是與中古文學密切相關的文獻學論文。繼永明文學的研究之後,他把注意力轉向《文選》和《玉臺新詠》兩部文學總集上。《四庫總目提要》評《文選》尤袤刻本,以爲今傳李善注本係從六臣注中摘出,重新編排而成,這一觀點爲當今多數學者所接受。劉躍進《從〈洛神賦〉李善注看尤刻〈文選〉的版本系統》一文,從《洛神賦》"感甄説"入手,考察了大陸、臺灣以及藏于日本、韓國的十來種《文選》版本,從而推翻了《四庫全書》館臣的結論,認爲尤袤刻本李善注不是從現存的六臣注本輯出的,"感甄説"不是尤袤所加。《〈玉臺新詠〉版本研究》是一篇數萬字的長文,作者論列了唐寫本殘卷以及五雲溪館銅活字本等明清版本多達三十二種版本的版式、序跋及收藏情況,數十年來研究《玉臺新詠》的學者接觸、瞭解這麼多版本者,似没有第二人。作者在論列《玉臺新詠》諸版本的同時,又作了版本考異的工作,指出目前所能見到的版本大體不出陳玉父刻本和鄭玄撫刻本兩個系統。學界對趙均小宛堂覆宋本相當推崇,一些學者還認爲趙本與徐陵本原貌接近,劉躍進對此提出質疑,他認爲"現代有學者主要根據此本來考證《玉臺新詠》的成書年代,所得結論就很難靠得住"。關於《玉臺新詠》的成書年代,學術界有中大通五六年間、中大同太清間、籠統以爲編於太清三年之前等説,根據之一,就是趙覆宋本,既然趙本非徐陵原貌,上述幾種成書年代的説法就很值得懷疑,《〈玉臺新詠〉成書年代新證》一文則根據其他材料,推測當成于入陳之後。《玉臺新詠》成于陳代之説,當然還可以繼續探討,但劉躍進從版本研究入手,做扎實的工作,對學界的研究當有啓發。

　　求深,就是研究要有深度,要注意挖掘中古文學研究的薄弱點與空白點。文學史講南朝文學，大多齊梁並稱；講梁代文學，一般僅談談《詩品》、《文選》和宮體詩。從沈約去世的天監十二年至蕭統謝世的中大通三年，其間共十八年的文學創作和文學思潮，學界似關注不夠。《昭明太子與梁代中期文學復古思潮》認爲，這一時期文學成就平平，與“倡言古體，恢復太康、元嘉之風”的復古思潮有關，而文學復古思潮的形成，又受這一時期倡導儒家學説制約，論述甚爲深入。蕭繹的《金樓子》在流傳過程中已散佚，今流傳各種版本均未出《永樂大典》輯本範圍。《金樓子》一向列入子部，而胡應麟卻將它歸入小説類，劉躍進受此啓發，認爲《金樓子》“志怪”一篇當進入古小説研究者的視野。劉躍進的研究，可補當代小説史家研究梁代小説的缺憾。此外，《關於〈金樓子〉研究的幾個問題》這篇論文還研究了蕭繹和齊梁藏書之風與齊梁文化、文學發展的關係，從《金樓子》看蕭繹的政治野心等問題，亦發前人所未發。如果説《門閥士族與永明文學》一書注意宗族區域文化研究框架的建構，那麼本書則更多關注了佛道、尤其是道教與中古文學的關係。《七言詩淵源補證》一文引用道藏經典《太平經》8 條材料，以補羅根澤先生《七言詩之起源及其成熟》；《道教在六朝的流傳與江南民歌隱語》也引用《太平經》、《真誥》等多種道教典籍來論證江南民歌隱語與道教流傳的關係，論述令讀者耳目一新。這幾年劉躍進研讀了《道藏》中的一些典籍，強烈感受到“這幾乎還是一座未開墾的富礦”（頁 166），並在此基礎上編撰《漢魏六朝時期江東道教繫年要録》與《漢魏六朝時期北方道教繫年要録》，對繁亂的道教原始資料進行一番初步的梳理。這種深入到中古時期文化各重要領域來研究文學的方法，對學術界當有所啓示。

細，不是瑣碎、瑣細，而是指學術研究的心細如髮。心細，纔能避免、或盡可能少出差錯。《關於〈水經注校〉的評價與整理問題》指出《水經注校》標點錯誤多達數百條後説："如果整理者能在認真細緻上多下些功夫,就不會出現那麼多不應有的錯漏。"綜觀《結網漫録》全書,作者確在"認真細緻"上下了功夫,二十餘篇論文的結論雖不一定全都馬上爲學界所接受,或成爲定論,但所用資料卻都能經得起推敲。已故逯欽立先生窮一生之力編的《先秦漢魏晉南北朝詩》三巨帙,網羅宏富、校勘精細,爲研治中古文學必不可缺的參考書,但由於排印時逯先生已過世,當然不可能親自校核一過,因此留下某些細小缺憾,劉躍進《關於〈先秦漢魏晉南北朝詩〉編撰方面的一些問題》對該書的句讀、校勘、編排、作者小傳等方面作了不少補證,同時還輯了若干佚詩、佚句,以期該書臻于完美。這樣的工作看似細小,其實意義重大,假如研治中古文學的同仁能注意到劉躍進的這一成果,在研究的過程中定然會有受益。求細,更重要的是能見微知著,以小見大,通過對一兩篇作品,或對某種哲學、文化或文學現象的思考探究,從而揭示研究對象的深刻內藴。這方面,劉躍進無疑從陳寅恪先生的研究著作中受到啓示,也得力于他的導師曹道衡先生的身傳言教。

　　求實、求深、求細,究其目的,實際上就是追求研究的有所創見、有所創新,可以説,《結網漫録》一書基本上做到了這一點。

附録：《中古文學論稿》餘話

——答《古典文學知識》記者問

□ （記者）您的《中古文學論稿》一書在天津人民出版社出版後，我們讀了，覺得很好，想請您結合該書的寫作，談談治學門徑。

○ 昨天還在反覆研讀先輩和同輩學者治學文章的我，今天突然也談起治學門徑，實在感到不自然甚至惶恐。我想結合《中古文學論稿》一書的寫作，談談學習和研究中古文學的過程和感想，或許比較接近我的實際。

□ 聽說您接觸中古文學比較早。

○ 我和多數文學青年一樣，幻想有朝一日成爲一名詩人。十三四歲就開始寫新詩，並有作品見諸報刊。老師和前輩詩人都說，要寫好新詩，應該從舊體詩詞、從古典文學中汲取養分。于是，我手抄了《唐詩三百首》，逐篇背誦胡雲翼的《宋詞選》。高中階段就讀完了王力的《古代漢語》（上）、人民教育出版社的《古代散文選》（上、中）。1962 年，開始讀余冠英先生的《漢魏六朝詩選》及清許槤評選、黎經誥箋注的《六朝文絜箋注》，當時我十六歲。《六朝文絜箋注》很多字不認得，即便查了字典，意思也未必全懂。朱自清《荷塘月色》引了梁元帝《采蓮賦》的話，當我在

《六朝文絜箋注》中看到全文,有説不出的高興。這兩部選本,是我學習中古文學的入門書,它培養起我學習中古文學的興趣。

□　　您在《中古文學論稿·後記》中説,從萌發考研究生的念頭到被録取,一等就是十五年。這十五年中,您在中古文的學習上有哪些積累?

○　　1964 年,我没考上理想中的大學(當然不是成績方面的原因),因此而萌發非考取研究生不可的念頭。没想到這一等就是十五年。1966 年,我雖然名爲大學中文系二年級的學生,但是不曾聽過哪怕是一堂課的古典文學課(農村社教就占去一整年的時間)。不過,那時我已把游國恩的《中國文學史》、林庚的《中國歷代詩歌選》(上)、余冠英的《詩經選》、陸侃如的《楚辭選》讀得比較熟了。1966 年至 1979 年我考上研究生之前,讀的書很雜,也不多,原因是多方面的,多數時間找不到書讀是其中的原因之一。比較系統讀完的有《魯迅全集》(其中《漢文學史綱要》《古小説鉤沉》及對中古作家的論述,對我日後的研究工作有極大的影響)、《文心雕龍》、《昭明文選》、《詩品》、《古詩源》和黄節的《曹子建詩注》《鮑參軍詩注》。標點本《史記》讀了一半。劉師培的《中古文學史講義》一書,我非常喜歡,花了一個月的時間將它全部抄了下來。

順便説一下,我年輕時想買一點書並不容易。讀中學時大都是從家裏給的有限幾元錢菜金硬擠出來的。1966 年後幾年無書可讀,也無書可買,但還是給我找到了機會。每天無事可做,到海邊游泳,我的皮膚被曬得黝黑,穿一條褲頭打着赤脚到廢品站論斤兩買舊書,他們認爲我是小販,竟然把舊書當包裝的廢紙賣給我。在一捆書當中也許能找上一二本或三四本可讀之書。

　　1970 年至 1979 年考上南京師大段熙仲先生的研究生之前，我一直在武夷山一所偏僻的農村中學執教並任校長。雖然斷斷續續讀了一些書，對古典文學興趣不衰，雖然也在省級刊物上發表過兩篇論文，但仍停留在興趣的層次，並未摸到學習、研究中國古典文學的門徑。

□　您的導師是著名學者段熙仲先生，能不能談談段先生是怎樣引導您治學的，這與中古文學研究的關係如何？

○　考上研究生是接受嚴格科學訓練之始。段先生 1927 年畢業於東南大學（原中央大學前身），後爲中央大學教授，五十年代轉到南京師大（院）。段先生一生治學，以《儀禮》《公羊》《水經》成績最著，晚年又注《龔定庵集》，惜未竟。在段先生的教誨的指導下，我纔逐漸摸索到治古典文學的某些門徑。例如研究古典文學離不開史學和哲學知識，除研讀文學作品外，還必須紮紮實實通讀《史記》《後漢書》《三國志》《晉書》及南北朝各史。通讀一書纔能明一書之體例；掌握一書的通例，纔能深入了解此書，對此書有某些發言權。必須掌握儘可能詳盡的資料，除了作品、正史的材料外，還應注意搜集、利用類書、古注，特別是《三國志》裴松之注、《世說新語》劉孝標注，《水經》酈道元注和《文選》李善注等。在詳盡占有材料的基礎上經過分析、歸納、綜合，然後從中得出較爲可靠的結論。研究一個作家，不僅要詳細占有這一個作家的資料，還必須比較詳細地占有同一時代、以及在他之前或之後作家的資料，經過比較分析，纔能發現相同點尤其是不同點。先生還強調，治中國古典文學，文學理論的知識,訓詁、音韻學的知識,目録學、版本學、考證、校勘、輯佚等的知識都是不可少的。還得熟練地掌握一門外語。

　　研究生三年,我逐一研讀了中古時期所有比較重要作家的文集,並對《世説新語》《文心雕龍》《詩品》《文選》《水經注》《洛陽伽藍記》《顏氏家訓》等書下了一些功夫。我認爲,從對古典文學的興趣到有目的的學習、研究,不僅表現在閲讀量上變化,而且表現爲治學上質的飛躍。而在這中間,初步摸索到治學門徑則起了"催化"的作用。前面説過,在考取研究生前我已經讀過《曹子建詩注》(還能背二三十篇),但我寫不出哪怕是很短的一篇有點見解的有關曹植的論文。而在考取研究生後,在段先生的指導下,我完成、發表了《試論曹植五言抒情詩》。十多年過去了,現在回頭看這篇論文,觀點、材料和結論仍然是可信的。後來所寫的其他論文,如《玄暉詩變有唐風》較多運用音韻學的知識,《沈約文學批評六論》采用《文選》注所引沈約注十餘條,《〈水經注校〉的標點問題》運用了較多歷史學、校勘、版本、目録學的知識。所有這些知識,都是我從前所欠缺的。

□　　除了段先生的指導,您在研究生學習期間還聽過哪些先生的課?

○　　段先生懂英文,視野開闊;他治學嚴謹,且不爲學派所囿。校内專家,他請徐復先生爲我們開訓詁學課,請吴調公先生講古代文論課,並鼓勵我們多聽唐圭璋先生、孫望先生的課。如今,段先生、唐先生、孫先生都已過世,一想起他們就讓人難過。校外專家,宛敏灝先生和卡孝萱先生分别來校開詞學課和歷代職官課,請楊明照先生講《文心雕龍》。研究生畢業論文答辯,先生有意識請了校外一批有成就的專家如曹道衡、沈玉成、周勛初、管雄諸先生來組成答辯委員會,目的是想讓我們向更多的專家請教。研究生畢業後,我仍然不斷得到這些先生的指導。曹道衡先生是國內外享有盛譽的中古文學專家,我從他那兒得益尤多。段先生希望我們能博采衆長,用心良苦。如果説研究生畢業後十年來我取得一點成績的話,那與我始終不斷向同行專家(無論是長輩或同輩,以至比我年紀輕的專家)學習分不開的。如今我自己也帶上研究生,我也同樣要求他們博采衆長,千萬不要祇盯在一處。

□　這幾年,您在研究中古文學的過程中有哪些體會和感想?

○　我把中古文學作爲畢生研究的主要課題至今已有十幾年了。我認爲,一個課題確定之後,研究者必須對被研究對象有全面而深入的了解。研究中古文學,首先要熟悉這一時期重要和比較重要的作家和作品,以及各個階段的文體形式和文學流派。中古文學的文學現象比較複雜,對於産生這些文學現象的歷史的、政治的、經濟的、哲學和宗教的背景都應比較熟悉。因此,對爲一時期的文學、歷史、政治、經濟、哲學和宗教的著作都應無所不讀,重要的還應做到爛熟於心。中古文學上承先秦兩漢,下接唐代,倘若没有較好的先秦兩漢和唐代文學、文獻基礎,中古文學的研究必然受到限制。研究生畢業後,我又花兩三年的時間遍讀先秦諸子、歷史散文、《詩經》、《楚辭》以及唐人的重要别集、《資治通鑑》。《左傳·成公十八年》:"周子有兄生而無慧,不能辨菽麥,故不可立。"杜注:"不慧,蓋世所謂白癡。"這纔知道《宋書·謝靈運傳》"父焕,生而不慧"的意思。通讀《李太白全集》,纔知道太白對中古詩人和文學家的酷愛並不亞於提倡"轉益多師"的杜甫。全面深入了解被研究對象,還應包

　　括掌握歷代學者及當代學者對中古文學研究的狀況，尤其是當前研究的現狀。

　　深入研究中古文學，我是從選擇一位作家入手的，然後再擴大到與他相關的文學群體和斷代的文學，直至整個中古文學。這個作家是南齊詩人謝朓，與他相關的文學群體是永明作家，斷代的文學是齊梁文學。我選擇謝朓等永明文學家作爲學習、研究的主攻方向，固然是因爲八十年代初這個領域少有學者問津，但重要的還在於永明文學在中古文學以至整個文學史上有着重要的地位。“永明體”不但一變“元嘉體”的古樸凝滯之氣而轉向流暢和清麗；更重要的是永明聲律説的提出對近體詩的誕生和唐詩的繁榮興盛盛準備了充分的條件。而在永明作家中謝朓詩歌成就最爲突出，他的詩在由古體詩轉變爲近體詩的過程中很有值得研究的地方。謝朓的詩，便成了我學習和研究中古文學的“突破口”。

　　進行研究工作，詳盡的占有材料衹是第一步的工作；研究者對自己占有的材料還必須進行分析。逯欽立先生輯校的《先秦漢魏晉南北朝詩》是治中古文學的必備和必讀書。逯先生輯校此書歷時二十四年，治學嚴謹，但百卷巨帙難免有個別失誤和疏漏之處（有些可能是排校方面的問題），中華書局排印本第896頁王羲之《答許詢詩》：“清泠澗下瀨，歷落松竹松。”據《太平御覽》卷七三九，“竹松”當作“竹林”。第2557頁高昂小傳稱昂爲“北海蓚人”，然據《魏書·高祐附昂傳》、《北齊書·高幹傳》附傳、《北史·高允傳》附傳，“北海”當作“渤海”。《北齊詩》卷一收高昂詩三首，而失收《太平廣記》高敖曹（敖曹爲昂字）《雜詩》三首。1984年上海人民出版社整理出版了王國維的

《水經注校》,這無疑是酈學研究史上的一件大事,又由於採用新式標點,給讀者帶來很大的方便。但此書標點錯誤較多,僅前十四卷較嚴重的疏失就有百餘處。可見,掌握了材料而不加分析是不行的。我學寫新詩較早,而開始發表學術論文則在三十歲以後。寫新詩需要才氣,寫學術論文才氣固不可少,但學識似更加重要,學,指知識的積累、材料的占有和掌握;識,則是指對學術問題的見解和看法,亦即提出問題、分析問題和解決問題的能力。研究生畢業後的次年春天,我應邀參加了首屆建安文學學術討論會。建安文學在中古文學中占有很重要的地位,關於建安詩歌反映社會動亂、抒發建功立業的思想內容,以及慷慨剛健的風格,已經得到學術界的充分肯定,但是,這還不是建安詩歌的全部。建安詩歌還有一些如劉勰所説的"憐風月,狎池苑,述恩榮,叙酣宴"的作品,有意無意迴避這類詩作來對建安文學進行研究是不全面的,至少是不夠全面的,因此我提交了《建安游宴詩略論》的論文。没想到論文引起與會專家的興趣,大會還安排我發言。對《文心雕龍》和《詩品》我都很喜歡,但前者研究的論著已經不少,怕寫不出新意,所以至今我連一篇論文都没有。《詩品》的論著也有相當數量,但自己有一些心得,所以寫了幾篇論文。我不僅分析研究了被鍾嶸品評的詩人,而且分析了那些不被鍾嶸品評、不得預《詩品》"宗流"的詩人,因此提出三品四等,即上、中、下三品外加不預宗流者一等的觀點,並從中看出鍾嶸詩歌批評除了藝術標準外仍然脱離不了當時政治環境的影響。

□ 　　在《中古文學論稿》出版之前,您已經在内地和香港出版了六種選注本,並且撰寫了一百多篇鑒賞文章,您能不能談一談這兩項工作與您的中古文學研究的聯繫？

○　　好的選本，其學術價值和影響的深遠絕不遜色於一般的專著，甚至超過專著，余冠英先生的《漢魏六朝詩選》等就是力證。我絲毫没有將自己的《水經注選》等與《漢魏六朝詩選》攀並的意思，如果那樣做的話就太不自量力了。我祇想説，學術成就很高的專家也並不輕視選本的工作。同時，我也可以説，在選注選本的過程中，我自己也得到鍛煉和提高。爲了完成《水經注選》，就逼着我非認認真真通讀原書不可，重要的章節還得反覆讀數遍甚至十幾遍。在段先生點校的《水經注疏》問世之前，《水經注》没有較完善的標點本。有時爲了定奪一個字，一個標點，就得查閲多種版本。楊守敬、熊會貞的疏文當然應該參考，但在利用它時，我還是一一核對原書。《水經注選》完成了，我對中古時期這部十分重要的著作也就比較熟悉了，對酈學的整體了解也深入了。

　　這幾年鑒賞書出了不少，社會對此進行批評不能説没有一點道理。但作品是學習和研究古典文學的基礎則毋庸置疑。我自己是把寫鑒賞文章當作深入研讀作品的好機會的。舉例説，梁王籍的《入若耶溪》是大家所熟悉的，我在寫此詩鑒賞稿之前，可能和絶大多數讀者一樣，忽略詩歌的"入"字。研讀之後，我認爲詩人是從森沉的麻潭泛舟入清秀的若耶（麻潭在若耶之上，見《水經注·浙江水》）的，而麻潭又是謝靈運與弟惠連常游並作連句詩之地。了解這些，纔能讀懂這首名詩。中古時期不少詩文，前人没有做過注，不容易讀，寫一篇一兩千字的鑒賞文，花費力氣並不小。這也是基本功，研究中古文學也非過這一關不可。

□　　陳先生,您治中古文學采取怎樣的基本態度?

○　　回想起學習中古文學的過程,對什麼叫持之以恒,我深有體會。我出身於"老五屆",根基淺薄,治學的經歷並不一帆風順。對部分近年沒有經過研究生階段訓練,尤其是少數甚至沒有上過大學而在研究上取得豐碩成果的學者,我總是十分欽佩而敬重的,因爲他們所付出的代價可能比我大,也更非有堅韌的治學精神不可。許多年輕朋友在治學過程中缺乏的常常是韌勁的恒心。既不盲目趨時、趕時髦,又不抱殘守缺,拒絕接受新東西,則是這些年我治學的基本態度。

後　記

　　1992 年《中古文學論稿》在天津人民文學出版社出版之後，中古文學研究方面，先後又出版了《水經注選》(1993)、《沈約集校箋》(1995)、《新編古詩三百首》(1995)、《阮籍·嵇康》(1999)、《龍性難訓——嵇康傳》(1999)，《三曹詩選》(2002、2018)、《陶淵明集》(2011、2014)。論文《大明泰始詩論》(2003)，獲《文學評論》優秀論文提名、《文學遺產》優秀論文獎、福建省政府優秀社科成果一等獎。2010 年之後，參與趙逵夫先生的重大招標項目《全先秦漢魏晉南北朝文》的輯校工作，主持子項目《全南朝文》。近年，應人民文學出版社之約，編選《漢魏六朝詩選》。數十年間，對中古文學的熱情依然。

　　敝帚自珍，遂將 1992 年之後發表的中古文學論文及其他相關文章都爲一集，改訂錯字、訛字，規範注脚，名曰《中古文學論稿續編》，以續接《中古文學論稿》。本集收入論文、雜記、書評、序文三十多篇。《〈中古文學論稿〉餘話——答〈古典文學知識〉記者問》一文(《古典文學知識》“治學門徑”欄，1993 年第 1 期)，附於書末。

　　1979 年，我結束了長達九年半的中學教師和行政工作，投到段熙仲(1897—1987)先生門下，專攻漢魏六朝文學，時先生已經八十有二。1982 年畢業論文答辯,曹道衡(1928—2005)先生爲答辯委員會主席,沈玉成(1932—1995)等先生爲答辯委員。《中古文學論稿》出版前請序於曹先生,先生握管之際,"想起段熙仲先生仙逝已久,不覺臨文泫然"。二十多年來,由於分心從事其他領域的研究,未能全力以赴,深負段先生、曹先生的厚望。在編《中古文學論稿續編》的過程中,我也時常想起往事,段先生、沈先生、曹先生分別仙逝三十二載、二十四載和十四載,更是臨文泫然。

五十五年前萌發考研願望,過了十五年方纔獲得機會。今年,研究生入學已經四十周年,謹以此書作爲四十周年的紀念。

2014 屆碩士研究生吴梅玲恊助做了本書注文的核對工作,在此表示感謝。

2019 年 12 月 21 日於福州倉山華廬